Alexander Hartung

Vor deinem Grab

EDITION M

Das Buch

Der zweite Fall für Jan Tommen und sein Team

Ein weinender Mann sendet einen Notruf an die Polizeizentrale. Es ist Nacht. Er steht auf dem Friedhof und hat soeben sein eigenes Grab entdeckt, sein Todestag ist morgen. Die junge Beamtin rät ihm, die nächste Wache aufzusuchen, aber sie hat die Lage falsch eingeschätzt. Am nächsten Tag liegt der Arzt mit zertrümmertem Schädel in der Grube.

Was wie ein morbider Scherz beginnt, entwickelt sich für Jan und sein unkonventionelles Ermittlerteam zu einem wahren Albtraum. Denn obwohl der Kommissar seine Freunde, den Geldeintreiber Chandu, den Hacker Max und die Rechtsmedizinerin Zoe um sich schart, um den Fall zu lösen, scheint er dem Mörder nicht näher zu kommen. Ständig tauchen neue Gräber auf – und mit ihnen Todesversprechen. Die Polizei scheint machtlos zu sein, denn niemand kann die Opfer schützen.

Der Autor

Alexander Hartung wurde 1970 in Mannheim geboren. Schon während seines Volkswirtschafts-Studiums begann er mit dem Schreiben und entdeckte seine Liebe zu Krimis und historischen Romanen. Im Frühjahr 2010 erschien das Erstlingswerk des Mannheimers, der historische Kriminal-Roman »Die Rache des Inquisitors«.

Mit »Vor deinem Grab« liefert Alexander Hartung nach »Bis alle Schuld beglichen« den zweiten spannenden Jan-Tommen-Thriller, der wieder in Berlin angesiedelt ist.

ALEXANDER HARTUNG

VOR DEINEM GRAB

EIN JAN-TOMMEN-THRILLER

EDITION M

Deutsche Erstveröffentlichung bei
Edition M, Amazon Media EU S.à r.l.
38, avenue John F. Kennedy, L-1855 Luxembourg
Februar 2020

Umschlaggestaltung: bürosüd° München, www.buerosued.de
Umschlagmotiv: © Atstock Productions / Shutterstock; © freedomnaruk / Shutterstock; © xpixel / Shutterstock; © Sergio Schnitzler/ Shutterstock
Lektorat: Simon Jaspersen
Satz: Monika Daimer, www.buch-macher.de
Gedruckt durch:
Amazon Distribution GmbH, Amazonstraße 1, 04347 Leipzig /
Canon Deutschland Business Services GmbH, Ferdinand-Jühlke-Str. 7, 99095 Erfurt /
CPI books GmbH, Birkstraße 10, 25917 Leck

ISBN 978-2-49670-460-0

www.edition-m-verlag.de

Für Oshi.

Es ist überwältigend, wie viel Liebe ein solch kleines Herz in sich tragen kann. Jedes Nachhausekommen wird dank dir zu einem Freudenfest und zaubert ein Lächeln auf mein Gesicht.

PROLOG

Polizeinotruf Berlin – 22. Juni 2013 – 19.47 Uhr

»Ich stehe vor meinem Grab.« Die zittrige Stimme war durch das Telefon kaum zu verstehen.

»Wie bitte?«, fragte Emilia.

»Da ist ein Grab. Mit meinem Namen.«

Emilia hasste die Spätschicht am Samstag. Immer wieder gönnten sich Betrunkene einen Spaß, wählten die 110 und versuchten, sie zu veralbern.

»Ist das ein Witz?«

»Nein«, sagte der Mann verwirrt.

Emilia atmete tief durch. Sie wollte sich nicht aus der Ruhe bringen lassen, schließlich wurde das Gespräch aufgezeichnet.

»Können Sie mir Ihren Namen nennen?«

»Bernhard Valburg.«

»Danke, Herr Valburg. Wo sind Sie?«

»Auf dem Friedhof?«

»Auf welchem Friedhof?«

»Dem Dorotheenstädtischen Friedhof«, sagte der Mann, als wäre er sich nicht sicher.

»Gut, Herr Valburg. Und Sie stehen vor Ihrem Grab?«, fragte Emilia nochmals nach. Vielleicht war der Anrufer ein Junkie mit Halluzinationen.

»Ich bin heute Abend auf den Friedhof gegangen. Meine verstorbene Frau hat morgen Geburtstag. Zu Lebzeiten habe ich ihr immer Rosen geschenkt. Gloria Dei. Sie mochte das Gelb mit dem Rosastich.«

Bernhard Valburg schluckte hörbar. »Erst ist mir nichts aufgefallen, aber als ich mit der Gießkanne Wasser holen wollte, habe ich das neu ausgehobene Grab gesehen. Einen halben Meter tief, viel zu wenig für einen Sarg. Mit Kreuz und Namen.«

»Mit Ihrem Namen?«

»Hier ruht Bernhard Valburg«, las er vor. »Geboren am 3. Dezember 1959. Gestorben am 23. Juni 2013.«

»Ihr Todestag ist morgen?«

Statt einer Antwort kam nur ein Schluchzen durch die Leitung. Sie hatte es nicht mit einem Verrückten zu tun. Der Mann hatte Todesangst.

»Herr Valburg?«

Keine Antwort. Emilia kaute nervös auf der Unterlippe.

»Hören Sie mich?«

»Ja.« Die Stimme war nur noch ein Flüstern.

»Ist jemand in Ihrer Nähe?«

»Ich bin allein. Deshalb gehe ich immer so spät auf den Friedhof. Wegen der Ruhe.«

Sie musste ihm helfen, aber um diese Zeit waren alle Streifen im Dauereinsatz. Es bestand keine unmittelbare Gefahr, daher konnte eine Stunde vergehen, bis die Kollegen bei ihm waren. Viel zu lange. Sie musste Bernhard Valburg vom Friedhof wegbringen, sonst würde er durchdrehen.

»Ein Vorschlag. Machen Sie mit Ihrem Handy ein Foto vom Grab und dem Kreuz. Kommen Sie damit auf die Wache und berichten Sie den Vorfall einem Kollegen. Er wird die Sache überprüfen und sich mit der Friedhofsleitung in Verbindung setzen. Vielleicht hat ein Mitarbeiter etwas gesehen.«

Stille.

»Herr Valburg?«

Es dauerte einen Augenblick, bis er antwortete. »Ja.«

»Haben Sie mich verstanden?«

»Entschuldigung«, stammelte er. »Geben Sie mir einen Moment. Dann mache ich ein Foto und komme vorbei.«

»Gut«, sagte Emilia erleichtert. Die Stimme des Mannes war jetzt kräftiger und nicht mehr so zittrig. Er schien sich wieder zu fangen.

»Kann ich noch etwas für Sie tun?«

»Nein. Vielen Dank.«

Dann brach die Verbindung ab.

Der Anruf vom Friedhof war Emilias letztes Gespräch in ihrer Schicht. Danach übergab sie das Telefon an ihre Kollegin und ging nach Hause.

Die ängstliche Stimme des Mannes würde sie nie mehr vergessen. Bernhard Valburg würde die Polizeiwache nicht erreichen.

KAPITEL 1

Das Haus, in dem ein Mensch lebt, sagt viel über ihn aus. Jan sah aus dem bodentiefen Fenster des Wohnzimmers in einen japanischen Garten. Um einen kleinen Teich herum führte ein Weg aus Kopfsteinpflaster. Die Anordnung der Steine war so präzise, als wären sie mit einem Laser geschnitten worden. Hinter dem Teich war eine kleine Grasfläche mit symmetrisch angeordneten Büschen in unterschiedlichen Rottönen. Es wäre ein Traum von einem Garten, wenn ihn jemand gepflegt hätte. Zwischen den Steinen wuchs Unkraut. Über den Teich zog sich ein grüner Algenfilm, und die Büsche wucherten über den ungemähten Rasen.

Fast ein Spiegelbild dazu war das Wohnzimmer. Die Wände waren mit einem silberglänzenden Putz überzogen, der sich harmonisch in den Marmorboden einfügte. Über einem polierten Kirschholztisch hing ein Kristallleuchter, dessen Glaselemente leise vom Wind der offenen Fenster klirrten. An der Wand lehnten Bilderrahmen, noch in braunes Packpapier eingewickelt, als hätte der Hausbesitzer keine Zeit gehabt, sie aufzuhängen. Am Tisch stand ein klappriger Stuhl, der eher in die Resterampe eines schwedischen Möbelhauses als auf einen edlen Marmorboden gehört hätte. Der Flachbildfernseher war provisorisch auf eine Kiste gestellt, der Fuß mit Industrieband festgeklebt. Die Kabel zogen sich durch den Raum bis zu einer Steckdose in der offenen

Wohnküche, als wären dem Elektriker mitten in der Arbeit die Abdeckungen ausgegangen.

Eine junge Polizistin leuchtete auf der Suche nach Einbruchsspuren mit einer Taschenlampe die Fensterrahmen ab. Sie hatte ihre dunklen Haare ordentlich zu einem Zopf gebunden, nur wenig Schminke aufgetragen und auf Parfüm verzichtet. Nichts an ihr wirkte aufreizend, doch ihr dunkler Teint und ihre feinen Gesichtszüge gaben ihr die Aura einer mystischen Schönheit, die eher auf den Thron eines altägyptischen Königreiches als zur Berliner Polizei gepasst hätte.

Jan griff in seine Tasche, nahm einen Kaugummi heraus und steckte ihn in den Mund. Als er heute Morgen um kurz vor fünf Uhr geweckt worden war, hatte er es mit der Körperhygiene nicht so genau genommen. Um diese Uhrzeit war er froh, wenn er mit zwei zusammengehörenden Schuhen aus dem Haus lief. Mundgeruch würde die erste Begegnung verderben.

Jan fuhr sich durch die Haare und ging zu der Polizistin.

»Kriminalkommissar Jan Tommen«, stellte er sich vor und streckte ihr die Hand hin. »Ich leite die Ermittlungen in diesem Fall.«

»Marie«, antworte die Frau und schüttelte die Hand. Sie schien von Jans Vorstellung wenig beeindruckt zu sein.

Jan räusperte sich. »Kannten Sie das Opfer?«

»Nein. Ich habe heute die Nachtschicht. Nachdem der Tote gefunden wurde, hat man mich hierhergeschickt. Die Vordertür war offen, also bin ich hineingegangen. Als ich das Blut gesehen habe, habe ich die Tatortermittler gerufen.«

»Wie lange wohnte das Opfer schon hier?«

Marie legte die Taschenlampe weg und nahm ihr Handy aus der Tasche. Sie wischte zwei Mal über den Bildschirm, bevor sie antwortete. »Sechzehn Monate.«

Jan sah verwundert auf das kleine Gerät.

»Eine neue Notiz-App.« Sie zeigte ihm das Handy. »Damit kann ich nicht nur Vermerke eintragen, sondern auch Mails und Kurznachrichten rüberschieben. Das kopiere ich dann in die Textverarbeitung und erstelle daraus den vorläufigen Bericht.«

»Ah«, sagte Jan dümmlich. Er unterdrückte den Drang, in seine Tasche zu fassen und sich eine Notiz auf seinem Schreibblock zu machen. Das würde er in einem unbeobachteten Moment nachholen.

Marie nickte ihm zu, nahm ihre Taschenlampe und führte ihre Suche fort.

»Über ein Jahr«, murmelte Jan verwundert. Hier sah es aus, als wäre das Opfer gerade erst eingezogen. Entweder war der Hausbesitzer faul, sehr beschäftigt oder nie zu Hause gewesen. Wer kaufte sich eine Luxusimmobilie und ließ einen japanischen Garten anlegen, damit sechzehn Monate später alles brachliegen würde?

Jan war gespannt, was die Ermittlungen zutage bringen würden. Zuerst musste er mehr über den Tatort wissen. Er ging zum großen Tisch und kniete sich neben den Klappstuhl. Ein Rechtsmediziner entnahm von einem großen, dunklen Fleck eine Probe.

»Können Sie abschätzen, wann der Mann erschlagen wurde?«

Der Angesprochene zuckte die Schultern. »Anhand der Blutprobe nicht.«

»Bis wann wissen Sie, ob das der Tatort ist?«

»Wird nicht schwer sein. Wir gleichen das Blut mit dem des Opfers ab. Bei einer Übereinstimmung können wir davon ausgehen, dass hier der Tatort war. Bei der Todesursache kann dir Zoe sicher weiterhelfen. Die ist bei der Leiche.«

»Danke«, sagte Jan und holte sein Handy aus der Tasche. Er achtete darauf, dass Marie nicht zu ihm herübersah, und wählte Zoes Nummer. Bei Gelegenheit musste er sich ein neues Gerät kaufen. Seins war vier Jahre alt, was heutzutage eine Ewigkeit ist.

Nach dem dritten Klingeln nahm Zoe ab.

»Was?«, blaffte sie in das Telefon.

»Einen guten Morgen auch dir«, sagte Jan lächelnd. Auf manche Dinge konnte man sich verlassen, und dass Zoe um diese Uhrzeit schlechte Laune haben würde, war so sicher wie das sprichwörtliche Amen in der Kirche.

»Was ist an dem Morgen gut?«, fuhr sie ungehalten auf. »Es ist sechs Uhr. Ich hatte keinen Kaffee und konnte nicht mal duschen.

Vor meiner Wohnung ist das Müllfahrzeug stecken geblieben, sodass ich geschlagene vierzig Minuten gebraucht habe, bis ich hier war. Es regnet und ich bin hier auf einem Friedhof, der vor der Erfindung der Elektrizität gebaut wurde. Wir mussten vier Verlängerungskabel zusammenschließen, um wenigstens eine Lampe mit Strom versorgen zu können, was fünf Minuten gehalten hat, bis die Vorkriegssicherung durchgeknallt ist. Ich hatte eine Taschenlampe zwischen den Zähnen, damit ich die Leiche von einem Baumstamm unterscheiden konnte.«

Sie atmete hörbar aus.

»Außerdem stehe ich bis zu den Knien im Matsch und ruiniere mir meine Schuhe.«

»Deine Schuhe?«

»Kennst du Christian Louboutin?«

»Ist das der Neue aus der Forensik?«, fragte Jan unsicher.

Sie brummte mürrisch. »Immer wenn man glaubt, es kann nicht schlimmer kommen, klingelt das Handy und ein Hirni wie du ruft an.«

»Sorry für die Störung. Ich wollte wissen, ob du Todesursache und Todeszeitpunkt schon hast.«

»Bin ich der brennende Busch? Die Birne des Toten steckt halb in der Erde, der Regen hat die Sache nicht einfacher gemacht, und die Kollegen von der Spurensicherung lassen mich die Leiche nicht umdrehen, bevor alle Regenwürmer katalogisiert sind.«

Jan hörte ein Feuerzeug klicken.

»Zoe, ich würde dich nicht nerven, wenn ich nicht wüsste, dass du mit einem Blick mehr erfassen kannst als deine Kollegen nach einer dreistündigen Autopsie.«

Es herrschte Schweigen in der Leitung. Jan hoffte, dass er mit seiner Kompliment-Taktik den richtigen Weg eingeschlagen hatte.

»Ich denke, ihm wurde gestern Abend der Schädel eingeschlagen.«

»Danke«, sagte Jan. »Ich melde mich später wieder.«

»Wenn es sein muss.« Zoe legte auf.

Jan ging in die Küche, stellte sich mit dem Rücken zu den Tatortermittlern und nahm den Block aus der Tasche

Opfer: Dr. Bernhard Valburg, notierte er auf der ersten Seite.
Wohnhaft seit Januar 2012 in der Dorenstraße 24a
Todesursache: Erschlagen
Todestag: 23. Juni 2013
Möglicher Tatort: Wohnzimmer
Fundort: Dorotheenstädtischer Friedhof
Täter: Unbekannt

Jan schob den Block verstohlen in seine Jacke zurück. Zeit, mit den Ermittlungen zu beginnen.

Zoe lehnte sich auf der Bank zurück und blies den Rauch ihrer Zigarette in die Luft. Ihre blonden Haare fielen ihr strähnig über die Schultern. Während ihre schwarze Lederjacke feucht glänzte, waren ihre eng anliegenden Jeans mit Schlamm bespritzt. Dunkelbraune Pumps mit roter Sohle standen auf der Bank neben ihr. Ihre nackten Füße lagen auf einem silberfarbenen Koffer, in dem sie ihre wichtigsten Instrumente aufbewahrte. Dank einer ausladenden Eiche war dies der einzige Ort auf dem Friedhof, der einigermaßen trocken war.

Vor ein paar Monaten hatte sie sich in der Rechtsmedizin zu Tode gelangweilt. Tag für Tag Autopsien in demselben kahlen Raum, mit den gleichen langweiligen Leuten. Die Zusammenarbeit mit Jan hatte ihr endlich die Möglichkeit gegeben, sich einem Ermittlungsteam anzuschließen. Doch sie hatte sich alles irgendwie cooler vorgestellt.

Dazu gehörte nicht, um fünf Uhr geweckt zu werden, bei Regen auf den Friedhof zu gehen und mit einer Taschenlampe im Mund eine Leiche zu beglotzen. Und mit Sicherheit nicht auf Kosten sechshundert Euro teurer Louboutins.

Gott sei Dank war es Sommer, sonst hätte sie der Regen in ein zitterndes, frierendes Bündel verwandelt. Sie schloss die Augen und träumte von einem Kaffeehaus mit frischem Espresso und Croissants. Dazu Kirschmarmelade, untermalt von Salzbutter …

»Dr. Diek?«, holte sie eine Stimme zurück auf den verregneten Friedhof.

Sie öffnete die Augen und gab sich keine Mühe, ihren Unmut zu verbergen.

Ein junger Mann stand vor ihr. Seinem nicht vorhandenen Bartwuchs nach zu urteilen, war er gerade einmal volljährig. Er trug einen weißen schlammbespritzten Schutzanzug, der nur sein Gesicht freiließ. Wäre der Anzug blau, hätte er als Riesen-Schlumpf in Disney Land auftreten können. Er hieß Roger, Robin oder so ähnlich.

»Was gibt's, Robin?«

»Mein Name ist Romir.«

»Von mir aus.«

»Wir haben den Tatort untersucht. Wenn Sie möchten, können Sie die Leiche bewegen.«

»Also habt ihr Pause, bis ich fertig bin?«

Der junge Mann nickte.

»Perfekt.« Zoe stand auf, zog einen Zehn-Euro-Schein aus der Tasche und drückte sie dem jungen Mann in die Hand.

»Dann geh mal Kaffee holen. Schwarz ohne Zucker. Und bring ein paar Croissants mit.«

Der Tatortermittler starrte den Schein in seiner Hand an.

»Ich mach sowieso erst weiter, wenn die Sonne aufgegangen ist. Du hast genug Zeit zum Frühstückkaufen.«

Zoe setzte sich wieder hin, legte die Füße auf den Koffer und schloss erneut die Augen.

»Es wird erst in einer halben Stunde hell.«

»Weiß ich. So lange bleib ich hier sitzen.«

»Laut Vorschrift müssen Sie …«

»Mir egal.«

»Aber …«

»Roger. Ich stehe kurz vor der Unterzuckerung. Ein Zustand, in dem es äußerst gefährlich ist, in meiner Nähe zu sein. Für die Stimmung in der Abteilung und deine Gesundheit ist es besser, ich bekomme bald was zu essen, denn in dem entzückenden Koffer unter meinen Füßen habe ich genügend Skalpelle, um den dritten Weltkrieg zu gewinnen.«

Zoe hob huldvoll die Hand und winkte den jungen Mann weg.

Sie hörte, wie er sich entfernte. »Mein Name ist Romir.«

Bald war Zoe wieder in einen angenehmen Dämmer gesunken. Noch zeigte sich die Sonne nicht am Horizont. Außerdem hatte der Regen alle Spuren weggeschwemmt. Wenn sie etwas finden würde, dann bei der Autopsie. Nicht in diesem Schlammloch. Aber sie würde etwas finden.

KAPITEL 2

Chandu betrat unsicher die Zentrale der Kripo Berlin. Als Türsteher und Geldeintreiber hätte er es sich nie träumen lassen, freiwillig hierherzukommen. Er gab sich Mühe, unauffällig zu wirken, was bei seiner Größe, seinen breiten Schultern und den beeindruckenden Oberarmen schwierig war.

Im Vorraum war mehr Betrieb als in der Fußgängerzone am Samstagmittag. Egal, wo sich Chandu hinzustellen versuchte, er stand immer irgendjemandem im Weg. Eine mit Unterlagen beladene Frau ging schwer atmend an ihm vorbei. Er vermeinte sogar ein Baby schreien zu hören. Zwei Polizisten begleiteten einen Betrunkenen in die Wache. Der Mann war mit der Behandlung nicht einverstanden und ließ seinem Unmut freien Lauf. Chandu machte sich auf die Suche nach einer Informationstafel, damit er sich in dem Chaos zurechtfinden würde, als ein Mann auf ihn zutrat.

»Sie müssen Herr Bitangaro sein«, sagte er freundlich.

»Ja«, antworte Chandu sichtlich verwirrt. Sein Gegenüber trug einen dunklen Anzug mit einer roten Seidenkrawatte und einem Einstecktuch in der Anzugtasche. Er wirkte antiquiert, was zu den von Pomade glänzenden Haaren passte.

»Mein Name ist Patrick Stein.« Er schüttelte Chandu die Hand, der seine Überraschung nur schwer verbergen konnte. Offensichtlich hatte Patrick vergessen, dass sie sich vor acht Wochen noch in einer Tiefgarage gegenübergestanden hatten und Chandu ihm beinahe ein Loch in die Stirn gepustet hätte. Wahrscheinlich hatte ihn die Dunkelheit gut verborgen, sonst wäre Jans Kollege nicht so freundlich zu ihm.

»Ich habe Sie sofort erkannt. Nur wenige Menschen haben ein solch … beeindruckendes Äußeres.«

»Äh, danke. Ich trainiere …«

»Wenn Sie mir die Bemerkung erlauben, Sie waren im letzten Fall eine große Hilfe für Jan und haben so zur Aufklärung beigetragen.«

»Nicht der Rede wert. Aber Jan …«

»Da Sie jetzt quasi zu uns gehören, nehme ich an, dass Sie wegen des neuen Falls hier sind?«

»Ehrlich gesagt, weiß ich noch nicht viel …«

»Ihre Talente können wir gut gebrauchen.«

»Schön. Um was …«

»Ein ungewöhnlicher Mord.«

»Wer wurde denn …«

»Ich beneide Sie beinahe darum, aber ich muss mich um meinen eigenen Fall kümmern.«

»Ach, gab es noch einen …«

Patrick sah auf die Uhr. »Die Zeit fliegt«, bemerkte er seufzend. »Es war schön mit Ihnen zu reden.« Patrick schüttelte ihm erneut die Hand. »Wenn Sie Fragen haben, können Sie jederzeit zu mir kommen.« Er nickte Chandu zu und ging einen der vielen Flure entlang.

»Eine Wegbeschreibung zu Jans Besprechungsraum wäre nett gewesen«, murmelte der große Mann.

Als Patrick verschwunden war, drehte sich Chandu einmal um die eigene Achse, in der Hoffnung, Jan oder ein anderes bekanntes Gesicht zu sehen. Er fühlte sich wie ein dreijähriges Kind, das im Einkaufszentrum seine Mutter verloren hatte.

Er ging ein paar Schritte in einen Gang hinein, stand dann aber vor einer geschlossenen Tür mit einem Kartenleser. Chandu drehte sich um, durchquerte erneut die Vorhalle und kam nach wenigen Metern zu einem Treppenhaus. Er ballte die Fäuste und fluchte ausgiebig, sicherheitshalber auf Kinyarwanda, schließlich war er bei der Kripo.

Wieder in der Vorhalle, kam er an einem Schild vorbei, in dem die unterschiedlichen Abteilungen im Gebäude aufgelistet waren. Er überflog die Namen, als sich eine junge Frau neben ihn stellte. Sie war drei Köpfe kleiner als er und trug ein grünes T-Shirt, das ihre sportliche Figur gut zur Geltung brachte. Ihre dunklen, zurückgebundenen Haare und ihr ernster Blick ließen sie strenger wirken, als sie wahrscheinlich in ihrer Freizeit war. Die Pistole und das Pfefferspray an ihrem Gürtel verdarben den guten ersten Eindruck. Frauen mit Waffen waren ihm unheimlich.

»Sie wirken ein wenig verlassen«, sagte sie mit einer warmen Stimme. »Sind Sie ein neuer Kollege?«

Chandu verkniff sich eine bissige Erwiderung. Er trug Bikerstiefel, zerrissene Jeans und eine dunkle Lederjacke. Zusammen mit seiner Tribal-Tätowierung auf der Stirn hatte er mit einem Polizisten wenig gemein. Zumindest hatte er das bis eben gedacht.

»Ja.« Er lächelte breit. »Danke, dass Sie fragen. Können Sie mir den Weg zum Besprechungsraum von Jan Tommen zeigen?«

»Ach, Sie sind dieser Chandu.« Sie deutete mit dem Finger auf ihn.

»Ja, ich bin *dieser* Chandu.« Er fragte sich, ob irgendwo auf der Wache ein Poster mit Bild und Namen von ihm hing.

»Ich habe von Ihnen gehört.«

»Da sind Sie nicht die Einzige.« Chandu hatte keine Ahnung, was Jan über ihn erzählt hatte, aber es war seinem Beruf nicht einträglich, wenn er jedem Berliner Polizisten bekannt war.

Die Frau musterte ihn von oben bis unten. »Hm«, murmelte sie. Anscheinend gefiel ihr, was sie sah.

»Der Besprechungsraum«, unterbrach Chandu die Fleischbeschau.

Die Frau zuckte kurz, als hätte er sie beim Mittagsschlaf ertappt. »Sie laufen den Gang entlang bis zum Ende. Dann rechts und die zweite Tür links.«

»Danke.«

Chandu ging an der Frau vorbei. Er konnte ihre Blicke spüren, bis er um die Ecke war.

Max wartete in dem Raum auf ihn. Der Anblick des vertrauten Gesichts entspannte ihn sofort.

»Hi, Max.« Chandu klopfte ihm freundschaftlich auf die Schulter.

Der junge Computerfreak hatte sich in den letzten Wochen nicht verändert. Seine viel zu langen Haare standen wild in alle Richtungen, die Hose war zu kurz für seine dürren Beine, und die grünen Turnschuhe waren wahrscheinlich mit seinen Füßen verwachsen. Einzig das T-Shirt kannte er nicht. Statt einem unverständlichen Computerspruch oder einer Figur aus der Sesamstraße war in großen Lettern *Bazinga* aufgedruckt.

Max hob kurz den Kopf und winkte Chandu lächelnd zu. Dann flogen seine Finger wieder über die Tastatur. »Bin gleich fertig. Muss nur noch die Verbindung zur Rechtsmedizin etablieren.«

»Lass dich nicht stören«, sagte Chandu und ging zu einer zweigeteilten Pinnwand neben dem Eingang. Auf der einen Seite hingen Fotos von einer großen Wohnung. Die kahlen Räume waren aus unterschiedlichen Perspektiven aufgenommen. Daneben waren Aufnahmen von einem Friedhof. Die Leiche eines Mannes lag mit dem Gesicht nach unten in einer viereckigen Grube. An der einen Seite vom Loch war ein einfaches Kreuz mit Namen, Geburts- und Todesdatum aufgestellt. Das Grab schien frisch ausgehoben zu sein. Um die Stelle wuchs dichtes, vermoostes Gras.

Jan hatte die Bilder mit kleinen Post-its kommentiert. An dem Wohnzimmer stand *Tatort* mit einem Fragezeichen. Eine wenig appetitliche Großaufnahme des zerschmetterten Hinterkopfs des Opfers hatte Jan mit *Tatwaffe unklar* ergänzt.

Chandu betrachtete den Lageplan des Friedhofs, als ihn Jans Stimme aus seiner Betrachtung riss.

»Guten Morgen, alter Freund.«

»Morgen.« Chandu umarmte ihn.

Jan sah übernächtigt aus. Seine braunen Haare waren nicht akkurat gekämmt, sein Hemd war verknittert, aber sein Grinsen, eher passend zu einem Heranwachsenden, der seiner Nachbarin den Kuchen geklaut hatte, überstrahlte die Müdigkeit.

Chandu betrachtete seinen Freund genau. Jan war ein erfahrener Ermittler, doch bei seinem letzten Fall war er selbst unter Mordverdacht geraten und hatte bei ihm untertauchen müssen. Die Zeit hatte ihm schwer zu schaffen gemacht, und Chandu war nicht sicher, ob er wieder ganz der Alte war.

»Wie fühlt man sich als Mitglied der Kripo?«, fragte Jan.

»Übertreib nicht«, antwortete Chandu. »Ich bin nur freischaffender Informant.«

»Gib zu, du stehst darauf.«

»Auf was?«

»Bei der Kripo zu sein.«

»Das letzte Mal, als ich hier war, wurde ich wegen eines Mordes an einem Zuhälter verhört. Davor hatte man mich als Handlanger der Russenmafia verdächtigt, von den Befragungen wegen meiner Tätigkeit als Geldeintreiber will ich gar nicht reden. Um auf deine Frage zu antworten: Nein.«

»Sind wir vollzählig?«, wechselte Jan das Thema.

»Ja«, sagte Max und drehte seinen Laptop um. Der Bildschirm zeigte Zoe in der Pathologie. Sie hatte ihre langen Haare hochgesteckt und trug einen weißen Laborkittel. Die Augenbrauen ihres makellosen Gesichts waren perfekt gezupft, und ihre dunkelblauen Augen leuchteten geheimnisvoll, selbst durch ihre breite Schutzbrille hindurch. Chandu bedauerte, dass sie sich für das andere Ufer entschieden hatte.

»Na, da sind ja die drei Stooges wieder vereint.«

»Brillen stehen dir nicht«, erwiderte Chandu und setzte sich auf einen Stuhl gegenüber dem Laptop.

»Klappe, Donkey Kong.«

»Schätzelein, ich habe dich vermisst.«

»Ich dich nicht. Und nenn mich nicht Schätzelein.«

»Ich unterbreche dieses herzzerreißende Wiedersehen nur ungern«, sagte Jan, »aber wir haben einen Mordfall zugeteilt bekommen.«

»Warum wir?«

»Weil dieser Fall ungewöhnlich ist.«

»Hab ich gehört«, bemerkte Chandu.

»Von wem?«

»Von deinem Busenfreund Patrick Stein.«

»Patrick?«, fragte Jan verwirrt. »Wie kommst du ...«

»Lange Geschichte«, unterbrach Chandu. »Erzähl ich dir später. Du wolltest erklären, warum der Fall ungewöhnlich ist.«

»Genau.« Jan deutete auf eine Stellwand.

»Unser Opfer ist Dr. Bernhard Valburg. 53 Jahre alt. Pneumologe mit eigener Praxis. Vor zwei Tagen war er auf dem Friedhof, um die Ruhestätte seiner Frau zu pflegen. Dort entdeckte er ein leeres Grab mit einem Holzkreuz, auf dem sein Name stand.«

»Makaber, makaber«, bemerkte Max.

»Es wird noch besser. Auf dem Holzkreuz befand sich außerdem sein Todestag. Das war Bernhard Valburg zu viel, und er hat den Notruf gewählt.«

»Und ihr habt ihn nicht beschützt?«, warf der junge Hacker ein.

»Jetzt sind wir schlauer, doch damals sah alles nach einem schlechten Scherz aus. Die Frau in der Anrufzentrale hat vorgeschlagen, dass er auf die Wache kommt, um den Fall mit einem Beamten zu besprechen. Doch er ist nicht gekommen.«

»Warum habt ihr nicht nachgeforscht?«, fragte Chandu.

»Du hast keine Ahnung, wie viele Spaßanrufe und Verrückte die 110 wählen. Samstagabends ist in Berlin die Hölle los. Die Streifen sind im Dauereinsatz. Außerdem kann man nicht jedes Opfer eines makabren Scherzes unter Polizeischutz stellen.«

»Aber der Witzbold hat Ernst gemacht.«

»Das konnte keiner ahnen.«

Jan deutete auf das Foto eines schicken Einfamilienhauses mit Garten und einer weiß getünchten Garage, zu der ein mit hellen Marmorplatten ausgelegter Fußweg führt.

»Tatort war vermutlich seine Wohnung in der Dorenstraße. Im Wohnzimmer haben wir sein Blut auf dem Boden gefunden. Wie weit bist du mit der Autopsie?«, wandte er sich an Zoe.

»Wir sind noch nicht ganz fertig, aber das Wesentliche weiß ich.« Sie nahm die Brille ab. »Bernhard Valburg wurde erschlagen. An der Bestimmung der Mordwaffe arbeiten wir noch, aber ich tippe auf einen Hammer. Der Schlag zerschmetterte die Schädeldecke und drang tief ins Gehirn ein. Das Blut vom Tatort enthielt Gehirnmasse, daher wissen wir, dass das Opfer zu Hause ermordet wurde. Er war sofort tot.«

»Das war ja einfach«, bemerkte Max.

»Eine kleine Sache gibt es noch«, fuhr Zoe fort. »Dem Opfer wurden die Augen ausgestochen.«

»Die Augen ausgestochen?«, fragte Jan. »Wieso das?«

»Keine Ahnung. Komm vorbei und frag den Toten.«

»Mit was ausgestochen?«, fragte Chandu.

»Ist bei Glaskörpern schwer zu sagen. Ich tippe auf einen Schraubenzieher oder etwas Ähnliches.«

»Sonst noch etwas Außergewöhnliches?«

»Äußerlich nicht. Die Prüfung auf Drogen, Gifte und andere Spaßbringer läuft noch.«

»Jetzt wissen wir, wie er gestorben ist, aber wie hat der Mörder den Toten auf den Friedhof geschafft?«, fragte Chandu. »Den Fotos nach zu urteilen, hätte ich Bernhard Valburg auf zwei Zentner geschätzt.«

»96,3 Kilo«, ergänzte Zoe.

»Die hebt sich keiner kurz auf die Schulter.«

»Das ist die erste Frage«, sagte Jan. »Viel spannender ist das Warum.«

»Warum er ermordet wurde?«

»Warum auf diese Weise? Der Mörder hat sich durch das Schaufeln des Grabs einer Menge Risiken ausgesetzt. Er hat sein Opfer gewarnt, dass am 23. Juni etwas Schlimmes passieren würde.

Bernhard Valburg hätte sich aus Angst zu Hause einschließen können, eine Sicherheitsfirma beauftragen oder nach Hawaii fliegen können.

Es war dem Täter offensichtlich nicht genug, ihn einfach zu ermorden. Er hat ihm zu Hause den Schädel eingeschlagen, die

Augen ausgestochen und die Leiche zum Grab gefahren. Selbst mitten in der Nacht hätten ihn hundert Leute dabei beobachten können.«

»Also kannte der Mörder sein Opfer.«

»Bingo«, sagte Jan.

»Hä?«, schallte Zoes Stimme aus dem Lautsprecher.

»Es sind zu viele persönliche Komponenten in dem Mord«, erklärte Chandu. »Zuerst musste der Mörder wissen, wo Valburgs Frau begraben ist. Dann kannte er seinen Geburtstag und seinen Wohnort.«

»Ein gutes Indiz für einen persönlichen Mord ist auch der betriebene Aufwand«, fuhr Jan fort. »Ein Grab von einem halben Meter Tiefe zu schaufeln, dauert seine Zeit, vor allem wenn man dabei nicht beobachtet werden darf. Dann das Kreuz und der Transport der Leiche. Das ist lange geplant.«

»Habt ihr die Mitarbeiter des Friedhofs befragt?«, fragte Chandu.

»Ja. Niemand hat etwas gesehen. Der Letzte hat um 18:00 Uhr Feierabend gemacht. Der Friedhof ist viel zu groß, als dass die Mitarbeiter täglich jedes Grab kontrollieren.«

»Überwachungskameras?«

»Da gibt es nicht mal Strom«, warf Zoe ein. »Unsere Scheinwerfer haben die Sicherungen geröstet. Ich musste bis zum Morgengrauen warten, damit ich was sehen konnte.«

»Und das Kreuz?«, bemerkte Chandu. »Fingerabdrücke?«

»Nein«, antwortete Zoe. »Wir haben auch keine DNA gefunden. Der Mörder hat keine Spuren hinterlassen. Die Kollegen überprüfen noch ein paar Proben, ich bin aber nicht optimistisch, dass wir was finden. Der Regen hat es nicht leichter gemacht.«

»Wem hat das Grab gehört?«, fragte Max. »Oder hat der Mörder die Grube in ein bereits bestehendes gegraben?«

»Das ist das Nächste, das ungewöhnlich ist«, erklärte Jan. »Bernhard Valburg hatte das Grab für sich reserviert. Nach seinem Tod wollte er neben seiner Frau begraben werden.«

Chandu stieß einen leisen Pfiff aus. »Das ist abgedreht.«

»Also haben wir nichts«, sagte Max.

»Außer einem irren Mörder, der noch frei herumläuft«, ergänzte Zoe.

»Wo fangen wir an?«, fragte der Hacker.

»Ich gehe in die Praxis von Bernhard Valburg. Vielleicht erfahre ich was von seinen Mitarbeitern. Außerdem besorge ich mir eine Patientenliste«, sagte Jan.

»Ich tauche in die Unterwelt ab«, sagte Chandu. »Valburg wäre nicht der erste Arzt, der verschreibungspflichtige Medikamente vercheckt, Drogen nimmt oder spielsüchtig ist.«

»In seiner Wohnung wurde ein Computer gefunden«, sagte Max. »Den schaue ich mir an. Vorher durchforste ich die Polizei-Datenbank, ob der Doktor zu schnell gefahren ist oder bei anderem Unfug erwischt worden ist.«

»Ich rauche erst mal eine«, sagte Zoe. »Dann bestelle ich mir eine Pizza und lege mich aufs Ohr.«

»Perfekt«, sagte Jan. »Dann haben wir alle was zu tun. Treffen wir uns morgen Nachmittag wieder hier?«

»Nein«, widersprach Chandu. »Polizeiwachen sind mir unheimlich und außerdem habe ich einen Ruf zu verlieren. Sagen wir um 18.00 Uhr bei mir. Ich koche auch was Schönes.«

»Aber nichts mit Insekten«, bemerkte Zoe.

»Für dich, Herzblatt, habe ich irgendwo 'ne Rolle Smarties rumliegen.«

Zoe kniff die Augen zusammen und setzte zu einer Bemerkung an, aber Max klappte geistesgegenwärtig den Laptop zu und kappte die Verbindung zum Netzwerk.

»Bis morgen«, sagte Jan.

Max hob die Hand zum Gruß, während seine Linke die Kabel aus dem Computer zog.

»Gute Jagd«, verabschiedete sich Chandu und verließ den Raum.

Draußen sah er sich vorsichtig um. Die Frau von vorhin war nicht zu sehen, also huschte er weiter, drängte sich an einer Gruppe Polizisten vorbei und überquerte den Vorraum, ohne durch seinen schnellen Gang Aufmerksamkeit auf sich zu ziehen. Er schlüpfte durch die Eingangstür auf die Straße und atmete hörbar aus. Es war ein komisches Gefühl, für die andere Seite zu arbeiten.

Die Praxis von Bernhard Valburg lag in einem ruhigen Vorort von Berlin. Einfamilienhäuser reihten sich an einer verkehrsberuhigten Straße entlang, deren Gehweg von schmalen Buchen gesäumt war. Der Eingangsbereich war mit Kirschlorbeer begrünt. An der Glastür hing ein Schild: »Praxis bis auf Weiteres geschlossen.«

Jan drückte die Klingel. Einen Augenblick später öffnete ihm eine Frau im weißen Laborkittel. Alles an ihr entsprach dem Klischee einer lang gedienten Arzthelferin. Ihre Haare waren hochgesteckt, sie trug gerade so viel Schminke, dass es nicht aufdringlich wirkte, und ihre Hände zierte kein Schmuck. Sie lächelte, aber ihre verweinten Augen erzählten eine andere Geschichte.

»Ja, bitte?«, fragte sie müde.

»Kommissar Tommen.« Jan zeigte seine Marke. »Ich bin von der Kripo Berlin und bearbeite den Mord an Dr. Valburg.«

»Vanessa Ziegler«, stellte sich die Frau vor und öffnete die Tür. »Ich war dreiundzwanzig Jahre die Helferin von Dr. Valburg.«

Jan trat in die Praxis ein. Auf dem Empfangstisch stapelten sich Berge von Akten. Schnell gekritzelte Notizen lagen neben dem Telefon. In den Staubgeruch aus den Hängeregistern mischte sich der Duft von frischem Kaffee.

»Ich muss die Patienten von Dr. Valburgs Tod informieren«, erklärte Vanessa. »Ich versuche, sie möglichst gleichmäßig auf andere Pneumologen in Berlin zu verteilen.«

»Seit wann wissen Sie davon?«

»Seit heute früh. Dr. Valburg hat mich als Notfallkontakt angegeben.« Sie deutete seufzend auf die Akten. »Und wenn ich damit fertig bin, muss ich die Praxis für den Nachfolger aufräumen, also alle privaten Dinge entfernen und manche Akten vernichten lassen.«

»Wissen Sie, wer der Nachfolger sein könnte?«

Sie schüttelte den Kopf. »Ich habe damit nichts zu tun. Die Lage ist gut, und Dr. Valburg hatte einen tadellosen Ruf. Wer immer hier einzieht, wird es leicht haben. Es gibt nicht viele Pneumologen, die eine Praxis suchen, daher könnte es eine Weile dauern.«

»Wie war Ihr Verhältnis zu Dr. Valburg?«

»Er war ein guter Chef. Wir haben uns auch gestritten, aber ich habe gerne hier gearbeitet.«

»Was machen Sie jetzt?«

»Zum Arbeitsamt gehen. Hoffen, dass es freie Stellen gibt.« Sie zuckte müde die Schultern. »Es ist schwer, wenn das Leben über Nacht einen Salto schlägt. Eigentlich wollte ich bis zu meiner Rente hierbleiben.«

Sie hatte Mühe, ihre Tränen zu unterdrücken, und wandte das Gesicht ab. Jan wartete, bis Vanessa sich wieder gefangen hatte. Sie atmete tief durch und drehte sich wieder zu ihm um.

»Wie kann ich Ihnen helfen?« Ihr Arzthelferinnen-Lächeln war wieder zurück.

»Ich brauche die Liste von Dr. Valburgs Patienten.«

»Benötigt man dazu nicht eine richterliche Anordnung, oder was Ähnliches?«

»Eigentlich ja«, wand sich Jan. Er hatte gehofft, leichter an die Daten zu kommen.

»Mir egal. Wenn es hilft, den Mörder zu finden, mache ich das gerne.« Vanessa ging in das Nebenzimmer, startete den Computer und drückte ein paar Tasten.

»Wie wollen Sie die Liste? Soll ich sie ausdrucken oder Ihnen per Mail zusenden?«

Das Klingeln seines Handys verhinderte eine Antwort.

»Yup.«

»Ich bin's, Max«, meldete sich der junge Hacker. »Ich hab was Interessantes.«

»Leg los.«

»Ich habe Bernhard Valburgs Namen in die Datenbanken eingegeben und einen Treffer bekommen.«

Jan zog seinen Block aus der Tasche und setzte sich auf einen Stuhl im Warteraum. Er notierte sich jedes Detail, das Max ihm gab. Zwei Minuten später hatte er die Patientenliste vergessen und verabschiedete sich von Vanessa Ziegler.

»Ich komme wieder«, sagte er gehetzt, »oder rufe Sie an.«

Auf dem Weg zum Auto wählte er Chandus Nummer. Beim nächsten Verhör würde er seine Hilfe brauchen.

Max schlenderte zufrieden zum Süßigkeitenautomaten und zog sich eine Tüte Gummibärchen. Er hätte nicht geglaubt, dass das Praktikum bei der Kripo so viel Spaß machen würde.

Die Jungs aus der IT waren fast so gut wie er. Sie hatten seinen Zugang mit einem Tracker versehen, der jeden Tastendruck und jeden Mausklick von ihm aufzeichnete. So war es ihm unmöglich, krumme Dinger zu drehen oder seinen Zugang für etwas zu nutzen, für das er nicht gedacht war.

Zwei Tage lang hatte er das nicht bemerkt, aber die Freaks der Kripo waren eben nicht Maximum, der Meisterhacker.

Zuerst hatte er sich das Passwort des obersten Administrators abgeschaut. NCC-1701 war leicht zu knacken, als ob er noch nie eine Folge Star Trek gesehen hätte. In der Nacht hatte er sich dann einen neuen Nutzer angelegt, der nicht verfolgt werden konnte, und sich gleich noch eine Hintertür ins System einprogrammiert, um weiter auf den Kriposerver zugreifen zu können, wenn sein Praktikum beendet sein würde.

Außerdem hatte er seine Akte markiert. Wann immer diese aufgerufen werden würde, würde er eine Nachricht mit dem Namen des Aufrufenden bekommen. So wäre er rechtzeitig gewarnt, wenn jemand gegen ihn ermittelte.

Den *Imperial March* pfeifend, ging er zurück zu seinem Platz. Er war wahrscheinlich der einzige Superhacker der Welt mit Zugang zu einem Kriposerver.

Sein Handy summte. Vielleicht hatte Jan noch eine Frage. Er sah auf das Display und erstarrte. Seine Schwester hatte ihm eine SMS geschrieben.

Bin am WE in Berlin. Komme SA. LG Mira.

»Verdammt«, fluchte Max. Das Wochenende war futsch.

Jan wartete an der Straßenecke, als Chandu aus dem Taxi stieg.

»Fährst du nicht selbst?«, fragte Jan.

»So aufgeregt, wie du am Telefon geklungen hast, bin ich sofort los. Es blieb keine Zeit, einen Wagen zu … leihen. Was für eine Spur ist so heiß, dass du mich von meinen Ermittlungen abziehst?«

»Da drüben ist die Praxis von Dr. Aaron Ewers, einem Schönheitschirurgen.«

Jan deutete auf ein protziges Haus. Die Front des runden Eingangsbereichs war verglast. Davor erhob sich eine kleine Allee blühender Bäume, inmitten eines sorgsam angelegten Grünbereichs mit Springbrunnen und akkurat zugeschnittenen Büschen.

Chandu nickte anerkennend. »Das Geschäft mit Botox scheint sich zu lohnen. Warum sind wir hier?«

»Der gute Doktor hat unserem Opfer mit dem Tod gedroht, weil Bernhard Valburg ihm angeblich die Steuerfahndung auf den Hals gehetzt hat. Dummerweise haben die etwas gefunden, was den Gewinn der Klinik geschmälert hat.«

»Und warum brauchst du mich?«

»Max hat nicht nur die Anzeige von Bernhard Valburg wegen der Morddrohung gefunden, sondern auch einige andere. Dr. Ewers ist ein Choleriker mit wenig Respekt gegenüber Autoritäten. Er hatte fünf Anklagen wegen Beamtenbeleidigung, bis ihm ein Richter endlich eine Bewährungsstrafe aufgebrummt hat. Da er mich als Kripobeamten nicht respektieren wird, ist er vielleicht von einem zwei Meter großen, tätowierten Schwarzen mit dicken Armen eingeschüchtert.«

»Ich fühle mich auf mein Äußeres reduziert«, murrte Chandu.

»Ist auch so«, sagte Jan lächelnd.

»Ist immer eine Freude, mit dir zu arbeiten.«

»Sei nicht so empfindlich. Hast du deine gefälschte Kripomarke dabei?«

»Klar«, sagte Chandu. »Die hat mir schon einige Freigetränke eingebracht.«

Jan hob vorwurfsvoll die Augenbrauen. »Wir sollten über die Bedeutung des Wortes *verantwortungsvoller Umgang* reden.«

»Das sind zwei Worte.«

»Egal«, winkte Jan ab. »Lass uns reingehen. Versuche, möglichst bedrohlich zu wirken. Anders kommt man solchen Leuten nicht bei. Vielleicht knickt er ein.«

»Hört sich nach Spaß an.«

Der Empfang erfüllte die Erwartungen, die man beim Betrachten des Gebäudes haben musste. Der Boden war aus hellgrauem Granit. Es roch nach künstlichem Zitronenaroma. Leise Klaviermusik klang aus versteckten Lautsprechern durch die Vorhalle. Hinter der weiß getünchten Anmeldetheke saß eine attraktive junge Frau, die mehr zu einem Model-Contest als in eine Klinik gepasst hätte. Auf der flachen Theke standen zwei ausladende Blumensträuße und eine Schale mit einzeln verpackten Bonbons.

»Herzlich willkommen in der Ewers-Klinik«, sagte die Frau und zeigte ihre makellosen Zähne. »Wie kann ich Ihnen helfen?«

»Kripo Berlin. Guten Morgen.« Jan legte seine Marke auf die Theke. »Wir haben einen Termin mit Dr. Ewers.«

Die Frau sah auf einen Bildschirm. »Ich habe keinen Termin eingetragen. Wann haben Sie ...«

»Danke. Wir finden den Weg.« Chandu nahm eine Handvoll Bonbons aus der Schale und stopfte sie in seine Jackentasche.

»Dr. Ewers. Zimmer 104«, las Jan von einem Wegweiser.

»Moment. Dr. Ewers ist in einer Besprechung.«

»Nicht mehr lange.« Chandu nahm ein Bonbon in den Mund und ließ die Verpackung auf den Boden fallen.

Während sie in Richtung des Zimmers gingen, kam die Frau hinter dem Empfang vor und stöckelte ihnen mit viel zu hohen Absätzen hinterher. Das Lauftempo, das Jan und Chandu anschlugen, war ihr zu schnell.

»Das ist eine Unverschämtheit«, zeterte sie. »Sie können hier nicht einfach hereinplatzen.«

»Doch«, erklärte Jan. »Das ist eine Mordermittlung. Was immer Dr. Ewers macht, es kann nicht wichtiger sein.«

»Da ist es.« Chandu deutete auf ein Zimmer, drückte die Klinke herunter und ging mit Jan hinein.

In einem elegant eingerichteten Raum saß ein Mann in einem weißen Kittel auf einer hellen Ledercouch. Sein kurz geschnittenes Haar war etwas ausgedünnt. Die Bräune auf seinem Gesicht wirkte künstlich, fast geschminkt.

Ihm gegenüber hatte eine Frau mittleren Alters Platz genommen. Dem Schmuck an den Händen und um ihren Hals nach zu schließen, musste sie wohlhabend sein.

Der Mann presste seine schmalen Lippen zusammen und ballte die Faust. »Wie können Sie es wagen?«, fuhr er auf. Er warf der Empfangsdame einen vorwurfsvollen Blick zu, die nur mit den Schultern zuckte.

»Ich konnte nichts …«

»Verlassen Sie sofort meine Praxis«, unterbrach sie der Mann. »Oder ich rufe die Polizei.«

»Schon da«, sagte Jan und zeigte seine Kripomarke. »Wir haben Fragen, die nicht warten können.«

»Ich bin in einer Besprechung.«

»Jetzt nicht mehr.« Chandu ging zu der Frau. »Hier hast du was zu schnabulieren.« Er drückte ihr ein paar Bonbons in die Hand. »Deine Hupen müssen warten.«

Die Frau war diese Art der Behandlung offensichtlich nicht gewöhnt. Außer einem entsetzten Keuchen brachte sie nichts zustande. Sie erhob sich von der Couch und verließ wortlos den Raum.

Die Empfangsdame stammelte eine Entschuldigung und führte die Frau unterwürfig hinaus.

»Das wird Sie Ihren Job kosten«, empörte sich der Doktor. Sein Gesicht war rot angelaufen, und die Knöchel seiner geballten Faust knirschten. Jan konnte sich lebhaft vorstellen, wie es zu den Anzeigen gekommen war.

»Hast du das gehört?«, wandte sich Jan an Chandu.

»Was gehört?«

»Er hat mich Arschloch genannt.«

»Jetzt wo du es sagst, ist es mir auch aufgefallen.«

»Eine dumme Idee.«

»Sehr dumm.«

»Vor allem, wenn man wegen Beamtenbeleidigung eine Bewährungsstrafe bekommen hat.«

»Was geht hier vor?«, unterbrach sie der Mann. »Das ist eine Unverschämtheit. Ich werde …«

»Ruhe jetzt«, brüllte Chandu. »Du setzt dich jetzt hin und beantwortest unsere Fragen, oder wir liefern dich gleich auf der Wache ab. Die Kollegen werden sich freuen, dich wiederzusehen.«

Chandu ging einen Schritt nach vorne und deutete wortlos auf die Couch. Sichtlich eingeschüchtert setzte sich der Mann.

»Geht doch«, murmelte Jan und nahm gegenüber Platz. Chandu faltete seine Arme und stellte sich neben die Couch.

»Sind Sie Dr. Aaron Ewers?«

Der Mann nickte.

»Kennen Sie Dr. Bernhard Valburg?«

Ein erneutes Nicken.

»Wissen Sie, was mit ihm passiert ist?«

Wieder ein Nicken.

»Wir schätzen es, wenn man mit uns redet«, sagte Chandu.

»Ja«, sagte Aaron leise.

»Der Grund unseres Kommens ist die Morddrohung an Dr. Valburg.«

»Ich war es nicht.«

Jan holte den Block aus der Tasche. »Es ist aber verdächtig, dass Sie vor ein paar Wochen bei Dr. Valburg angerufen und eine Nachricht hinterlassen haben, in der Sie ihm androhten, seinen Schädel einzuschlagen.«

»Dumm«, bemerkte Chandu.

»Und nun raten Sie, wie Dr. Valburg gestorben ist.«

»Ich war es nicht«, wiederholte der Arzt.

»Verzeihen Sie mir, dass ich Ihnen nicht auf Anhieb glaube, vor allem in Hinblick auf Ihr Hobby Beamtenbeleidigung.«

»Ich bin aufbrausend«, begann Aaron. »Dessen bin ich mir bewusst, aber ich habe niemanden angegriffen.«

»Es gibt immer ein erstes Mal«, sagte Chandu.

»Ich kann Ihre Wut verstehen«, fuhr Jan fort. »Bernhard Valburg war ein Kollege. Im Vergleich zu Ihrer Praxis hat er in einem Loch gearbeitet. Seine Assistentin war kein Unterwäsche-Model und seine Patienten nicht von der Berliner High Society. Anstatt Ihnen den Erfolg zu gönnen, hat er Sie angezeigt. Da kann man zornig werden.«

»Eine Unverschämtheit«, sagte Aaron mit unterdrückter Wut.

»Woher wussten Sie, dass es Bernhard Valburg war? Die Anzeige ging anonym ein.«

»Das ist eine lange Geschichte.«

»Wir haben Zeit«, sagte Chandu. Er nahm ein Bonbon aus seiner Tasche, wickelte es aus und steckte es sich in den Mund. Das Papier ließ er wieder zu Boden fallen.

»Bernhard und ich haben zusammen in Berlin studiert. Für ihn war Arzt eine Berufung, eine Verpflichtung, sich für das Wohl der Leidenden einzusetzen. Für mich war es immer nur ein Job, eine Möglichkeit, Geld zu verdienen und ein angenehmes Leben zu führen.

Wir haben uns vom ersten Studienjahr an gestritten. Er konnte es nicht verstehen, dass ich Schönheitschirurg werden wollte. Doch kaum war das Studium vorüber, haben wir uns auf Ärztekongressen oder ähnlichen Veranstaltungen wiedergesehen.«

Aaron faltete die Hände und sah zu Boden. »Das letzte Mal sind wir uns auf einem Empfang begegnet. Ich hatte eine Runde geschmissen, weil ich das erfolgreichste Jahr meiner Arzttätigkeit zu feiern hatte. Anstatt mich mit meinen Freunden trinken zu lassen, kam Bernhard herein und fing ein Gespräch über die Pflichten eines Arztes an. Er referierte von Ethik und lästerte über Schönheitschirurgen. Angetrunken, wie ich war, lachte ich ihn aus, verglich meine Praxis mit seiner und spottete über Kassenpatienten.«

»Ein klassischer Schwanzvergleich«, bemerkte Chandu.

»Nennen Sie es, wie Sie wollen, aber dieses Mal hatte ich einen Nerv getroffen. Bernhard stürmte auf mich zu, schlug mir das

Champagnerglas aus der Hand und drohte mir offen mit Konsequenzen. Eine Woche später stand das Finanzamt vor meiner Tür.«

»Und das hat Sie Geld gekostet?«, fragte Jan.

Aaron nickte.

»Wie viel?«

»Zu viel.«

»Was ist zu viel?«

»Ich musste eines meiner Häuser verkaufen und den Anteil an einem Privatjet aufgeben.«

»Ein hartes Schicksal«, bemerkte Chandu, ohne seinen Zynismus zu verstecken.

»Wo waren Sie Sonntagabend?«

»Auf einem dieser Kongresse. In einem Hotel in Mitte. Meine Assistentin kann Ihnen die Adresse aufschreiben.«

»Sonntags?«

»Bei deutschlandweiten Treffen bleibt nur das Wochenende.«

»Was war das Thema?«

»Wollen Sie nicht wissen.« Aaron winkte ab. »Lauter langweiliger Kram, aber man konnte es sich nicht erlauben, nicht gesehen zu werden. Ich hatte mich eigentlich auf eine weitere Runde mit Bernhard vorbereitet und mich gewundert, dass er nicht da war.«

»Hat Sie jemand auf dem Kongress gesehen?«

»Ich kann Ihnen eine Liste von Kollegen geben. Ich habe den Abend dort verbracht, denn ein alter Freund war aus Brasilien zu Besuch gekommen. Wir haben getrunken, bis die Hotelbar geschlossen hat. Das war gegen drei. Danach konnte ich noch zum Taxistand wanken. Fragen Sie den Concierge, der um diese Zeit Dienst hatte.«

»Hm«, murmelte Jan. »Das war's fürs Erste. Bei weiteren Fragen nehmen wir uns das Recht heraus, wieder vorbeizukommen. Es wäre schön, wenn wir dann freundlicher empfangen werden.«

Aaron schien die letzte Bemerkung zu missfallen. Er verzog den Mund, nickte aber gehorsam.

Als Jan und Chandu den Raum verließen, saß der Doktor immer noch auf der Couch.

»Wissen Sie was?«, rief er ihnen hinterher. »Bernhard war eine Nervensäge, aber ich werde ihn vermissen.«

Sein Bedauern schien echt zu sein.

»Machen Sie sich keine Sorgen, Dr. Ewers«, antwortete Jan. »Wir werden den Mörder finden. Wir laufen gerade erst warm.«

Sie verließen das Zimmer.

»Du glaubst nicht, dass er der Mörder war«, sagte Chandu auf dem Weg nach draußen.

»Wie kommst du darauf?«

»Du hast ihn zu schnell vom Haken gelassen.«

»Ich kann dir nicht sagen, woran es liegt«, begann Jan. »Typen wie der Doktor glauben, ihnen gehört die Welt. Sie lieben es, Macht über andere auszuüben und tyrannisieren ihre Umwelt. Aaron Ewers wurde als Arschloch geboren. Er ist ein aufbrausender Choleriker, verprügelt wahrscheinlich seine Frau und schreit seine Mitarbeiter an, aber die tagelangen Vorbereitungen des Mordes und das Ausheben eines Grabes passen nicht zu ihm. Ich traue ihm zu, einen Menschen in einem Wutanfall zu erschlagen, aber der Rest ist zu umständlich.«

»Zu umständlich?«

»Die Vorwarnung am Grab. Das Ausheben. Der Mord einen Tag später und das Ablegen der Leiche. Selbst das Ausstechen der Augen. Erschlagen, ja. Alles andere nicht.«

»Vielleicht ist er cleverer, als wir denken.«

»Möglich. Ich überprüfe sein Alibi, aber gedanklich habe ich ihn von der Liste der Verdächtigen genommen.«

»Wie machen wir weiter?«

»Ich gehe wieder zur Praxis von Dr. Valburg und rede mit seiner Sprechstundenhilfe. Vielleicht wurde er noch von anderen Personen bedroht, die er nicht angezeigt hat. Außerdem hole ich mir noch die Patientenliste.«

»Ich gehe heute Abend auf Tour«, ergänzte Chandu. »Ich klopfe in der Drogenszene auf den Busch und schaue, wer wegrennt. Könnte ein paar Tage dauern, aber wenn Dr. Valburg krumme Geschäfte gemacht hat, finde ich es raus.«

Jan schlug Chandu freundschaftlich auf die Schulter. »Danke für die Hilfe.«

»Nicht dafür.«

»Wir sehen uns morgen Abend bei dir.«

Chandu nickte. »Bis dahin. Waidmannsheil!«

Als Jan wieder zurück in der Praxis war, mühte sich Vanessa Ziegler mit einem Aktenstapel ab.

»Ich bin fast fertig. Ich habe sogar Ihre Liste.«

»Perfekt«, sagte Jan und gab ihr eine Visitenkarte. »Können Sie die Unterlagen an diese Mailadresse schicken?«

»Werde ich machen.« Sie steckte die Karte ein.

»Ich war gerade bei Dr. Aaron Ewers.«

»Mein Beileid.«

»Sie mögen Ihn nicht?«

»Niemand mag ihn. Er ist ein eitler, selbstgefälliger Geck und nur halb so gut, wie er glaubt.«

»Hat sich Dr. Valburg oft mit ihm gestritten?«

»Die beiden kannten sich von der Uni. Ich habe meinen Chef immer zur Ruhe gemahnt. Mit einem Mann wie Dr. Ewers über die Ethik eines Mediziners zu reden, ist völlig sinnlos.«

»Aber er hat es trotzdem getan?«

»Dr. Valburg war ein Idealist, der sich aufopferungsvoll um seine Patienten gekümmert hat. Deshalb habe ich gerne für ihn gearbeitet.«

»Dann können wir die Patienten als potenzielle Mörder ausschließen?«, fragte Jan.

»Ich bin Arzthelferin, nicht Sherlock Holmes. Natürlich gab es Streit mit Patienten. Manche waren mit ihrem Heilungsprozess nicht zufrieden, manche sahen nicht ein, dass die Krankenkasse nicht alle Kosten übernehmen würde.«

»Wie viele unzufriedene Patienten gab es?«

»Schwer zu sagen. Drei oder vier im Monat.«

»Das summiert sich über die Jahre ganz schön auf.«

»Im Vergleich zu anderen Praxen ist das lächerlich wenig.«

»Gab es einen Patienten, der besonders unzufrieden war? Jemanden, der Dr. Valburg offen gedroht hat?«

»Alles, was ich mitbekommen habe, war nicht schlimm. Ein Streit über Zusatzleistungen hier, eine zugeschlagene Tür dort, nichts, was einen Mord rechtfertigt.«

»Hat Dr. Valburg Fehldiagnosen gestellt, weswegen Patienten zu Schaden gekommen sind?«

Vanessa kniff zornig die Augen zusammen. Nichts, was einem beiläufigen Beobachter aufgefallen wäre, aber es waren genau diese Dinge, auf die Jan achtete. Er hatte einen wunden Punkt getroffen.

»Medizin ist nicht Mathematik«, begann sie. »Natürlich kommt es in über zwanzig Jahren Arzttätigkeit vor, dass man eine Krankheit nicht erkennt oder falsch diagnostiziert, aber Dr. Valburg war ein gewissenhafter Pneumologe.«

»Wie schwerwiegend waren diese Fehleinschätzungen?«, fragte Jan vorsichtig. Er wollte die Frau nicht verärgern.

»Was meinen Sie mit schwerwiegend?«

»Starb jemand aufgrund einer falschen Diagnose?«

»Nein«, antwortete sie bestimmt.

»Also hatte Dr. Valburg keine Toten zu beklagen?«

»Lieber Herr Tommen«, begann Vanessa, als würde sie mit einem Dreijährigen reden. »Als Pneumologe behandelt man nicht nur Asthma-Patienten oder kuriert eine Bronchitis. Viele Patienten kommen schwer krank zu uns. Bei einem fortgeschrittenen Bronchialkarzinom oder pulmonal-arterieller Hypertonie kann man dem Patienten nicht mehr helfen. Natürlich sterben unsere Patienten, aber niemand ist im Behandlungszimmer verschieden.«

»Gehen wir von den Patienten weg zu anderen Personen, die mit Dr. Valburg zu tun hatten.«

»Welche andere Personen?«

»Freunde, Nachbarn, Pharmareferenten oder andere sympathische Kollegen wie Dr. Ewers. Eben irgendjemand, der mit Dr. Valburg noch Streit gehabt haben könnte.«

Vanessa rieb sich nachdenklich über die Lippen. Ihre Stirn runzelte sich, als würde sie angestrengt nachdenken.

»Vielleicht gab es jemanden.«

»Wer?«

»Ich kenne ihn nicht«, erklärte Vanessa. »Es war kein Patient. Die Praxis hatte geschlossen. Dr. Valburg war bereits gegangen, und ich habe das Wartezimmer aufgeräumt. Als ich die Türen abgeschlossen habe, stand er noch auf dem Parkplatz und hat sich mit einem Mann gestritten.«

»Konnten Sie hören, um was es ging?«

»Der Streit war beendet. Der Mann brüllte noch ›Belästige mich nie mehr‹ und verschwand in einer Nebenstraße. Dr. Valburg ist in sein Auto gestiegen und weggefahren.«

»Wie lange ist das her?«

»Vier Wochen.«

»Kannten Sie den Mann?«

»Ich habe ihn dort das erste Mal gesehen. Und seit dem nicht wieder.«

»Wie sah er aus?«

»Vielleicht 1,80 m groß. Schlank. Dunkle, kurze Haare.«

»Ein Kollege?«

Vanessa schüttelte den Kopf. »Ich kenne die meisten Kollegen von Dr. Valburg. Außerdem war er zu grimmig, um Arzt zu sein.«

»Zu grimmig?«

»Er trug eine abgetragene Jeans und eine Lederjacke. Seine Nase war schief, und er hatte eine Narbe neben der Augenbraue.«

»So genau können Sie sich erinnern?«

»Ich bin eine leidenschaftliche Porträtmalerin. Ich kann das Äußere eines Menschen sehr schnell erfassen.«

»Könnten Sie sich mit einer Phantomzeichnerin von der Kripo zusammensetzen? Zusammen mit Ihren Fertigkeiten müssten wir ein gutes Bild von dem Mann bekommen.«

Vanessa nickte. »So gut wie ein Foto.«

Jan lächelte. Er hatte den ersten Verdächtigen.

KAPITEL 3

Jan fuhr mit einem Schrei aus dem Schlaf. Er setzte sich auf, die Hand in die Decke gekrallt. Sein Herz raste, und er keuchte wie nach einem Marathon. Es dauerte einen Moment, bis er sich seiner Umgebung wieder bewusst wurde. Das Licht im Gang beleuchtete schwach sein Schlafzimmer, den großen Kleiderschrank, das Bett und die Kommode. Er schloss die Augen und vergrub sein Gesicht in den Händen. Mit jedem Atemzug verlangsamte sich sein Herzschlag, wurde sein Keuchen leiser und die verkrampfte Hand entspannter. Er ließ die Decke los und versuchte, den Albtraum zu vergessen. Manchmal rief er sich die Fußballergebnisse des letzten Spieltags in Erinnerung, oft genügte eine kalte Dusche, doch wenn der Albtraum besonders intensiv gewesen war, nutzte auch dieser Schock nichts. So wie heute.

Jan drehte sich zum Nachttisch. Entgegen jeder Vorschrift lag seine Waffe neben dem Bett. Dunkel und schwer. Eine ständige Anklage an den Tag, an dem er seine Freundin erschossen hatte.

Er hatte schon hunderte Mal mit dem Gedanken gespielt, sie aus dem Fenster zu werfen, aber er hatte Angst davor, was der Finder damit anstellen könnte. Als Polizist hatte er die Waffe im Dienst bei sich zu tragen. Immer. Für ihn würde keine Ausnahme gemacht werden.

Früher war er gerne auf den Schießstand gegangen, doch heute ekelte er sich alleine beim Anblick der Waffe. Niemand mehr sollte durch sie sein Leben verlieren, also nahm Jan die Pistole vom Nachttisch, zog das Magazin heraus und entfernte jede einzelne Kugel.

Auch das war ein schwerwiegender Verstoß gegen die Vorschriften, aber solange er die Pistole im Halfter trug, würde es niemand bemerken. Er konnte sich nicht vorstellen, dass er jemals wieder auf jemanden schießen konnte, auch wenn sein Leben davon abhängen würde.

Die Kugeln verstaute er in der Schublade. Dann legte er sich wieder hin, zog die Decke hoch und schloss die Augen. Vielleicht konnte er noch ein wenig schlafen. Er hatte viel zu tun, bis sie sich am Abend wieder bei Chandu treffen würden.

Das Licht im Gang ließ er an. Falls er wieder träumen würde.

Es war ein eigenartiges Gefühl für Jan, in Chandus Wohnung zurückzukehren. Hier hatte er sich tagelang versteckt, als er wegen Mordes gesucht worden war. Es war ein sicherer Hafen gewesen, und er fühlte sich sofort wieder heimisch.

Seit seinem Auszug hatte sich nichts verändert. Am Eingang empfing einen der Duft herber Räucherstäbchen. Die Ledercouch – lange Zeit Jans Schlafstätte – glänzte wie poliert. Der Flachbildschirm war auf den Sportkanal geschaltet.

Chandu werkelte geschäftig in der Küche. Er öffnete den Backofen, und der Duft von Flammkuchen breitete sich wie eine Woge der Wonne im Raum aus. Jan schloss die Augen und sog den Geruch ein. Er war immer wieder von den Kochkünsten seines Freundes überrascht.

»Ist gleich fertig«, rief der große Mann ihm zu. »Setz dich hin.«

Jan lächelte zufrieden. Hier war es wahrlich besser als im Besprechungsraum der Kripo. Er wollte sich gerade zu Tisch setzen, als jemand laut an die Tür klopfte und dabei wild die Klingel betätigte.

»Ein kurzer Moment der Freude«, murmelte Jan. Er ging zur Tür, atmete tief durch und drückte die Klinke herunter.

»Na endlich«, sagte Zoe und trat ein.

»Einen schönen Abend auch dir.«

Zoe antwortete mit einem mürrischen Grunzen und steckte sich eine Zigarette an. Ihr folgte Max. Er zuckte die Schultern, als wollte er sagen: *Ich kann nichts dafür.*

Zoe ging in die Küche, beugte sich über den Flammkuchen und beäugte ihn kritisch. Sie verharrte einen Moment und setzte sich wortlos an den Tisch.

Während Zoe Rauchkringel zur Decke blies, half Jan beim Anrichten. Eine Minute später waren die Getränke auf dem Tisch, der Flammkuchen in handliche Stücke geteilt, und das Klappern von Besteck erfüllte den Raum.

»Hast du noch etwas herausbekommen?«, wandte sich Chandu an Jan.

»Anfänglich nicht viel. Ich habe mit der Helferin Vanessa Ziegler geredet. Die wusste eigentlich nur Gutes über ihren ehemaligen Chef zu berichten. Ich habe sie nach enttäuschten Patienten oder Kollegen ausgefragt, aber anscheinend war Dr. Valburg ein guter Arzt.«

Er biss in ein Stück Flammkuchen. »Dann wurde es doch noch interessant«, fuhr Jan fort. »Vanessa Ziegler berichtete von einem Streit des Doktors mit einem unbekannten Mann vor vier Wochen. Es gab einen heftigen Wortwechsel, und die beiden haben sich nicht als Freunde getrennt.«

»Konnte sie den Mann beschreiben?«, fragte Chandu.

»Besser noch. Vanessa Ziegler ist Porträtmalerin. Zusammen mit unserer Phantomzeichnerin hat sie ein erstaunlich gutes Bild von dem Mann hinbekommen, inklusive schiefer Nase und Narbe über der Augenbraue.«

»Und?«, fragte Zoe.

»Und was?«

Zoe seufzte. »Wer ist der Typ?«

»Keine Ahnung«, sagte Jan. »Noch nichts. Wir vergleichen das Bild mit den einschlägigen Verbrechern von Berlin, haben aber noch keinen Treffer. Wir haben es an alle Dienststellen weitergeleitet, damit die Streifen informiert werden.«

»Hast du das Bild da?«, fragte Zoe.

»Ich zeige es dir nach dem Essen.«

»Eine Idee, zu welchem Milieu der Knabe gehören könnte?«, fragte Chandu.

»Wieso?«

»Das würde meine Suche erleichtern. Es hat keinen Sinn, dass ich in der Drogenszene nach dem Kerl Ausschau halte, wenn er eigentlich Mädchen schmuggelt.«

»Abgesehen von seinem Äußeren, habe ich leider nichts.«

»Da kann ich vielleicht helfen«, sagte Zoe mit vollem Mund.

Die Blicke der drei Männer wandten sich ihr zu.

»Der gute Dr. Valburg hat Drogen genommen.«

»Was?«, fuhr Jan auf. »Davon hat mir die Helferin nichts gesagt.«

»Bist vielleicht doch nicht so unwiderstehlich, wie du glaubst.«

»Was hat er genommen?«

»Koks.«

»War er am Tag seines Todes auf Drogen?«, fragte Jan.

»Nein. Ich habe nur Drogen gefunden, weil ich seine Haare getestet habe. Im Blut war nichts. Von der Menge her schließe ich auf einen Gelegenheitskonsumenten.«

»Was ist mit K.o.-Tropfen oder anderen Betäubungsmitteln?«

»Nope.«

»Wie sieht es mit Abwehrverletzungen aus. Hat er sich gewehrt?«

»Nochmals nope. Nichts deutet auf einen Kampf hin. Er hat eins auf die Birne bekommen und war hin.«

»Wo auf die Birne?«

»Auf den Hinterkopf.«

»Und die Augen.«

»Was ist mit denen?«

»Post- oder prämortal?«

»Ersteres.«

»Das ist interessant.«

»Wieso?«, fragte Chandu.

»Die Augen ausstechen kann eine Million Bedeutungen haben. Der Mörder will nicht, dass das Opfer ihn anblickt, andere fürchten sich vor Augen, weil es der Spiegel der Seele ist. Lauter so Kram. Damit füllen Profiler ein ganzes Buch. Da der Mörder Dr. Valburg die Augen nach seinem Tod ausgestochen hat, ist er kein Wahnsinniger, der sein Opfer leiden lassen will. Das zeigt auch der schnelle Tod durch einen Schlag auf den Kopf.«

»Aber warum sticht er ihm dann die Augen aus?«, fragte Max.

»Da sind wir wieder am Anfang. Es hat eine Bedeutung. Welche, kann ich nicht sagen.«

»Vielleicht hat Dr. Valburg etwas gesehen, was er nicht sehen durfte«, sagte Chandu.

»Möglich«, sagte Jan. »Noch hilft uns der Hinweis nicht weiter.«

»Aber lasst uns das im Auge behalten«, bemerkte Zoe und kicherte.

Chandu und Max stiegen in das Lachen mit ein.

»Sehr erwachsen.« Jan runzelte die Stirn. »Mordwaffe?«

»Wie ich es geahnt habe. Ein Hammer.«

»Hm«, sagte Jan und starrte nachdenklich auf seinen Teller, auf dem noch ein halb aufgegessenes Stück Flammkuchen lag.

»Oh, großer Denker, erleuchte uns mit deiner Weisheit«, unterbrach Chandu seine Grübeleien.

»Ich habe in Gedanken die einzelnen Untersuchungsberichte zusammengeführt.« Er trank einen Schluck Bier, bevor er weiterredete.

»Die Tatortermittler in Dr. Valburgs Haus haben keine Einbruchsspuren gefunden. Der Täter ist also ein guter Einbrecher oder hatte einen Schlüssel. Unklar ist noch, ob der Mörder auf sein Opfer gewartet hat oder erst nach seiner Heimkehr in das Haus eingedrungen ist. Auf jeden Fall hat er Dr. Valburg überrascht und von hinten erschlagen. Er war tot, bevor er wusste, wie ihm geschah.«

»Wie hat der Mörder den Toten auf den Friedhof geschafft?«, fragte Chandu.

»Da haben wir noch zu wenig«, sagte Jan. »Chandu hat schon bemerkt, dass man einen fast hundert Kilo schweren Mann nicht auf die Schulter heben und gemütlich aus dem Haus tragen kann. Auffällig war, dass wir außerhalb des Wohnzimmers keine weiteren Blutspuren gefunden haben, also vermute ich, dass der Mörder den Toten in eine Folie eingewickelt hat.«

»Vielleicht auch in eine Kiste oder ein Fass«, bemerkte Chandu.

»Wie kommst du darauf?«

»Ich gehe davon aus, dass der Mörder die Leiche nicht herausgetragen hat«, begann Chandu. »Also hatte er ein Hilfsmittel. Eine Schubkarre, ein Handkarren, irgendetwas in der Art. Selbst eine in Folie eingewickelte Leiche wäre wegen ihrer ungewöhnlichen Form aufgefallen.«

»Der Mörder hat in der Nacht zugeschlagen«, sagte Zoe. »In der Gegend begegnet man um diese Zeit niemandem.«

»Irgendeiner ist immer unterwegs«, widersprach Chandu. »Straßenreinigung, Zeitungsausträger oder der Busfahrer der Nachtlinie. Da wir davon ausgehen, dass die Tat lange geplant war, hat der Mörder das bedacht.«

»Also hat er einen unauffälligen Transportbehälter gewählt«, bemerkte Jan.

Chandu nickte. »Ich tippe auf ein Ölfass oder eine große Kiste. Der Mörder hat die Leiche eingewickelt, um keine weiteren Spuren zu hinterlassen. Dann hat er den Toten zum Hintereingang geschleppt und in eine Kiste gehievt. Zusammen mit einer Sackkarre war es einfach, die Leiche zum Wagen zu schaffen.«

»Und wie hilft uns das?«, fragte Zoe.

»Das sagt uns etwas über das Auto«, erklärte Jan.

»Bingo.« Chandu hob beide Daumen.

»Eine in Folie eingepackte Leiche bekomme ich in fast jeden PKW. Eine Kiste, die groß genug für eine Leiche sein muss, passt höchstens in einen großen Kombi. Wir suchen also eher einen Kleintransporter oder SUV. Das schränkt die Suche stark ein, wenn man bedenkt, wie wenige Autos um diese Zeit unterwegs gewesen sind. Und ein Auto hat er mit Sicherheit gehabt, denn die zwei Kilometer zum Dorotheenstädtischen Friedhof ist er nicht gelaufen.«

»Habt ihr das Grundstück auf Reifenspuren untersucht?«

»Die Umgebung um das Haus ist ermittlungsunfreundlich. Valburg hat einen zwei Meter breiten Gehweg mit Steinfliesen legen lassen, inklusive Weg zum Vorder- und Hinterausgang. Fußspuren und Ähnliches kann man vergessen.«

Jan seufzte. »Ich wünsche mir einmal einen Mord in einem kameraüberwachten Mehrfamilienhaus.«

»Hast du eigentlich auch was zu sagen, Maximal?«, fragte Zoe.

»Maximum«, korrigierte der junge Hacker seinen Spitznamen. »Maximal ist ein Schaumschläger aus Nürnberg.«

»Super interessant.«

Max ignorierte Zoes Zynismus, wischte sich mit dem Handrücken über den Mund und räusperte sich, als wollte er die Neujahrsansprache beginnen. »Nachdem ich Jan auf die Anzeige Dr. Valburgs gegen seinen Kollegen Ewers hingewiesen habe, habe ich mich auf seinen privaten PC gestürzt. Das Opfer hat den Computer wenig benutzt. Kaum zwanzig Minuten am Tag. Er hat seine privaten E-Mails gecheckt und ist ab und zu auf eine wissenschaftliche Seite gegangen, um einen Fachartikel zu überprüfen. Das war's. Nichts Verdächtiges.«

»Und was ist mit Single-Kram?«, fragte Zoe.

»Was für Single-Kram?«

»Seiten, auf die verzweifelte Typen wie du gehen. Pornos, Single-Börsen, Riesenbrüste.de. So'n Kram halt.«

»Du hast eine falsche Vorstellung von *Typen* wie mir.«

Zoe kicherte. »Nein. Die Schwielen an deiner Hand lügen nicht.«

»Was für …«

»Können wir bitte beim Thema bleiben«, unterbrach Chandu. »In meinem Kopf entstehen gerade Bilder, die ich beim Essen nicht gebrauchen kann.«

»Hast du noch andere Sachen gefunden?«, lenkte Jan das Gespräch wieder auf die Ermittlungen zurück.

»Ein paar Briefe von mäßigem Interesse. Ansonsten keine versteckten Sektoren oder sonst etwas, das mich misstrauisch gemacht hätte.«

»Hat die Untersuchung des Fundortes etwas ergeben?«, wandte sich Jan an Zoe.

»Die Antwort wird dir nicht gefallen.«

»Erzähle es mir trotzdem.«

»Bei der Leiche haben wir nichts Verwertbares gefunden. Der Regen hat sein Übriges getan. Die Ermittler haben sich auf das Kreuz mit Dr. Valburgs Todestag konzentriert, aber auch darauf war nicht ein Fitzelchen DNA oder ein Fingerabdruck. Holz und Nägel kann man in jedem Baumarkt erstehen, ebenso die Farbe.«

Zoe legte sich zwei Stücke Flammkuchen auf ihren Teller und bestreute sie mit Chilipulver. »Nichts, was uns weiterbringt.«

»Was ist mit der Befragung der Friedhofsmitarbeiter?«, fragte Chandu.

»Wir sind noch dabei«, erklärte Jan, »aber zur Tatzeit war niemand mehr dort. Wir suchen nach Verbindungen zwischen den Friedhofsangestellten und Dr. Valburg, aber da hat sich nichts ergeben. Wir haben zwei Kollegen abgestellt. Die befragen die Besucher, aber viel Hoffnung mache ich mir nicht.«

Jan trank einen Schluck Bier. »Verdammt«, fluchte er. »Das ist wenig.«

»Aber du hast einen Verdächtigen«, sagte Max.

»Das ist auch alles. Selbst wenn wir den Mann finden, muss er noch lange nicht der Mörder von Dr. Valburg sein. Ein Fingerabdruck, ein Überwachungsband oder etwas DNA wären schön gewesen.«

»Was ist mit seinem Drogenkonsum?«, fragte Zoe. »Vielleicht hatte er Stress mit seinem Dealer.«

»Das glaube ich nicht. Dr. Valburg hatte genug Geld, um sich Drogen zu beschaffen.«

»Außerdem macht sich ein Dealer nicht so viel Mühe, wenn er dich umlegen will.« Chandu streckte Zeigefinger und Daumen. »Knarre raus, peng und Ende.«

Jan spielte abwesend mit der Bierflasche in der Hand. Die ersten Ergebnisse waren ernüchternd. Es gab keinen konkreten Hinweis auf den Mörder und nur einen möglichen Verdächtigen. Jan kannte weder den Grund für den Mord, noch verstand er die Bedeutung des Grabes.

»Ich werde noch mal mit Vanessa Ziegler reden. Anscheinend war der gute Doktor doch kein Engel. Sie wusste sicher von dem Drogenkonsum.«

»Ich nehme mir das Foto des Verdächtigen und höre mich in der Unterwelt um«, sagte Chandu.

»Ich checke die Patientenliste von Dr. Valburg.« Max war mit vollem Mund kaum zu verstehen. »Mal sehen, ob ich im Polizeicomputer einen Treffer finde. Auch Gewalttäter müssen zum Arzt.«

»Ich brauche eine Zigarette zur Verdauung«, sagte Zoe. »Morgen rede ich mit dem Ermittlerteam des Friedhofs. Noch sind nicht alle Spuren ausgewertet, aber ich bin nicht optimistisch, dass sich was Neues aufgetan hat.«

Jan hob seine Flasche. »Dann lasst uns den Abend genießen. Morgen früh geht es wieder auf Mörderjagd.«

Jan schlurfte müde die Treppe zu seiner Wohnung hoch. Noch immer beschlich ihn ein seltsames Gefühl, wenn er an der Wohnung von Pfarrer Anberger vorbeikam. Der Geistliche war das letzte Opfer seiner Freundin Betty gewesen. Er vermisste die unverbindlichen Gespräche im Treppenhaus, den unerschütterlichen Optimismus des Pfarrers und seinen Glauben an das Gute.

Als sich die Tür der Wohnung öffnete, sprang Jan einen Schritt zur Seite. Statt des verstorbenen Pfarrers kam eine junge Frau heraus. Sie hatte kurze, schwarze Haare und feine mandelförmige Augen. Jan schätzte die Frau auf Anfang zwanzig. Sie trug zwei Bücher unter ihrem Arm und hatte eine Stofftasche über der Schulter hängen.

Sie ging zu Jan und streckte ihm die Hand entgegen. »Hallo. Mein Name ist Lan.«

Jan schüttelte ihr die Hand. Außer einem dümmlichen ›Hallo‹ kam nichts aus seinem Mund. Er hatte nicht gewusst, dass die Wohnung von Pfarrer Anberger bereits wieder vermietet war.

»Und haben Sie auch einen Namen?«

»Tommen. Also Jan. Tommen ist mein Nachname. Nennen Sie mich einfach Jan.« Er hielt noch immer ihre Hand.

»Hallo Jan. Schön, dich kennenzulernen.« Sie lächelte. »Du darfst meine Hand jetzt loslassen.«

Jan zog seine Finger zurück, als hätte er sich verbrannt. Er sah verstohlen über die Schulter der kleinen Frau in die Wohnung, als erwarte er, dass jeden Moment der Geistliche aus der Tür kommen würde.

Seine Nachbarin folgte Jans Blick in die Wohnung und runzelte die Stirn.

»Verzeihen Sie, Frau Lan.«

»Lan ist mein Vorname.«

»Oh, also dann Verzeihung, Lan. Apropos Lan. Was ist das für ein Name?«

»Vietnamesisch.«

»Ach. Sie kommen aus Vietnam?«

»Nein. Aus Potsdam.«

»Oh«, sagte Jan entschuldigend. »Ich dachte, weil Sie so ..., also Ihr Aussehen ist irgendwie ...«

»Mein Vater ist Vietnamese.«

»Ah.« Jan rang sich ein gequältes Lächeln ab. »Vietnam ist toll. Für Bami Goreng könnte ich sterben.«

»Das ist indonesisch.«

»Ach.« Jan hüstelte verlegen. »Also Verzeihung, dass ich in deine Wohnung sehe«, wechselte Jan das Thema, »aber ich kannte den Vormieter.«

»Den ermordeten Pfarrer?«

»Du weißt davon?« Jan war überrascht. Der Mieterbund hatte die Bewohner um Stillschweigen gebeten, um Interessierte nicht abzuschrecken.

»Klar. Das ist der Grund, warum ich die Wohnung so leicht bekommen habe.«

»Ich wusste nicht, dass es bekannt ist.«

»Das Internet macht es möglich. Ich habe die Ermittlungen verfolgt, Herr Kommissar«, sagte sie mit einem Augenzwinkern. »Als ich das mit dem Mordopfer in einschlägigen Wohnungssuche-Foren gepostet habe, sind, außer mir, alle Interessenten abgesprungen.« Sie zuckte die Schultern. »Noch ein paar blutige Details dazuerfunden, und schon war die Bude zweihundert Euro billiger.«

Jan hüstelte erneut. Seine Nachbarin war nicht auf den Kopf gefallen. Außerdem war es tapfer, einem Kommissar so etwas wie Betrug zu gestehen. Zumindest hörte es sich nach Betrug an.

»Dann gute Nacht, Jan. Ein wenig Schlaf würde dir guttun«, sagte sie mit Blick in seine Augen.

»Danke.« Jan überlegte noch, warum er sich bedankt hatte, als Lan weitersprach.

»Ich muss zu meiner Lerngruppe.« Sie hob die Bücher hoch. »Numerik.« Sie lächelte ihm zu, schloss die Tür und ging die Treppe nach unten.

»Gute Nacht«, rief Jan und winkte ihr verwirrt hinterher.

Heute war nicht sein Tag.

Jan hatte die halbe Nacht über den Fall nachgedacht und war erst gegen zwei Uhr eingeschlafen. Er rieb sich müde die Augen. Er brauchte dringend Koffein. Die Unterlagen konnte er auch in der Kaffeeecke des Präsidiums lesen. Als er mit seinen Notizen aus dem Büro ging, stieß er beinahe mit Bergman zusammen.

»Dich habe ich gesucht.«

Jan seufzte. Das war nie ein gutes Zeichen.

»Darf ich dir Dr. Kerima Elmas vorstellen.« Er deutete mit dem Daumen auf eine Frau neben sich. »Ihres Zeichens Psychologin.«

Jan schüttelte ihr die Hand. Die zierliche Frau hatte ein freundliches Lächeln. Ihre braunen Locken passten zu ihren dunklen Augen. Einzig die etwas zu große Nase und die spießige Brille nahmen ein wenig von ihrer Attraktivität. Jan schätzte sie auf Ende dreißig.

»Sie wird die nächste Stunde mit dir plauschen.«

»Ich dachte, wir waren uns einig, dass mir das erspart bleibt.«

»Waren wir?«

»Sie haben es versprochen.«

»Dann habe ich wohl gelogen.« Bergman zeigte sein strahlendes Lächeln.

»Keine Angst, Herr Tommen«, sagte Kerima. »Bisher gab es keine Toten oder Verletzten bei meinen Gesprächen.«

»Darum geht es nicht. Ich bin mitten in einer Ermittlung und habe keine Zeit, über meine Kindheit oder das Verhältnis zu meiner Mutter zu reden.«

»Sie haben keine hohe Meinung von Psychologen.«

»Also so würde ich es nicht …«, stotterte Jan.

»Außerdem«, fuhr Kerima fort, »führen wir die Gespräche immer während der Arbeit. Mögliche posttraumatische Belastungsstörungen zeigen sich in Stresssituationen, nicht beim Golfen.«

»Was für posttraumatische Belastungsstörungen?«

Kerima sah kurz in den Gang hinter sich. Jans Kollegen lehnten wie zufällig an den Türrahmen und gaben sich Mühe, beschäftigt zu wirken. »Ich weiß nicht, ob wir das hier besprechen sollten.«

»Ich muss in die Praxis von Dr. Valburg«, wandte sich Jan an Bergman.

»Die halbe Stunde wirst du abzweigen müssen.«

»Da draußen läuft ein Mörder rum.«

»Der ist nachher auch noch da.«

»Ich habe echt keinen Bock darauf.«

»Pech. Ich Chef, du nix, daher gehst du mit Dr. Elmas in dein Büro und kommst erst in einer halben Stunde wieder raus.«

Die Psychologin drehte sich zu Bergman. »Wir sollten danach über Ihren Führungsstil reden.«

»Nicht ich bin der Patient, sondern Jan.«

»Kein Problem. Ich habe heute Morgen noch nichts weiter vor.«

»Ja, reden Sie mal mit Herrn Bergman über seinen Führungsstil«, sagte Jan grinsend. Vielleicht würde ihm die Frau doch noch sympathisch werden.

»Klappe, Jan, sonst verwende ich dein Weihnachtsgeld für Pferdewetten. Und was Sie betrifft, Dr. Elmas, wenn ich das Bedürfnis habe, Tintenkleckse zu interpretieren, rufe ich Sie an.«

»Das ist der Vorteil an meiner Position, ich kann selbstständig Vorschläge für Gespräche machen, denen der Mitarbeiter nachkommen muss.« Sie genehmigte sich ein Lächeln.

Bergman sah auf seine Uhr. »Ups, eine Besprechung.« Er drehte sich um und ließ beide im Gang stehen.

»Das macht er öfters«, sagte Jan.

»Was genau? Beleidigen, bedrohen oder unbelehrbar sein?«

»Alles.«

Max kam um die Ecke. Er lehnte über einem silbernen Kickboard wie ein Rennfahrer, der versuchte, eine aerodynamische Haltung einzunehmen. Er holte mit dem rechten Fuß Schwung und rauschte an den beiden vorbei. »Morgän«, rief er mit seiner kindlichen Stimme, wobei er das ›ä‹ langzog, bis er das Gangende erreicht hatte.

Die Psychologin blinzelte. »Vielleicht sollte ich mir bei der Kripo ein Büro einrichten«, murmelte sie. »Hier wartet einiges an Arbeit.«

Sie deutete in den Besprechungsraum.

Jan ging murrend hinein und setzte sich auf einen Stuhl. Die Psychologin schloss die Tür und nahm gegenüber Platz.

»Was wollen Sie hören?«, fragte Jan.

»Mich interessiert, wie es Ihnen geht.«

»Ganz gut.«

»Etwas genauer muss es schon sein.«

»Wieso kommen Sie darauf, dass ich Probleme habe?«

Kerima zog eine Mappe aus der Tasche. »Lassen Sie mich nachdenken. Bei Ihrem letzten Fall waren Sie des Mordes verdächtig, wurden von Ihren Kollegen gejagt und mussten untertauchen. Es stellte sich schließlich heraus, dass Ihre Freundin die Mörderin war und Sie als Sündenbock benutzt hat. Sie wollte Sie umbringen, sodass Sie keine andere Wahl hatten, als sie zu erschießen.«

Die Psychologin faltete die Hände auf dem Schoß. »Selbst wenn Sie der härteste Polizist von Berlin sind, Herr Tommen, niemand verarbeitet das in ein paar Wochen.«

»Soll ich eine Pause machen, ins Kloster gehen und meditieren?«

»Ich will wissen, wie sich Ihr Leben nach diesem Fall verändert hat. Wie bewältigen Sie Ihren Alltag, haben Sie Schlafprobleme, solche Dinge halt.«

»Ich habe nachts Albträume, musste alle Fotos von Betty und mir löschen und umfahre alle Orte in Berlin, die mich an sie erinnern.«

Kerima nickte anerkennend. »So offen war noch niemand beim ersten Gespräch.«

»Was erwarten Sie? Natürlich nimmt mich das noch mit, aber das Schlechteste, was ich machen kann, ist Nichtstun. Arbeit hilft. Mit Freunden rumhängen hilft. Vor dem Fernseher sitzen und ein spannendes Fußballspiel sehen hilft auch. Was nicht hilft, ist ständig darüber nachdenken zu müssen.«

»Darüber reden hilft auch.«

»Mit wem soll ich reden? Mein bester Freund war dabei. Er hat gesehen, wie mich meine Freundin erschießen wollte, wie ich ihr eine Kugel verpasst habe und wie das Leben aus ihr herausgeflossen ist. Er wäre selbst beinahe draufgegangen.«

»Sie könnten mit mir reden.«

»Aber Sie verstehen mich nicht«, sagte Jan. »Sie mögen eine kompetente Psychologin sein, aber Sie wissen nichts vom Polizeialltag. Sie haben noch nie eine Waffe gegen jemanden gerichtet, und ich bezweifle, dass Sie Ihren Freund erschossen haben.«

»Wenn ich nicht weiß, wie sich so etwas anfühlt, dann versuchen Sie, es mir zu erklären.«

»Was gibt es da zu erklären? Betty hatte eine Schrotflinte in der Hand und wollte mir den Kopf wegblasen. Hätte ich nicht zurückgeschossen, wäre ich jetzt tot.«

»Also hatten Sie keine Wahl.«

»Den Eindruck kann man bekommen, aber das ist ein schwacher Trost. Ich durchlebe den Moment immer wieder und frage mich, ob ich richtig gehandelt habe. Hätte ich Betty nur angeschossen, würde sie noch leben.«

»Es war nicht die erste Person, die Sie erschossen haben.«

»Die anderen Typen hatten es verdient.«

»Meinen Sie nicht, dass eine Serienmörderin, die Sie töten wollte, es auch verdient hatte?«

»Das mag auf einen nüchternen Verstand so wirken, aber sie war meine Freundin, und ich habe sie geliebt. In meinen Träumen habe ich uns als altes Ehepaar auf einer Veranda sitzen sehen, während wir zusammen den Sonnenuntergang beobachteten.« Jan sah zu Boden. »Ich mag formell richtig gehandelt haben, und wahrscheinlich hatte ich keine andere Chance, aber ich werde mir nie verzeihen, dass ich sie erschossen habe.«

Kerima betrachtete Jan einen Moment, als warte sie, ob er noch etwas hinzuzufügen hätte. Dann blätterte sie in der Akte. »Wie hat sich Ihr Verhältnis zu Ihren Kollegen verändert?«

»Was meinen Sie?«

»Für die Kripo Berlin waren Sie tagelang der Hauptverdächtige im Mordfall Georg Holoch. Ihre einstigen Kollegen, allen voran Herr Patrick Stein, wurden quasi über Nacht zu Ihren schlimmsten Feinden.«

Jan lehnte sich auf dem Stuhl zurück. »Das ist kompliziert.«

»Versuchen Sie, es zu entwirren.«

»Patrick und ich konnten uns nie leiden. Ich hielt ihn für einen Spießer, der nur nach Vorschrift arbeitet. Er bezeichnete mich als schießwütigen Irren, dem die Gesetze egal sind. Nicht die beste Voraussetzung für eine Zusammenarbeit, aber der letzte Fall hat viel verändert. Patrick war regelrecht besessen davon, mich zu fassen, ignorierte alle Hinweise auf andere Täter und konzentrierte sich auf die Indizien, die mich belasteten. Eine Begegnung mit mir hat ihn schließlich zweifeln lassen, und er hat die Ermittlungen gegen mich eingestellt.«

»Und das hat Sie beeindruckt?«

»Um das zu verstehen, müssten Sie Patrick besser kennen. Für ihn gab es nur den formell richtigen Weg, wie er im Handbuch steht. Alles links und rechts davon hat er ignoriert. Er war unbelehrbar und hat sich beim Mord an Georg Holoch verrannt. Schließlich hat Patricks Verstand über seine Besessenheit, mir eins auszuwischen, gesiegt. Er war Manns genug, seinen Fehler einzugestehen und sich zu entschuldigen. Da habe ich erkannt, dass es Patrick um die Sache und nicht um sein Ego geht. Das hatte ich ihm nicht zugetraut.«

»Also sind Sie jetzt beste Freunde?«

»Das wäre vielleicht zu viel des Guten, aber wir respektieren uns und haben gelernt zusammenzuarbeiten. Ich schätze seine Detailversessenheit und sein präzises Arbeiten, er bewundert meine unkonventionellen Methoden.« Jan zuckte die Schultern. »Wenn der letzte Fall etwas Gutes hatte, dann das.«

Kerima betrachtete ihn und packte dann die Akte in ihre Tasche. »Vielen Dank für Ihre Zeit, Herr Tommen.«

»Das war's?« Jan war über die plötzliche Beendigung des Gesprächs verwundert.

Sie nickte. »Ich wollte nur mit Ihnen reden.«

»Und wie bewerten Sie mich? Bin ich arbeitsfähig?«

»Sie schätzen meine Rolle falsch ein. Ich bin nicht hier, um über Sie zu richten. Sie sollten Ihre Sorgen und Gedanken mit jemandem teilen. Auch wenn Sie nicht an den Nutzen eines Psychologen glauben, bin ich sicher, dass Sie sich besser fühlen. Und wenn sich das positiv auf Ihre Arbeit auswirkt, ist das im Interesse von uns allen.«

»Bin ich verrückt?«

Sie lächelte. »Nein. Aber Sie haben noch ein Stück des Weges vor sich, bis Sie alles verarbeitet haben.«

»Sie meinen, irgendwann wird es wieder wie früher?«

Kerima nahm ihre Brille ab. »Dieses Ereignis wird Sie bis zu Ihrem Tod begleiten. Sie werden nur lernen, damit zu leben.«

»Ich dachte, die Zeit heilt alle Wunden?«

»Ein frommer Wunsch, aber leider nur ein Wunsch. Manche Narben bleiben ein Leben lang.« Kerima biss auf ihre Unterlippe. Jan hatte den Eindruck, dass sie wusste, wovon sie redete.

»Wenn Sie noch Redebedarf haben, rufen Sie mich an.« Sie legte eine Visitenkarte hin. »Egal, wie spät es ist.« Sie hob die Hand und verließ den Besprechungsraum.

Als Kerima gegangen war, lehnte sich Jan auf dem Stuhl zurück. Er gab es nicht gerne zu, aber er fühlte sich wirklich besser. Vielleicht machte der Psycho-Hokuspokus doch Sinn. Er steckte die Visitenkarte ein, stand auf und ging zu seinem Auto.

Zeit, sich um einen Mörder zu kümmern.

Als Jan zur Praxis kam, lud Vanessa Ziegler einen Karton in ihr Auto. Er enthielt Dinge, die seine Mutter immer als Nippes bezeichnet hatte. Geschmacklose Miniaturen aus dem Urlaub, Bilderrahmen mit verblichenen Fotos und Erinnerungskarten aus fernen Ländern. Jan fiel eine Plastiknachbildung des Eiffelturms auf, die besonders missraten war.

Vanessa wirkte müde. Ihre Augen waren gerötet. Ihr Gesicht ungeschminkt.

»Guten Morgen, Frau Ziegler«, sagte Jan.

Vanessa drehte sich zu ihm um, und ein Lächeln erschien auf ihrem Gesicht. Es wirkte aufgesetzt, aber die jahrzehntelange Erfahrung als Arzthelferin bahnte sich ihren Weg durch die Trauer.

»Haben Sie etwas Zeit für mich?«

»Ich bin arbeitslos.« Sie zuckte die Schultern. »Ich habe alle Zeit der Welt.«

»Leider geht es um eine ernste Sache.«

»Ernster als die Ermordung von Dr. Valburg?«

»Wir haben Kokain in seinem Körper gefunden.« Jan hasste es, schlecht über ein Mordopfer zu reden, aber er musste jeder Spur nachgehen, auch wenn sie unangenehme Wahrheiten ans Licht brachte.

Vanessa presste die Lippen aufeinander. Jan rechnete mit einem Wutausbruch oder zumindest mit einem empörten Dementi. Dann wandte sie beschämt den Kopf zu Boden.

»Sie müssen das verstehen.« Sie flüsterte fast. »Alles begann vor fünf Jahren, als bei seiner Frau Krebs diagnostiziert wurde. Es folgten zahlreiche Operationen, Bestrahlungen und Chemotherapie. Annika war bei den besten Ärzten, aber ihre Krankheit verschwand nicht. Dr. Valburg verbrachte jede freie Minute mit seiner Frau, fuhr in den Behandlungspausen mit ihr in Urlaub und kaufte sogar ein neues Haus ohne Treppen, um ihren Alltag zu erleichtern, doch es nützte nichts. Annika starb vor sechzehn Monaten, und mit ihr erlosch der Lebenswille von Dr. Valburg. Wäre er kein gläubiger Christ gewesen, hätte er Selbstmord begangen, dessen bin ich mir sicher.

Seinen Patienten ist diese Veränderung nicht aufgefallen, aber ich kannte ihn. Nach der Arbeit ging er in sein leeres Haus und vegetierte vor sich hin. Eines Abends bin ich ihm gefolgt und habe ihn vom Garten aus beobachtet. Er legte seinen Mantel ab, setzte sich auf einen Stuhl und starrte die leere Wand an. Nur das Blinzeln seiner Augen verriet mir, dass er noch am Leben war. Dann vergrub er sein Gesicht in den Händen und fing an zu weinen.«

»Warum ist sein Haus so leer?«, fragte Jan.

»Was meinen Sie?« Vanessa hob den Kopf.

»Er hat das Haus vor über einem Jahr gekauft, aber noch immer sind die Umzugskartons nicht ausgepackt, Schränke nicht aufgebaut und keine Lampen an der Decke.«

»Das liegt am Tod seiner Frau. Er hatte das Haus für Annika gekauft. Dort wollten sie den Rest ihres Lebens verbringen. Das Haus erinnerte ihn jeden Tag an sie. Es war kein Zuhause, sondern ein Grab.«

»Daher die Flucht in die Drogen?«

»Dr. Valburgs Glück war mit seiner Frau verwoben. Die Krebsdiagnose warf ihn aus der Bahn. Die Drogen halfen ihm.«

»Kokain zu nehmen hat geholfen?«

»Dr. Valburg hat seit der Krebsdiagnose kaum noch geschlafen. Er konnte an manchen Tagen kaum die Augen offen halten. Nach der Mittagspause war er dann voller Elan und hellwach, als hätte er zu viel Kaffee getrunken.«

»Daran haben Sie gemerkt, dass er Kokain genommen hat?«

»Ich habe beinahe einen Bruder an die Drogen verloren«, sagte Vanessa. »Leider kenne ich die Symptome.«

»Welche Symptome?«

»Das Auffälligste war die veränderte Leistungsfähigkeit. Morgens hatte ich Angst, dass er auf dem Stuhl einschläft, und am Mittag war er kaum zu stoppen. Zusammen mit der guten Laune brauchte ich nicht mehr zu wissen.«

»Wie abhängig war er?«

»Meist kämpfte er sich ohne Wachmacher durch den Tag. Nur wenn es nicht mehr ging, nahm er Drogen.«

»Wie oft?«

»Einmal die Woche.«

»Wo hatte er die Drogen her?«

»Weiß ich nicht.«

»Kokain wird doch auch in der Medizin eingesetzt.«

Vanessa nickte. »Bei Eingriffen am Kopf.«

»Könnte er sich die Drogen auf diese Art beschafft haben?«

»Nein! Der Beruf des Arztes war ihm heilig. Es mag komisch klingen, aber er hätte niemals seine Position dafür ausgenutzt.«

»Dann über einen Dealer?«

»Nehme ich an.«

»Vielleicht ein Patient?«

»Möglich«, sagte Vanessa unsicher. »Aber einen Verdächtigen kann ich Ihnen nicht präsentieren.«

»Das machen unsere Computerfreaks«, erklärte Jan. »Die werden die Patientenliste mit der Datenbank für Drogendelikte abgleichen. Vielleicht bekommen wir einen Treffer.« Jan machte sich eine Notiz für Max.

»Könnte der Mann, mit dem sich Dr. Valburg gestritten hat, der Dealer sein?«, fragte Vanessa.

»Wir fahnden nach ihm.« Jan packte seinen Block ein. »Vielen Dank für Ihre Mühe.« Er schüttelte der Arzthelferin die Hand. »Ich melde mich, wenn ich etwas Neues weiß.«

Vanessa nickte ihm zu und ging wieder in die Praxis.

Auf dem Weg zum Auto nahm Jan das Handy aus der Tasche und wählte Chandus Nummer. Es war Zeit, den Berliner Untergrund aufzuwirbeln.

Es war später Nachmittag, als Chandu durch sein altes Viertel spazierte. Die meiste Zeit hatte er hier Geld eingetrieben und säumige Schuldner aufgemischt, die dumm genug gewesen waren, sich von einer Unterweltgröße Geld zu leihen. Verdient hatten es alle. Hier lebten Dealer, Hehler, Zuhälter und andere Stützen der Gesellschaft.

Als er in die Straße einbog, erwachte die Gegend zum Leben. Nichts, was einem normalen Bürger aufgefallen wäre. Im zweiten Stock eines Mehrfamilienhauses wandte sich ein Gesicht vom Fenster ab, eine Gruppe von Jugendlichen löste sich auf und verschwand in den Hinterhof, ein Mann auf einer Parkbank zückte unauffällig sein Handy. Für ihn mehr als eine Warnung.

Chandu hatte den Herren gewechselt. Freunde hatte er hier keine mehr, neue Feinde genug. Mit übereifrigen Kiddies wurde er fertig, aber es würde nicht mehr lange dauern, bis die harten Jungs hier einmarschieren würden. Geldeintreiber, die seinen Platz eingenommen hatten, Leibwächter, die ihre Investitionen schützen wollten, sei es eine einträgliche Hure oder ein kleines Drogenversteck. Niemand wusste, warum er hier war, aber alle würden davon ausgehen, dass es keine Sentimentalität war. Und sie hatten recht.

Es war schwer zu sagen, wie schnell das Netzwerk arbeitete, aber er gab sich höchstens zehn Minuten. Dann würde er hier nicht mehr rauskommen.

Wenig Zeit, aber er durfte sich nichts anmerken lassen. Er hatte sich den Ruf als harter Schläger erarbeitet. Jede Form von Eile hätte ihn verraten. Dann hätten sich die kleinen Hyänen auf ihn gestürzt, noch bevor die großen Löwen eingetroffen waren.

Chandu betrat einen hässlichen Plattenbau. Die grauen Wände waren rissig und ausgewaschen. Vor jedem Fenster hing eine billige Satellitenschüssel. Das Glas der Haustür war zersplittert. Es roch nach Pisse und Erbrochenem. Chandu stieg über einen Mann, der neben der Tür lehnte. Er hatte eine Flasche Fusel in der Hand und murmelte unverständliches Zeug vor sich hin.

Sein Ziel lag im vierten Stock. Den Fahrstuhl zu nehmen, war zu gefährlich. Dort wäre er gefangen und unbeweglich. Chandu ging gemächlich die Treppen hoch. Eine Feuerleiter gab es nicht, ebenso wenig wie ein zweites Treppenhaus. Für einen Jäger perfekte Zustände. Noch war er der Jäger. Doch das würde sich bald ändern.

Spätestens in neun Minuten.

Im vierten Stock kam Chandu vor einer Holztür zum Stehen. Sie war aus billigem Pressspan, aber Chandu wusste, dass der Eingang mit zusätzlichen Riegeln, einer Stahlschiene und einer Metallplatte verstärkt war. Bis zu einem gewissen Maß war die Tür sogar kugelsicher. Auf jeden Fall konnte man sie nicht einfach eintreten. Chandu hoffte, dass der alte Trick noch funktionieren würde, ansonsten würde er wertvolle Zeit verlieren.

Er klopfte dreimal, wartete einen Augenblick und klopfte wiederum zweimal. Auf der anderen Seite wurde ein Schlüssel umgedreht und eine Kette abgenommen. Es knackte kurz.

Ein kleiner Mann mit einer auffällig dicken Brille öffnete die Tür. Seine ungewaschenen, dunklen Haare glänzten im Neonlicht des Ganges. Seine vorstehenden Zähne passten eher zu einem Nagetier als zu einem Menschen. Ein zerschlissenes T-Shirt fiel über seine schmalen Schultern.

Chandu verlor keine Zeit und verpasste ihm eine Gerade auf die Nase. Mann und Brille flogen in hohem Bogen in die Wohnung zurück.

»Du solltest dein geheimes Klopfzeichen ändern, Ratte.« Chandu schloss die Tür hinter sich.

Er hatte maximal drei Minuten. Den Rest der Zeit würde er brauchen, um aus dem Viertel rauszukommen. Wie um seine Eile Lügen zu strafen, setzte er sich auf einen alten Sessel und schlug die Beine übereinander. Keine Schwäche zeigen.

Tims Wohnung hatte sich die letzten Jahre nicht verändert. Dunkle Vorhänge hielten das Licht draußen, ein kleines Loch im Stoff erlaubte aber einen verstohlenen Blick auf die Straße. Die Küche bestand aus einer Spüle mit tropfendem Hahn und einem Mikrowellenherd. Genug, dass sich Tim seine heiß geliebten Fertig-Tortellini aufwärmen konnte, wahrscheinlich die einzigen Lebensmittel in dem brummenden Kühlschrank neben dem Campingtisch. Einen Fernseher suchte man hier vergeblich, ganz zu schweigen von Blumen, Fotos an den Wänden oder überhaupt irgendeiner Form von Dekoration. Wie um der trostlosen Einrichtung widersprechen zu wollen, stand eine hochmoderne Kaffeemaschine auf einem Hocker neben dem klapprigen Bett in der Ecke. Tims zweite Leidenschaft – Koffein. Viele glaubten, dass dies weniger der Lust an Kaffee geschuldet war, sondern einem fast manischen Zwang, nicht schlafen zu dürfen, weil er ständig mit Überfällen auf ihn, Einbrüchen in seine Wohnung oder anderen Schreckenstaten rechnete. Chandu dagegen war der Überzeugung, dass er nur gerne Kaffee trank.

»Du hast meine Nase gebrochen«, schrie Tim und rappelte sich auf. Er tastete mit einer Hand nach der Brille, während die andere auf seinem blutenden Gesicht lag.

»Dein Zinken war schon immer schief. Schlimmer als vorher kann es nicht sein.«

»Außerdem hasse ich diesen Spitznamen.«

»Dein Problem.«

»Mein Name ist Tim.«

»Sonst noch was. Soll ich dir noch ein Stück Kuchen holen?«

»Was willst du hier? Ich hab keine Schulden.«

»Hättest du Schulden, wäre ich nicht so sanft mit dir umgesprungen.«

Tim hob seine Brille vom Boden auf, die in der Mitte gebrochen war. Er versuchte, den Bügel mit dem einen Glas auf das Ohr zu setzen, ohne die Hand von seiner Nase zu nehmen.

»Du hast meine Brille kaputt gemacht«, jammerte er.

Chandu seufzte. »Manchmal frage ich mich, wie du in einem solchen Viertel überleben kannst.«

»Warum hast du mir eine verpasst?«

»Der guten alten Zeiten willen.«

Tim betrachtete die blutüberströmte Hand. Er presste die Lippen aufeinander und stand kurz vor einem Heulkrampf.

»Ich hab keinen Stoff und kein Geld bei mir. Wenn du einen überfallen willst, dann klopf im sechsten Stock an. Der Lude hat mehr …«

»Deine Kröten kannst du behalten. Gib mir ein paar Informationen, und ich bin wieder weg.«

»Was springt für mich dabei raus?« Tims Gesichtsausdruck sprang augenblicklich von wehleidig auf geschäftig. Die Schmerzen seiner gebrochenen Nase schienen vergessen zu sein.

»Ich reiß dir nicht die Ohren ab.«

»Ich dreh keine Dinger mehr«, begann Tim. »Also werd ich dir kaum …«

»Ich bin nicht zum Plauschen hier.« Chandu erhob sich vom Sitz. Er stellte sich vor den kleinen Mann, dessen Kopf nur bis zu seiner Brust ragte. Die Drohung genügte. Tim wandte den Blick zu Boden.

Chandu zog die Phantomzeichnung aus der Tasche und warf sie dem kleinen Mann hin. »Ich will wissen, wer das ist.«

Tim kniff ein Auge zu und starrte mit dem anderen auf das Bild. »Wie kommst du auf mich?«

»Du kennst jede Kakerlake in Berlin. Enttäusch mich nicht, dann schicke ich dir auch einen Kuschelbären zu Weihnachten. Vielleicht noch garniert mit ein paar Scheinchen, wenn die Info etwas taugt.«

Tim murrte unzufrieden.

»Ich nehme das als ja.« Chandu hob drohend den Finger. »Ich erwarte ein Ergebnis in den nächsten sechsunddreißig Stunden. Das erspart dir einen weiteren Besuch. Du weißt, wie du mich erreichst.«

Chandu verließ die Wohnung, ohne sich noch mal umzudrehen. Er hatte seine Duftmarke gesetzt. Kaum jemand in Berlin kannte die Unterwelt besser als die Ratte. Wenn der Mann auf der Zeichnung in krumme Geschäfte verwickelt war, würde der kleine Schnüffler ihn finden.

Chandu schloss die Tür und sah auf seine Uhr. Er musste sich beeilen.

Als er die Treppen nach unten ging, hörte er das Quietschen von Reifen. Ein Mann brüllte etwas in einer fremden Sprache. Er vermeinte sogar das Durchladen einer Waffe zu hören.

Chandu fluchte. Die Zeit war um.

Max' Finger flogen über die Tastatur. Sein Algorithmus war fertig programmiert. Er hatte ein paar Richtlinien der Kripo umgehen müssen, aber mit seinen gestohlenen Berechtigungen war das kein Problem.

Der Algorithmus verglich die Patientenliste von Dr. Valburg mit den Eintragungen der Polizei, des Ordnungsamtes und der Kripo. Jeder Treffer würde auf dem Bildschirm angezeigt werden, mit Namen und Vergehen. Dies konnte von Verkehrsdelikten bis hin zu mehrfachem Mord reichen.

Um dem Ganzen einen dramatischen Anstrich zu geben, hatte Max noch einen Klingelton hinzugefügt, der bei jedem Treffer ertönen würde.

Er startete das Programm, dem er den Namen *Maximum Mörderfänger* gegeben hatte, und stand auf. Die Leistung der Computer war bescheiden, daher konnte es eine Weile dauern, bis die Daten verglichen waren. Zeit für einen Besuch am Cola-Automaten.

Max hatte die Tür erreicht, als ein *Ping* den ersten Treffer anzeigte. Aufgeregt hastete er zum Bildschirm zurück.

Der Name *Daniel Baumann* poppte auf.

»Ha«, sagte Max und öffnete die Liste seiner Einträge. Doch statt schwerer Körperverletzung oder Mord stand dort nur ein Verkehrsdelikt. Daniel Baumann hatte sein Auto vor einer Feuerwehrausfahrt geparkt und war abgeschleppt worden.

Ein weiteres *Ping* ertönte.

Fabian Engel. Ruhestörung.

Ping.

Johanna Lang. Verbotene Entsorgung von Hausrat.

Ping.

Lisa Neumann. Beamtenbeleidigung.

Die *Pings* kamen weiter. Die Liste wurde immer länger.

»Verdammt«, fluchte Max. Bei *Criminal Minds* kam immer nur ein Treffer, der jedes Mal zum Mörder führte. Er musste sich die erste Staffel der Serie noch mal ansehen.

Chandu rannte in den ersten Stock, rammte mit der Schulter eine Tür auf und hastete durch die Wohnung. Es stank nach altem Fett und billigem Schnaps. Ein alter Mann saß auf einer zerschlissenen Couch. Er trug ein fleckiges Unterhemd und fuchtelte mit einer Bierflasche in Chandus Richtung.

»Raus hier«, brüllte der Mann.

»Gerne«, antworte Chandu und durchquerte den Raum. Er öffnete das Fenster, stellte sich auf den Rahmen und sprang hinaus. Der Weg nach unten war nicht weit. Kaum zwei Meter. Chandu rollte sich ab, rappelte sich auf und rannte in den Hinterhof. Mit ein wenig Glück würden die Schläger erst das Haus durchsuchen, bevor sie ihm auf die Spur kämen.

In dieser Richtung entfernte er sich von der Straße, weg von seinem Auto, tiefer in die Wohnsiedlung hinein. Noch drei Gebäude, dann würde er zum Fangzaun am Bahnübergang kommen. Das Gelände dahinter war riesig und bot keine Deckung. Die einzige Chance war am Zaun entlang zu den Nachbargebäuden und durch die Hinterhöfe wieder zurück zur Straße zu rennen.

Chandu kam zu einem heruntergekommenen Spielplatz. Die Schaukeln waren abgerissen und das Holz des Klettergerüsts verwittert. Ein Jugendlicher kam mit einem Geländemotorrad angefahren. Er trug eine verwaschene Jeans und eine alte Jacke. Chandu erkannte mit einem Blick, dass er keine Schusswaffe trug. Vielleicht ein verstecktes Messer, aber darüber musste er sich keine Sorgen machen.

Der junge Mann brachte seine Maschine zwei Meter vor Chandu zum Stehen und richtete sich auf. »Hier ist er«, brüllte er.

Chandu überwand die Distanz zu dem Jugendlichen und verpasste ihm einen harten Schwinger an die Schläfe. Der junge Mann flog vom Motorrad und landete neben dem Klettergerüst.

»Immer einen Helm tragen.«

Chandu hob das Motorrad auf, legte einen Gang ein und fuhr am Spielplatz vorbei, tiefer in die Hinterhöfe hinein. Ein Schuss ertönte. Er duckte sich über den Lenker und gab Gas.

Ein weiterer Schuss. Staub spritzte neben ihm auf.

Er raste über den Fußgängerweg, vorbei an einer jungen Frau, die erschreckt ihre Einkäufe fallen ließ, eine Gruppe Kinder stob schreiend zur Seite.

Am Fangzaun angekommen, riss er die Maschine scharf nach rechts. Ein Radfahrer rettete sich mit einem beherzten Manöver in die Büsche. Erde und Kieselsteine flogen in die Luft, als er in Richtung Straße raste. Chandu lachte laut, als ihm der Fahrtwind ins Gesicht wehte.

Informant zu sein war doch nicht so schlecht.

Jan ging in dem Ermittlungszimmer unruhig hin und her. Das Gespräch mit Vanessa Ziegler hatte nichts Neues gebracht. Zoe wertete noch die letzten Spuren aus, Max verglich die Patientenliste mit der Polizeidatenbank, und Chandu suchte den Unbekannten auf der Phantomzeichnung.

Langsam nahm das Bild von Dr. Valburg Konturen an. Je besser man das Opfer kannte, umso leichter kam man auf den Mörder, aber der entscheidende Hinweis war noch nicht gefunden.

Was völlig ungeklärt war, war die Art und Weise des Mordes. Das Grab, das Kreuz, die Ankündigung des Todes mussten etwas bedeuten. Den jähzornigen Dr. Ewers konnte er ebenso ausschließen wie einen möglichen Dealer. Keiner würde einen solchen Aufwand betreiben. Es war etwas Persönliches. Jemand, der Bernhard Valburg kannte und hasste.

Der Klingelton seines Handys riss ihn aus seinen Gedanken. Jan sah auf das Display. Bergman. Jan stöhnte.

»Jan Tommen«, meldete er sich.

»Beweg deinen Hintern in mein Büro«, sagte Bergman. »Wir haben ein neues Grab.«

KAPITEL 4

Der Mann in Bergmans Büro war sichtlich mitgenommen. Das Jackett seines dunklen Anzugs war verknittert. Er hatte das Hemd geöffnet und die Krawatte mit geschmacklosem Paisley-Muster gelockert. Er saß vornübergebeugt mit einer Tasse Kaffee in der Hand und starrte in die dunkle Brühe, als könnte er daraus seine Zukunft ablesen. Sein braunes Haar war feucht, als wäre er den Weg zur Kripo gerannt.

Bergman erhob sich vom Sitz. »Darf ich vorstellen, Herr Quast, das ist Jan Tommen. Er ist mein leitender Ermittler.«

Jan schüttelte dem Mann die Hand. Sie war feucht und kraftlos. »Was ist passiert?«, fragte Jan.

»Ich war heute Morgen am Grab meiner Eltern, wie jeden Dienstag. Ich habe ein Grablicht aufgestellt, da ist mir der Aushub daneben aufgefallen.«

»Aushub?«

»Rechts neben dem Grab ist eine Grasfläche. Dort sollten keine Gräber hinkommen. Sie können sich meine Überraschung vorstellen, als auf dem Holzkreuz, das neben der Grube aufgestellt worden war, mein Name gestanden hat.«

»Mit Todesdatum?«

»Morgen. 27. Juni.« Er trank einen Schluck Kaffee. »Ich hätte an einen schlechten Scherz geglaubt, wenn ich nicht vom Mord an dem Arzt erfahren hätte, der auch vor seinem Grab gestanden hat.«

»Kannten Sie Dr. Bernhard Valburg?«

»Ist das der ermordete Arzt?«

Jan nickte.

»Nie gehört.«

»Sind Sie sicher?«

»Auf jeden Fall war er nicht mein Arzt. Ich werde meine Kundenliste durchgehen, ob er vielleicht ein Auto bei mir kaufen wollte.«

»Sie sind Autoverkäufer?«

»Wenn Sie auf große asiatische Kombis stehen, bin ich Ihr Mann.«

»Können Sie mir Ihre Kundenliste zukommen lassen, oder gibt das Probleme mit dem Datenschutz?«

»Mein Leben ist mir wichtiger als der Datenschutz. Sie bekommen nicht nur meine Kundenliste, ich gebe Ihnen auch mein privates Adressbuch. Sie können sogar meine Unterwäsche durchwühlen, wenn es meinen Hintern rettet.«

»Das wird nicht nötig sein.«

Jan holte seinen Notizblock aus der Tasche. »Kennen Sie jemanden, der Sie umbringen möchte?«

»Vor zwei Jahren hätte ich auf meine Exfrau getippt. Die ist aber mit ihrem Fitnesstrainer nach Mallorca abgehauen und versucht, eins mit dem Universum zu werden. Außerdem war ihr Gartenarbeit immer zuwider, daher kann das Grab nicht ihre Idee gewesen sein.«

»Sonst jemand? Unzufriedene Kunden, neidische Kollegen, verärgerte Nachbarn?«

»Natürlich streitet man sich mit einem Nachbarn oder Kollegen. Auch gibt es mal Probleme mit einem Auto, aber das war alles harmlos.«

»Haben Sie in der letzten Zeit Drohanrufe bekommen, unschöne Briefe oder wurde Ihr Auto zerkratzt?«

»Nichts dergleichen.«

»Vielleicht Personen aus einem anderen Milieu?«

»Welches Milieu?«

»Haben Sie vielleicht Spielschulden oder ein Drogenproblem?«

»Bitte?«

»Herr Quast«, sagte Jan ruhig. »Wenn wir Glück haben, dann hat der Mord an Dr. Valburg einen Idioten zu einem schlechten Scherz bewegt. Ansonsten müssen wir diese Morddrohung ernst nehmen. Dann sollten Sie uns alles sagen, auch Dinge, auf die Sie nicht stolz sind.«

Der Mann zögerte. Zu lange, wie Jan empfand. »Nein«, sagte er dann und versuchte empört zu klingen.

Jan klappte den Notizblock zu. So kam er nicht weiter. »Das genügt mir erst einmal. Bitte schicken Sie uns die Kundenliste und Ihr Adressbuch zu. Wir schauen uns das Grab an und überprüfen Ihr Umfeld.«

»Sie bekommen natürlich Polizeischutz«, ergänzte Bergman. »Ich schlage vor, dass Sie heute und morgen nicht zur Arbeit gehen und sich zu Hause einschließen. Wir postieren eine Streife vor Ihrem Haus. Vielleicht war es wirklich nur ein schlechter Scherz, aber vorläufig nehmen wir die Morddrohung ernst.«

Der Mann atmete hörbar aus. »Danke.«

»Bleiben Sie noch einen Moment sitzen und trinken Sie Ihren Kaffee aus. Ich bespreche mich kurz mit Herrn Tommen.«

Bergman führte Jan hinaus und schloss die Tür. »Wie sieht es im Fall Valburg aus?«

»Könnte besser sein«, begann Jan. »Wir haben einen möglichen Verdächtigen, aber der Täter hat keine Spur hinterlassen. Keine Fingerabdrücke und keine DNA.«

»Ist es der gleiche Täter?«

»Schon möglich. Bei zwei potenziellen Opfern finden wir vielleicht eine Verbindung, die uns weiterbringt.«

»Zwischen einem Arzt und einem Autohändler?«

»Bei Dr. Valburg lag einiges im Argen. Das Kokain war vielleicht nur die Spitze vom Eisberg. Und unser neues Opfer verschweigt mir irgendetwas.«

»Was?«

»Keine Ahnung. Erst sorge ich dafür, dass Moritz Quast die Nacht überlebt. Morgen früh nehme ich ihn mir noch mal vor.«

»Vielleicht ist es doch Zufall?«

»Das glaube ich nicht. Zwischen dem Doktor und dem Autoverkäufer gibt es irgendeine Verbindung, und diese wird uns zum Mörder führen.«

Es dämmerte, als Moritz Quast den großen Rollladen im Wohnzimmer herunterließ. Er hatte kaum Möbel. Bücher oder CDs suchte man vergeblich. Keine Blumen brachten etwas Farbe in den Raum, und statt Bildern hing ein übergroßes Plakat von Pamela Anderson an der Wand. Passend dazu prangte ein Flachbildschirm inmitten einer Vielzahl von Spielekonsolen. Neben einer Schlafcouch war ein kleiner Kühlschrank eingelassen. Kronkorken und Bierflecken zierten den abgewetzten Teppich davor.

Fehlten noch ein Bärenfell und eine Pornosammlung, dachte Jan, als er das Fenster überprüfte.

Bei heruntergelassenen Läden war diese Maßnahme eigentlich unnötig, aber Jan wollte Quast Sicherheit vermitteln. Der Autoverkäufer war noch immer verängstigt. Auf dem Nachhauseweg, bei dem Jan ihn begleitet hatte, hatte er sich an jeder Kreuzung umgeblickt. Den kurzen Weg von der Straße zu seinem Haus war Quast fast gerannt. Seine zittrige Hand hatte kaum den Schlüssel in sein Schloss bekommen. Wäre Jan nicht gewesen, hätte er sich unter seiner Couch versteckt.

»Das war der letzte Rollladen«, sagte der Autoverkäufer. »Was jetzt?«

Jan hatte gehofft, dass sich Quast zu Hause wieder beruhigen würde, aber nichts hatte sich geändert. Seine Augen waren die eines gehetzten Tiers, das man in die Enge getrieben hatte. Sein blaues Hemd war nass geschwitzt. Die Finger seiner rechten Hand waren in sein Jackett gekrallt, als würde der dunkle Stoff ihm Halt geben.

»Gehen wir es noch mal durch.« Jan versuchte zuversichtlich zu wirken. Er hatte den ganzen Weg über erklärt, wie sich Quast zu verhalten habe, aber ein zweites Mal konnte nicht schaden, sonst würde der Mann beim kleinsten Geräusch durchdrehen. »Wir haben alle Rollläden heruntergelassen und die Fenster zugemacht.

Vorder- und Hintertür sind verschlossen. Sie lassen niemanden herein. Keine Freunde. Keine Verwandten. Nicht einmal den Pizzaservice.

Vor der Tür sind zwei Kollegen, die die ganze Nacht auf Sie aufpassen werden. Ihre Namen sind David Fleck und Fabian Gisker. Beides zuverlässige Männer mit Erfahrung.«

Jan reicht Quast ein Funkgerät. »Hiermit können Sie die Streife erreichen. Sie drücken den Knopf auf der linken Seite und sprechen hinein. Das erspart Ihnen einen Anruf. Die Kollegen haben einen Schlüssel zu Ihrem Haus. Wenn Sie Hilfe brauchen, sind sie augenblicklich bei Ihnen.«

Quast nahm das Funkgerät in die Hand und drückte es an seine Brust, als würde sein Überleben davon abhängen.

»Wenn Ihnen etwas komisch vorkommt, melden Sie sich über das Funkgerät. Ansonsten haben Sie die Nummer der Kripo und meine Handynummer.«

Jan legte dem Autohändler die Hand auf die Schulter. Er war überrascht, wie stark der Mann zitterte.

»Machen Sie sich einen gemütlichen Fernsehabend.« Jan deutete auf den Flachbildschirm. »Morgen früh komme ich wieder vorbei. Dann informiere ich Sie über den Stand der Ermittlungen.«

Quast nickte, setzte sich auf die Couch und schaltete mit der Fernbedienung den Fernseher ein. Er zappte durch die Programme. Der Mann würde auch einen Handstand machen, sollte Jan es verlangen.

Hier gab es nichts mehr zu tun. Das Haus war gut gesichert, und die Kollegen vor der Tür waren zuverlässig. Jan hatte die Räume zweimal durchsucht, also war der Mörder nicht bereits im Haus. Wenn er kein Super-Einbrecher war, kam er hier nicht hinein.

»Bis morgen«, sagte Jan und verließ das Haus. Moritz Quast hob kurz die Hand, ohne die Zapp-Geschwindigkeit zu reduzieren.

Jan ging durch den Vorgarten zur Straße. Vor dem Haus war ein Streifenwagen geparkt. Auf den ersten Blick unterschied er sich nicht von anderen Polizeiwagen, aber bei genauerem Hinsehen konnte man die individuelle Note des Fahrers erkennen.

Ein Hertha-Aufkleber prangte an der hinteren Seitenscheibe. Die Rückbank diente als Kleiderablage. Jacken, Hosen und Handschuhe stapelten sich neben Schuhen. Auf der Mittelkonsole drehte sich ein glitzernder Elvis, und der Kaffeehalter auf der Vorderablage war ebenso unvorschriftsmäßig wie die Handyschale daneben. Und das waren nur die Dinge, die man sehen konnte.

Den Fahrer kannte er aus seiner Ausbildungszeit. Fabian Gisker war eine Legende. Er hatte keine gute Verhaftungsquote, keinen großen Fall aufgeklärt, war ein miserabler Schütze und ein noch schlechterer Autofahrer. Aber jeder hatte von ihm gehört. Anekdoten von ihm gab es zuhauf. Jans Lieblingsgeschichte stammte von einem Empfang, als Fabian bei der Rede des Regierenden Bürgermeisters in den Kartoffelsalat gekotzt hatte. Damals war Jan noch grün hinter den Ohren gewesen und gerade erst Fabian zugeteilt worden. Es sollte das aufregendste Jahr in seiner Ausbildung als Polizist werden. Fabian hatte ihm die dunkelsten Ecken von Berlin gezeigt und ihm die Regeln der Straße erklärt. Er hatte Jan die Illusion genommen, dass Polizisten immer und überall respektiert werden würden. Es war eine harte Zeit gewesen, aber Fabians Lieblingszitat hatte er bis heute nicht vergessen: »Die Ausbildung bei mir soll keinen Spaß machen, Kleiner, sie soll dir helfen, deinen Arsch aus der Schusslinie zu halten.« Damals hatte Jan die Tage gezählt, bis er von Fabian wieder wegversetzt wurde, und doch hatte er nie mehr so viel gelernt wie in diesem Jahr.

Seit ihrer letzten Begegnung auf dem Polizeifest hatte Fabian zugenommen und seinen Bestand an grauen Haaren aufgefüllt, aber seine Sucht nach Süßigkeiten war unverändert. Im Fußraum lag eine leere Sechserpackung Donuts, und der Karton auf seinem Schoß enthielt noch ein Schokocroissant. Einzig die Familienpackung Gummibärchen auf der Ablage war unberührt. In spätestens fünf Jahren würde Fabians Bauch so angewachsen sein, dass seine Hände nicht mehr ans Lenkrad kommen würden.

»Es geht nichts über gesunde Ernährung«, sagte Jan.

»Janni«, begrüßte ihn der Polizist überschwänglich. Er wischte sich den verschmierten Mund ab und drückte Jan die Hand.

»Kleiner, das ist Kommissar Jan Tommen«, sagte er zu dem jungen Mann neben ihm. »Eine Nervensäge und ein Klugscheißer, dem man schon beim Aufwachen eine reinhauen sollte, aber er trinkt selbst einen russischen Polarbären unter den Tisch und hat es als einer der wenigen von uns zur Mordkommission geschafft.«

»Was macht der Nebenjob als Litfaßsäule?«, fragte Jan.

Der Polizist lachte brüllend und hieb seinem Kollegen die Hand auf die Schulter.

»Ach, Janni. Ich hab dich vermisst. Willst du einen Donut?«

»Hast du noch einen übrig?«

»Nein. Ich lass den Kleinen welche holen. Dann sind wir Erwachsenen unter uns und du erzählst mir von dem Fall.«

Der junge Mann neben ihm murrte. Jan war von dessen Jugend überrascht. Er konnte kaum volljährig sein. Ein paar Bartstoppeln. Pickliges Gesicht.

»Lass stecken.« Jan winkte ab. Lust hätte er gehabt, aber er wollte nicht, dass der junge Mann noch mehr schikaniert wurde. Die Ausbildung unter Fabian war anstrengend genug. »Zum Fall gibt es nicht viel zu sagen. Der gute Moritz Quast hat eine Morddrohung erhalten. Irgendjemand hat ihm ein Grab auf dem Friedhof ausgehoben und seinen Namen mit Todestag drangeschrieben. Morgen soll es mit ihm vorbei sein. Hätte ein schlechter Scherz sein können, aber vor drei Tagen hat es schon so einen Fall gegeben – und jetzt haben wir eine Leiche an der Backe.«

»Ich hab die volle Hose vom Quast schon beim Reingehen gerochen«, sagte David.

»Klappe, Kleiner. Solche Sprüche dürfen nur die großen Jungs machen«, erwiderte Fabian. Er wandte sich wieder zu Jan.

»Rechnest du mit Schwierigkeiten?«

»Ich bin unsicher. Wenn es derselbe Mörder ist, wird er heute Nacht irgendwas versuchen. Vielleicht ist es auch ein Nachahmungstäter.«

»Seid ihr ihm auf der Spur?«

»Es gibt ein paar Hinweise, aber nichts Konkretes.«

»Wäre der erste Verrückte, den du nicht schnappst.«

»Es gibt immer ein erstes Mal.«

Fabian winkte ab. »Mach dir keinen Kopp. Ich sorge dafür, dass der Zitteraal da drin am Leben bleibt, und du schnappst dir den Mörder.«

»So machen wir's«, sagte Jan und schüttelte Fabian wieder die Hand. »Ich muss weiter. Pass auf dich und den Frischling auf. Die Sache ist nicht zu unterschätzen. Der Mörder ist clever. Er wird nicht vorher an die Tür klopfen.«

»Ich bin vielleicht fett und langsam«, sagte Fabian, »aber ich habe eine Knarre. Und rennen tut sowieso der Kleine.«

Jan setzte sich in seinen Wagen. Er versuchte sich zu beruhigen, aber er konnte seine Unruhe nicht verdrängen. Fabian war ein zuverlässiger Mann, aber Jan hatte den Eindruck, dass er den Fall zu locker nahm. Er kannte sich aus mit Junkies, Zuhältern und besoffenen Schlägern, doch mit cleveren Serienmördern hatte er es noch nicht zu tun gehabt. Der Mörder war irre, und wenn sie richtiglagen, würde er jeden aus dem Weg räumen.

Plötzlich beschlich Jan ein Gefühl, als hätte er Fabian zum letzten Mal gesehen. Dann wischte er den Gedanken beiseite, startete den Wagen und machte sich auf den Weg zu Chandu.

Jan stolperte in die Wohnung. Er war fast zwanzig Minuten zu spät. Er hasste es, wenn er unpünktlich war. Chandu winkte ihn herein. Nach der Rauchentwicklung zu urteilen, war Zoe schon eine Weile hier. Max saß auf einem Sessel und bearbeitete sein Handy. Sein Körper war angespannt und seine Stirn zeigte Runzeln der Konzentration. Wahrscheinlich beschäftigte er sich wieder mit seinem Lieblingsspiel. Irgendwas mit Zombies und Pflanzen.

»Sorry«, begrüßte er die Anwesenden. »Ich musste unserem möglichen Opfer noch die Angst nehmen, dass er morgen in seinem Grab liegt.«

»Und wie hast du das gemacht«, fragte Zoe. »Ihm über den Kopf gestreichelt und ein paar Kekse gegeben?«

»Ich habe sein Haus gesichert und einen Streifenwagen davor platziert.«

»Mit guten Leuten?«

»Kennst du Fabian Gisker?«

»Der Dicke, der beim Empfang des Bürgermeisters übers Büfett gekotzt hat?«

»Genau der.«

»Na, super«, murrte Zoe. »Da kann ich mich morgen wieder auf Arbeit einrichten.«

»Er ist ein erfahrener Polizist«, gab Jan zurück, wie um sein Tun zu rechtfertigen.

Zoe zog an ihrer Zigarette und atmete genervt aus. »Wollen wir anfangen oder wieder den ganzen Abend nutzlos rumlabern?«

»Ich labere gerne nutzlos rum«, bemerkte Max, ohne von seinem Handy aufzusehen.

»Klappe, Maximum Honk. Wirf den Beamer an.«

Max legte das Handy zur Seite und wandte sich an Chandu, der in der Küche stand. »Würdest du bitte?«

Das Licht ging aus. Wegen der heruntergelassenen Jalousien war es stockfinster.

»Also gut«, klang Zoes Stimme durch die Dunkelheit. »Was immer ihr vorhabt, ich habe ein Skalpell in der Tasche und keine Skrupel, es zu benutzen.«

Ein Lichtschimmer kam von der Küche. Chandu trug eine Torte mit Kerzen herein. Aus den Lautsprechern der Anlage drang *Happy Birthday*. Chandu ging durch das Wohnzimmer und stellte den Kuchen vor Zoe ab. Dann ging das Licht wieder an.

»Woher …« Zoe war sichtlich sprachlos.

»Der gute Maximum war zufällig in der Personal-Datenbank und ist dort über dein Geburtsdatum gestolpert«, erklärte Jan. »Und wir dachten, du würdest dich über ein kleines Geschenk freuen.«

»Kirsch-Käse«, sagte Chandu und deutete auf den Kuchen. »Hab aufgeschnappt, dass du die Mischung magst.«

»Sind das zweiunddreißig Kerzen?«, flüsterte Max in Jans Ohr.

»Bist du irre? Ich habe Chandu gesagt, er soll siebenundzwanzig draufstecken. Wenn sie herausfindet, dass du ihr Alter kennst, wird sie dich sezieren. Lebendig.«

Chandu beugte sich zu Zoe und gab ihr einen Kuss auf die Wange. »Alles Liebe, kleiner Charmebolzen. Du darfst die Kerzen ausblasen.«

Zoe schloss die Augen, holte tief Luft und blies die Kerzen mit einem Atemstoß aus. Ihre Augen leuchteten in kindlicher Begeisterung. Es war das erste Mal, dass Jan Zoe lächeln sah. Für einen kurzen Moment war ihr Panzer aufgebrochen, und sie schien glücklich zu sein.

Chandu hielt ihr ein Kuchenmesser hin. »Mit zerstückeln kennst du dich ja aus.«

Zoe hob den Kopf und sah Chandu in die Augen. Dann drehte sie sich zu Jan und Max. Ihr Gesichtsausdruck war schwer zu deuten. Das Lächeln war verschwunden, aber sie wirkte nicht grimmig. Sie wirkte, als hätte Zoe die drei Männer in Chandus Wohnzimmer jetzt erst richtig wahrgenommen.

Sie stand mit einem Ruck auf. »Ich muss mal ins Bad«, sagte Zoe und drängte sich an Jan vorbei. Von ihrer Eile überrascht, wich er einen Schritt zurück und wäre beinahe über den Couchtisch gefallen.

»Schneid den Kuchen an«, rief sie Chandu zu. »Ich bin gleich wieder da.«

Jan meinte Tränen in ihren Augen zu sehen. Er sah ihr hinterher, wie sie auf den hochhackigen Stiefeln durch den Flur lief.

Dann huschte sie ins Bad und knallte die Tür zu.

Einige Minuten später saßen Zoe, Chandu und Jan auf der Couch und hielten Teller mit Kuchen in der Hand. Jan blickte verstohlen zu Zoe, die von ihrem Gefühlsausbruch genesen zu sein schien. Sie hatte wieder ihr ausdrucksloses Gesicht aufgesetzt. Max stand neben der Couch und justierte den Beamer. Seine Hände waren fleckig von Kirschresten. Zwei Bilder erschienen an der Wand. Max drückte eine Taste auf seinem Laptop und ein Tusch ertönte.

»Darf ich vorstellen.« Er deutet mit einer ausladenden Geste an die Wand. »Bernhard Valburg und Moritz Quast.«

Die Fotos waren sehr formell. Beide Männer blickten ernst in die Kamera. Bernhard Valburg trug einen Arztkittel und hatte ein Stethoskop umgehängt. Moritz Quast war in einen dunklen Anzug gekleidet und wirkte mit seiner roten Krawatte wie ein seriöser Autoverkäufer.

»Für beide wurde ein Grab ausgehoben«, fuhr Max fort. »Bernhard Valburg wurde ermordet und darin abgeladen. Moritz Quast ist noch am Leben und hat sich zu Hause eingeschlossen.«

»Ist es der gleiche Täter?«, fragte Chandu kauend.

»Offiziell sind wir nicht sicher«, erklärte Jan, »aber intern gehen wir vom gleichen Täter aus.«

»Warum?«

»Die Kreuze«, sagte Zoe. »Die Holzarten sind identisch, ebenso wie die Farbe.«

»Gibt es Verbindungen zwischen beiden Männern?«

»Wir haben noch nichts gefunden«, begann Jan.

»Im ersten Schritt habe ich die Patientenliste mit der Kundenliste des Autohauses verglichen, aber keinen Treffer gefunden«, ergänzte Max. »Auch war Moritz Quast weder Patient bei Bernhard Valburg, noch hat der Doktor ein Auto bei Quast gekauft.«

»Kannten sich die beiden persönlich?«

»Laut Moritz Quast nicht«, sagte Jan. »Aber der Autoverkäufer war durch den Wind. Er hat fünf Minuten gebraucht, bis er uns seine Adresse sagen konnte. Vor morgen früh bringt er nichts Sinnvolles raus.«

»Wenn er morgen noch lebt«, sagte Zoe.

»Wir haben eine Streife vor seinem Haus, die Türen sind abgeschlossen und die Rollläden sind unten. Ich habe die Zimmer zweimal kontrolliert.«

»Unmöglich ist es trotzdem nicht.«

»Die heutige Nacht wird er überleben, aber ich habe keine Ahnung, wie wir Moritz Quast weiter bewachen sollen. Wir können ihn nicht für immer in seine Wohnung sperren.«

»Dann müssen wir den Mörder finden«, sagte Chandu.

»Momentan sehe ich nicht viel Fortschritt. Hat deine Suche nach Straftätern unter den Patienten von Dr. Valburg etwas gebracht?«, wandte sich Jan an Max.

»Bedingt«, antwortete Max zögerlich.

»Also nein«, sagte Zoe.

»Ich habe einhundertvier Treffer bekommen. Die meisten waren Ordnungswidrigkeiten. Nur ein Mann war wegen schwerer Körperverletzung im Knast, doch der ist vor fünf Jahren an Lungenkrebs gestorben.«

»Sag ich doch«, bemerkte Zoe.

Max presste verärgert die Lippen zusammen. Er war sichtlich frustriert, keine besseren Ergebnisse liefern zu können.

»Was macht die Suche in der Unterwelt?«, fragte Jan.

»Ich habe meinen Kontakt zur Mitarbeit überredet und ihm das Phantombild in die Hand gedrückt. Er hört sich um.«

»Überredet?«, fragte Zoe.

»Ich habe ihm eins auf die Zwölf gehauen.«

»Oh, wie kreativ.«

Chandu zuckte die Schultern. »Ist eine Art Begrüßungsritual zwischen uns. Höflich komm ich nicht weit.«

»Das wäre eine Methode, meine lahmarschigen Kollegen zu motivieren«, sagte Zoe.

»Morgen Abend treffe ich mich wieder mit ihm. Vielleicht hat er was rausbekommen«, sagte Chandu.

»Darf ich mitkommen?«, fragte Zoe plötzlich.

»Wohin?«

»Zu dem Treffen.«

»Was willst du dort?«

»Mehr über Ermittlungsarbeit lernen.«

»Mit Ermittlungen hat das wenig zu tun. Entweder hat die kleine Ratte Infos oder ich haue ihm wieder auf die Nuss.«

»Klingt doch lustig.«

»Von mir aus. Ich ruf dich an, wann und wo wir uns treffen.«

»Freut mich, dass ihr Spaß habt«, sagte Jan. »Vielleicht sollten wir uns mehr mit den möglichen Opfern beschäftigen. Der Mörder hat beide nicht zufällig ausgewählt.«

Max' Laptop gab ein *Ping* von sich. Der Hacker drückte ein paar Tasten und starrte gebannt auf den Bildschirm. Dann erschien ein Grinsen auf seinem Gesicht.

»Ich habe was zu unserem Autohändler gefunden«, sagte Max und wischte sich die klebrigen Finger an der Hose ab. »Nichts, worauf man stolz sein kann. Vielleicht ist das der Zusammenhang, den wir suchen.«

Fabian rieb sich müde die Augen. Er hatte seinen dritten Kaffee getrunken und fühlte sich noch immer schläfrig. Es war kaum Mitternacht durch. Er wandte sich seinem jungen Partner zu, der aussah, als wäre er gerade aus dem Bett aufgestanden.

»Frischling, wie machst du das?«

»Was? Mein gutes Aussehen?«

»Werd nicht frech. Ich meine, wie du bei den Nachtschichten wach bleiben kannst.«

»Koffeinpulver.«

»Hä?«

»Während du dir einen Kaffee nach dem anderen reinhaust, setze ich auf ein wenig Koffeinpulver.« Er hob ein Tütchen hoch, das an portionierten Zucker erinnerte. »Da ist ein halbes Gramm Koffein drin. Um die Menge zu erreichen, müsstest du fünf Liter Cola trinken.«

»Da käm ich mit dem Pissen nicht hinterher.«

»Daher das Pulver.«

»Hm«, sagte Fabian. Der Kleine war klüger, als ihm guttat. So ein Koffeinschub wäre das Richtige für ihn, aber dann müsste er zugeben, dass David cleverer war. Unmöglich. Das würde die Hierarchie im Auto gefährden. Dann doch lieber Kaffee.

»Was war das?«, fragte David aufgeregt und deutete auf das Haus.

»Wo?« Fabian drehte den Kopf, konnte aber nichts Ungewöhnliches erkennen. Das Haus lag im Halbdunkeln. Das Licht am

Eingang war angeschaltet und beleuchtete den kleinen Vorgarten. Hinter dem Metallzaun waren Sträucher eingepflanzt. Kaum hüfthoch und zu weit auseinander, als dass sich jemand dahinter verstecken konnte. Der Weg vom kleinen Gartentor zum Haus war mit Steinplatten ausgelegt. Sie wirkten trist, als hätte der Hausherr beim Verlegen keine Lust gehabt. Das Haus war genauso langweilig wie die Gegend, in der es stand. Einzig ein armlanger roter Gartenzwerg wirkte auf den ersten Blick deplatziert. Kam man ein wenig näher, konnte man aber den erhobenen Mittelfinger erkennen, der sich jedem Besucher entgegenstreckte. Fabian sah keine verdächtige Gestalt rumlungern oder sich am Haus zu schaffen machen.

»Da ist doch ein Licht angegangen?«

»Am Haus?«

»Nein, drinnen.« David lehnte sich zum Fenster und kam fast auf Fabians Bauch zum Liegen.

»Beruhig dich, Kleiner.« Fabian schob ihn wieder auf den Beifahrersitz. »Moritz Quast wird aufs Klo gegangen sein.«

»Das letzte Mal hat er sich vorher über Funk gemeldet.«

»Ja.« Fabian war sichtlich genervt. »Und als er sich in der Küche ein Brot geschmiert hat, als er sich die Zähne geputzt hat und als er ins Bett gegangen ist. Ist doch schön, dass er uns nicht ständig auf den Sack geht.«

Fabian hielt sich den Kaffeebecher ans Ohr. »Hallo«, imitierte er die Stimme des Autohändlers. »Ich furze gleich. Wollte nur kurz Bescheid sagen.«

Der Polizist kurbelte das Fenster herunter und spuckte auf den Gehweg. »Weichei.«

»Es war nicht das Klo, sondern die Küche.«

»Mein Gott, David. Bist du noch nie in der Nacht an den Kühlschrank gegangen und hast die Reste vom Vortag aufgegessen?«

David runzelte die Stirn. »Nein.«

»Warum frage ich auch«, murmelte Fabian und trank einen Schluck Kaffee. »Ein Vorschlag. Wir nehmen das Funkgerät und fragen beim Hausbesitzer nach, ob es ihm gut geht oder ob sich der Mörder im Kühlschrank versteckt hat und ihn gerade massakriert.«

»Aber wenn er ihn massakriert, kann er nicht ans Funkgerät …«

»Klappe!«, fuhr Fabian dazwischen. »Und nimm nicht immer alles wörtlich.« Er nahm das Funkgerät und drückte die Sprechen-Taste.

»Herr Quast, hier ist Fabian Gisker. Hören Sie mich?«

Rauschen.

»Herr Quast? Sind Sie wach?«

»Aber wenn er schläft, dann …«

Ein genervter Blick von Fabian, in dem eine unausgesprochene Gewaltandrohung lag, ließ den jungen Mann verstummen.

»Herr Quast?«

Rauschen.

»Da stimmt was nicht«, flüsterte David. Er starrte angespannt auf das Funkgerät. Seine Augen waren weit aufgerissen, als hätte er einen Außerirdischen gesehen.

»Vielleicht ist die Batterie leer.«

»Die Teile halten vierundzwanzig Stunden. Selbst im Dauerbetrieb.«

»Dann ist der Akku kaputt.«

»Unwahrscheinlich. Das Funkgerät ist nagelneu. Ich habe es selbst überprüft.«

»Ok, ok.« Fabian hob beschwichtigend die Hände. »Wir versuchen es über den Telefonanschluss.« Er deutete auf Davids Handy auf der Ablage. »Ruf an.«

Der junge Mann nahm das Handy, drückte ein paar Tasten und schaltete den Lautsprechermodus des Handys an.

Es klingelte. Einmal, zweimal. Dann eine kurze Pause. Der Anrufbeantworter sprang an. »Hier ist der Anschluss von Moritz«, hörte man die Stimme des Autoverkäufers. »Leave a message.« Er klang fröhlich und entspannt. Das genaue Gegenteil von dem Mann, den sie seit Stunden bewachten. Kaum vorstellbar, dass die Morddrohung eine solche Veränderung bewirkt hatte.

»Hm«, sagte Fabian. Es war komisch, dass sich der Zitteraal nicht meldete. Er hatte zweimal betont, dass er sowohl das Funkgerät als auch das Telefon neben sein Bett legen würde. Ersteres hatte er sogar auf dem Klo dabeigehabt. Und wenn er tief schlafen würde, gab es keine Erklärung, warum in der Küche das Licht angegangen war.

»Vielleicht ist er Schlafwandler«, versuchte Fabian die Spannung aufzulockern.

»Darüber habe ich einen Bericht gesehen«, begann David begeistert. »Du glaubst nicht, wozu Schlafwandler in der Lage …«

»Klappe! Ich denke nach.«

Fabian nahm abwesend einen Schluck Kaffee. Die Morddrohung war eine ernste Sache, vor allem, weil es schon ein Opfer gegeben hatte. Sie mussten nachsehen, was im Haus los war. Bei falschem Alarm würde er die Gelegenheit zum Pinkeln nutzen. Besser das Gästeklo als den Baum.

»Na gut, Kleiner. Dann mal los.« Fabian öffnete die Tür und stieg aus. Im Gegensatz zu seinem schlankeren Kollegen benötigte er wesentlich länger, aber sein Bauch war hart erarbeitet. Mit den damit verbundenen Unannehmlichkeiten kam er zurecht.

»Sollten wir nicht Verstärkung holen?«, fragte David aufgeregt, als er um das Auto gelaufen kam.

»Wir sind die Verstärkung. Und jetzt hör auf zu labern und mach deine Lauscher auf.«

Fabian zog einen Schlüssel aus der Tasche und hob ihn hoch. »Ich gehe vorne rein. Du stellst dich an den Hinterausgang, für den Fall, dass jemand abhauen will, und wartest, bis ich dir aufmache. Dann durchsuchen wir das Haus.«

David nickte und zog seine Dienstwaffe.

»Lass das Ding stecken! Ich will nicht, dass du im Überschwang den Hausherrn abknallst. Nimm das Pfefferspray.«

David steckte die Pistole weg und wollte sich auf den Weg um das Haus machen, als ihn Fabian am Arm hielt.

»Locker bleiben, Kleiner. Und keine Angst.« Er lächelte zuversichtlich.

»Ich habe keine Angst.« Davids zitternde Hände sprachen eine andere Sprache.

»Ich pass auf deinen Arsch auf.« Fabian legte väterlich die Hand auf die Schulter des jungen Mannes. »Und jetzt ab nach hinten.«

Fabian ging durch den Vorgarten zum Eingang, steckte den Schlüssel ins Schloss und öffnete die Tür. Das Erdgeschoss war dunkel. Nur aus der Küche drang Licht. Vom Hausbesitzer war nichts zu sehen.

»Mist«, murmelte Fabian und ging hinein.

Der Fall war ihm von Anfang an unheimlich gewesen. Welcher kranke Bastard hob ein Grab aus, um sein Opfer darin zu begraben, dachte David, als er an der Eingangstür vorbei zur Rückseite des Hauses ging. Die Steinplatten waren schlampig verlegt. David musste aufpassen, nicht zu stolpern. Es war spürbar dunkler als vorne. Die Buche, die das Grundstück von Moritz Quast zum Nachbarn hin abgrenzte, neigte bedrohlich ihre Äste über den gepflasterten Weg, als wollte sie das Mondlicht davon abhalten, Davids Weg zu bescheinen. Einzig ein kleines Licht, das sie normalerweise zum Absperren bei Verkehrsunfällen nutzten, erhellte die Rückseite des Hauses, damit sie bei ihrem Rundgang nicht jedes Mal ihre Taschenlampe hatten mitnehmen müssen. Doch die Leuchtkraft des Lichts war bescheiden und reichte kaum bis an die Grundstücksgrenze. Alleine im Garten des Nachbarn hätte sich eine Fußballmannschaft verstecken können, ohne dass er sie bemerkt hätte. David hätte alles für zwei gleißend helle Halogenscheinwerfer gegeben.

In diesem Moment wünschte er, dass Moritz Quasts Haus an einer belebten Straße stehen würde. Die Stille dieser aneinandergereihten Einfamilienhäuser machte ihn schon den ganzen Abend verrückt. Er war ein Stadtkind. In den zwei Jahren als Polizist hatte er viel erlebt. Randalierende Betrunkene, Massenschlägereien und häusliche Gewalt. Einmal hatte er helfen müssen, einen Schwerverletzten aus einem Wrack zu ziehen. Er war kein Angsthase, aber ein Mörder war etwas anderes. Das Eindringen in ein Haus hatte er oft genug trainiert. In der Übung bekam man im schlimmsten Fall vom Ausbilder eine verpasst. Hier konnte der Mörder mit gezogener Waffe hinter der Tür warten.

David sah durch das Küchenfenster. Das Licht war an, aber er konnte niemanden sehen. Er rüttelte am Knauf des Hinterausgangs, der zur Küche führte, doch die Tür war verschlossen.

»Herr Quast«, hörte er die Stimme von Fabian. Das Licht im Wohnzimmer ging an. David versuchte, seinen Partner auszumachen, aber die Küchentür war nur angelehnt, und er konnte nichts erkennen. Er musste warten, bis Fabian das Haus durchquert hatte. Dann hörte er ein Aufstöhnen. Irgendetwas fiel zu Boden. Das Licht im Wohnzimmer ging aus.

»Fabian«, rief David. Er rüttelte an der Tür.

»Fabian. Lass den Scheiß.« David presste sein Gesicht an das Fenster. Das Licht in der Küche war noch an. Von seinem Partner keine Spur. Auf dem kleinen Küchentisch stand eine Milchtüte neben den Resten eines Weißbrots. Ein Jackett hing über dem Stuhl, das Geschirr stapelte sich neben der Spüle. Es roch nach verbrannten Rühreiern, wahrscheinlich ein kläglicher Versuch des Hausbesitzers, sich am Abend noch etwas Warmes zu kochen.

David fluchte. Die Hintertür war abgeschlossen. Um nach Fabian zu sehen, musste er nach vorne gehen und seinen Posten aufgeben. Vielleicht hatte er sich geirrt und seine Sinne spielten ihm einen Streich. Möglicherweise war Fabian nach oben gegangen, um nach Moritz Quast zu sehen, und hatte dabei eine Vase umgestoßen.

David trippelte unruhig auf der Stelle. Es würde ihn nicht wundern, wenn es einer von Fabians schlechten Scherzen war. Der Mörder konnte nicht im Haus sein. Kommissar Tommen hatte alle Zimmer durchsucht. Der Hintereingang war abgeschlossen, und es gab keine Spur von einem Einbruch. Alle Fenster waren zu, und den Vordereingang hatten sie ständig im Blick gehabt.

Aber wenn der Mörder drinnen war, zählte jede Sekunde. Vielleicht war Fabian verletzt und brauchte Hilfe. Oder Moritz Quast.

Frustriert schlug David auf den Fensterrahmen. Er musste ins Haus. Instinktiv griff er zu seiner Dienstwaffe, erinnerte sich aber an die mahnenden Worte seines Partners. Schließlich behielt er das Pfefferspray in der Hand und ging zum Vordereingang.

Die Tür war offen. Leicht angelehnt. Fast wie eine Einladung.

David stieß die Tür mit dem Fuß auf und wartete auf dem Treppenabsatz. Er spürte das Klopfen seines Herzens. Eigentlich müsste er zum Auto laufen und Verstärkung holen, aber dann wäre er bei Fabian endgültig unten durch. Er würde ihn als feiges Mädchen betiteln, und morgen früh würde es die ganze Wache wissen.

Das Wohnzimmer war dunkel. Etwas Licht drang von der Küche durch den Türspalt hinein, aber von Fabian keine Spur. Er ging einen Schritt hinein und betätigte den Schalter für die große Deckenlampe. Es klickte, aber die Lampe ging nicht an.

»Verdammt.« David unterdrückte einen Schrei. Irgendetwas stimmte hier nicht.

»Fabian?«, rief er ins Halbdunkel. »Herr Quast?«

Keine Antwort.

Seine Taschenlampe lag im Auto. Natürlich. David unterdrückte den Drang, seine Waffe zu ziehen und in die Luft zu ballern. Dann wäre nicht nur Moritz Quast wach, sollte er schlafen, sondern die ganze Nachbarschaft würde auf der Matte stehen.

Er ging zur Küche. Vielleicht fand er dort eine Lampe oder einen anderen Schalter, der das Erdgeschoss endlich mit mehr Licht versorgen würde.

Dann trat Moritz Quast aus der Küche auf ihn zu. David sprang reflexartig einen Schritt zurück.

»Mein Gott, haben Sie mich erschreckt.« Er atmete erleichtert auf. »Wir haben uns Sorgen gemacht. Geht es Ihnen gut?«

Moritz Quast hatte die Augen zu Boden gerichtet. David sah Tränen auf seinen Wangen. Seine linke Hand zitterte. Die rechte war hinter dem Rücken verborgen. Er ging einen Schritt auf den Autoverkäufer zu. Im Schatten des Küchenlichts sah er den zusammengesackten Fabian auf dem Boden. Er lag an eine Kommode gelehnt. Sein schwabbeliges Kinn lag auf seiner Brust. Er schien die Augen geschlossen zu haben, aber im Zwielicht konnte David nicht genug sehen.

»Was ist …?«

»Es tut mir leid.« Moritz zog den Elektroschocker hinter seinem Rücken vor und setzte das Gerät an Davids Hals.

Ein scharfer Schmerz durchzuckte den Körper des Polizisten. David schrie. Das Pfefferspray fiel aus seiner Hand. Er wollte nach seiner Waffe greifen, aber seine Hand gehorchte ihm nicht mehr. Seine Beine knickten ein, und er fiel zu Boden. Dann wurde es schwarz.

»Oh, heiliger Hacker Maximum, lass uns an deiner Weisheit teilhaben«, sagte Zoe spöttisch.

Max lehnte sich auf der Couch zurück und genoss den Moment des Triumphs. »Moritz Quast hat vor seiner Zeit als Autoverkäufer bei einer Krankenkasse gearbeitet.«

»Und?«, fragte Chandu nach einem Augenblick der Stille.

»Ihm wurde gekündigt, weil er krumme Sachen gemacht hat.«

»Geht es ein wenig konkreter?«, fragte Jan.

»Moritz Quast war in einen Abrechnungsskandal verwickelt. Er steckte mit ein paar Ärzten unter einer Decke. Sie haben teure Medikamente abgerechnet, ohne dass diese verschrieben wurden.«

»Von wie viel Geld reden wir?«, fragte Jan.

»Ein paar tausend Euro pro Mann. Die Clique ist aufgeflogen, weil eines der Medikamente in Deutschland nicht zugelassen war. Als Folge davon erhielt einer der Ärzte Berufsverbot, drei bekamen Bewährungsstrafen, ebenso wie Moritz Quast. Danach hat er sich zum Autoverkäufer umschulen lassen.«

»Ganz nett«, bemerkte Zoe. »Wie hilft uns das weiter?«

»Der spannende Teil kommt noch«, sagte Max grinsend. Er liebte die Momente, in dem ein Fall Struktur bekam. »Insgesamt wurde gegen zwölf Ärzte ermittelt. Einer davon war Bernhard Valburg.«

»War er darin verwickelt?«, fragte Jan.

»Nein. Man konnte nachweisen, dass er die teuren Medikamente wirklich verschrieben hatte. Er wurde entlastet.«

»Jetzt haben wir eine Verbindung«, sagte Chandu.

»Mir ist das zu wenig«, meinte Jan. »Bei der Sache entstand zu wenig Schaden. Natürlich hat die Krankenversicherung Geld verloren, aber das macht niemanden zum Mörder. Und Bernhard Valburg war nicht einmal daran beteiligt.«

»Aber ein Zusammenhang zwischen einem Arzt und einem Angestellten einer Krankenversicherung ist leichter vorstellbar als zwischen einem Arzt und einem Autoverkäufer.«

»Auch wahr«, stimmte Jan zu. »Ich werde der Versicherung morgen einen Besuch abstatten. Mal sehen, was sich ausgraben lässt.«

Jans Handy klingelte. Er sah auf sein Display und runzelte die Stirn.

»Jan Tommen.« In seiner Stimme klang eine Mischung aus Überraschung und Verwunderung.

Sein Gesprächspartner schrie etwas in den Hörer.

»Was? Unmöglich! Wie …«

Jan wurde kurz unterbrochen.

»Ich komme sofort!« Er legte auf und steckte das Handy weg.

»Komm mit«, sagte er zu Chandu, während er nach seiner Jacke griff.

»Ihr beide bleibt auf Standby«, wandte er sich an Max und Zoe. Im Rauslaufen wühlte er nach seinem Autoschlüssel. Max hatte ihn noch nie so hektisch gesehen. »Ich melde mich während der Fahrt.«

Chandu rannte Jan hinterher. Als die Tür zugeschlagen wurde, kratzte sich Max verwirrt am Kopf. Er hatte keine Ahnung, was passiert war, aber es verhieß nichts Gutes.

KAPITEL 5

Scheinwerfer beleuchteten das Grab von Moritz Quast. Der Einsatzort war weitläufig mit Plastikband abgesperrt. Die Spurensicherung durchsuchte die Wege um den Fundort der Leiche. Es war kurz nach zwei Uhr.

Jan betrachtete den Toten, als er aus dem Grab gehoben wurde. Moritz Quasts Gesicht war von getrocknetem Blut und von Erde verkrustet. Seine Augen waren geschlossen. Er trug nur eine Pyjamahose. Kein Hemd, keine Schuhe. Der Mörder hatte ihn im Schlaf erwischt.

Die Todesursache war offensichtlich. Moritz Quasts Kopf war eingeschlagen worden. Man konnte Stücke des Schädels erkennen. Kein schöner Anblick.

Auf einer Bank nicht weit vom Grab saß Fabian. Der Polizist hatte den Kopf gesenkt und starrte auf den Boden. Beim Anblick der Leiche hatte er sich übergeben. Selbst in der übelsten Situation hatte er immer einen lockeren Spruch auf Lager gehabt, doch der Tod von Moritz Quast hatte ihn zum Schweigen gebracht. Unter seiner Fassade aus Machogehabe, Fastfood und sexistischen Anspielungen war Jans ehemaliger Partner ein guter Polizist. Er hätte niemals durch Nachlässigkeiten das Leben eines Unschuldigen riskiert.

Jan setzte sich neben Fabian auf die Bank. Unter anderen Umständen wäre es ein schöner Platz gewesen, auf einer kleinen Wiese, umgeben von großen Kastanien.

Jan schwieg. Er würde es Fabian überlassen, wann er bereit war, darüber zu reden. Währenddessen ging die Untersuchung des Fundorts unvermittelt weiter. Die Blitze der Kameras zuckten durch die Nacht. Fußabdrücke wurden gesichert und Hinweise um das Grab markiert.

Chandu war auf dem Weg in Moritz Quasts Haus und redete dort mit den Ermittlern. Zoe wetzte in der Rechtsmedizin die Messer, und Max versuchte mehr über den Abrechnungsbetrug herauszufinden. Es würde wieder eine lange Nacht werden.

»Ich weiß nicht, wie der Bastard ins Haus gekommen ist«, begann Fabian, ohne den Kopf zu heben. »Wir haben Moritz Quast weder über das Funkgerät noch über das Telefon erreicht. Also habe ich den Kleinen zur Sicherung an den Hinterausgang gestellt und bin mit dem Schlüssel vorne herein. Ich habe das Licht angemacht und nach Quast gerufen, aber keine Antwort erhalten. Vor der Hausdurchsuchung wollte ich David reinlassen. Ich bin zur Küche gelaufen, als mir der Bastard eine mit dem Elektroschocker verpasst hat.«

»Hast du ihn gesehen?«

»Null.« Fabian hob den Kopf und warf die Hände in einer verzweifelten Geste nach oben. »Es gab nicht den geringsten Hinweis auf fremdes Eindringen. Die Türen waren abgeschlossen, und wir haben das Haus die ganze Zeit im Auge behalten. Es war keine Scheibe eingeschlagen, keine Fußabdrücke in der Wohnung. Nichts deutete darauf hin, dass wir nicht alleine waren. Vielleicht hatte Moritz Quast eine Schlaftablette eingeworfen. Hätte ich an seiner Stelle getan. Kein Anzeichen für Gefahr im Verzug, also bin ich zur Küche. Der Mistkerl wusste genau, wo er stehen musste, damit ich ihn nicht sehen konnte.«

»Was passierte dann?«

»Der Kleine hat mich wohl zu Boden fallen hören. Er ist misstrauisch geworden, ums Haus gegangen und vorne durch die Tür. Dort hat ihm der Bastard auch eine verpasst. Beim Umfallen ist David mit dem Kopf gegen einen Couchtisch gefallen.«

»Hat er ihn erkannt?«

»Der Schlag auf den Kopf war wohl heftig. Er hat dauernd gestammelt, dass Moritz Quast sich bei ihm entschuldigt hat.«

»Entschuldigt für was?«

»Keine Ahnung. Hat vielleicht von Quast geträumt, als er ohnmächtig war.« Fabian zuckte die Schultern. »Mehr weiß ich nicht. Frag ihn selbst, wenn er wieder auf dem Damm ist.«

»Wo ist er jetzt?«

»Im Krankenhaus. Die haben ihn mit sechs Stichen genäht und seinen Kopf untersucht.« Fabian atmete hörbar aus. »Als ich beim Aufwachen das Blut auf seinem Gesicht gesehen habe, habe ich fast einen Herzinfarkt bekommen. Gott sei Dank ist es nicht schlimm.«

Er schüttelte den Kopf und sah wieder zu Boden. Das Bewusstsein über sein Versagen war tief in sein Gesicht eingegraben.

Dass der Mann, auf den er aufpassen musste, tot war, war schlimm für ihn, aber dass sein Azubi dabei verletzt worden war, würde ihn den Schlaf kosten. Fabian war launisch, herrisch und schikanierte gerne seine Untergebenen. Die Zeit mit ihm war nicht leicht, aber er würde sich in jede Kugel werfen, die auf seinen Zögling abgefeuert werden würde. Er wäre lieber selbst gestorben, als David in Gefahr zu bringen.

»Ich bin erst zwanzig Minuten später wieder erwacht«, fuhr Fabian fort. »Das Schwein hat uns mit Kabelbindern gefesselt. Es dauerte noch mal zehn Minuten, bis wir die verdammten Dinger loshatten. Dann haben wir Alarm geschlagen. Aber Moritz Quast war nicht mehr aufzufinden. Später erhielten wir den Funkspruch von den Kollegen, dass sie seine Leiche im Grab gefunden hatten. Vom Mörder keine Spur.«

Jan legte Fabian freundschaftlich die Hand auf die Schulter. Nichts, was er sagen würde, half seinem ehemaligen Kollegen, keine aufmunternden Parolen, keine Zugeständnisse, dass er nichts dafürkonnte. Aber er wollte ihm zeigen, dass er auf seiner Seite war. Fabian würde sich den Tod von Moritz Quast nie verzeihen, ebenso wenig wie Davids Verletzung. Es spielte keine Rolle, ob man ihn von der Schuld freisprechen würde. Das Einzige, was Fabian helfen konnte, war, den Mörder hinter Gittern zu sehen.

Und dafür würde Jan sorgen.

Nach drei Stunden Ermittlungsarbeit auf dem Friedhof kam Jan in der Kripo an. Die Sonne ging auf, und der fehlende Schlaf der Nacht machte sich bemerkbar. Jan gähnte und streckte die Arme über den Kopf. Er war auf dem Weg in sein Büro, wo ihn Bergman an eine Säule gelehnt bereits erwartete. Selbst um diese Uhrzeit war er akkurat gekleidet, seine Haare saßen perfekt und seine Schuhe glänzten.

Jan dagegen konnte man die fehlende Dusche ansehen, seine Kleidung war verdreckt, und er hatte gefühlt einen Meter Erde unter den Sohlen seiner Sneakers.

Bergman hielt den Ausdruck einer Internetseite hoch. »Grabmörder schlägt wieder zu!«, las er vor. Unter der reißerischen Überschrift war ein altes Kreuz vor einem leeren Grab abgedruckt.

»Ich habe den Reportern nichts gesagt«, rechtfertigte sich Jan.

»Weiß ich. Aber die ruhigen Zeiten sind vorbei. Mal wieder«, fügte er hinzu, in Anspielung auf den vorherigen Fall. »Heißt im Klartext, in spätestens einer Stunde werden der Polizeichef, der Regierende Bürgermeister, der Innensenator und andere Koryphäen bei mir anrufen. Und was haben wir?«

»Wenig«, sagte Jan zögerlich.

»Wir haben zwei Tote«, korrigierte Bergman. »Und einer davon stand unter Polizeischutz.«

»Das war nicht Fabians …«

»Weiß ich«, unterbrach Bergman harsch. »Ich habe mit Gisker geredet. Trotzdem wird er an einer internen Untersuchung nicht vorbeikommen. Außerdem werde ich ihn ein paar Tage freistellen.«

»Das ist nicht …«

»Das hat nichts mit Fairness zu tun. Ein Mann unter Polizeischutz wurde ermordet. Wir können nicht weitermachen, als wäre nichts geschehen. Finde den Mörder, dann ist Gisker wieder im Spiel.«

»Was glauben Sie, was ich die ganze Zeit ...«

»Ich weise dir mehr Leute zu.«

»Mehr Leute?«

»Diskutier nicht«, unterbrach Bergman ungehalten. »Ich gebe dir Patrick Stein und sein Team. Ich will, dass du alle Ergebnisse auf den Tisch legst. Bis heute Abend seid ihr auf dem gleichen Stand. Vielleicht hast du was übersehen. Du bleibst der Häuptling, aber eine SOKO mit vier Leuten, wovon nur einer ein Kripobeamter ist, kann ich nicht gut verkaufen.«

Jan murrte, aber insgeheim war er froh über die Unterstützung. Was anfänglich als bizarrer Mord eines Irren anmutete, hatte sich zu einem Serienmord entwickelt. Die Art, mit der der Mörder Fabian und David ausgeschaltet hatte, wies auf einen cleveren und extrem gefährlichen Kerl hin.

»Was machst du jetzt?«, fragte Bergman.

»Ich schaue mir das Haus von Moritz Quast an. Wahrscheinlich der Tatort.«

»Jeden Abend um 19.00 Uhr habe ich einen Bericht von dir auf dem Tisch.«

Mit einem kurzen Nicken beendete Bergman das Gespräch und ging zu seinem Büro zurück. »Ich hoffe, du hast keinen Urlaub geplant«, rief er Jan noch zu.

Jan seufzte und zog sein Handy aus der Tasche. Es war Zeit für einen ersten Obduktionsbericht. Hoffentlich gab der zweite Tote mehr her.

Bergman öffnete die Tür seines Büros. »Stein«, brüllte er in den Gang und knallte die Tür wieder zu.

Eine halbe Minute später kam Patrick Stein hinein und setzte sich auf den Stuhl vor Bergmans Schreibtisch.

»Der Grabmörder-Fall entwickelt sich zu einem Problem. Wir haben schon zwei Tote und keine Spur vom Täter.« Das Missfallen darüber war seiner Stimme anzuhören. »Ich muss mehr Leute auf den Fall ansetzen, daher meine erste Frage: Hast du ein Problem, unter Jan zu arbeiten?«

»Nein«, sagte Patrick bestimmt.

»Nicht? Eure Feindschaft war bis über die Grenzen der Kripo hinaus bekannt. Auch wenn mir ein Vögelchen gezwitschert hat, dass ihr euch jetzt gut versteht, ist das schwer zu glauben, wenn ich ehrlich bin.«

»Ging nicht von heute auf morgen, aber wir haben uns ausgesprochen.« Patrick zuckte die Schultern. »Vielleicht hat es einen extremen Fall wie den letzten gebraucht, dass wir uns zusammengerauft haben.«

Bergman betrachtete Patrick. Seine pomadigen Haare, seinen perfekt sitzenden Anzug. Klug. Korrekt bis zu den Haarspitzen. Aber ohne Instinkt und stur wie ein Auerochse. »Jan ist einer unserer besten Ermittler, aber kein strukturierter Arbeiter, um es vorsichtig auszudrücken. Berichte schreiben, Akten lesen und Verdächtigen-Listen durcharbeiten sind nicht seine Welt, daher brauche ich jemanden, der das gerne macht.« Bergman sah Patrick eindringlich in die Augen.

»Damit hätte ich kein Problem.«

»Nur damit wir uns nicht falsch verstehen, Stein, du hast beim letzten Fall Mist gebaut. Eigentlich müsste ich dich den ganzen Tag den Verkehr am Stadtring regeln lassen, aber Kripobeamte wachsen nicht auf Bäumen. Der Grabmörder-Fall ist deine Chance, den verlorenen Kredit wieder zurückzuholen. Jan braucht jemanden wie dich, aber es bleibt sein Fall. Du musst dich unterordnen.«

Bergman faltete die Hände vor der Brust. »Wir haben keine Kapazitäten mehr, daher habe ich heute Morgen ein wenig herumtelefoniert. Ein ehemaliger Kollege zieht ein paar Männer vom Objektschutz ab, wir bekommen Praktikanten aus unterschiedlichen Dienststellen, außerdem Azubis vom mittleren Dienst und schließlich ein paar Studenten aus der Hochschule. Deine Aufgabe wird es sein, aus diesem bunten Haufen ein Team zu bilden. Die meisten haben kaum Ahnung von der Polizeiarbeit, aber für Listen abtelefonieren und Berichte durchforsten reicht es.

Häng dich rein. Dann vergessen wir die alten Geschichten.«

Patrick stand auf und nickte seinem Chef zu. »Sie können sich auf mich verlassen.«

»Versau es nicht«, sagte Bergman.

Als Patrick gegangen war, blätterte Bergman in Jans Bericht über Dr. Valburgs Tod. Jedem anderen hätte er den schlampigen Stil nicht durchgehen lassen, aber es war nur ein weiterer Beweis dafür, dass Jan noch lange nicht der Alte war. Seine Narben waren noch zu tief. Patrick war die letzte Hilfe, die er ihm noch gewähren konnte. Bergman hoffte, dass es ausreichen würde.

Die Leiche von Moritz Quast lag unbekleidet auf dem Seziertisch. Seine Augen waren geschlossen und sein Gesicht war nach der Spurensuche vom getrockneten Blut gereinigt worden. Sein ganzer Körper war rasiert und gewaschen. Brust- und Bauchhöhle waren geöffnet.

Die Formalien waren erledigt. Größe, Gewicht, Körpertemperatur, Narben, Tätowierungen und der ganze andere Kram. Zoe hatte alles ordnungsgemäß festgehalten.

Jetzt begann der eigentliche Spaß – die innere Besichtigung. Zoe beugte sich über die Leiche. Ein Blick auf Leber und Lunge zeigten ihr, dass Moritz kein Kostverächter gewesen war.

»Ergänzung zum Thema Vergiftung«, sagte Zoe in ihr Diktiergerät, das sich über einen Fußschalter an- und wieder ausschalten ließ.

»In der äußeren Leichenschau gab es keine sichtbaren Hinweise. Weder weite Pupillen, wie bei Atropin oder Zyanid, noch enge Pupillen, wie bei Opiaten. Es fanden sich keine sichtbaren Injektionsstellen. Die Farbe der Totenflecken war normal. Es waren keine Schaumpilze vor dem Mund sichtbar, auch keine Holzer-Blasen. Magen und Darm werden noch nach Giftresten untersucht.

Im Rahmen der inneren Leichenschau sind keine ungewöhnlichen Verfärbungen oder innere Verätzungen zu sehen. Liquor, Glaskörperflüssigkeit, Venenblut und Haare wurden bereits ins Labor gebracht, ebenso wie Herzblut und Urin. Es folgen Proben von Leber, Hirn und Niere sowie der Mageninhalt. Soweit der Untersuchungsstand am 27. Juni 2013, 11.16 Uhr.« Sie schaltete das Aufnahmegerät wieder aus und nahm ein Skalpell in die Hand, als ihr Telefon klingelte. Sie ging zum Ablagetisch. Ein leises Stöhnen entfuhr ihr, als sie auf das Display sah. Jan spürte stets den ungünstigsten Zeitpunkt für ein Telefonat. Und er nutzte diesen Moment immer. Da ihre Handschuhe mit Blut verschmiert waren, tippte sie mit dem Skalpell das Handy in den Freisprechmodus. »Bin noch nicht fertig«, sagte sie und ging zurück zur Leiche. »Ich stecke mit beiden Händen in seinen Organen.«

»Ich will nicht lange stören. Ich brauche nur das Wichtigste. Wie wurde Moritz Quast ermordet und war es der gleiche Täter?«

Jan schien vom Auto aus zu telefonieren. Sie hörte das charakteristische Geräusch des Blinkers über dem monotonen Brummen des Motors.

»Man hat ihm nach Mitternacht den Schädel eingeschlagen. Ich habe die Wunde noch nicht untersucht, aber tippe wieder auf einen Hammer. Könnte die gleiche Tatwaffe wie beim ersten Opfer sein.«

Mit einer kurzen Bewegung der Hand schnitt Zoe ein Stück der Leber ab und hob sie mit einer Pinzette an.

»Aber eine kleine Besonderheit habe ich noch.«

»Was?«

»Man hat ihm die Zunge herausgeschnitten.«

Sie legte die Probe in eine Petrischale.

»Wieso das?«

»Bin ich Schamane und kann Tote befragen?« Sie runzelte die Stirn. »Vielleicht fragst du besser den leitenden Ermittler. Der heißt Tommen oder so.«

»Wieder postmortal?«

»Ja. Wegen des nicht vorhandenen Blutes im Mund haben wir es erst bei der Autopsie bemerkt.«

»Abwehrverletzungen?«

»Nichts Sichtbares.«

Sie nahm einen Glasdeckel und bedeckte die Probe. Die blutigen Fingerabdrücke würde sie später abwischen.

»Fesselspuren?«

»Nope.«

»Wurde er im Schlaf ermordet?«

»Möglich. Vielleicht hat ihn der Täter überrascht oder mit etwas betäubt oder vergiftet. Auch wenn es keine Anzeichen für eine Vergiftung gab, gönne ich mir das ganze Programm.«

»Schleifspuren?«

»Nein.«

»Also hat der Mörder Moritz Quast wieder verpackt und auf den Friedhof geschafft. Gibt es Druckstellen?«

»Hä?«

»Wenn Moritz Quast in einer Kiste transportiert wurde, gibt es vielleicht Druckstellen, die darauf hindeuten.«

»Du schaust zu viel Fernsehen«, sagte Zoe. »So etwas funktioniert bei schlechten Krimiserien. Die Realität ist anders.«

»Wie sieht es mit Rückständen von Verpackungsmaterial aus?«

»Ich kann was dazu sagen, wenn wir die Kleidung mikroskopisch untersucht haben. Das wird aber ein paar Tage dauern.« Zoe beugte sich wieder über die Leiche. »Noch ein wenig Hirn und den Mageninhalt, dann mache ich mich ans Puzzeln«, sagte Zoe.

»Puzzeln?«

»Willst du nicht wissen.«

»Oh«, sagte Jan. Er war wirklich leicht aus der Fassung zu bringen. »Bis dann«, verabschiedete er sich und legte auf.

Zoe schob die große Lupe über den Kopf und schnitt mit dem Skalpell ein Stück des Gehirns heraus. Der Hinterkopf war übel zertrümmert. Es würde Stunden dauern, bis sie alles wieder zusammengesetzt und einen Abdruck genommen hätte, aber dann wusste sie, ob ein Hammer wieder die Mordwaffe gewesen war. Zufrieden summend, legte sie die Probe in die Petrischale und holte ein großes Gefäß für den Mageninhalt.

Das Haus von Moritz Quast war abgesperrt. Schaulustige und Fotografen standen hinter dem Plastikband. Die Presse hatte längst

Wind davon bekommen, dass der Friedhof der Fundort der Leiche war. Hier gab es wenig zu sehen.

Chandu stand am Gartentor und wartete auf Jan. Er hielt einen Plastikbecher mit Kaffee in der Hand.

»Was macht der Tatort?«, fragte er den großen Mann.

»Wird dir nicht gefallen.«

»War zu befürchten.«

»Niemand weiß, wie der Mörder hineingekommen ist«, sagte Chandu. »Es gibt keine Einbruchsspuren, und die Streife hatte die Vordertür ständig im Blick. Wahrscheinlich hatte er einen Schlüssel zur Hintertür.«

»Woher? Moritz Quast und ich haben gestern Abend die Schlüssel gezählt. Es fehlte keiner.«

»Das ist ein billiges Stiftschloss. Der Schlüssel dazu ist leicht zu kopieren. Ein Abdruck genügt.«

»Verdammt«, sagte Jan, dem die verkorkste Aktion zunehmend zu schaffen machte. »Also kannte er den Mörder?«

»Oder er hat sich vor Tagen anders Zugang verschaffen können. Als Handwerker oder Gärtner.«

»Spuren?«

»Überall wurden Fingerabdrücke und DNA-Spuren abgenommen. Die Auswertung läuft noch, könnte aber der gleiche Rohrkrepierer werden wie beim ersten Mord.«

»Wo wurde Moritz Quast ermordet?«

»Das nächste Problem. Es gibt keine Hinweise, dass er im Haus ermordet wurde.«

»Was?«

»Die Spurensicherung hat das nicht geglaubt und die Bude gleich zweimal durchsucht. Keine Tatwaffe. Kein Blut. Ein paar getrocknete Spermaflecken auf der Wohnzimmercouch. Da Moritz Quast Abonnent eines Pornosenders war, stammen sie wahrscheinlich von ihm.«

»Dann war er noch am Leben, als Fabian und David reingegangen sind?«

»Scheint so. Was sagen die zwei?«

»Fabian hat nichts gesehen. David hat was auf den Kopf bekommen und ist keine Hilfe. Ich muss mich gedulden, bis er wieder genesen ist.«

Jan schloss die Augen und versuchte sich die Situation vorzustellen. »Wenn Moritz nach dem Angriff auf die Streife noch am Leben war, warum hat er sich nicht gewehrt?«, wunderte sich Jan. »An der Leiche wurden keine Abwehrverletzungen gefunden.«

»Vielleicht war er gefesselt?«

»Zoe sagt nein.«

»Drogen? Betäubungsmittel?«

»Die Untersuchung läuft noch. Wir werden uns bis heute Abend gedulden müssen.«

»Vielleicht hat er ihm eine Knarre an den Kopf gehalten?«

»Und nebenbei noch Fabian und David ausgeschaltet. Schwer vorstellbar.« Er schüttelte den Kopf. »Wir übersehen etwas.«

»Wir werden warten müssen, bis die Untersuchungen abgeschlossen sind. Kann ich bis dahin was tun?«

»Geh nach Hause und schlaf dich aus. Ich werde die Nachbarn befragen und mich in der Gegend umsehen. Informiere die anderen, dass wir uns heute Abend wieder treffen. Wir haben eine Menge zu besprechen.«

»Schlaf hört sich gut an.«

»Danke für die Hilfe.«

»Nicht dafür.«

Als sein Freund gegangen war, lehnte sich Jan an den Gartenzaun und betrachtete das Haus. Der Mörder war nicht von vorne gekommen. Einen Hinterausgang vom Grundstück zur Straße gab es nicht, also war er über die Gärten der Nachbarn gekommen. Die Zäune waren niedrig, und Wachhunde gab es in der Gegend auch nicht. Die Spurensicherung hatte nur das Grundstück von Moritz Quast durchsucht.

Es wurde Zeit, den Suchradius zu erweitern.

Der Mörder musste mit dem Auto gekommen sein. Der Friedhof von Stahnsdorf war zu weit für einen Spaziergang. Die Straße vor

Moritz Quasts Haus hatte er überprüft. Die Pkws auf der Straße gehörten den Nachbarn. Es war unwahrscheinlich, dass der Mörder sein Auto dort geparkt hatte. Fabian und David wäre das aufgefallen. Also war er in einer Nebenstraße ausgestiegen.

Links vom Haus standen neun Häuser bis zur nächsten Querstraße. Einfamilienhäuser mit einem Garten kaum größer als die Bolzplatzkäfige in der Stadt. Genug für einen Grill, ein Blumenbeet und ein Gerätehaus. Vielleicht eine Terrasse. Dazu die immer gleiche, weiß gestrichene Hausfassade und symmetrisch angeordnete Fenster. Idyllisch und langweilig.

Rechts von Quasts Grundstück aus gesehen waren es nur drei Häuser. Die Grundstücke endeten an einem Grünstreifen mit Büschen und Bäumen, wahrscheinlich eine Art Lärmschutz zur Nebenstraße hin. Also rechts. Je kürzer der Weg, umso besser. Jan sprang über den Zaun zum nächsten Nachbarn und betrachtete den Garten.

Hier wohnte offensichtlich ein Grill-Freund. Der Garten bestand größtenteils aus einer Terrasse mit einem zwei Meter breiten Gasgrill. Daneben standen ein Tisch mit einer Steinarbeitsplatte und ein kleiner Kühlschrank. Der Grill war mit durchsichtiger Folie verpackt, und der Rollladen an der Terrasse war heruntergelassen. Wahrscheinlich waren die Bewohner im Urlaub.

Die Terrasse machte eine Spurensuche sinnlos. Einen Hinweis, wie der Mörder zu Quasts Haus gekommen war, würde er darauf nicht finden. Jan ging weiter. Das nächste Grundstück bestand zur Hälfte aus Rasen. Die akkurat angelegten Gemüsebeete im hinteren Teil waren der Traum eines jeden Ökofreaks. Jan erkannte Tomaten, Zucchini und Kopfsalat neben anderem ihm unbekannten Grün. Inmitten der Felder stand ein älterer Mann mit einem Gartenschlauch und wässerte die Büsche, die sein Grundstück vom Nachbarn auf der anderen Seite abgrenzten. Der Mann gab sich krampfhaft Mühe, nicht in Jans Richtung zu sehen. Das Spritzen war wahrscheinlich nur Alibi, um die Spurensicherung zwei Häuser weiter beobachten zu können. Gut so. Ein neugieriger Nachbar zur rechten Zeit konnte den entscheidenden Hinweis geben.

»Guten Morgen.« Jan zeigte seine Kripomarke. »Mein Name ist Kommissar Tommen. Kripo Berlin. Darf ich Ihnen ein paar Fragen stellen?«

Der Mann stellte das Wasser ab, kam an den Zaun und schüttelte Jan die Hand. »Anton Möller. Freut mich.«

Seine Augen leuchteten. Er wirkte regelrecht begeistert, befragt zu werden.

»Sie wissen, was heute Nacht hier passiert ist?«

»Man hat Moritz Quast getötet.« Er fuhr mit dem Daumen über den Hals, verdrehte die Augen und machte ein Geräusch, als hätte man ihm die Kehle aufgeschlitzt. Jan sparte sich einen Kommentar über Anton Möllers eigenartigen Humor.

»Kannten Sie Herrn Quast?«

»Nur von Florians Grillpartys.«

»Florian?«

»Florian Uland. Der Typ mit dem Riesengrill, auf dessen Grundstück Sie gerade stehen.«

»Ist er nicht zu Hause?«

»Florian ist seit einer Woche im Urlaub. Trip durch die USA. Kommt erst nächsten Monat wieder.«

»Was für einen Eindruck hatten Sie von Moritz Quast?«

»Passte nicht in die Gegend. Hier leben überwiegend Familien mit Kindern. Als Junggeselle hat er sich manchmal über den Spiellärm aufgeregt. Dann noch sein protziger Wagen, dessen Auspuff mich nachts aus dem Bett geworfen hat, wenn er von einer Sauftour kam. Nein, ich mochte ihn nicht.«

»Aha.« Jan machte sich eine Notiz.

»So meinte ich das nicht«, wiegelte Anton ab. »Ich habe ihn nicht getötet.«

Jan zeigte ein breites Lächeln. »Hatte er Besuch von Personen, die Ihnen verdächtig vorkamen?«

»Inwiefern verdächtig?«

»Leute, die nicht in eine Gegend wie diese passen. Mitternächtliche Treffen mit zwielichtigen Gestalten. Ein lauter Streit.«

»Die meisten seiner Besuche waren Kollegen aus dem Autohaus.«

»Kannten Sie die?«

»Flüchtig. Bei der Fußball-WM hat Moritz einen Beamer vor sein Haus gestellt und jedes Deutschland-Spiel an sein Garagentor geworfen. Dazu hat er alle Nachbarn und ein paar Kollegen eingeladen. War immer ein Höllenlärm. Seine Ausfahrt war tagelang mit leeren Flaschen vollgestellt, aber als guter Nachbar bin ich auch hin und hab geholfen, seinen Biervorrat zu leeren.«

»War Moritz Quast ein unvorsichtiger Mann?«

»Unvorsichtig?«

»Hat er die Tür offen gelassen, wenn er Brötchen geholt hat? Hat er Handwerkern den Schlüssel gegeben? Solche Sachen eben.«

»Er hat seine Fenster offen gelassen, wenn er zur Arbeit gegangen ist.«

»Offen?«

»Na ja, nicht ganz. Aber gekippt.« Anton schüttelte den Kopf. »Ich habe ihm einmal gesagt, wie leicht Einbrecher die Fenster aushebeln und ins Haus gelangen können, aber er hat nur gelacht. Die frische Luft war ihm wichtiger.«

»Sonst noch etwas?«

»Die Postleute.«

»Postleute?«

»Moritz hat allen Paketboten Erklärungen geschrieben, dass sie seine Pakete nicht beim Nachbarn abliefern müssen, sondern an die Hintertür legen dürfen. Moritz hat zweimal die Woche irgendwas bekommen. War ein ständiges Rein und Raus.«

Jan schüttelte den Kopf. Bei Moritz Quasts Verhalten war es für den Mörder leicht gewesen, ins Haus zu kommen.

»Kommen wir zurück zur gestrigen Nacht. Waren Sie zu Hause?«

»Ja. Ich bin nach dem *heute-journal* ins Bett. Meine Frau hat schon geschlafen.«

»Um wie viel Uhr war das?«

»Nach zehn.«

»Ist Ihnen irgendetwas Ungewöhnliches aufgefallen?«

»Leider nein. Ich habe einen tiefen Schlaf.« Anton rückte näher. »Ich habe gehört, dass Moritz bereits das zweite Opfer ist«, flüsterte er verschwörerisch. »Gibt es einen Serienmörder in Berlin?«

»Darüber darf ich keine Auskunft geben.« Der Unmut über die abwehrende Antwort war Anton Möller anzusehen. Er presste die Lippen zusammen, wie ein Kind, dem man seine Schaufel geklaut hat.

Jan steckte den Block wieder ein. »Darf ich zu Ihnen rüberkommen und den Garten inspizieren? Vielleicht finden sich dort Spuren des Mörders.«

Ein Lächeln erschien auf Antons Lippen. »Meinen Sie wirklich?«

Die Aussicht, dass der Mörder vielleicht durch seinen Garten gekommen war, schien eine makabre Begeisterung in ihm zu wecken. Er drehte sich um und inspizierte seinen Garten, als könnte sich hier die blutverschmierte Mordwaffe befinden.

Jan sprang über den hüfthohen Zaun. Er untersuchte den Rasen, fand aber keine Abdruckspuren.

»Das ist ein Sportrasen mit Poa supina«, erklärte Anton fachmännisch. »Der wird für Fußballfelder genutzt. Zäh und unverwüstlich. Richtet sich nach kurzer Zeit wieder auf.«

»Großartig.«

Anton nickte stolz. Der Sarkasmus in Jans Stimme war ihm entgangen. Erst die Terrasse, dann das Supergras. Jan hoffte, dass das letzte Grundstück wenigstens etwas hergab. Er durchquerte den Garten bis zu einem dunklen Holzzaun.

»Hier wohnt Simon Illgen mit seiner Frau und drei Kindern«, kommentierte Anton.

Der Garten war ein Sammelsurium an Spielzeug und Möbeln. Die Schaukel war gefährlich schief. Gartentisch und Stühle schienen vom Sperrmüll zu kommen, und der kleine Grill war eine löchrige Rostkugel auf drei Metallfüßen. Dementsprechend sah der Rasen aus. Er war von Unkraut durchzogen. Es gab vereinzelt kahle Stellen, auf denen nichts mehr wuchs, aber vielleicht offenbarte er eine Spur.

»Ist jemand zu Hause?«

»Um die Zeit sind die Kinder in der Schule, Simon arbeitet und seine Frau hängt bei ihrem Yoga-Lehrer rum.« Er zwinkerte Jan anzüglich zu.

Jan sprang über den Zaun. Er landete auf einem gelben Plastikding, das wohl früher einmal eine Badeente gewesen war. Sie gab nicht einmal ein verzweifeltes Quietschen von sich. »Was für ein Chaos«, murmelte er.

Jan ging den Zaun entlang und kam zu einer grasfreien Stelle. Dort fand er, was er gesucht hatte. Fußabdrücke. Er ging auf die Knie, rollte einen Ball zur Seite und betrachtete die Abdrücke genau. Einer konnte von einem Militär- oder Wanderstiefel stammen. Der andere erschien ein Stück größer und stammte von einem nackten Fuß.

»Haben Sie etwas gefunden?«, fragte Anton über den Zaun hinweg.

»Ja«, sagte Jan, nahm sein Handy aus der Tasche und wählte die Nummer der Spurensicherung. »Des Rätsels Lösung.«

Innerhalb von zehn Minuten war der Garten der Familie Illgen von der Spurensicherung belagert. Im Nachbargrundstück hatte sich Anton auf einen Stuhl gesetzt und beobachtete den Aufmarsch mit glänzenden Augen, als erwartete er jeden Moment den Fund einer Leiche. An den Zaun gelehnt, verfolgte Jan das Ausgießen des Fußabdrucks. Einer der Männer kam zu ihm und hielt einen Beutel mit einem Kieselstein hoch.

»Das haben wir in der Barfuß-Spur gefunden. Der Stein hat sich durch die Haut gebohrt und eine kleine Wunde verursacht. Genug Blut für einen DNA-Vergleich.«

»Vergleicht die Probe mit der DNA von Moritz Quast. Das müsste einen Treffer ergeben.«

Der Mann nickte. »Wenn ich von dem Fußabdruck auf Größe und Gewicht schließen müsste, könnte Moritz Quast passen.«

»Und der Täter?«

»Von der Fußlänge ausgehend, schätze ich ihn auf 1,75 m. Die Tiefe lässt auf einen schlanken Mann schließen. Beide Männer haben den ganzen Fuß aufgesetzt, daher sind sie nicht gerannt, sonst wäre die Schrittlänge größer und die Eindrücke vorne wären tiefer als bei der Ferse.«

»Danke.«

Anton kam an den Zaun. Jan setzte ein freundliches Gesicht auf. Er musste ihm sowieso noch ein paar Fragen stellen.

»Haben Sie etwas gefunden?«

»Vielleicht hat der Mörder einen Fußabdruck hinterlassen.«

»Dann ist er durch meinen Garten gelaufen?« Anton hielt vor Aufregung die Luft an, als hätte er gerade erfahren, dass Aliens sein Blumenbeet als Landebahn benutzen wollten.

»Wahrscheinlich«, sagte Jan. Er wollte den neugierigen Nachbarn bei der Stange halten. »Wir gehen davon aus, dass der Mörder sein Auto in der Nebenstraße geparkt hat. Ist Ihnen dort etwas aufgefallen, bevor Sie nach zehn Uhr ins Bett gegangen sind?«

»Leider nein«, sagte er bedauernd. »Aus Lärmschutzgründen hat die Stadt zwischen der Straße und dem Grundstück der Illgens Birken und Büsche gepflanzt. Die sind in den letzten Jahren gesprossen wie Unkraut. Selbst wenn dort ein Lkw geparkt hätte, hätte ich es nicht gesehen. Nicht einmal vom Balkon aus.«

Jan machte sich eine Notiz. Die nächste Sackgasse. Es blieb nur die Ochsentour, die Befragung aller Nachbarn im Umkreis. Jan steckte Block und Kuli weg. »Vielen Dank für Ihre Hilfe.« Er schüttelte Anton die Hand. Er wollte den Weg des Mörders weitergehen, als ihn der Mann am Arm festhielt.

»Haben Sie keine Karte?«

»Keine was?«

»Na, so eine Visitenkarte mit Telefonnummer, wenn man was Neues weiß. Vielleicht kommt der Mörder wieder zurück an den Tatort.«

Jan griff in seine Jackentasche und reichte ihm eine Visitenkarte. Anton starrte auf das Stück Pappe, als wäre es mit einer Widmung des Papstes versehen.

»Danke, Herr Tommen.« Er hob kurz den Kopf und ging wieder auf seinen Aussichtsplatz. »Sie hören von mir.«

»Ist zu befürchten«, murmelte Jan und stieg über den Zaun. Er folgte den Spuren durch den Garten bis zur Straße. Hoffentlich hatte der Mörder noch weitere Hinweise hinterlassen.

Drei Stunden später setzte sich Jan müde auf die Bank neben der Bushaltestelle. Er hatte die Nachbarn befragt und nach Spuren des Mörders gesucht. Niemand hatte etwas gesehen. Kein verdächtiges Auto, keine ungewöhnliche Gestalt oder den barfuß laufenden Moritz Quast. Zu seinem Unglück war noch die Beleuchtung der Nebenstraße ausgefallen, genau an der Stelle, an der wahrscheinlich das Auto des Mörders geparkt hatte. Er hatte die Spurensicherung darauf hingewiesen und war sicher, dass sie eine durchgeschnittene Leitung oder eine andere Manipulation finden würden. Und natürlich keine Fingerabdrücke.

Sie hatten es mit einem perfekten Planer zu tun. Wahnsinnig auf jeden Fall, aber gut organisiert und kaum aus der Ruhe zu bringen. Diese Psychopathen waren am schwersten zu kriegen.

Jans klingelndes Handy unterbrach seine Grübeleien. »Kommissar Tommen.«

»Herr Tommen. Hier spricht Johannes Arnold. Ich bin einer der Leiter des Friedhofs von Stahnsdorf. Man hat mich gebeten, Sie anzurufen.« Die Stimme des Mannes war ängstlich. Wahrscheinlich hatte er noch nie mit der Polizei zu tun gehabt.

»Danke für Ihren Anruf«, fing Jan unverbindlich an. Eigentlich führte er solche Gespräche lieber persönlich. Die Körpersprache eines Mannes sagte manchmal mehr als seine Worte.

»Ich bin ein wenig verwirrt, weil ein Kollege von Ihnen mich bereits zu dem Fall befragt hat.«

»Bei besonders brisanten Fällen erfolgt zur Sicherheit eine Doppelbefragung«, log Jan. Er hatte nur keine Lust, auf den Bericht zu warten, und wollte sich selbst ein Bild machen.

Jan klemmte das Handy am Hals ein und holte seinen Notizblock hervor. »Es geht um ein paar allgemeine Dinge. Haben Sie oder ein Kollege etwas Verdächtigtes gesehen? In der Zeit von Mitternacht bis zwei Uhr morgens?«

»Ich habe alle Mitarbeiter heute früh zusammengerufen. Der letzte Mann verließ gestern um 19.14 Uhr den Friedhof. Der erste Kollege kam heute um 6.03 Uhr. In seiner Schicht ist keinem etwas aufgefallen, obwohl wir nicht sicher sagen können, um wie viel Uhr das Grab ausgehoben wurde. Bei einer Größe von über 200 Hektar ist eine Überwachung jedes Grabes unmöglich.«

»Haben Sie eine Ahnung, wie das Grab ausgehoben wurde? Hat der Mörder vielleicht Ausrüstung des Friedhofs verwendet?«

»Wir nutzen einen Bagger. Der steht in einer verschlossenen Maschinenhalle. Er wurde in der Nacht vom Dienstag auf Mittwoch nicht benutzt.«

»Und Ihre Schaufeln und Hacken?«

»Die werden in einem Schrank aufbewahrt, der in der Nacht abgeschlossen wird. Das Schloss war unversehrt, und soweit ich es sagen kann, wurde auch kein Werkzeug entwendet oder benutzt.«

Jan machte sich eine Notiz, dass der Mörder sein eigenes Werkzeug mitgebracht hatte. Auf der einen Seite überließ er so nichts dem Zufall, andererseits war es auffällig, mit Hacke und Schaufel auf den Friedhof zu gehen. Zumindest war das nicht die Ausrüstung eines typischen Besuchers, der das Grab seiner Angehörigen pflegen wollte.

»Welche Kleidung tragen Sie und Ihre Mitarbeiter?«

»Typische Gartenarbeitskleidung. Entweder grüne Latzhosen aus einem Baumwoll-Polyester-Gemisch, im Winter ergänzt um eine Blousonjacke, oder die grauen Bundhosen ohne Träger. Manche von uns schwören auf Sicherheitsschuhe, anderen wiederum sind diese zu klobig.«

»Tragen Sie Abzeichen auf Ihrer Kleidung?«

»Abzeichen?«

»Abzeichen, Aufkleber, Sticker. Irgendetwas, das Sie als Mitarbeiter vom Stahnsdorfer Friedhof ausweist?«

»Wenig. Unsere Arbeitskleidung geht schneller kaputt, als ich Mittel dafür bekomme. Außerdem ist die Pflege unseres Friedhofs teilweise an Fremdfirmen vergeben.«

»Also würde ein Mann in einfacher Arbeitskleidung ohne Abzeichen nicht auffallen?«

»Vielleicht mir oder ein paar Kollegen. Einem Besucher sicher nicht.«

Jan seufzte. Jetzt wusste er zwar, dass der Mörder sein eigenes Werkzeug mitgebracht hatte, aber dass eine Befragung der Friedhofsbesucher vom Dienstagabend nichts bringen würde. Einen Mann mit Gartenkleidung hätten sie nach einem Augenblick wieder vergessen.

»Uns ist aufgefallen, dass das Grab nur einen halben Meter tief ausgehoben wurde ...«

»Das ist bereits recht viel. Normalerweise werden Tote zwar mindestens zwei Meter tief bestattet. Aber das ist in einer Nacht mit Schaufel und Hacke nicht zu machen.«

»Warum ist niemandem aufgefallen, dass um diese Zeit ein Grab ausgehoben wurde?«

»Niemand geht nachts auf den Friedhof, außer ein paar durchgeknallte Freaks. Einen ungestörteren Ort finden Sie in ganz Berlin nicht.«

»War die Ruhestelle vergeben?«

»Nein. Eigentlich sollten dort keine Gräber ausgehoben werden.«

»Hatte Moritz Quast eine andere Stelle zur Bestattung erworben?«

»Herr Quast hat die Gebühren für das Grab seiner Eltern bezahlt. Ansonsten hatten wir keinen Kontakt.«

Jan pochte ungeduldig mit dem Stift auf den Block. Es war zum Verzweifeln. Entweder war der Mörder ein Improvisationsgenie oder die Morde waren von langer Hand geplant. Ebenso wie bei Bernhard Valburg würde der Friedhof keine neuen Erkenntnisse bringen.

»Danke, Herr Arnold, für Ihre Zeit. Wenn ich weitere Fragen habe, werde ich mich melden.«

»Gerne.«

Jan legte auf, lehnte sich auf der Bank zurück und schloss die Augen. Die Hinweise waren dürftig. Auch wenn Spuren noch ausgewertet wurden, waren sie dem Mörder kaum nähergekommen. Jan musste sich auf seine Kollegen verlassen. Heute Abend trafen sie sich wieder bei Chandu. Bis dahin musste er noch einen Bericht verfassen, der Bergman nicht gefallen würde.

Jan erhob sich von der Bank, als sein Handy ein zweites Mal klingelte. Jan sah auf das Display, konnte die Nummer aber nicht zuordnen. Er hoffte, dass es nicht sein neuer Freund Anton war.

»Jan Tommen«, meldete er sich.

»Hier ist David. Der Partner von Fabian Gisker.«

»Hallo David.« Es war gut, von dem jungen Mann zu hören. Eine Leiche war genug. Nicht auszudenken, wenn ein Polizist getötet worden wäre. »Wie geht es der Kopfwunde?«

»Halb so wild.«

»Und der Elektroschock vom Mörder?«

»Das war nicht der Mörder.«

»Was?« Jans Müdigkeit war verflogen.

»Auch wenn Sie mich für verrückt halten. Was ich Ihnen jetzt erzähle, war keine Halluzination.«

Jan kam als Letzter zu Chandu. Der Bericht hatte mehr Zeit gekostet als geplant. Er setzte sich auf die Couch und nahm sich ein Bier vom Tisch.

»Salami mit extra Käse und Peperoni«, sagte Chandu und drückte ihm eine Pappschachtel in die Hand.

»Du kochst nicht?«

»Keine Zeit. Ich hab Schlaf nachgeholt und musste mich noch um ein paar Geschäfte kümmern.«

»Auch gut.« Jan nahm ein Stück Pizza aus der Schachtel und biss genüsslich hinein.

»Was rausgefunden?«, fragte Zoe mit vollem Mund. Ihr gelang es gleichzeitig zu rauchen, Bier zu trinken und Pizza zu essen. Glücklicherweise war ihre Pizza mit Knoblauch belegt, was den Geruch der Zigarette überlagerte.

»Langsam lichtet sich der Nebel«, antwortete Jan. »Der Mörder ist über die Gärten zu Moritz Quasts Haus gekommen. Es wurden keine Einbruchsspuren gefunden, also hatte er den Schlüssel zur Hintertür. Moritz Quast nahm es mit der Sicherheit nicht genau und hat gerne mal Partys gefeiert, was es dem Mörder leicht gemacht hat, an den Schlüssel zu kommen.«

»Ist das Fehlen nicht aufgefallen?«, fragte Max, der seine Pizza bereits gegessen hatte und in einem Becher Eis rumpickte.

»Der Hintereingang ist mit einem Stiftschloss versehen«, sagte Chandu. »Dem Mörder hat ein Abdruck genügt, um einen Nachschlüssel herzustellen.«

»Redest du aus Erfahrung?«, fragte Zoe.

»Aber hallo.«

»Unser Täter ist gegen 23.00 Uhr ins Haus gekommen«, fuhr Jan fort. »Dann hat er Moritz Quast geweckt, in die Küche geschafft und das Licht angeknipst. Das wiederum hat die Streife misstrauisch gemacht. Fabian ist vorne rein und hat eine mit dem Elektroschocker verpasst bekommen. David, der eigentlich die Hintertür sichern sollte, hat das gehört und ist zum Vordereingang gerannt.«

»War er nicht gewarnt und entsprechend vorsichtig?«, fragte Max.

»Eigentlich ja, aber jetzt kommt das Tückische. Im Haus ist er nicht dem Mörder, sondern Moritz Quast begegnet. Er hat ihn mit dem Elektroschocker niedergestreckt.«

»Das Opfer selbst?«, fragte Zoe. »War der irre oder steckte er mit dem Mörder unter einer Decke?«

»Ich vermute, er wurde vom Mörder gezwungen. Laut David war Quast den Tränen nahe.«

»Aber wenn Quast wusste, dass er sterben sollte«, sagte Max, »warum hat er sich nicht gewehrt?«

»Wenn dir jemand eine Knarre in den Rücken drückt, machst du alles«, erklärte Chandu.

»Auch die Leute angreifen, die mich beschützen?«

»Alles. Glaub mir.«

»Clever«, sagte Zoe. »Mit einem Angriff vom Opfer rechnet niemand.«

»Damit waren die Bewacher ausgeschaltet«, fuhr Jan fort. »Er hat beide gefesselt und damit genug Zeit für seine Tat.«

»Moritz Quast wurde auf dem Friedhof erschlagen«, merkte Zoe an. »Wie hat er ihn dorthin geschafft?«

»Zu Fuß. Wir haben in einem Nachbargarten einen Fußabdruck gefunden, der zu Moritz Quast passt. Dann sind sie in ein Auto in einer Nebenstraße gestiegen und zum Friedhof gefahren. Bis Fabian und David sich wieder befreit hatten, war die Sache gelaufen.«

»Apropos Friedhof«, sagte Zoe und kramte ihr Handy heraus. »Ich wollte mich bei der Spurensicherung melden und nach den neusten Ergebnissen fragen.« Sie wählte eine Nummer und schaltete auf Lautsprecher. Nach dem dritten Klingeln meldete sich eine Frau.

»Kriminaltechnik, Kripo Berlin. Franziska Niklas«, meldete sich eine Frauenstimme.

»Mahlzeit«, sagte Zoe. »Hier spricht Dr. Diek von der Rechtsmedizin. Ich brauche die Ergebnisse vom Fall Moritz Quast.«

»Hat das andere Team gemacht. Wen wollen Sie sprechen?«

»Na, irgendeinen von denen«, sagte Zoe ungehalten.

»Wen genau?«

»Diesen Robert.«

»Hier gibt es keinen Robert.«

Zoe stöhnte genervt. »Dieser Jungspund. Schwarze Haare, kleines Bäuchlein, riecht nach Clearasil und hat sich noch nie rasieren müssen.«

»Ach, Sie meinen Romir?«

»Sag ich doch.«

»Moment.«

Das Telefon wurde zur Seite gelegt. Einen Augenblick später näherten sich Schritte.

»Romir Hannim«, meldete sich der junge Mann.

»Na endlich«, sagte Zoe. »Hier spricht Dr. Diek aus der Rechtsmedizin. Kennen Sie mich noch?«

»Klar. Sie sind der herrische Nikotin-Junkie mit dem Charme einer Kettensäge.«

»Ich komme gleich rüber und hau …«

Jan nahm das Handy vom Tisch und ging zur Seite. Er brauchte die Ergebnisse vom Friedhof und wollte es sich nicht mit der Spurensicherung verderben.

»Hallo Robert, hier spricht Kommissar Tommen von der Kripo.«

»Romir.«

»Ich leite die Ermittlungen in den Fällen Bernhard Valburg und Moritz Quast. Haben Sie Spuren auf dem Friedhof gefunden?«

»Wir werten noch aus, aber das Wesentliche haben wir.« Romir räusperte sich. »Der Friedhof war der Tatort. Der Mörder hat Moritz Quast vor dem Grab knien lassen und ihn von hinten erschlagen. Er hatte einen Pyjama an und war barfuß.«

»War der Schlag auf den Hinterkopf die Todesursache?«, wandte Jan sich an Zoe.

»Ja«, antwortete sie mürrisch. Sie hatte sich auf der Couch zurückgelehnt und blies Rauchwolken zur Decke.

»Und war es die gleiche Mordwaffe wie bei Bernhard Valburg?«

»Höchstwahrscheinlich.«

»Höchstwahrscheinlich?«

»99 Prozent Überstimmung.«

»Das ist doch nah an 100 Prozent«, bemerkte Max.

»Was du nicht sagst, Maximum Klugscheißer«, keifte Zoe.

»Hat man sonst Spuren vom Täter gefunden?«, wandte sich Jan wieder an Romir.

»Wir haben Fuß- und Stiefelabdrücke gefunden. Die stimmen mit jenen aus dem Garten von Simon Illgen überein, dem Nachbarn von Moritz Quast.«

»Und die DNA-Probe mit dem Blut vom Kieselstein?«

»Haben wir mit Moritz Quasts DNA verglichen. Die Übereinstimmung beträgt 99,9 Prozent.«

»Das ist doch nah an 100 Prozent«, bemerkte Zoe.

»Danke für den kompetenten Hinweis«, ergänzte Romir durchs Telefon.

»Er mag dich«, flüsterte Chandu Zoe zu.

»Klappe, King Louie. Mach mir lieber einen Kaffee.«

Chandu salutierte grinsend und ging in die Küche.

»Fingerabdrücke oder DNA des Mörders?«

»Wir haben das Umfeld des Grabes Millimeter für Millimeter durchkämmt. Dieses Mal hat der Regen nichts weggespült, aber wir haben trotzdem nichts gefunden.«

»Und das Kreuz?«

»Identische Machart wie bei Bernhard Valburg. Gleiches Holz, gleiche Nägel, gleiche Farbe. Baumarkt-Massenware. Nicht zurückverfolgbar.«

»Wie kann er das Kreuz basteln, ohne Fingerabdrücke zu hinterlassen? Hat er Handschuhe getragen?«

»Muss er nicht«, erklärte Romir. »Er nagelt das Kreuz zusammen und schmiert eine dicke Schicht Farbe drauf. Das bedeckt jeden Fingerabdruck. Außerdem haben wir Reste von Bleiche gefunden. Der Mörder hat an alles gedacht.«

Jan seufzte. »Wäre auch zu schön gewesen.«

»Die Spurensuche ist eine Sackgasse«, bemerkte Romir. »Sie müssen den Mörder auf andere Art kriegen.«

»Vielen Dank.«

»Gerne. Wenn wir noch was finden, melde ich mich.« Er legte auf.

»Das ist mein Stichwort«, sagte Max. Er schaltete den Beamer an, und ein Foto von Moritz Quast erschien an der Wand.

»Zur Erinnerung.« Er deutete mit einem Stück Pizza auf das Bild. »Moritz Quast hat bei einer großen Krankenversicherung gearbeitet und Ärzten geholfen, teure Medikamente falsch abzurechnen. Er bekam eine Bewährungsstrafe und schulte daraufhin zum Autoverkäufer um.«

Max drückte ein paar Tasten, und ein Bild von Bernhard Valburg erschien neben Moritz Quast. »Dr. Valburg wurde der Mitarbeit beim Versicherungsbetrug verdächtigt, wurde aber von allen Vorwürfen freigesprochen.«

»Das wissen wir«, sagte Zoe. »Damit ist unsere einzig mögliche Verbindung zwischen den Opfern hinfällig.«

»Was, wenn die Vorwürfe gegenüber Dr. Valburg gerechtfertigt waren?«

»Hä?«

»Hast du Hinweise gefunden?«, fragte Jan.

»Die Unterlagen geben zu wenig her«, erklärte Max. »Aber vielleicht hat die Polizei nicht alles aufgedeckt.«

»Kein schlechter Gedanke«, sagte Chandu. »Wenn Dr. Valburg cleverer war als seine Kollegen, hat er mitverdient, ist aber nicht erwischt worden.«

»Das mag die Männer verbinden«, sagte Jan, »aber das ist mir zu schwach. Da komme ich zu meiner ursprünglichen Kritik zurück. Ein paar tausend Euro Schaden machen noch keinen Doppelmörder.«

»Das hat mich bei unserer letzten Diskussion auch überzeugt«, warf Max ein. »Daraufhin habe ich mich mit einer Beamtin vom LKA 3 in Verbindung gesetzt. Bettina Arns gehört zum Dezernat 32, das für Wirtschaftskriminalität zuständig ist. Sie hat damals den Fall bearbeitet und gab mir bereitwillig Auskunft.

Sie konnte mir nicht viel Neues erzählen, aber eine Info hat mich aufhorchen lassen. Moritz Quast war der Strippenzieher bei der Sache. Eigentlich wäre er in den Knast gewandert, aber er hat sich auf einen Kuhhandel eingelassen und der Kripo Beweismaterial für einen Mann geliefert, hinter dem sie schon länger her waren und der mit dem Import nicht zugelassener Medikamente ordentlich verdient hat. Das hat Moritz Quast eine Gefängnisstrafe erspart.«

»Also hat er geplaudert und sich freigekauft«, sagte Chandu. »Das würde die abgeschnittene Zunge erklären.«

Max tippte auf seiner Tastatur herum, und ein drittes Bild erschien mit einem Tusch an der Wand.

»Darf ich vorstellen?« Der junge Hacker deutete schwungvoll an die Wand. »Robin Cordes. Der Mann, den Moritz Quast ins Gefängnis gebracht hatte. Zufällig ist er seit sechs Wochen wieder auf freiem Fuß.«

»Fuck«, sagte Zoe und erhob sich von der Couch.

Chandu kam aus der Küche gelaufen, während Jan das Bild mit großen Augen anstarrte. Die Haare, die schiefe Nase und die Narbe über der Augenbraue. Alles kam ihm bekannt vor.

Sie hatten den Mann von der Phantomzeichnung gefunden.

KAPITEL 6

Jan hämmerte an die Tür, wartete einen Moment und schlug erneut mit der flachen Hand dagegen.

»Robin Cordes«, rief er laut. »Kripo Berlin. Öffnen Sie die Tür.«

Jan bevorzugte in solchen Momenten dramatische Auftritte. Jeder, der etwas auf dem Kerbholz hatte, reagierte panisch, wenn die Kripo an die Tür hämmerte. Manche machten etwas Dummes oder wurden gewalttätig, aber die Chancen, einen Kriminellen zu fassen, waren besser, als wenn man ihnen durch Höflichkeit Zeit verschaffte.

Jan trat mit der Spitze seines Fußes an die Tür. Er lockerte seine Dienstwaffe im Holster und stellte sich seitlich zur Tür.

»Ja«, brüllte eine Frau. »Ich komme.«

Ein Schlüssel drehte sich im Schloss. Die Tür ging auf, und eine junge Frau sah ihm aus verschlafenen Augen entgegen. Sie hielt mit der rechten Hand einen Bademantel vor ihre Brust. Bis auf einen schwarzen Slip war sie nackt.

»Kommissar Tommen.« Jan zeigte seine Marke. »Darf ich reinkommen?« Er stieß die Tür auf und trat in den Gang. »Danke.«

»Sind Sie irre? Ich habe Ihnen nicht erlaubt …«

»Ist Robin da?« Jan ging durch den Gang. Links von ihm war ein schwach beleuchtetes Bad. Leer.

»Ich werde mich beschweren«, fuhr die Frau auf.

»Kein Problem. Mein Name ist Tommen mit zwei M.« Jan stieß die nächste Tür auf. Das Schlafzimmer enthielt zwei Matratzen und einen großen Schrank. Jan hob die Decken hoch und öffnete den Schrank. Ein Chaos an Kleidung und Schuhen, aber niemand versteckte sich darin.

»Robin ist nicht da.« Sie packte Jan am Arm.

»Es ist besser, wenn Sie keine polizeiliche Ermittlung behindern.« Jan riss sich los. »Außerdem sollten Sie sich etwas anziehen. Sie werden mich auf die Wache begleiten. Mal sehen, wie Ihnen die Zellen dort gefallen.«

Die Frau zuckte zurück, als hätte Jan sie geschlagen. Jetzt würde sie ihn in Ruhe lassen.

»Ich habe nichts getan.«

Jan ging aus dem Schlafzimmer, durchquerte den Gang und kam in eine kleine Küche. Kaum größer als ein Kaninchenstall. »Wir werden sehen.« Einschüchtern gehörte zum Spiel.

Jan ging den Gang bis zum Ende durch. Das Wohnzimmer. Eine blaue Stoffcouch stand vor einem großen Fernseher. Ein Bierkasten auf dem Boden. Ein kitschiges Bild von einer nackten Frau auf einer Harley. Aber kein Robin Cordes.

Jan sah aus dem Fenster. Kein Balkon. Sie waren im vierten Stock. Er drehte sich ruckartig zu der Frau um.

»Wo ist Robin?« Er ging einen Schritt auf sie zu.

»Er ist nicht da.« Sie wich vor Jan zurück.

»Das sehe ich auch. Ich will wissen, wo er ist.«

»Ich weiß es nicht.« Sie war den Tränen nahe.

»Wer sind Sie?«

»Ich bin Robins Freundin.«

»Und einen Namen haben Sie auch?«

»Friederike Roth.«

»Wohnen Sie hier?«

»Die meiste Zeit. Ich habe noch eine Wohnung in Wedding. Wir wollen bald zusammenziehen.«

»Robin ist Ihr Freund, Sie wollen zusammenziehen und Sie wissen nicht, wo er ist?«

»Er ist untergetaucht.« Sie sank zu Boden. »Seit diesem Mord.«

»Welchem Mord?«

»An dem Autohändler.«

»Moritz Quast?«

»Ja. Das war sein Name.«

»Können Sie etwas konkreter werden? Hat er seine Koffer gepackt und hat einen Flug nach Australien gebucht?«

»Ich bin von meiner Frühschicht nach Hause gekommen und er war weg.«

»Woran sahen Sie, dass er weg war und nicht nur einen Spaziergang gemacht hat?«

»Am Bild seines Vaters.«

»Was?«

Friederike deutete auf den Fernseher. »Sein Vater hat seine Mutter und ihn verlassen, als er zwei Jahre alt war, daher gibt es kaum Aufnahmen von ihm. Einzig ein Bild in einem Park ist Robin geblieben. Das hat er eingerahmt, auf den Fernseher gestellt und jeden Tag abgestaubt. Das bescheuerte Ding hat er sogar mitgenommen, wenn wir in Urlaub gefahren sind.« Sie zuckte die Schultern. »Keine Ahnung, was er mit seinem Alten hat, aber das Foto war sein ein und alles.«

»Und daran erkennen Sie, dass er abgehauen ist?«

»Nicht abgehauen. Untergetaucht«, korrigierte Friederike.

»Was ist der Unterschied?«

»Er mochte diese Wohnung. Da die meisten seiner Sachen noch hier sind, will er wiederkommen. Er hat seine Sporttasche gepackt, Klamotten reingestopft und ist untergetaucht. Selbst das komische Ding zum Empfang der Bundesligaspiele ist noch da.« Sie wischte sich über die laufende Nase.

»Vielleicht wollte er nur von Ihnen weg?«

»Wenn er keinen Bock mehr auf mich gehabt hätte, hätte er mich rausgeschmissen. Dafür war Robin Arschloch genug.«

Jan setzte sich auf die Couch. »Was hat der Mord an Moritz Quast mit seinem Verschwinden zu tun?«

»Keine Ahnung. Ich wusste bis heute nicht, wer Moritz Quast ist.«

»Hat er was erwähnt?«

»Beim Frühstück war er durch den Wind. Ist wie ein Irrer durch das Wohnzimmer gelaufen und hat immer wieder was von einem Moritz gefaselt. ›Der auch noch‹, hat er immer wieder gesagt. Ich wusste nicht, was los war. So aufgedreht habe ich ihn selten erlebt, aber ich war spät dran und musste zur Arbeit. Als ich in den Nachrichten von dem ermordeten Autohändler gehört habe, wusste ich Bescheid.«

»Und weiter?«

»Nichts weiter. Als ich nach Hause gekommen bin, war er weg.«

»Hat er einen Dr. Bernhard Valburg erwähnt?«

»Nie gehört.«

Jan lehnte sich auf der Couch zurück und sah zu Friederike. Ihr Blick war zu Boden gerichtet, und sie klammerte sich an den Bademantel, als wäre er alles, was ihr in ihrem trüben Leben noch geblieben war.

»Ziehen Sie sich bitte etwas an«, sagte Jan mild. Die Frau schien mit alledem nichts zu tun haben. »Wir reden später weiter.«

Friederike nickte und schlich ins Schlafzimmer.

Robin Cordes kannte beide Opfer. Das war keine Überraschung, denn die Sprechstundenhilfe von Dr. Valburg hatte ihn identifiziert, und Moritz Quast hatte ihn ins Gefängnis gebracht. Eigentlich war Robin der perfekte Verdächtige, doch die Aussage seiner Freundin ließ ihn zweifeln. Entweder war sie eine gute Lügnerin und Robin war der Täter, oder sie sagte die Wahrheit, dann hatte es Robin mit der Angst bekommen und war untergetaucht.

Aber beides ließ nur einen Schluss zu: Robin kannte den Mörder.

»Meine Arbeitszeiten waren früher besser«, murrte Zoe, als sie aus dem Auto stiegen. »Ich musste nicht mitten in der Nacht auf dem Friedhof rumhängen und spät abends durch Berlin fahren, um eine Maus auszufragen.«

»Hör auf zu jammern, Prinzessin«, sagte Chandu. »Du wolltest mitkommen, wenn ich mich wieder mit Tim treffe, und außerdem ist sein Spitzname *Ratte*. Nicht *Maus*. Hat mit seinem Aussehen und seinem Nachnamen *Ratinger* zu tun.«

»Hätten wir das nicht morgen zum Mittagessen machen können?«

»21.30 Uhr ist früh. Die meisten aus dieser Szene haben gerade mal gefrühstückt.«

Zoe sah sich in der Straße um. »Was ist hier besonders? Die Häuser sehen wie tausend andere aus. Geschäfte, ein paar Kneipen, keine teuren Autos auf der Straße. Nicht mal Nutten oder Drogendealer. Alles normal und langweilig.«

»Genau deswegen treffen wir uns hier. Eine langweilige Gegend mit langweiligen Bewohnern.«

»Kapier ich nicht.«

»Tim ist paranoid. Das ist der Grund, warum er so lange im Milieu überlebt hat. Sich mit mir in der Öffentlichkeit zu treffen, ist nicht ungefährlich. Ich gehöre einer Gruppe an, die mit anderen Gruppen nicht gut auskommt. Sieht man uns, wird er meiner Gruppe zugeordnet, was ihm bei seinen Geschäften Probleme bereiten kann.«

»Gott, ist das kompliziert. Warum schreibt er dir keine Mail?«

Chandu lachte. »Hätte mir schon einige Beulen erspart, aber manchmal sind die alten Methoden immer noch die besten.«

»Du meinst mit auf die Nase hauen und so?«

»Exakt.«

Zoe sah auf ihre Uhr. »Pünktlichkeit ist nicht die Stärke deiner Ratte.«

»Er ist längst da. Er sondiert gerne die Umgebung und beobachtet seine Gesprächspartner. Wärst du nicht dabei, wäre er bereits aufgetaucht.«

»Sehe ich so gefährlich aus?«

»Im Zeitalter automatischer Schusswaffen ist jeder gefährlich.«

»Ich bevorzuge Messer. Schusswaffen sind mir zu vulgär.«

»Da kommt er«, sagte Chandu und deutete auf die andere Seite der Straße.

Ein kleiner, schmaler Mann lief an den geparkten Autos entlang. Sein Kopf huschte hin und her, als erwarte er von jeder Seite einen Angriff. Alle paar Schritte drehte er sich um, als würde er verfolgt werden. Er sah auf die Straße, wartete, bis ein Auto an ihm vorbei war, und rannte auf die andere Seite. Dort angekommen, verlangsamte er seinen Schritt.

Zoe konnte ihren Gesprächspartner nun besser erkennen. Er hatte ungekämmtes, schwarzes Haar, das mit grauen Strähnen durchzogen war und dringend einen Friseurbesuch brauchte. Er war unrasiert, und sein schwarzer Pullover war verwaschen. Seine Vorderzähne ragten auffällig weit nach vorne, doch das Auffälligste an dem kleinen Mann war seine Brille, die viel zu groß für sein hageres Gesicht war, mit Gläsern, die gefühlt zehn Zentimeter dick waren.

Chandu verlagerte sein Gewicht. Er stellte sich breitbeinig auf und spannte die Schultern. Er wirkte wie ein Boxer vor dem Gongschlag. Wahrscheinlich gehörte das zur Einschüchterungstaktik. »Tim«, grüßte er mit seiner dunklen Stimme.

Der Angesprochene hob die Hand und setzte zu einer Erwiderung an, als Zoe ihm mit einer Geraden kraftvoll auf die Nase schlug. Brille und Mann flogen nach hinten.

»Was machst du?«, fuhr Chandu entsetzt auf. »Du kannst ihm doch keine reinhauen.«

»Ich dachte, das ist euer Begrüßungsritual.«

»Nein. Also doch, aber bei mir ist das was anderes.«

»Ach, du darfst ihm eine verpassen und ich nicht?«

»Wir kennen uns schon lange.«

»Du haust nur Leuten eine rein, die du lange kennst?«

»Normalerweise haue ich keinem eine rein.«

»Außer Tim.«

»Ja. Also manchmal.«

»Dann reg dich nicht auf. Ich wollte dir nur Arbeit abnehmen.«

Chandu ballte die Fäuste und schlug sich an die Schläfen. »Du machst mich noch irre. Ich habe mich in meinem Leben mit vielen Verrückten rumgeschlagen, aber du übertriffst sie alle.«

»Oh, danke.« Zoe warf den Kopf zurück und fuhr sich durch die Haare. »Du weißt, wie man Frauen betört.«

»Für was war das?«, brüllte Tim und hielt sich die blutende Nase.

»Ein Missverständnis«, wiegelte Chandu ab.

»Ein Missverständnis? Ich hab doch noch nichts gesagt.«

Zoe kam näher und betrachtete die Nase. »Halb so wild. Ist ein glatter Bruch. Tut morgen nicht mehr weh.«

»Danke«, schrie Tim sie an. »Jetzt geht es mir gleich besser.«

»Deine Brille.« Chandu drückte Tim die gebrochenen Bügel und das geborstene Glas in die Hand.

»Weißt du, was eine solche Spezialanfertigung kostet?« Er winkte mit den Resten seiner Brille vor Zoes Gesicht.

»Zwei Euro?«

»Ach, witzig ist sie auch noch. Wo hast du die ausgegraben?«

»Sie hilft mir bei meinen Ermittlungen.«

»Du solltest dich vielleicht nach einem neuen Partner umsehen.«

»Beruhige dich, Tim.« Chandu legte den Arm um den kleinen Mann. »Gib mir was Nettes, und dann kannst du mit deiner Belohnung gleich zum Optiker gehen.«

»Und meine Nase?«

»Zum Arzt«, sagte Zoe.

»Zum Arzt? Glaubst du, ich bin krankenversichert?«

»Ist kein Problem.« Zoe schob sich die Ärmel hoch. »Ich kann dir deinen Zinken gleich hier einrenken.«

»Nein!«, sagten Chandu und Tim gleichzeitig.

»Es wird auch so gehen«, fuhr Chandu fort.

Zoe hob die Hände. »Wollte nur helfen.«

»Hast du was für uns?«, fragte Chandu.

»Dein Anruf kam ein wenig kurzfristig.« Tim versuchte, das herausgesprungene Glas wieder in die Fassung zu drücken. »Den Typen, der auf der Phantomzeichnung ist, kennt ihr also schon.«

»Seit ein paar Stunden. Robin Cordes.«

»Was wisst ihr über ihn?«

»War in irgendeinen Abrechnungsskandal verwickelt. Als der aufflog, wurde er von einem der Beteiligten ans Messer geliefert, und Robin wanderte in den Bau.«

»Die Geschichte mit der Abrechnung war eines seiner Dinger. Robin hat alles gemacht, was krumm war und Kohle brachte. Drogen vercheckt, Hehlerware verkauft, Autos geknackt. Nie etwas Großes. Robin ist immer unter dem Radar der Haie geblieben.«

»Hast du in dem Zusammenhang von einem Dr. Valburg gehört?«

»Sagt mir nichts, aber ich hatte nicht viel Zeit zum Umhören.«

»Wie ist es ihm im Knast ergangen?«

»Nicht schlecht, wie man so hört. Soll sich regelrecht gewandelt haben.«

»Gewandelt?«

»Hat alle seine Verbindungen abgebrochen. Macht nichts Krummes mehr. Keine Drogen, keine Hehlerware, nichts. Hat sogar eine Einladung zu 'nem lukrativen Bruch abgelehnt.«

»Womit verdient er seine Kohle? Flaschen sammeln?«

»Man munkelt was von Pokerrunden.«

»Robin manipuliert Pokerrunden?«

»Keine Ahnung, ob das krumme Spiele sind, ob er No-Limit-Runden organisiert oder ob er selbst ein guter Spieler ist. Im Vergleich zu früher ist Robin ein Geist.«

»Hast du eine Ahnung, wo er sich aufhalten könnte?«

»Da sind wir wieder beim Problem mit seinen alten Kontakten. Er hat sich zurückgezogen. Vor zwei Jahren hätte ich dir noch seine Lieblingskneipe sagen können, doch da ist er nicht mehr aufgetaucht. Nur sein Zuhause ist unverändert. Versucht es dort.«

»War 'ne Sackgasse. Er soll untergetaucht sein.«

»Dann wird es schwer. Robin ist auf der Straße groß geworden und kennt sich aus. Wenn ich was höre, melde ich mich, aber wenn er nicht gefunden werden will, bleibt er unsichtbar.«

Chandu griff in seine Tasche und holte zwei Hundert-Euro-Scheine heraus. »Nimm das als Anzahlung.« Er drückte Tim das Geld in die Hand. »Wenn wir Robin schnappen, gibt's noch einen Bonus.«

»Na, hoffentlich«, murmelte Tim.

Chandu schlug ihm freundschaftlich auf die Schulter, was den kleinen Mann in die Knie gehen ließ.

»Danke, alter Freund.«

Dann nahm er Zoe am Arm und zog sie zum Auto.

»Was hast du denn?« Sie versuchte sich loszureißen.

»Ich will nicht, dass du ihm zum Abschied in die Juwelen trittst oder was dir sonst so vorschwebt.«

»Wollte ich gar nicht.«

»Glaub ich nicht.« Chandu öffnete das Auto. Er drehte sich um, aber der kleine Mann war nirgends mehr zu sehen. Erst dann ließ er Zoe los.

»Wäre nur ein kleiner Tritt gewesen«, murmelte sie und stieg ein.

Max hatte alle seine Computer hochgefahren, sich die Reste der Sardellen-Pizza aus dem Kühlschrank geholt und ließ *Pinky and the Brain* im Fernseher laufen. Zusammen mit seinem Lieblingsgetränk, Ovomaltine in Cola, war er bereit für die Schlacht.

Er loggte sich in den Kriposerver ein, startete das Suchprogramm und gab die Handynummer von Robin Cordes ein. Es dauerte ein paar Sekunden, dann erschien eine Meldung auf dem Bildschirm. Keine Ortung.

»Verdammt.«

Sein Telefon klingelte.

»Hi, Jan.«

»Robin Cordes ist untergetaucht. Hast du sein Handy orten können?«

»Fehlanzeige. Er hat es ausgeschaltet oder die SIM-Karte rausgezogen.«

»Kriegst du ihn, wenn er es wieder einschaltet?«

»Ich beschieße ihn mit einer stillen SMS.«

»Was für eine SMS?«

»Ich schicke Robin eine SMS auf sein Handy. Diese wird nicht angezeigt und löst keinen Klingelton aus. Er merkt nicht, dass er eine Nachricht bekommen hat. Trotzdem kommt die SMS an, und ich bekomme Verbindungsdaten, wohin die Nachricht gegangen ist. Aber auch dafür muss er sein Handy angeschaltet haben. Wenn er das macht, habe ich ihn.«

»Dann kennst du seinen Aufenthaltsort?«

»Einigermaßen«, erklärte Max. »Hat er GPS im Handy, wird es sehr genau. Wenn nicht, geht es über das Mobilfunknetz. Dann kann ich dir nur den Sendemast geben.«

»Und wenn er das Handy nicht mehr einschaltet?«

»Können wir die Echtzeit-Ortung vergessen.«

»Also kriegen wir ihn nicht?«

»Ich versuche noch was anderes.« Max biss ein großes Stück von seiner Pizza ab. »Ich werde mir Robins Verbindungsdaten der letzten Tage ansehen«, sagte er kauend. »Daraus erstelle ich ein Bewegungsprofil. Vielleicht finden wir Häufungen außerhalb seiner Wohnung.«

»Häufungen?«

»Orte, die er öfters besucht hat.«

»Wie lange brauchst du dafür?«

»Hängt von der Menge der Daten ab. Es ist ein Unterschied, ob er ab und zu einen Spaziergang gemacht hat oder mit dem Auto zehn Stunden durch Berlin gefahren ist. Morgen früh weißt du mehr.«

»Hört sich gut an.«

»Kein Problem. Ich melde mich.«

Noch bevor Jan die Verbindung abgebrochen hatte, hatte Max die Datenbank des Mobilfunkbetreibers angezapft. Dieser Trojaner war schon vor seiner Praktikumszeit bei der Kripo aktiv. Er erinnerte sich noch heute an den Schrei seines nervigen Nachbarn, als dieser eine Telefonrechnung von 12.427 Euro erhalten hatte. Manche Dinge waren unbezahlbar.

Max gab Robins Handynummer ein und lud die Daten herunter. Bis dahin musste er ein Programm schreiben, das die Kontaktpunkte des Handys über eine Stadtkarte legte. In ein paar Stunden kannte er Robins Lieblingskneipe, wusste, wo er einkaufen ging, und kannte seine Freunde. Irgendwo dort würden sie ihn finden.

Ein lautes Klopfen riss Jan aus dem Schlaf. Er fuhr hoch und drehte sich zu seinem Wecker, bis ihm auffiel, dass er nicht im Bett lag. Die Umgebung sah verdächtig nach seinem Wohnzimmer aus, also war er wieder auf seiner Couch eingeschlafen. Das Licht aus der Stehlampe schmerzte in seinen Augen. Er hatte seine Kleidung noch an. Die Tatortbilder lagen auf seinem Bauch und der Kaffee hatte sich über die Polster ergossen.

»Hervorragend«, murrte er. Jan massierte sich die Schläfen, um den pochenden Kopfschmerz zu vertreiben, was aber nicht gelang. Er hatte die Nacht durcharbeiten wollen, war aber trotz Kaffee eingeschlafen. Das letzte Mal hatte er gegen zwei auf die Uhr gesehen. Er drehte den Kopf zur Küche. Der Wecker zeigte 4.57 Uhr.

Jan dachte, dass er sich das Klopfen eingebildet hätte, als tatsächlich jemand an die Tür hämmerte.

»Jan«, hallte Max' Stimme durch das Treppenhaus. »Bist du wach?«

»Ja«, murmelte er müde. »Und das ganze Haus gleich mit.« Er erhob sich von der Couch und öffnete die Tür.

»Komm rein.«

»Ich habe was.« Max rannte zur Couch und knallte einen Stapel Ausdrucke auf den kleinen Tisch. »Die Auswertung ist fertig.«

Er setzte sich auf die Couch und schaltete seinen Laptop ein.

»Das Bewegungsprofil von Robin Cordes.«

Er sprang wieder auf.

»Hat mich ein paar Stunden gekostet.«

Er lief hin und her.

»Aber die Arbeit hat sich gelohnt.«

Er setzte sich wieder auf die Couch.

»Es gibt Häufungspunkte.«

Er drehte den Laptop zu Jan und sprang wieder auf.

»Max.« Jan rieb sich müde die Augen. Drei Stunden Schlaf waren definitiv zu wenig. »Hast du dir wieder Energydrinks reingezogen?«

Der junge Hacker hielt in der Bewegung inne. Mit dieser Frage schien er nicht gerechnet zu haben. »Nein«, sagte er zögerlich.

»Max«, mahnte Jan. »Sag die Wahrheit.«

»Ein oder zwei.« Er sah beschämt zu Boden.

»Du bist ein schlechter Lügner.«

»Da gab es diese Aktion«, begann Max. »Kauf ein Sixpack und bekomme einen umsonst.«

Jan stöhnte. Zwölf Energydrinks. Sein junger Freund würde drei Tage nicht mehr runterkommen und wie eine Springmaus herumhüpfen.

»Das Zeug hilft«, rechtfertigte sich Max. »Ich habe die ganze Nacht durchgearbeitet und bin nicht müde.«

»Offensichtlich.« Jan schlurfte in die Küche und schaltete seine Kaffeemaschine ein.

»Wie bist du reingekommen?«

»Der Zeitungsbote war im Haus. Ich habe gewartet, bis er fertig war, und bin reingehuscht.«

Jan nahm eine Tasse aus dem Schrank. Er fragte sich, ob man im Stehen schlafen kann. Ganz im Gegensatz zu seinem Freund, der aussah, als platze er vor Tatendrang. »Leg los.«

»Ich habe alle Wege von Robin Cordes eingezeichnet.« Er drehte seinen Laptop erneut zu Jan. Darauf war eine Stadtkarte mit roten Linien zu sehen.

»Sehr interessant.« Jan wandte sich wieder der Kaffeemaschine zu.

»Finde ich auch«, erwiderte Max begeistert. »Ich habe sogar ein Programm entwickelt, das das Rot der Linie verstärkt, wenn Robin einen Ort mehrfach besucht hat.«

»Toll.« Jan streckte sich und gähnte.

»Meine Meinung.« Max deutete auf einen Punkt auf dem Bildschirm. »Das Haus von Robin ist knallrot.« Jan war von der Küche aus viel zu weit weg, um etwas erkennen zu können. So genau musste er es nicht wissen.

»Weitere rote Konzentrationen sind die U-Bahn-Station, der Supermarkt und ein Kiosk.«

»Keine Überraschungen.« Jan schloss die Augen und atmete den Geruch des herauslaufenden Kaffees ein. Langsam kehrte er in die Welt der Lebenden zurück.

»Nicht wirklich, aber zwei ungewöhnliche Treffer habe ich noch.«

»Erstens?«

»Robin Cordes war noch einmal bei Dr. Valburgs Praxis, drei Tage vor dessen Tod.«

»Nicht schlecht.« Das brachte sie nicht weiter, untermauerte aber die Verbindung zwischen Robin Cordes, Dr. Valburg und Moritz Quast. »Und zweitens?«

»Der zweite ist eigenartig.« Max vergrößerte den Kartenausschnitt. »Robin war oft in der Nähe des alten Rangierbahnhofs Tempelhof.«

»Was heißt oft?«

»Dreimal die Woche.«

»Immer zur gleichen Zeit?«

»Unterschiedliche Tage und unterschiedliche Zeiten.«

»Auch nachts?«

»Nur tagsüber.«

Jan ging mit der Tasse ins Wohnzimmer. »Was ist an dem Rangierbahnhof besonders?«

»Kennst du den Naturpark Schöneberger Südgelände?«

»Nie gehört.«

»Ist jetzt ein Freilichtmuseum. Dort gibt es einen alten Wasserturm, eine Dampflok und Drehscheiben. Alles, was das Herz eines Eisenbahnfreunds höher schlagen lässt.«

»Ein Eisenbahn-Museum?«

»Etwas in der Art.«

»Was macht Robin Cordes in einem Eisenbahnmuseum?«

Max zuckte die Schultern. »Vielleicht ist er ein Märklin-Freak?«

Jan schüttelte den Kopf. »Das hätte ich beim Hausbesuch bemerkt. Nicht ein Stück in Robins Wohnung deutete darauf hin. Er hatte keine Spielzeugloks, Bilder an der Wand oder sonst einen Eisenbahnkram.«

»Mehr kann ich dir nicht bieten. Der Naturpark ist das einzig Ungewöhnliche an seinem Bewegungsprofil. Das Handy ist noch aus, und die letzten Daten sind von vorgestern Abend.«

»Sind deine stummen SMS noch aktiv?«

»Stille SMS«, korrigierte Max. »Und ja. Wenn er das Handy anmacht, bekomme ich es mit.«

Jan seufzte. Konnten sich seine Verdächtigen nicht in einem Döner-Laden, einer Konditorei oder einem Strip-Club verstecken? Nein, es musste ein Eisenbahnmuseum sein.

»Ein Spaziergang durch den Naturpark wird mir guttun.« Solche Lügen kamen Jan erstaunlich leicht über die Lippen. Er leerte den Kaffee in einem Zug. »Vielleicht stolpere ich dabei über einen Mordverdächtigen.«

Der große rostige Turm ragte in den Himmel. Jan stellte sich neben eine Schulklasse und folgte deren faszinierten Blicken nach oben. Er hatte keine Ahnung, was an dem alten Ding so spannend war. Es war ein metallenes Ungetüm, von dem Wasser in die Dampfloks gepumpt worden war.

Er zuckte die Schultern und ging weiter.

Jan marschierte seit zwei Stunden durch das Gelände, hatte aber keine Spur von Robin Cordes gefunden. Er spielte den interessierten Touristen, hatte einen Stadtplan in der Hand und machte Fotos mit seinem Handy. Er schloss sich immer wieder kleineren Gruppen an, damit sein Umherstreifen nicht auffiel. Jetzt wusste er, dass der Rangierbahnhof 1889 fertig gebaut worden war, aber durch die Teilung Berlins an Bedeutung verloren hatte, bis er schließlich aufgegeben worden war. Hier nisteten neunundvierzig Vogelarten, noch mehr Spinnen, und es wuchsen über dreihundert Blütenpflanzen. Außerdem durfte man die Wege nicht verlassen, damit man die am Boden brütenden Vögel nicht störte.

Es gab kaum einen schlechteren Platz, um sich zu verstecken. Jan hatte keine Ahnung, was Robin Cordes hier wollte. Er wählte Max' Nummer.

»Yo?« Offensichtlich wirkten die Energydrinks noch.

»Ich laufe seit zwei Stunden durch den Park und verschwende meine Zeit. Kannst du mir genauer sagen, wo sich Robin Cordes aufgehalten hat?«

»Leider nicht. Ich habe nur die Peilung von zwei Sendemasten in der Nähe. Diese springt immer hin und her, also war er dort und ist durch den Park gelaufen.«

»Aber warum? Hier ist nichts.«

»Warst du in der Kleingartenanlage?«

»In welcher Kleingartenanlage?«

»Westlich von dir«, erklärte Max. »Geh über die Gleise.«

»Bei der S-Bahn?«

»Genau. Lass dich nicht überfahren.«

Eine Kleingartenanlage war das perfekte Versteck. Schwer einzusehen. Kaum gesichert. Manche Häuser hatten nur Vorhängeschlösser vor der Tür. Trotzdem gab es Strom und Wasser.

»Wie viele Grundstücke sind dort?«

»Zweitausendsechshundert.«

»Wie viele?«

»Das Schöneberger Südgelände ist eine der größten zusammenhängenden Kleingartenflächen Berlins.«

Jan stöhnte. Die ganzen Parzellen zu überprüfen, war unmöglich. »Ich sehe mich um. Danke für die Info.«

»Gerne.« Max legte auf.

Zweitausendsechshundert Grundstücke. Mehr als Stichproben waren nicht drin.

Jan ging den Weg zu einer ruhigeren Gegend des Freilichtmuseums. Als er niemand mehr sah, hastete er in den Wald in westliche Richtung. Kurz darauf kam er an zwei Gleise. Eine S-Bahn rauschte an ihm vorbei. Jan sah nach links und rechts, konnte aber keinen weiteren Zug erkennen. Er balancierte über die Gleise, ging eine kleine Böschung herunter und kam an einen betonierten Weg.

Ein Spaziergänger mit einem Rottweiler sah Jan misstrauisch an, als er zwischen zwei Bäumen hervorsprang. Der Hund machte vor Schreck einen Satz und stellte sich hinter sein Herrchen. Ganz offensichtlich war der Rottweiler nicht als Wachhund ausgebildet.

Jan lächelte. »Schöner Tag heute.« Er deute auf den grauen Himmel, der sich immer mehr zuzog.

Der Mann ging an Jan vorbei, ohne ihn aus den Augen zu lassen, als rechne er jeden Augenblick mit einem Überfall. Jan behielt sein Lächeln bei, was es nicht besser zu machen schien. Als der Hundebesitzer einen Sicherheitsabstand zu Jan erreicht hatte, drehte er sich um und ging schnellen Schrittes weiter.

Jan wählte vorsichtshalber den Weg in die andere Richtung. Ein hoher Zaun umgab die Kleingartenanlage. Eine Wand von Büschen und Bäumen versperrte den Blick hinein.

Nach einem kurzen Fußmarsch kam er zu einer Gartenwirtschaft. Umgeben von einem weißen Metallzaun standen Tische im Biergarten und luden die Spaziergänger zu einer Rast ein. Um diese Zeit war nichts los. Ein Mann wischte die Stühle mit einem Lappen ab, während eine junge Frau Vasen mit Wildblumen auf die Tische stellte. Die Verwandtschaft zwischen beiden war offensichtlich, auch wenn der Mann einen beeindruckenden Bierbauch hatte und seine Tochter eher in ein Fitness-Studio passte.

Jan ging an zwei Buchsbäumen in Töpfen durch das offene Tor. »Guten Morgen«, sagte er.

»Einen guten Morgen auch Ihnen«, antwortete der Mann und deutete auf einen Tisch. »Wollen Sie frühstücken oder nur etwas trinken?«

»Frühstücken hört sich toll an, aber leider bin ich aus beruflichen Gründen hier.« Jan zeigte seine Kripomarke. »Mein Name ist Kommissar Tommen. Ich bin auf der Suche nach einem Verdächtigen, der sich in den letzten Tagen in der Gegend aufgehalten hat. Wir wissen nicht, ob im Frei-Museum oder in der Kleingartenanlage, aber vielleicht haben Sie ihn gesehen.« Jan zog ein Foto aus der Tasche und hielt es hoch.

»Das ist Robin«, antwortete der Mann.

»Sie kennen Robin Cordes?«

»Wir waren zusammen in der Schule.«

Jan war sprachlos. Er wusste nicht, ob es wegen des Glückstreffers war oder wegen der Beiläufigkeit, mit der der Mann seine Freundschaft zu Robin zugab.

»Hat er wieder Ärger?«

»Er wird als Zeuge gesucht.«

Der Mann lachte. »Robin wurde schon oft von der Polizei gesucht, aber es ist das erste Mal, dass er Zeuge und nicht Täter ist.«

»Sie wissen von seiner kriminellen Vergangenheit?«

»Klar. Ich habe ihn immer wieder vor krummen Sachen gewarnt, aber bei seiner Kindheit und seinem Umfeld hatte er keine Chance. Es war nur eine Frage der Zeit, bis er in den Bau einrückt.«

»Was auch passiert ist.«

»Robin ist kein schlechter Kerl. Das Leben hat ihm nur keine Chance gegeben.«

»Verstehen Sie mich nicht falsch, aber das führt jeder Kriminelle als Ausrede an.«

»Ich sag nicht, dass er es nicht verdient hat.« Der Wirt hob abwehrend die Hände. »Der Knast war am Ende ein Glücksfall.«

»Das nennen Sie Glück?«

»Robin liebte seine Freiheit. Hingehen, wohin man will. Machen, was man will. Mit wem man will. So was halt.« Der Wirt setzte sich auf einen Stuhl. »Im Knast hat er gemerkt, was Freiheit ist und was passiert, wenn man sie entzogen bekommt. Keine Freunde, keine Freundin, keine Telefonate, kein Internet. Nichts mit Live-Bundesliga, Pizza-Service oder Wodka-Lemon an der Bar.«

Jan setzte sich dem Mann gegenüber. »Wissen Sie, was er gemacht hat, als er aus dem Knast gekommen ist?«

Jan zuckte die Schultern.

»Er kam zu mir zum Frühstück.« Er deutete mit dem Kopf nach rechts. »Dort hat er gesessen, die Augen geschlossen, und hat sich die Sonne auf die Nase scheinen lassen. Glücklich wie ein Baby an der Mutterbrust. Währenddessen habe ich in der Küche gewerkelt und groß aufgetischt. Kaffee, Brötchen, Eier mit Speck, Wurst, Käse, Marmelade, Nutella. Das ganze Programm. Als er den frisch gepressten Orangensaft getrunken hat, hat er geweint.«

Der Mann lächelte. »Ich habe Robin nie weinen gesehen. Selbst in der Schule, als er Prügel von den Größeren kassiert hat, hat er keine Träne verdrückt. Robin ist ein knallharter Hund, aber das Frühstück in Freiheit hat einen anderen Menschen aus ihm gemacht.«

»Inwiefern?«

»Er hat sein altes Leben hinter sich gelassen. Die Hehlerei, die Drogengeschichte, den ganzen Mist eben. Er wollte nie mehr in den Knast gehen.«

»Sie glauben ihm?«

»Als Wirt bekommt man ein gutes Gespür für Menschen. Und ja, ich glaube ihm.«

»Und was macht er jetzt?«

»Karten spielen.«

»Karten spielen?«

»Robin war ein halbes Jahr mit einem Pokerprofi eingesperrt, der Steuern hinterzogen hat. Im Knast haben sie den ganzen Tag gezockt. Da hat er wohl Blut geleckt.«

»Glücksspiel ist illegal.«

»Kommt darauf an, wo und mit wem«, antwortete der Wirt. »Details kenne ich nicht, aber Robin scheint ein guter Spieler zu sein. Nicht das große Geld, doch genug, um zu überleben.«

»Wann haben Sie ihn das letzte Mal gesehen?«

»Vor vier Tagen.«

»Wie ging es ihm?«

»Was meinen Sie?«

»War er aufgeregt oder nervös?«

»Keine Spur.«

»Hat er gesagt, dass er untertauchen will?«

»Auch nicht. Wieso sollte er das tun?«

Jan sah sich im Biergarten um. Die Tochter des Wirts war wieder hineingegangen. Sie waren allein. Es war immer eine heikle Abwägung, wie viele Informationen man bei einer Befragung preisgeben wollte. Je weniger der Gegenüber wusste, umso besser war die eigene Position, aber manchmal musste man etwas weitergeben, um das Gespräch am Laufen zu halten. Wenn der Mann wirklich Robins Freund war, würde er damit nicht zur Presse gehen.

»Robin ist in zwei Mordfälle verwickelt.«

Der Wirt lehnte sich auf dem Stuhl zurück und faltete die Hände über seinem Bauch. »Sie meinen doch hoffentlich nicht den Grabmörder, von dem die Zeitungen voll sind?«

Jan hob die Augenbrauen.

»Oh Mann.« Der Wirt fuhr sich über die Stirn. »Dieses Mal hat er sich wirklich reingeritten.«

»Wenn es Sie beruhigt, ich weiß noch nicht, ob Robin Cordes der Täter oder nur ein Zeuge ist.«

Der Wirt rückte näher an den Tisch. »Robin hat in seinem Leben viel Mist gebaut, aber ein Mörder ist er nicht. Und wenn ich in der Zeitung lese, was dieser Grabmörder für einen kranken Scheiß macht, dann können Sie Robin dreimal ausschließen.«

»Selbst wenn ich Ihnen glaube, gibt es einen Zusammenhang zwischen Robin Cordes und den beiden Opfern. Er hängt da irgendwie drin, und je früher wir Klarheit darüber haben, umso schneller lassen wir ihn in Ruhe. Sagen Sie mir, wo er ist«, sagte Jan eindringlich. »Jeder Tag, den er länger auf der Flucht ist, macht es schlimmer. Wenn er unschuldig ist, hat er nichts zu befürchten.«

»Ich habe keine Ahnung, wo er sich versteckt«, antwortete der Wirt. »Bis eben wusste ich nicht einmal, dass er abgehauen ist.«

»Hat er beim letzten Gespräch etwas erwähnt?«

Der Wirt schüttelte den Kopf.

»Kennen Sie vielleicht einen geheimen Unterschlupf?«

»Ich will Ihnen weiterhelfen«, sagte der Wirt eindringlich. Die Nachricht, dass sein Freund Mordverdächtiger war, schien ihn sichtlich getroffen zu haben. »Aber wenn Robin untergetaucht ist, kriegen Sie ihn nicht. Dazu ist er zu gerissen.«

»Irgendwann finden wir ihn. Wenn er ein anderer Mensch geworden ist, sollte er sich stellen.«

Der Mann wischte sich über die schweißnasse Stirn. »Sie müssen das verstehen. Die Polizei war immer der Feind. Sein Leben ändern und keine krummen Dinger mehr drehen, ist eine Sache. Aber der Polizei vertrauen? Das ist wie ein Beißreflex. Da kommen seine Überlebensinstinkte hoch.«

»Ich lasse Ihnen meine Nummer da.« Jan legte eine Karte hin. »Rufen Sie mich an, wenn Sie ihn sehen. Er wird sich nicht sein Leben lang verstecken können. Wenn ihm seine Freiheit etwas bedeutet, muss er mit uns reden. Ist er unschuldig, hat er nichts zu befürchten.«

Der Wirt nahm die Karte und stand auf. »Ich versuche mein Bestes.«

Jan schüttelte dem Mann die Hand. »Danke für Ihre Hilfe.«

Er verließ das Wirtshaus und ging zurück zum Freilichtmuseum. Jetzt wusste er, warum Robin hier gewesen war. Er hatte einen alten Freund besucht.

Die Überprüfung der Gartenanlage würde er Patricks Leuten überlassen, vielleicht unterstützt durch Streifenpolizisten. Als Einzelner würde er bei zweitausendsechshundert Parzellen nicht weit kommen.

Jan ging die Böschung hoch, wartete, bis die S-Bahn vorbeigefahren war, und hastete über die Gleise. Nach ein paar Schritten war er wieder in dem kleinen Waldstück.

Der Kneipenbesitzer schien sich wirklich Sorgen um seinen Freund zu machen. Vielleicht konnte er Robin überzeugen. Er war möglicherweise nicht der Grabmörder, aber er kannte die Opfer. Seine Aussage konnte den entscheidenden Hinweis geben.

Jan war fast wieder auf dem Weg des Freilichtmuseums, als ein Mann mit gezogener Pistole hinter einem Baum hervorsprang.

»Hi«, sagte Robin und zielte auf Jans Stirn.

Jan konnte die Fälle nicht mehr zählen, bei denen er bedroht worden war. Knüppel und Messer waren gefährlich, aber eine Pistole war eine andere Liga. Ein kleines Zucken genügte und ein Schuss löste sich. Einer Kugel konnte man nicht ausweichen, und die Chancen, dabei zu sterben, waren hoch.

Robin Cordes war nervös. Ein Zeichen dafür, dass er normalerweise keine Menschen mit Pistolen bedrohte. Deshalb war er umso gefährlicher.

Jan hielt die Hände hoch und machte keine Anstalten anzugreifen. Robin war vier Meter von ihm entfernt. Egal, wie schnell Jan gewesen wäre, einen Schuss würde er abfeuern können.

»Knarre weg!«

Jan griff vorsichtig in sein Holster und zog die gesicherte Pistole hervor.

»Ab in den Wald damit.«

Die Waffe flog ins Unterholz.

Robin drehte sich immer wieder um, aus Angst, dass ein Spaziergänger zufällig durch den Wald marschiert kam. Gleichzeitig versuchte er, Jan im Auge zu behalten, was ihn zu hektischen Kopfdrehungen verleitete.

»Was gibt's?«, fragte Jan. Nach dem ersten Schrecken verlangsamte sich sein Puls. »Wenn du mir aufgelauert hättest, um mich zu töten, wäre ich tot. Die Gegend ist gut gewählt. Der Schuss wäre schwer zu lokalisieren. Bis man meine Leiche gefunden hätte, wärst du weg. Du hättest neben dem Baum stehen bleiben können, und ich wäre vorbeigelaufen, ohne dich zu bemerken.« Jan zuckte die Schultern, was mit erhobenen Händen seltsam aussah. »Also willst du etwas von mir.«

»Du bist wohl der Klugscheißer der Kripo?«

Jan nickte.

»Also, Mister Klugscheißer, dann erzähl mir mal, warum ihr nach mir fahndet.«

»Wir haben zwei Tote. Bernhard Valburg und Moritz Quast. Mit dem ersten hast du gestritten, und der zweite hat dich in den Knast gebracht. Klugscheißer bei der Kripo nennen das ein Motiv.«

»Ich bin kein Mörder, verdammt«, fuhr Robin auf.

»Und warum bist du dann untergetaucht?«

»Weil ich euch Drecksbullen nicht traue.«

»Trauen bei was?«

»Ihr sucht einen Sündenbock, weil ihr zu dumm seid, den Grabmörder zu finden. Da komme ich euch mit meinem Knastaufenthalt gerade recht.«

»Blödsinn«, erwiderte Jan. »Wir wollen keinen Sündenbock, sondern den Täter, und im Moment haben wir nur dich als Verdächtigen.«

»Sag ich doch.« Robin kam einen Schritt näher und fuchtelte mit der Pistole vor Jans Gesicht herum. Er war jetzt vielleicht zwei Meter von ihm entfernt. Jan hätte einen Angriff riskieren können. »Ihr habt euer Urteil bereits gefällt.«

»Nur weil man ein Motiv hat, muss man noch keinen Mord begehen. Aber für eine Befragung reicht es.«

»Du hast keine Ahnung, was hier abgeht.«

»Dann klär mich auf. Warum der Streit mit Bernhard Valburg?«

Robin senkte die Pistole ein wenig. Der perfekte Moment, um zuzuschlagen, aber Jan behielt die Hände oben. Ein Kampf um eine Waffe war gefährlich. Vielleicht konnte er Robin zum Reden bringen. Dann blieben sie beide unversehrt.

»Kurz bevor ich in den Bau musste, habe ich den Doktor mit Drogen versorgt.« Die Beichte fiel Robin sichtlich schwer. Es war wahrscheinlich das erste Mal, dass er eine Straftat vor einem Polizisten zugab. »Dafür bin ich eingefahren. Nach meiner Entlassung habe ich mit dem Scheiß aufgehört, doch Valburg hat mich nicht in Ruhe gelassen. Ich habe ihm immer wieder gesagt, dass er sich einen anderen Dealer suchen soll und dass ich mit der Szene fertig bin. Schließlich bin ich in die Praxis und habe ihm gedroht, seine Birne weich zu kloppen, wenn er nicht aufhört.«

»Und Moritz Quast? Einen Grund, ihn umzulegen, hattest du.«

»Klar«, antwortete Robin. »Eigentlich wollte ich ihm ordentlich einschenken, aber dann wäre ich wieder eingefahren. Das war der Arsch nicht wert.«

Robin hatte die Pistole auf den Boden gerichtet. Alles, was er sagte, schien aufrichtig zu sein, aber Kriminelle wie er logen ein Leben lang.

»Ich mach nichts Krummes mehr«, sagte er, als wollte er sich selbst davon überzeugen.

»Und die Knarre hast du zum Pilzeschießen?« So leicht glaubte Jan die Geschichte der Wandlung nicht. Kein anständiger Bürger lief mit einer Pistole herum.

»Die ist zum Selbstschutz.«

»Gegen wen? Neugierige Bullen?«

»Gegen den Typen, der Valburg und Quast plattgemacht hat.«

»Wer soll das sein?«

»Keine Ahnung, Mann.« Robin fuhr sich durch die Haare. Jan fiel auf, dass Robins Hemd nass geschwitzt war und seine Hand zitterte. »Vielleicht ein irrer Krankenkassen-Rächer. Oder Batman. Mir egal. Valburg und Quast sind tot. Ich will nicht der Nächste sein.«

»Du bist der Nächste?«

»Ich habe mit beiden krumme Dinger gedreht. Vielleicht sind wir irgendjemandem auf die Füße getreten, der jetzt mächtig sauer ist. Als ich gelesen habe, was der Mörder mit Moritz gemacht hat, bin ich abgehauen. Da draußen rennt ein Verrückter rum, und ich sitze nicht zu Hause und warte, bis er mich holt.«

»Dann komm mit mir«, sagte Jan eindringlich. »Wir helfen dir.«

Robin lachte. »Ihr Bullen habt mein Leben zur Hölle gemacht. Ich versuche es lieber alleine.«

»Wir können dich beschützen.«

»So wie ihr Moritz Quast beschützt habt? Hab gelesen, was der Mörder mit der Streife gemacht hat.« Er schüttelte den Kopf. »Ich verzichte.«

»Komm mit auf die Wache. Ich zeige dir die Fallakten. Vielleicht kannst du uns helfen, den Mörder zu schnappen. Dann kannst du wieder ruhig schlafen.«

»Guter Versuch, Bulle.« Robin richtete die Waffe wieder auf Jans Kopf.

»Dreh dich um und gehe bis zu den Schienen. Wenn du dich umdrehst, schieße ich. Ich bin kein Mörder, aber für eine Kugel ins Bein reicht es.«

Jan hob die Hände und drehte sich um. »Überleg es dir noch mal«, sagte er und ging los. »Bei uns hast du bessere Überlebenschancen.«

Kurz vor den Schienen klingelte Jans Handy. Er sah kurz über die Schulter. Robin war verschwunden.

Das Display zeigte Bergmans Anschluss.

»Komm sofort auf die Wache«, sagte Jans Chef ohne Begrüßung. »Und nimm den Hintereingang.«

KAPITEL 7

Das Wort *Belagerungszustand* fasste die Situation vor der Wache am besten zusammen. Jan hatte Bergmans Hinweis ignoriert, was sich als schlechte Idee herausstellte.

Der Vordereingang war von einer hüfthohen Absperrung umgeben. Vier Polizisten mühten sich, die Gitter an Ort und Stelle zu halten, weil eine neugierige Meute Journalisten nach vorne drängte. Das Gewirr an Kameras, Kabeln und Mikrofonen an langen Stangen schuf einen undurchdringlichen Dschungel von Technik. Fotografen standen auf Leitern, Fernsehreporter ließen sich von Assistenten die Stirn abtupfen und Zeitungsjournalisten versuchten, eine gute Position zu ergattern. Umgeben wurden sie von einer Traube an Interessierten, Gaffern und Leuten wie Jan, die eigentlich nicht stehen bleiben wollten, aber durch das Gewühl nicht durchkamen. Zehn Meter weiter erklang das wütende Hupen eines Mercedes-Fahrers, der vor einer grünen Ampel stand, aber keinen Zentimeter weiterkam. Die nächste Stunde würde hier kein Verkehr durchlaufen.

Jan stellte sich auf einen Blumenkübel, um einen besseren Blick auf den Eingang zu haben. Auf einer Stufe stand ein Rednerpult mit einer Vielzahl an Mikrofonen. Ausgehend von den Aufdrucken darauf, war jeder Sender in Deutschland anwesend.

Der Aufmarsch wäre eines Barack Obama würdig gewesen, stattdessen trat Bergman aus der Tür. Ihm voraus eilte der Polizeipräsident. Er trug eine dunkelblaue Uniform ohne Abzeichen und anderem Firlefanz. Nur seine Schulterklappen und das Namensschild wiesen auf seine Position hin.

Jan hatte geglaubt, dass das Chaos nicht größer werden konnte, aber das Erscheinen des Polizeipräsidenten brachte nochmals Bewegung in die Gruppe. Die Polizisten stemmten sich mit Gewalt gegen die Absperrung. So musste sich Robbie Williams fühlen, wenn er auf die Bühne kam.

Der Polizeipräsident trat ans Mikrofon.

»Guten Tag, verehrte Damen und Herren von der Presse. Liebe Berliner Bürgerinnen und Bürger.« Die Begrüßung hielt den Mob auf. Kameras wurden angeschaltet, Aufzeichnungsgeräte in die Höhe gereckt, und die Blitze der Fotoapparate tauchten alles in ihr bizarres Strobolicht. Die Reporter schrien den Neuankömmlingen Fragen entgegen, als würde die lauteste Stimme einen Preis gewinnen. Der Lärm war ohrenbetäubend, aber der Polizeipräsident war von alledem unbeeindruckt, als stünde er vor einer Klasse gehorsamer Schüler, die jedes seiner Worte wissbegierig aufsaugten.

»Wir möchten Sie heute auf den aktuellen Stand der Ermittlungen bringen.«

Wieder wurden Fragen geschrien, doch auch dieses Mal reagierte Jans oberster Chef nicht.

»Der in den Medien bezeichnete *Grabmörder* wurde noch nicht gefasst. Wir sind uns sicher, dass er sowohl für den Mord an Dr. Bernhard Valburg als auch für die Ermordung von Moritz Quast verantwortlich ist. Es handelt sich also um denselben Täter.«

»Sagen Sie uns mal was Neues«, brüllte ein Reporter.

»Die Sonderkommission besteht aus unseren besten Ermittlern, die unter Hochdruck an dem Fall arbeiten. Wir haben mehrere Spuren, denen wir nachgehen. Bitte haben Sie Verständnis, dass wir dazu keine Details veröffentlichen wollen.«

Jans Blick ging zu Bergman. Er wusste, wie sehr er Reporter hasste. Es fiel ihm sichtlich schwer, die Ruhe zu bewahren, aber er war der Chef der Kripo, also musste er bei solchen Medienterminen dabei sein. Heute sollte man seine Nähe meiden. Diese Wahl hatte Jan nicht.

»Weiterhin glauben wir, dass diese Morde persönlicher Natur waren. Der Grabmörder ist kein verrückter Serienkiller, der willkürlich Opfer tötet.«

»Soll uns das beruhigen?«, schrie ein Reporter.

»Wir haben eine Urlaubssperre verhängt und die Schichten verlängert. Jeder Friedhof wird von Polizeistreifen und Kollegen in Zivil überwacht. Alle Friedhofsmitarbeiter wurden instruiert, Verdächtige zu melden.«

Der Polizeipräsident hob seinen Kopf von seinem Manuskript und sah direkt in die Kameras. »Wir möchten die Berliner Öffentlichkeit um Hilfe bitten. Sollten Sie die beiden Opfer kennen oder in den Mordnächten des 23. und 27. Juni etwas beobachtet haben, wenden Sie sich bitte an eine der Polizeidienststellen.«

Die Pressekonferenz war im Grunde beendet. Der Polizeipräsident würde die Fragen ähnlich unverbindlich beantworten, wie er es in seiner Rede getan hatte. Die Informationen reichten für die Nachrichten oder einen Zeitungsartikel, aber etwas Neues gab es nicht zu berichten.

Jan kletterte vom Blumentopf und löste sich aus der Menge. Hoffentlich war der Hintereingang weniger belagert. Bergman hatte ihn sicher nicht wegen der Pressekonferenz in sein Büro zitiert.

Er wusste etwas Neues, das der Polizeipräsident der Öffentlichkeit verschwiegen hatte.

Jan hörte Bergman, bevor er ihn sah. Er folgte den Flüchen, die ab und zu mit Gepolter überdeckt waren. Es wäre klüger gewesen abzuwarten, bis sich Bergman beruhigt hätte, doch er wollte keine Zeit verlieren. Prügel würde er so oder so bekommen.

»Da ist ja unser Superermittler«, sagte Bergman.

»Moin«, antwortete Jan und lächelte. Es spielte keine Rolle, was er sagen würde. Bergmans Laune würde sich nicht verbessern. Dann konnte er es auch kurz aushalten.

»Glaubst du, du findest den Mörder noch, oder soll ich hoffen, dass er an Altersschwäche stirbt?«

Es war fast ein körperlicher Schmerz für Jan, dem keinen lockeren Spruch entgegenzuwerfen.

»Warum bin ich hier?«

»Du hast Besuch.«

Jan runzelte die Stirn. Für die Befragung möglicher Zeugen war eigentlich Patrick Stein und seine Truppe zuständig. Wenn ihn Bergman extra in die Wache zitierte, musste es eine wichtige Person sein.

Bergman winkte Jan in sein Büro und knallte die Tür zu. Auf dem Sessel saß eine zusammengesunkene Frau, die ihr Gesicht in den Händen vergraben hatte. Sie wirkte so verzweifelt, dass Jan den Drang unterdrücken musste, die Schere vom Schreibtisch zu verstecken.

»Frau Roth kennst du bereits.« Bergman deutete auf die Frau und setzte sich auf seinen Sessel.

Die Frau hob den Kopf. Ihre Augen waren verheult. Die Wimperntusche hatte schwarze Linien auf ihren Wangen hinterlassen. Aus der Frau aus Robin Cordes' Wohnung war ein zitterndes Bündel geworden.

»Was ist passiert?« Jan setzte sich ihr gegenüber. Er war von ihrer Verwandlung sichtlich besorgt. Robin konnte nichts zugestoßen sein. Als Bergman angerufen hatte, war er noch bei ihm.

Friederike hob ein Foto hoch und legte es Jan in den Schoß.

Darauf war ein leeres Grab zu sehen. Auf einem Holzkreuz stand: »Hier ruht Robin Cordes. Geboren am 12. März 1972. Gestorben am 29. Juni 2013.«

Jan unterdrückte einen Fluch.

»Wo ist das her?«

»Das lag heute Morgen im Briefkasten.«

Jan betrachtete das Foto genauer. Außer dem Loch im Boden war nichts anderes zu sehen. Kein Gebäude im Hintergrund, kein anderes Grab, über das man hätte auf den Friedhof schließen können.

»Wissen Sie, wo das ist?«

Friederike schüttelte den Kopf.

»Hat das die Forensik schon in den Fingern gehabt?«, wandte sich Jan an Bergman.

»Das ist eine Kopie«, erklärte Jans Chef. »Die Kriminaltechnik ist dran.«

Jan nahm das Foto und stand auf. »Ich bin gleich wieder hier.« Er ging aus dem Büro, hastete über den Gang und ging in das Besprechungszimmer der Sonderkommission. Wenn es eine Konstante in dem Chaos der Ermittlungen gab, dann war es Patrick. Er kam zur Arbeit, wenn die meisten Bürger noch schliefen, und ging als einer der Letzten. Er war immer adrett gekleidet, selbst wenn er die Nacht durchgearbeitet hatte, und die Pomade für seine dunklen Haare schien ihm nie auszugehen. Er war pedantisch und humorlos, aber auch zuverlässig und genau. Der perfekte Mann für diese Aufgabe.

»Wir haben ein neues Grab.« Jan stürmte in das Besprechungszimmer. Alle Köpfe wandten sich ihm zu.

»Haben wir auch gehört«, sagte Patrick. »Wir warten noch auf die Auswertung von der Kriminaltechnik.«

»Keine Zeit. Robin Cordes soll morgen sterben. Wenn es derselbe Mörder ist, werden wir keine Spuren finden.«

Jan legte das Foto auf den Tisch. »Irgendwo in Berlin steht dieses Grab. Der Mörder hat uns keinen Hinweis hinterlassen, daher geht es nur auf die harte Tour. Ruft bei jedem Friedhof an und holt die Mitarbeiter aus ihrer Mittagspause. Sie müssen die Gräber absuchen. Keine Ahnung, wie der Mörder sein untergetauchtes Opfer finden will, aber wenn ihm das gelingt, werden wir am Grab auf ihn warten.«

»Wir sollten außerdem alle verfügbaren Streifen auf die Friedhöfe schicken, um die Mitarbeiter zu unterstützen«, schlug Patrick vor.

»Gute Idee. Je mehr Leute suchen, umso besser.«

»Was, wenn das Grab nicht auf einem Friedhof steht?«, fragte Patrick.

Auf diese Idee war Jan nicht gekommen. »Das würde dem bisherigen Schema des Mörders widersprechen.«

»Aber undenkbar ist es nicht.«

»In dem Fall sind wir gekniffen. Wir können an einem halben Tag nicht ganz Berlin auf den Kopf stellen.«

»Hoffen wir das Beste«, sagte Patrick. »Ich schicke die Liste mit den Friedhöfen herum. Jeder nimmt sich ein paar vor. In einer Stunde müssten wir durch sein. Markiert die Adressen, an denen ihr niemanden erreicht. Dort schicken wir eine Streife hin.«

Wie auf ein geheimes Zeichen hin wandten sich alle Ermittler ihrem Computer zu und versanken in ihre Arbeit.

Jan lächelte. In spätestens zwei Stunden würde er wissen, wo das Grab war. Dann würden sie ein Begrüßungskomitee für den Mörder aufstellen.

Friederike Roth saß auf der Besucherbank vor Bergmans Büro und starrte abwesend in ihre Kaffeetasse.

»Habe ich das richtig verstanden, du hast vor einer Stunde mit Robin Cordes geredet?«, begann Bergman.

»Kurz bevor Sie angerufen haben.«

»Und warum hast du ihn nicht mit auf die Wache gebracht?«

»Weil er eine Knarre in mein Gesicht gehalten hat und nicht willens war mitzukommen.«

»Und er ist nicht unser gesuchter Grabmörder?«

Jan schüttelte den Kopf. »Er wird sich wohl kaum selbst ein Grab schaufeln.«

»Und wenn das nur ein sehr kluger Schachzug war, um von sich abzulenken?«

»Das hat der Mörder nicht nötig. Wir tappen im Dunkeln.«

»Das wissen wir, aber nicht der Mörder.«

»Cordes war ein Kleinkrimineller. Vielleicht hat er sich gewandelt, aber die genaue und perfide Planung jedes einzelnen Schrittes, das passt nicht zu Robin Cordes.«

»Hat er was zu seiner Verbindung zu Valburg oder Quast gesagt?«

»Nichts Neues. Cordes war Valburgs Dealer und Quast hat ihn in den Knast gebracht. Das hätte er ihm gerne heimgezahlt, wollte aber seine Bewährung nicht gefährden.«

»Wäre nicht der Erste«, sagte Bergman.

»Cordes hatte ein Motiv für Moritz Quast, aber die Umstände seines Todes weisen auf einen komplizierteren Zusammenhang hin. Genau wie der Mord an Valburg, dem man die Augen ausgestochen hat. Eine so ausgefeilte Inszenierung wäre nicht Cordes Stil.«

»Wie geht es weiter?«

»Patricks Leute informieren alle Friedhofsmitarbeiter in Berlin. Zusammen mit den Streifen im Einsatz finden wir das Grab noch vor Sonnenuntergang. Sollte der Mörder dort hinkommen, erwischen wir ihn. Da Robin den Braten vor uns gerochen hat, glaube ich außerdem nicht, dass er sich fassen lässt. Ich bin nur über ihn gestolpert, weil er es wollte.«

»Es wäre einfacher, wenn wir ein Auge auf ihn hätten.«

»Das wird er nicht machen. Ist aus seiner Sicht verständlich, weil es bei Moritz Quast schiefgegangen ist.«

»Den Fehler machen wir kein zweites Mal.«

»Robin wird untergetaucht bleiben. Ich rede noch mal mit seiner Freundin und versuche, sie zur Zusammenarbeit zu überreden. Vielleicht meldet er sich bei ihr. Außerdem kriegen wir ihn geortet, sobald er sein Handy einschaltet.« Der Gedanke an Max' technische Raffinesse veranlasste ihn zu einem kurzen Grinsen.

»Gut«, sagte Bergman, »und ich mache bei der Kriminaltechnik Dampf.« Bergman nahm das Telefon in die Hand. »Vielleicht hat der Mörder doch einen Fehler gemacht.«

Jan setzte sich neben Friederike Roth auf die Bank. Die Frau starrte nach wie vor in ihre leere Tasse. Er wollte Robin Cordes' Freundin nicht bedrängen, also blieb er sitzen, ohne ein Wort zu sagen.

»Ich blättere jeden Tag durch die Zeitung«, begann sie mit leiser Stimme. »Da liest man von Überfällen, Unglücken und manchmal auch von Mord, aber kaum hat man die Zeitung wieder weggelegt, ist die Schlagzeile vergessen.«

Sie drehte die Tasse in ihrer Hand. »Es ist bizarr, wenn man Teil einer solchen Geschichte ist. Binnen eines Augenblicks ändert sich das ganze Leben.«

Friederike drehte den Kopf zu Jan. »Wer ist dieser Grabmörder? Und was will er von Robin?«

»Wenn ich das wüsste, würden wir nicht hier sitzen und Sie müssten keine Angst haben«, begann Jan. »Der Mörder ist ganz offensichtlich verrückt. Die gute Nachricht ist, er ist arrogant und hält starr an seinem Schema fest. Er will seine Opfer nicht nur töten, er will ihren Tod zelebrieren. Was ihn zum Schaufeln des Grabes verleitet, weiß ich nicht, aber das ist seine Achillesferse. Dorthin wird er zurückkehren.«

»Aber nur mit Robins Leiche.«

»Glaube ich nicht«, widersprach Jan. »Ich hätte Ihren Freund gerne hier, aber nicht einmal die Polizei kann ihn fassen. Und wir haben mehr Möglichkeiten als der Mörder.«

»Aber was will er von Robin?«

»Es hat etwas mit Dr. Valburg und Moritz Quast zu tun.«

»Die ersten beiden Opfer?«

Jan nickte. »Wir können sie nicht mehr befragen, und Robin will nicht reden. Wahrscheinlich kennt er den Mörder, vielleicht auch ohne es zu wissen. Es gibt eine Verbindung zwischen den dreien.«

»Ich würde gerne helfen, aber Robin hat mir nie etwas gesagt. Und ich wollte auch nichts von seinen Geschäften wissen.«

Bergman kam an die Tür seines Büros. Er schüttelte den Kopf.

Jan seufzte. Auch dieses Mal hatte der Mörder keine Spuren hinterlassen.

»Sie können uns helfen«, wandte er sich wieder an Friederike Roth, »wenn Sie Ihren Freund überzeugen, mit uns zu reden.«

»Ich habe Robin schon hundert Mal auf die Mailbox gesprochen und keine Ahnung, wo er sich versteckt.«

»Irgendwann wird er sich melden. Vielleicht ruft er Sie an oder passt Sie irgendwo ab.«

Jan gab ihr eine Visitenkarte mit seiner Nummer.

»Ich weiß, dass er mit der Polizei sein Leben lang Probleme hatte, aber bitten Sie ihn, diese Nummer anzurufen. Wir können ihn schützen. Und wenn wir die Verbindung zwischen ihm, Dr.

Valburg und Moritz Quast aufgedeckt haben, haben wir den Mörder. Dann kann Ihr Freund zurück nach Hause.«

Friederike nahm die Visitenkarte entgegen. »Danke.« Sie hob den Kopf und sah Jan das erste Mal in die Augen. »Wenn er sich meldet, wird er bei Ihnen anrufen. Das verspreche ich.«

Nachdem Friederike gegangen war, gönnte sich Jan einen Spaziergang zu seinem Lieblings-Dönerladen um die Ecke. Er hatte nichts gefrühstückt, und sein Magen beschwerte sich lautstark darüber. Der Schlafmangel zehrte noch an ihm, und es gab keine Aussicht, dass er dies die nächsten Tage würde nachholen können.

Er war gerne Polizist, und mit der Berufung zur Kripo war er am Ziel seiner Träume, aber die Ermittlungen in einem Mordfall forderten einen hohen Preis. Er vermisste die Dinge, die für so viele Menschen alltäglich waren. Die Gewissheit, nach Hause zu kommen und erst wieder am nächsten Tag an die Arbeit denken zu müssen. Die Freude auf das Wochenende mit all seinen Annehmlichkeiten. Ausschlafen, ausgedehntes Frühstück, feiern oder durch das Fernsehprogramm zappen.

Jan brauchte keine Villa, keinen protzigen Urlaub und keinen teuren Sportwagen. Aber für einen Tag nichts tun, ohne Verantwortung und ohne das Wissen, dass sich ein wahnsinniger Serienmörder in Berlin rumtrieb, hätte er seinen Monatslohn gegeben.

Er hoffte, dass er wenigstens zehn Minuten Zeit haben würde, um etwas zu essen. Einen Tee dazu, einen kleinen Plausch mit Alkim und vielleicht noch ein oder zwei Lokum.

Zehn Minuten. Bevor das Handy wieder klingeln würde, bevor Patricks Team den Friedhof mit dem Grab gefunden hätte, bevor der ganze Wahnsinn wieder auf ihn einprasseln würde.

»Nur zehn«, murmelte er gebetsmühlenartig, faltete seine Hände und sah zum Himmel. »Mehr nicht.«

Nach acht Minuten klingelte sein Handy. Die Lokum mussten warten.

»Wir haben das Grab«, sagte Patrick stolz. Er lief zur Karte an der Wand und deutet auf eine grüne Fläche.

»Es ist im Friedhof Heerstraße.«

»Das ist das Riesenteil beim Olympiastadion?«

»Exakt. Schlappe 149.650 Quadratmeter groß.«

Jan stöhnte. Die Überwachung würde ein Albtraum werden. Viele Ausgänge und noch mehr Wege. Genug Möglichkeiten, sich zu verstecken.

»Wie habt ihr das Grab so schnell gefunden?«

»Auf dem Waldfriedhof liegen viele Prominente. Da sind die Friedhofsmitarbeiter aufmerksamer und zahlreicher.«

»Wird die Stelle überwacht?«

»Noch nicht. Wir haben zwei Streifen in der Nähe postiert, um die Straße zu beobachten, mit der Maßgabe, unauffällig zu bleiben.«

»Dann schick zwei Beamte in Zivil hinterher. Die sollen in der Nähe Blumen gießen und Unkraut jäten, sich aber vom Grab fernhalten.«

Patrick nickte.

»Wir müssen unauffällig bleiben. Der Mörder rechnet nicht damit, dass wir das Grab so schnell finden. Den Vorteil dürfen wir nicht verlieren. Vielleicht ist er in der Nähe oder schaut ab und zu vorbei. Ein Verdacht und er verschwindet.«

»Kameras?«

»Ist ein Element. Die bringen wir um das Grab herum an. Den Überwachungswagen parken wir neben dem Friedhof. Außerdem will ich Zivilbeamte in der Nähe der Ausgänge, bis es dunkel wird. Bis dahin suchen wir beim Grab ein Versteck. Dort harren wir die Nacht aus. Bisher hat er seine Opfer immer kurz nach Mitternacht erschlagen und noch vor Sonnenaufgang abgelegt.«

»Ich kümmere mich um die Zivilbeamten.« Patrick ging zu einem Telefon und war einen Augenblick später in ein Gespräch vertieft.

Jan zog sein Handy aus der Tasche und drückte eine Kurzwahltaste. »Max. Hier ist Jan.«

»Sehe ich selbst«, antwortete der junge Hacker.

»Pack alles ein, was du für eine Nachtüberwachung brauchst«, fuhr Jan fort. »Vor allem Kameras, die kein Licht brauchen.«

»Nennt sich Infrarot.«

»Klugscheißen kannst du später. Beweg deinen Arsch und komm rüber. Ich will in zwanzig Minuten los.«

Jan steckte sein Handy weg. Das Zimmer der Sonderkommission brummte wie ein Bienenschwarm. In zwei Stunden konnte nicht einmal eine Wanze über den Friedhof gehen, ohne dass sie es merken würden.

Das erste Mal waren sie dem Mörder einen Schritt voraus. Diese Chance würden sie nicht verstreichen lassen.

Eine Stunde nach dem Fund war der Waldfriedhof unter der Kontrolle der Kripo. Vierzehn Zivilfahnder spazierten umher. Vier an der Mauer, sechs bei den Ausgängen und vier in unmittelbarer Nähe von Robin Cordes' Grab.

Jan hatte sich eine Jacke der Friedhofsmitarbeiter übergeworfen und lockerte die Erde eines überwucherten Pflanzenbeetes mit einer Hacke. Nach drei Minuten hatte er die erste Blase am Daumen. Weitere fünf Minuten später sehnte er sich nach einer Rückenmassage. Er hatte keine Ahnung, wie man diese Arbeit den ganzen Tag machen konnte, ohne mit vierzig Jahren Vollinvalide zu sein.

Seit er hier war, hatte sich kein Besucher eingefunden. Die Gegend war abgelegen. Sicherlich kein Zufall, dachte Jan. Auch hier hatte der Mörder seine Hausaufgaben gemacht. Für den Moment war ihm die Abgeschiedenheit recht. Max konnte die Kameras anbringen, ohne gestört zu werden.

Jan sah über seine Schulter. Die Jacke der Friedhofsmitarbeiter war viel zu groß für den hageren Hacker. Er hatte die Ärmel umschlagen müssen, damit wenigstens seine Finger herausschauten. Er band hinter einer großen Kastanie eine kleine Kamera an einen Ast und bedeckte das daumengroße Stück Technik mit einem Blatt.

»Das kleine Ding genügt, um das Grab zu überwachen?«, flüsterte Jan in sein Funkgerät.

»In Farbe und Ton«, antworte Max. »Es benötigt kaum Licht, damit siehst du auch in der Nacht gestochen scharf.«

»Hier ist nirgends eine Laterne. Wo soll das Licht herkommen?«

»Wir haben fast Vollmond. Bei einer klaren Nacht ist das ausreichend. Sicherheitshalber stelle ich zwei Grablichter in die Nähe.«

»Und die Wege zum Grab?«

»Wenn er sich nicht durch das Unterholz schlägt, führt nur ein Weg hierhin. Ich installiere eine größere Kamera in der Stechpalme. Mit der kann man zoomen.«

Jan drehte den Kopf auf die andere Seite. »Hier stehen Palmen?«

Max kicherte. »Ich meine den großen, grünen Busch mit den spitzen Blättern. Der Namensteil *Palme* rührt von der Verwendung des Baumes am Palmsonntag. Hat nichts mit Kokosnüssen zu tun.«

»Klugscheißer.«

»Wenn ich hier fertig bin, bringe ich die kleinen Spione noch an den Eingängen an. Dann entgeht uns nichts mehr.«

Max richtete die Kamera aus, nahm seinen Rucksack und ging zu Jan.

»Wisst ihr, wo ihr die Nacht verbringt?«

»Keine zehn Meter neben dem Grab stehen mannshohe Büsche, die glücklicherweise keine spitzen Blätter haben. Ein Friedhofsmitarbeiter schneidet uns ein Loch in die Mitte und deckt den hinteren Teil mit Büschen in großen Vasen ab. Das Versteck ist so groß wie mein Kleiderschrank, aber es wird gehen.«

»Ich stelle euch einen Monitor dazu. Über die Kameras könnt ihr das Grab und den Weg beobachten, ohne raussehen zu müssen. Das ständige Rascheln wäre auffällig.«

Jan erhob sich aus seiner gebückten Position und streckte den Rücken durch. »Ich mache mich zur Lagebesprechung auf.«

»Ich bin am Eingang.« Max hob die Hand. »Wir sehen uns.«

Jan winkte zurück. Noch vier Stunden, bis es dunkel werden würde. Die Falle war gestellt.

Jan gähnte, als er den Besprechungsraum verließ. Er musste sich für die Nacht mit Kaffee eindecken oder Max' Energydrinks klauen, wenn er in dem Gebüsch nicht einschlafen wollte. Noch eine Stunde bis zur Dämmerung. Robins Todestag war erst morgen, daher glaubte Jan nicht, dass der Mörder sich vor Mitternacht zeigen würde, aber vielleicht kontrollierte er das Grab. Jan wollte sich keine Chance auf einen Zugriff verbauen.

In einer halben Stunde würden die Zivilfahnder abgelöst. Umherstreifende Besucher, die im Dunkeln die Gräber pflegten, waren zu auffällig, aber die Kameras funktionierten, und die Wege waren kurz. Innerhalb von zwanzig Sekunden konnte ein Polizist an einem Eingang oder am Grab sein. Im schlimmsten Fall konnte man den Friedhof abriegeln. Die Hundestaffel war in Bereitschaft. Selbst ein Hubschrauber wäre in wenigen Minuten über dem Gebiet.

Mehr ging nicht. Wenn der Mörder auf den Friedhof kommen würde, würde er ihn in Handschellen verlassen. Die einzige Unbekannte war Robin Cordes. Jan hoffte, dass er wirklich so gut war, wie alle sagten. Dann würde es wenigstens keine neue Leiche geben.

Jan ging zur Kaffeemaschine und drückte zum gefühlt hundertsten Mal die Taste für *Kaffee schwarz*. Er schloss die Augen und überlegte, ob er sich nicht eine halbe Stunde hinlegen sollte. Es würde eine lange Nacht werden, und er brauchte jeden Hauch Konzentration, den er aufbringen konnte.

Sein Handy riss ihn aus den Überlegungen. Das Display zeigte eine ihm unbekannte Handynummer.

»Kommissar Tommen«, meldete er sich.

»Hier spricht Robin. Sie wollten mit mir reden?«

Jan hätte beinahe die Tasse fallen lassen.

»Herr Cordes. Gut, dass Sie anrufen.«

Er rannte in das Büro der Sonderkommission.

»Vorhin haben Sie mich noch gedutzt.«

Jan drückte die Klinke der Tür herunter und stieß sie mit der Schulter auf. »Entschuldigen Sie. Eigentlich bin ich ein höflicher Mensch, aber mit einer Pistole vor dem Gesicht vergesse ich manchmal meine Manieren.«

Alle Kollegen drehten sich zu ihm um.

»War nicht persönlich gemeint.«

Jan gestikulierte mit der freien Hand auf sein Telefon. »Ist in Ordnung, Herr Cordes.« Jan betonte den Namen besonders eindringlich und aktivierte gleichzeitig unbemerkt die Freisprechschaltung, sodass seine Kollegen mithören konnten.

»Ich mache das nicht, weil ich mich schuldig fühle oder Sie gut leiden kann. Der Anruf ist einzig der Liebe zu meiner Freundin geschuldet«, klang seine Stimme durch den Raum.

Patrick nahm ein Telefon vom Tisch und wählte eine Nummer. Mit der Hand vor dem Mund redete er eindringlich auf seinen Gesprächspartner ein.

»Hat Ihre Freundin Sie über die neusten Geschehnisse informiert?«

Patrick hob den Daumen und drückte das Telefon an seine Brust.

»Sie meinen das Foto von dem Wichser?«

Mindestens zehn Augenpaare starrten Jan gebannt an. Keiner bewegte sich. Jan fragte sich, ob die Kollegen überhaupt atmeten, so leise war es in dem Raum.

»Ja. Der Grabmörder hat Sie im Visier.«

»Habe ich Ihnen gesagt.« Robin war erstaunlich ruhig. Es war anscheinend nicht das erste Mal, dass man ihm gedroht hatte.

»Tut mir leid, dass ich an Ihnen gezweifelt habe.«

Jan musste den Hörer nahe ans Ohr halten. Die Verbindung war schlecht. Es rauschte, und Robins Stimme kam abgehackt.

»Was wollen Sie? Ich werde mich nicht in die Hände von euch Bullen begeben. Also kommt mir nicht mit Schutzhaft.«

»Es geht um die Verbindung zwischen den beiden Opfern und Ihnen.«

»Hab ich schon gesagt. Valburg hat bei mir Drogen gekauft, und von Quast habe ich spezielle Medikamente bekommen, mit denen ich gedealt habe.«

»Welche Medikamente?«

»Hauptsächlich Kram, den es in Deutschland nicht gibt. Am Anfang waren das Präparate gegen Haarausfall, die in anderen Ländern zugelassen waren, in Deutschland aber verboten. Später wurde es spezieller. Experimentelle Sachen gegen Krebs oder HIV. Manches davon war in der Testphase.«

»Wo hatte Moritz Quast das her?«

»Keine Ahnung. Ich war nur der Mittler zwischen ihm und den Kunden.«

»Wer waren Ihre Kunden?«

»Anfangs Privatleute. Mit dem Zeug aus der Testphase kamen Ärzte und Privatkliniken dazu. Die haben irre Preise gezahlt. Hab damit mehr Gewinn gemacht als mit Koks.«

»Haben Sie auch falsche Medikamente verkauft?«

»Ab und zu.«

»Was genau?«

»Haarwuchsmittel und Viagra. Und das nur, wenn der Nachschub gestockt hat. Das meiste war in Ordnung. Die Ärzte hätten es gecheckt, wenn wir ihnen Traubenzucker angedreht hätten. Und die lukrativen Kunden wollten wir nicht verlieren. Quast und ich haben gut verdient. Man muss wissen, wann man den Hals voll hat.«

Patricks Gesprächspartner schien sich gemeldet zu haben. Jans Kollege kritzelte etwas auf den Block und hob ihn hoch. Robins Handy war lokalisiert. Eine Adresse in Charlottenburg. Sie hatten es also auch ohne die Hilfe des Superhackers geschafft.

»Gab es Todesfälle nach der Medikamenteneinnahme?«

»Einer unserer Viagra-Kunden hat zu viel von dem Zeug eingeworfen und im Puff einen Herzinfarkt bekommen.«

Patrick deutete auf zwei Ermittler und winkte sie nach draußen. Die Männer schlichen aus dem Zimmer.

»Ich meine die experimentellen Sachen.«

»Keine Ahnung. Die Ärzte haben uns nie gesagt, was sie mit dem Zeug machen. Wieso ist das wichtig?«

»Wir suchen nach dem Motiv des Täters.«

»Der Typ ist doch irre?«

»Möglich«, antwortete Jan. Zum Glück war Robin in Plauderlaune. In ein paar Minuten wäre eine Streife bei der Adresse. Dann würden sie ihn in Untersuchungshaft stecken, auch gegen seinen Willen. So würde er die Nacht überleben.

»Aber die Auswahl seiner Opfer ist nicht willkürlich genug. Es verbindet Sie drei zu viel, um zufällig zu sein.«

»Hm«, sagte Robin. Er schien nachzudenken.

»Überlegen Sie sich unser Angebot mit dem Schutz noch einmal.«

»Ich komme zurecht.«

»Das wünsche ich Ihnen wirklich.«

»Wenn Sie mir versprechen, meine Freundin nicht mehr zu nerven, melde ich mich wieder.«

Patrick kam herein und hielt einen Finger hoch. Sein Mund formte das Wort *Minute*.

»Versprochen. Wann rufen Sie wieder an?«

»Ich habe heute Abend noch was vor. Morgen halte ich mich bedeckt. Wenn mein Todestag verstrichen ist, hören Sie wieder von mir. Ihre Nummer habe ich.«

»Passen Sie auf sich auf«, sagte Jan. Er wollte das Gespräch nicht unnötig in die Länge ziehen, um keinen Verdacht zu erregen. Die Kollegen waren ihm jetzt nahe genug.

»Danke.«

Die Verbindung brach ab.

»Wir haben zwei Streifen in der Nähe«, sagte Patrick. »Die Peilung zeigt auf einen öffentlichen Platz mit wenigen Möglichkeiten, sich zu verstecken. Sobald die Kollegen ihn aufgegriffen haben, melden sie sich.«

Patrick legte sein Handy auf den Tisch. Alle starrten auf das kleine, weiße Gerät.

Eine Minute verstrich.

Patrick tippte nervös mit seinem Fuß auf den Boden.

Zwei Minuten.

Keiner sagte ein Wort.

Drei Minuten.

»Verdammt«, fluchte Patrick. »Das kann doch nicht so lange dauern.«

Als hätte ihn der Kollege in Charlottenburg gehört, begann das Handy die Titelmusik von Bonanza zu spielen.

Patrick nahm den Anruf an und drückte auf den Lautsprecher. »Habt ihr ihn?«

»Er war nicht dort.«

»Was? Wir haben sein Handy metergenau über GPS geortet.«

»Das Handy haben wir gefunden. Nur Robin Cordes nicht.«

»So schnell kann er nicht verschwinden«, bemerkte Jan.

»Er war nicht hier. Das Handy war an ein anderes Gerät geklebt.«

Jan stöhnte. Deswegen die schlechte Verbindung.

Patrick trat wütend an den Tisch. »Dieser Cordes ist clever«, sagte er.

»Hoffentlich ist er cleverer als der Grabmörder«, bemerkte Jan.

Er sah zur Uhr. Die Dämmerung nahte.

»Viel Glück, Robin. Du wirst es brauchen.«

KAPITEL 8

Jan war froh, dass Patrick mit ihm zum Waldfriedhof fuhr. Das gab ihm die Gelegenheit, ein paar Minuten die Augen zu schließen. Er hatte keine Zeit gehabt, sich mit Energydrinks einzudecken. Da Patrick mit ihm Wache schob, war das nicht nötig. Sein Kollege hatte Brot, Käse, Wiener Würstchen, Kaffee, Tee und Wasser eingepackt. Außerdem Bananen, Trauben und Schokolade. Die Menge reichte für die ganze Einsatzgruppe.

Der Moment der Ruhe war viel zu früh vorbei, als sein Kollege auf den Parkplatz des Friedhofs fuhr. Sie überquerten die Straße und gingen an der ersten Zivilstreife vorbei. Jan grüßte kurz und betrat den Friedhof.

Alle Einheiten waren instruiert. Wie besprochen, trennten sich Patrick und er und gingen über Umwege zu ihrem Versteck. Der Friedhof war kaum noch besucht. Jan angelte sich zur Tarnung ein paar noch recht ansehnliche Blumen aus dem Kompost und spazierte über die Wege rund um das Grab von Robin Cordes. Er prägte sich mögliche Fluchtwege ein und versuchte, sich jedes Versteck zu merken. Dann ging er zum Unterschlupf.

Der präparierte Busch war der Traum eines jeden Kindes. Das perfekte Versteck. Eng und dunkel wie eine Räuberhöhle. Patrick hatte den Monitor mit den Bildern der Überwachungskameras angeschaltet und zwei niedrige Klappstühle davorgestellt. Für viel mehr war kein Platz, aber es würde reichen. Wenn es nicht regnete, war der Busch auch nicht schlimmer als manches Auto.

»Gab es Aktivitäten am Grab?«, sagte Jan in sein Funkgerät.

»Negativ«, antwortete Max. »Insgesamt sind drei Personen hier vorbeigekommen. Alle wurden beim Herausgehen kontrolliert, aber keiner war verdächtig.«

»Danke für die Info«, sagte Jan.

»Vor Mitternacht wird nicht viel passieren«, sagte Patrick. »Der Todestag von Robin Cordes ist erst morgen, und bisher hat er sich an seine Ankündigungen gehalten.«

»Vielleicht kontrolliert er vor dem Mord das Grab.«

»Was passiert, wenn er Robin nicht erwischt?«

»Dann wird er schwer zu fassen sein. Der Mörder wird sein Vorhaben nicht aufgeben, wenn er ihn heute nicht erwischt. Vielleicht spielt Robin irgendwann doch mit und lässt sich von uns bewachen. Sollte sich der Mörder an Robin hängen, schnappen wir ihn.«

»Ich übernehme die erste Wache.« Patrick nahm eine Thermosflasche aus der Tasche. »Wenn du kannst, schlaf noch eine Weile. Ich wecke dich um Mitternacht.«

»Das Angebot nehme ich gerne an.« Jan faltete die Arme vor der Brust und schloss zufrieden die Augen. Einen Augenblick später war er eingeschlafen.

»Wach auf.« Jemand rüttelte an seinem Arm. Jan öffnete die Augen. Es war stockfinster. Nur der kleine Monitor spendete etwas Licht.

»Was ist?«, flüsterte Jan augenblicklich und rieb sich über die Augen.

»Wir haben einen Besucher.«

Der rechte Teil des Monitors zeigte die Kamera in der Stechpalme. Ein Mann mit einem Arm voller Blumen ging in Richtung Grab. Er hatte dunkle Kleidung an und eine Kapuze auf. Selbst mit Infrarot war er schwer zu sehen.

»Der will nicht das Grab seiner Oma besuchen«, bemerkte Patrick.

»Wie spät ist es?«

»Kurz nach eins.«

Jan nahm das Funkgerät.

»Seht ihr ihn?«

»Ja«, antwortete Max.

Der Mann ging weiter zu Robins Grab. Er war wenige Schritte entfernt, als er anhielt und sich um die eigene Achse drehte, als wollte er sichergehen, dass ihn niemand beobachtete.

»Ich schnappe ihn mir.« Jan verließ das Versteck und sprintete den Weg entlang. Der Mann ließ erschreckt die Blumen fallen und wollte davonlaufen, aber Jan war zu schnell für ihn. Er nutzte seinen Schwung und riss den Mann um. Jan wurde mit einem lauten Aufstöhnen belohnt. Er drehte den nächtlichen Besuch auf den Rücken und presste ihm den Arm ins Genick. Zwei Zivilfahnder knieten sich neben Jan, fixierten die Handgelenke des Mannes mit Kabelbindern und hielten ihn am Boden.

Der Mann fluchte in einer fremden Sprache.

»Keine Waffen«, sagte Jan, nachdem er ihn abgetastet hatte.

Ein Zivilfahnder zog einen Ausweis aus der Tasche des Mannes und verglich das Bild. »Ein gewisser Martin Nowak.«

Jan überließ es seinen Kollegen, den Mann am Boden zu halten. Er stand auf, holte seine Taschenlampe hervor und leuchtete ihm ins Gesicht. »Was machen Sie hier?«

»Ich bringe Blumen für das Grab meiner Mutter. Was soll der Scheiß?«

Jan nickte dem Ermittler zu, der den Mann am Boden hielt. Er bog Nowaks Handgelenk schmerzhaft zur Seite, sodass er stöhnte.

»Wir suchen einen Serienmörder. Wenn du mir noch mal so eine bescheuerte Antwort gibst, stecke ich dich wegen Doppelmord in den Knast.«

»Ich klaue Blumen«, jammerte der Mann. Er wandte sich im Griff des Ermittlers. »Meine Schwägerin hat eine Gärtnerei. Es läuft nicht so gut, also laufe ich nachts den Friedhof ab und räume die neuen Gräber leer. Mit Morden habe ich nichts zu tun.«

Patrick kam aus dem Versteck. »Diese Erklärung ist so bescheuert, dass sie wahrscheinlich wahr ist.«

»Wir können ihn hier nicht verhören«, bemerkte Jan. »Falls er nicht unser Mann ist, würde das ganze Brimborium den Grabmörder abschrecken.«

Jan wandte sich an die Ermittler. »Nehmt ihn mit auf die Wache. Prüft seine Geschichte und ob er ein Alibi für die Morde hat. Wenn es nur eine winzige Beziehung zu den Opfern gibt, steckt ihn in Untersuchungshaft. Dann kann er sich auf eine lange Befragung freuen.«

Nowak wurde unsanft hochgezogen und von den Ermittlern abgeführt.

»Was glaubst du?« Patrick sah dem Mann hinterher.

»Keine Ahnung.« Jan schüttelte den Kopf. »Mal sehen, ob wir zwischen ihm, Valburg und Quast eine Verbindung herstellen können. In ein paar Stunden wissen wir mehr, solange sollten wir seine Geschichte glauben.« Er deutete auf die Blumen. »Lass uns aufräumen und wieder Posten beziehen. Robins Todestag ist erst eine Stunde alt.«

Es war neun Uhr, als Jan seine Hacke an den Baum lehnte und sich auf die Bank setzte. Um kurz nach sieben hatten sie ihr Versteck im Busch aufgegeben, sich die Kleidung der Friedhofsmitarbeiter übergeworfen und erneut ihre Posten bezogen. Martin Nowaks Geschichte als Blumendieb war bestätigt worden. Seine Schwägerin hatte noch in der Nacht unter Tränen ihr krummes Geschäft gestanden. Außerdem gab es keine Verbindung zu Bernhard Valburg, Moritz Quast oder Robin Cordes. Sicherheitshalber würde er noch in Untersuchungshaft bleiben.

Jan zog das Handy aus der Tasche und wählte die Nummer von Friederike Roth. Sie nahm nach dem ersten Klingeln ab.

»Haben Sie etwas gehört?« Ihre Stimme war eine Mischung aus Vorfreude und Panik.

»Leider noch nichts. Wir haben die ganze Nacht den Friedhof überwacht, aber Robins Grab ist noch immer leer. Hat er sich bei Ihnen gemeldet?«

»Nein. Das Handy lag die ganze Nacht neben dem Bett.«

»Ich hoffe mal, dass keine Nachrichten gute Nachrichten sind. Wir werden hier den ganzen Tag ausharren. Ich bin optimistisch, dass das Grab leer bleiben wird.«

»Hoffen wir es.«

»Bitte melden Sie sich bei mir, Frau Roth, wenn Robin anruft.«

»Sofort.«

»Danke.« Jan beendete das Gespräch und steckte das Handy wieder weg. Er schloss die Augen und genoss die Sonnenstrahlen auf seinem Gesicht. Die paar Stunden Schlaf in ihrem Versteck hatte die schlimmste Müdigkeit vertrieben. Wenigstens hatte Patricks Verpflegung ein gutes Frühstück hergegeben. Jan verlor sich in einem Tagtraum von Matratzen und Daunenkissen, als das Funkgerät ansprang.

»Es kommt jemand den Weg hoch.« Max wirkte nicht die Spur erschöpft, obwohl er schon die zweite Nacht wach war. Jan musste sich dringend die Marke seiner Energydrinks geben lassen.

Er stellte sich hinter einen Baum, sodass er vom Weg aus nicht zu sehen war. »Wer?«

»Zwei Männer vom Friedhof.«

»Sind sie wirklich vom Friedhof oder tragen sie nur die Kleidung?«

»Sind hier angestellt. Wurden beide überprüft.«

»Warum meldest du es dann?«

»Die beiden schieben einen Sarg vor sich her.«

Jan sah um den Baum herum. Es war, wie Max es beschrieben hatte. Die Friedhofsmitarbeiter kannte er. Einen von ihnen hatte er selbst befragt. Sie schoben eine Karre, auf dem ein Holzsarg lag.

»Der Betrieb auf dem Friedhof musste weitergehen«, erklärte Jan, »auch wenn wir hier alles überwachen. Das war eine Bedingung der Verwaltung. Sie können keine Begräbnisse verschieben oder Tote länger aufbewahren.«

»In unserer Gegend ist für heute aber kein Begräbnis eingetragen«, kam die Stimme eines weiteren Beamten über den Sprechfunk.

Jan ging den Männern entgegen. »Morgen, die Herren.« Er zeigte seine Marke. »Können Sie mir sagen, was Sie mit dem Sarg machen?«

»Na, verbuddeln«, antwortete einer der Männer. Er sah Jan an, als wäre er nicht ganz bei Trost.

»Wo?«

Er holte ein Klemmbrett hervor. »D 604. Platz B.«

»Was B?«, fragte der andere Mann. »Bei uns gibt es kein B. Zuerst Buchstabe, dann die Nummer. Nix mit A oder B.«

»Schau selbst.« Er hielt seinem Kollegen das Klemmbrett hin.

Der zweite Mann schüttelte den Kopf. »Wer hat das ausgefüllt?«

»Und wie heißt der Tote?«

»R. Cordes.«

»Was?« Jan riss dem Mann das Klemmbrett aus der Hand. Darauf stand Robin Cordes Name. »Öffnet den Sarg!«

»Wir dürfen nicht …«

»Sofort!«, schrie Jan.

Einer der Männer murmelte etwas von Störung der Totenruhe, aber schließlich hoben sie den Deckel herunter.

Im Sarg lag die Leiche von Robin Cordes.

Nicht einmal ein Prominentenbegräbnis hätte einen solchen Polizeiaufmarsch verursacht wie der Fund von Robin Cordes' Leiche. Alle Besucher wurden an den Eingängen kontrolliert. Zwei kriminaltechnische Teams suchten nach Spuren, und Streifen überprüften alle in der Nähe geparkten Autos.

»Wie ist er gestorben?«, wandte sich Jan an Zoe.

Die Rechtsmedizinerin hob eine Augenbraue. »Das Loch in seinem Hinterkopf diente nicht zur Verbesserung der Sauerstoffversorgung.«

»Das war die Todesursache?«

»Höchstwahrscheinlich.«

»Tatwaffe?«

»Eierlöffel.« Sie nahm eine Zigarette aus ihrem silbernen Etui.

»Ehrlich?«

»Du glaubst auch alles.« Sie zündete die Zigarette mit einem Sturmfeuerzeug an. »Tippe wieder auf einen Hammer.«

»Was ist mit seinen Fingern?«

»Wurden abgeschnitten. Aber frage mich nicht wieder, warum.«

»Post mortem?«

Zoe nickte.

»Mit was?«

»Mit einer Gartenschere oder etwas ähnlich Grobem.« Sie winkte einen Kollegen zu sich. Mit seinem Pullunder, den über die Stirnglatze gekämmten Haaren und den orthopädischen Schuhen hätte niemand einen stärkeren Gegensatz darstellen können zur topgestylten Zoe.

»Walter, pack den Toten ein und bereite ihn für die Autopsie vor. Setz vorher Kaffee auf. Ich hol mir auf dem Rückweg noch was zu frühstücken und komme dann.«

»Ich habe vorhin Bergman gesehen«, wandte sie sich wieder an Jan. »Roter Kopf, Schnappatmung und ein verkniffenes Gesicht wie ein chinesischer Faltenhund. Hätte nicht geglaubt, dass er noch schlechter gelaunt sein kann als sonst.« Sie deutete auf den Toten. »Könnte mit dem da zu tun haben.«

»Danke für den Hinweis. Solche Aufmunterungen brauche ich jetzt.«

»Immer gerne.« Sie hob die Hand. »Heute Abend weiß ich mehr.«

Der Rauch von Zoes Zigarette war noch nicht verzogen, als Max mit seinem Laptop unter dem Arm zu Jan gelaufen kam.

»Was rausgefunden?«

»Ich weiß, wie er uns die Leiche untergeschoben hat.« Er winkte Jan zu sich. »Lass uns zu den Räumen der Verwaltung gehen.«

Jan wich einer Gruppe Polizisten aus, deren Blick starr auf den Boden gerichtet war. Sie suchten den Weg um das Grab nach Spuren ab. Vielleicht hatte der Mörder etwas verloren, als er das Loch geschaufelt hatte.

»Es gibt ein Programm, in dem die Aufträge des Tages erfasst werden.« Max klappte den Laptop auf und zeigte auf den Bildschirm. »Dort werden Name, Uhrzeit, Ruheplatz und ähnlicher Kram festgehalten. Einen Account zu der Liste hat jeder Angestellte des Friedhofs, aber Einträge dürfen nur vier Personen machen.«

»Wer hat den Eintrag gemacht?«

»Der Friedhofsleiter, und zwar heute früh um 01.41 Uhr.«

»War er hier?«

»Nein.«

»Also hat der Mörder seinen Account gehackt?«

»Gehackt würde ich das nicht nennen. Der Friedhofsleiter kann sich nicht gut Passwörter merken. Er notiert sich diese auf einem Block in seiner Schreibtischschublade.«

Jan stöhnte. »Einfacher kann man es nicht machen.«

»Klar sollte man sich keine Passwörter aufschreiben, aber wer ist interessiert daran, an den Daten eines Begräbnisses rumzupfuschen?«

»Also war der Mörder hier? Vor unseren Augen?«

Max deutete auf ein Fenster am Verwaltungsgebäude. Ein Stück der Scheibe war herausgeschnitten.

»Wie konnte er hier hereinkommen? Ich dachte, die Eingänge der Friedhöfe waren überwacht.«

»Waren sie. Er ist irgendwo über die Mauer gestiegen und hat das Seitenfenster aufgeschnitten. Auf dieser Seite sind die Fenster nicht vergittert.«

»Er ist zwischen unseren Streifen durchgeschlüpft.«

»Denen kann man keinen Vorwurf machen. Der Friedhof hat fast 150.000 Quadratmeter. Da hätten wir die ganze Berliner Polizei gebraucht.«

»Also hat er gewusst, dass wir den Friedhof überwachen?«

»Davon ist auszugehen.«

»Aber wie hat er die Leiche hineingebracht? Er kann sie kaum über die Mauer geworfen haben.«

»Da sind wir noch dran«, sagte Max. »Ehrlich gesagt, habe ich keine Idee, es sei denn, der Mörder ist King Kong.«

»Jan!« Bergman kam den Weg entlang. Seine Stimmung entsprach Zoes Beschreibung.

»Ich geh dann mal weiter.« Max klopfte Jan aufmunternd auf die Schulter und verschwand in dem Verwaltungsgebäude.

Jan atmete tief durch und bereitete sich auf die Abreibung seines Lebens vor.

Jan hätte sich nicht vorstellen können, dass die Kripo schlimmer belagert werden konnte als bei der Erklärung des Polizeipräsidenten, doch er wurde eines Besseren belehrt. Seine Kollegen versuchten die Presse einerseits vor einer Stürmung der Kripo abzuhalten, mussten aber gleichzeitig auch den Verkehr regeln, der zum Erliegen gekommen war. Die Schreie der Reporter übertönten das Klicken der Kameras. Die Anweisungen der Polizisten gingen in dem Chaos unter. Einzig das wütende Hupen der Autofahrer konnte sich in dem Lärm noch durchsetzen.

Jan umging den Pulk an Reportern und wollte das Gebäude durch den Hintereingang betreten, doch dort bot sich ihm das gleiche Bild. Mit einem Seufzer stürzte er sich in die Schlacht. Er schob sich durch die eng gedrängten Reihen und hatte Mühe, nicht über ein Kabel zu stolpern oder von einer Kamera getroffen zu werden. Er wurde angerempelt, zur Seite gedrängt und an der Schulter festgehalten. Niemand wollte ihn durchlassen, aber er kämpfte sich weiter durch den Pulk schwitzender Leiber, die wie eine Horde Verhungernder nach vorne drängten, als wäre die Kripo der einzige Ort der Stadt, in dem sie noch Brot kaufen konnten.

Fünf Minuten und viele Beleidigungen später kam er an die Absperrung. Die Polizisten hinter dem Metallzaun halfen ihm beim Klettern und entrissen ihn dem wütenden Mob.

Jan setzte sich auf die Treppe. Sein Herz raste wie nach einem langen Sprint, und sein T-Shirt war schweißdurchtränkt. Er war kurz davor, den Einsatz von Tränengas und Wasserwerfern zu befehlen.

»Wie haben die so schnell davon erfahren?«, fragte Jan einen Kollegen.

»Es gab wohl einen anonymen Tipp wenige Minuten nach dem Leichenfund.«

Jan schüttelte den Kopf. Die Presse würde die Ermittlung erschweren. Jeder Handy-Besitzer würde sie verfolgen, in der Hoffnung, ein Foto zu schießen, das er an ein Boulevardblatt verkaufen konnte.

»Ein Wahnsinn.«

»Der Wahnsinn kommt erst noch«, sagte ein Polizist, der einen übereifrigen Fotografen davon abhielt, über die Absperrung zu klettern. »Bergman hat eine Urlaubssperre angeordnet und die Schichten verlängert.«

»Mein Gott. Wie viele sind das?«

»Über zweihundert. Das Umland nicht eingerechnet.«

»Ist das die Informationspolitik der Polizei?«, unterbrach ein Mann das Gespräch. »Sie untergraben die Pressefreiheit. Wir haben ein Recht auf mehr Details.«

Jans Ausbildung hatte ihn auf solche Situationen vorbereitet. Er musste die Ruhe bewahren, auf den Gegenüber eingehen oder ihn einfach ignorieren. Keine Gewalt. Nicht provozieren. Doch heute war ihm nicht nach Diplomatie.

Jan stand auf, streckte dem Mann beide Mittelfinger entgegen und untermalte die Geste mit einem breiten Grinsen. Bergman würde ausrasten, wenn er davon erfahren würde, aber Jans Personalakte war sowieso nicht mehr zu retten. Und es fühlte sich gut an.

Chandus Wohnung war eine Oase der Wonne. Statt eines unbequemen Campingstuhls saß Jan auf einem weichen Sofa. Sein Freund hatte mit dem Wok ein leichtes Mahl aus Gemüse bereitet, dessen scharfes Curry einen angenehmen Nachgeschmack erzeugte, und dazu Reis gereicht. Weit und breit keine wütende Presse oder ein schlecht gelaunter Bergman.

Jan unterdrückte ein Gähnen. Er hatte den ganzen Tag Berichte gelesen, Tatortfotos inspiziert und Hinweise ausgewertet, doch der Stapel auf seinem Schreibtisch war nicht kleiner geworden. Ohne Patricks Hilfe hätte er schon alles hingeschmissen. Seine Truppe aus Praktikanten, Auszubildenden und Frischlingen, ergänzt um einige erfahrene Ermittler, nahm ihm viel Arbeit ab, und doch hatte er heute Abend die Kripo mit dem Gefühl verlassen, nichts erreicht zu haben. Wieder einmal. Ein weiterer verbrauchter Tag. Das Wissen, dass da draußen ein verrückter Mörder herumlief, der sie schon dreimal genarrt hatte, ließ ihn kaum schlafen. Zusammen mit seinen Albträumen würde er das nicht mehr lange durchhalten. Vielleicht sollte er endlich einsehen, dass er nicht mehr der Alte war, und den Fall an Patrick übergeben.

»Was ist eigentlich mit Max?«, riss ihn Zoe aus seinen Gedanken, während sie sich mit ihren Stäbchen einen Shiitakepilz aus dem Reis fischte.

»Er hat mich vor einer Stunde angerufen und irgendetwas von Besuch und Erledigungen erzählt«, erklärte Jan. »Er kommt nach dem Essen.«

»Besuch?«, fragte Zoe. »Wer geht freiwillig in diese Wohnung?«

»Er ist nicht der einzige Nerd auf der Welt.«

»Ist zu befürchten.«

»Ich mag ihn.« Chandu brachte frischen Reis aus der Küche. »Er ist noch jung, hat ein paar Macken, aber ohne seine Hilfe hätte ich das Surround-System nicht installiert bekommen.«

»Paar Macken ist gut«, bemerkte Zoe.

»Da ist er nicht der Einzige hier.« Chandu zwinkerte ihr zu.

Zoe zeigte ihm ein breites Lächeln und machte sich über den Reis her, als es klopfte.

»Wenn man vom Teufel spricht.« Chandu öffnete die Tür. Der große Mann hatte schon viel Kurioses gesehen, aber auf diesen Anblick war er nicht vorbereitet. Sein Mund blieb offen stehen, als der junge Hacker in die Wohnung kam.

Sein wild sprießendes Haar war kurz geschnitten und mit feinen Strähnen versehen. Er trug dunkle Sneaker, eine leicht verwaschene Jeans und ein lachsfarbenes Hemd, dessen Ärmel aufgerollt waren. Seine Digitaluhr war durch eine silberne Uhr mit dunklem Ziffernblatt ersetzt. Sein Versuch, sich einen Bart wachsen zu lassen, war einem Rasierer zum Opfer gefallen. Chandu vermeinte sogar, ein Hauch von Aftershave zu vernehmen.

Max war top gestylt, einzig sein mürrisches Gesicht passte nicht zu alldem. Ohne einen Gruß ging er an Chandu vorbei und setzte sich auf einen Sessel.

Es war totenstill in dem Raum. Chandu verharrte neben der Tür, als hätte er in die Augen der Medusa geblickt. Jan starrte unsicher auf das Bier in seiner Hand, nur Zoe durchbrach die Stille, indem sie den Reistopf fallen ließ, der scheppernd auf dem Boden herumrollte.

Jan begann das Gespräch.

»Äh?«

»Was …«, ergänzte Chandu. Seine Starre verschwand. Er schloss die Tür und setzte sich neben Zoe, ohne Max aus den Augen zu lassen.

Die Rechtsmedizinerin musterte den jungen Mann von oben bis unten. Dann lehnte sie sich zurück und begann laut zu lachen. Chandu konnte sich einen Augenblick länger beherrschen, dann vergrub er sein Gesicht in einem Kissen. Während Zoes Lachen laut durch das Wohnzimmer hallte, kamen von Chandu kurze Lachattacken, als würde er in das Kissen beißen.

»Arschlöcher«, sagte Max, was Zoe nur lauter lachen ließ. Sie lehnte sich an Chandu und schlug auf seine Schulter, während ihr Tränen die Wangen herunterliefen.

Ihr Lachen war ansteckend. Jan hatte sichtbar Mühe, sich zu beherrschen. Er biss sich auf die Lippe, ballte die Fäuste und sah zu Boden.

Zoe versuchte etwas zu sagen, aber jedes Mal, wenn sie ihren Blick zu Max richtete, überwältigte sie ein erneuter Anfall. Chandus Kissen vor dem Mund würde den Abend nicht überleben, so sehr bebten die Schultern des großen Mannes.

Max stand mit verkniffenem Gesicht auf, stellte den Beamer auf den Tisch und startete seinen Laptop. Dann verschränkte er die Arme vor der Brust und nahm wieder Platz. Er saß auf dem Sessel wie ein bockiges Kind, das seine Suppe nicht essen wollte.

Zwei Minuten später hatte Chandu das Kissen von seinem Gesicht genommen, und Zoe hatte aufgehört, auf die Schulter des großen Mannes zu hauen. Jan wischte sich die Lachtränen aus dem Gesicht und war als Erster wieder in der Lage zu sprechen.

»Verzeihung«, versuchte Jan zu schlichten. »Es war nicht nett, dass wir gelacht haben, aber deine … Wandlung hat uns überrascht.«

»Wäre ich nie draufgekommen«, fauchte Max.

»Friede, mein Freund«, sagte Chandu. »Sag uns, was passiert ist.«

Zoes Lachen war zu einem Kichern abgeebbt.

»Meine Schwester ist wieder in Berlin.«

»Ok«, sagte Chandu lang gedehnt. »Ein oder zwei Hinweise brauche ich noch.«

Max gab seine störrische Haltung auf und nahm sich ein Bier vom Tisch. Es musste wohl sehr schlimm sein. Er hasste Bier.

»Mira studiert an der Universität der Künste Mode. Sie arbeitet außerdem noch für zwei Designer und reist die meiste Zeit durch die Welt. Wenn sie mich besucht, fühlt sie sich als die Ältere verpflichtet, mich zu bevormunden. Sie ist schlimmer als meine Mama. Ich musste die Wohnung durchlüften, die Pizzakartons entsorgen und die leeren Flaschen zurückbringen.«

Max trank einen Schluck Bier und verzog angewidert das Gesicht. »Ich war eine Stunde an dem verdammten Leergutautomaten.«

Das Gespräch wurde durch einen erneuten Kicheranfall von Zoe unterbrochen, was der junge Hacker mit einem giftigen Blick quittierte.

»Sie hat mich zum Hairstylisten geschleppt, der mir diese komische Frisur verpasst hat. Dann ging es weiter zu einem trendigen Herrenausstatter und in ein Schuhgeschäft, bis wir schließlich in einem Vegan-Restaurant Spaghetti aus Zucchini gegessen haben.« Max trank wieder einen Schluck Bier. »Deshalb sehe ich so aus.«

»Du hast eine Wandlung zum Positiven gemacht«, sagte Chandu. »Der Besuch deiner Schwester hat sich gelohnt.«

»Findest du? Sie hat sogar meine Unterwäsche durchwühlt und ein paar meiner Lieblingsstücke entsorgt. Manche von denen waren regelrecht antik.«

»So genau will ich es nicht wissen«, sagte Zoe und zog ihr Zigarettenetui hervor. Sie hatte sich fast wieder im Griff. Ihr Kichern wurde weniger.

»Kümmern wir uns um unseren Serienmörder«, wechselte Jan das Thema. »Wissen wir, wie er die Leiche von Robin Cordes auf den Friedhof gebracht hat?«

»Deine Kollegen haben die Lösung gefunden.« Max projizierte das Verwaltungsgebäude des Friedhofs an die Wand. »Der Mörder ist an einer schwer einzusehenden Stelle über die Mauer geklettert, hat sich bis zum Verwaltungsgebäude durch die Büsche geschlagen und dort die Scheibe mit einem Glasschneider entfernt.«

»Wie ist er dort hineingekommen?«, fragte Zoe. »Ich dachte, der Friedhof wird voll überwacht.«

Max drückte eine Taste auf seinem Laptop, und eine Luftaufnahme erschien. Den größten Teil des Bildes nahmen Bäume ein.

»Ist das der Friedhof?«, fragte Chandu. »Sieht eher aus wie ein Stadtwald mit großem See.«

»Deshalb nennt man ihn auch Charlottenburger Waldfriedhof, und genau das war das Problem«, erklärte Max. »Selbst die ganze Polizei von Berlin hätte nicht jede Stelle der fast 150.000 Quadratmeter überwachen können.«

»Habt ihr das Verwaltungsgebäude nicht überwacht?«, fragte Chandu.

»Den Vordereingang. Für mehr gab es keinen Grund. Wir haben das Gebäude nur als eine weitere Möglichkeit gesehen, in den Friedhof zu kommen.«

»Der Mörder fand leicht Zugang zum Computersystem, weil der Friedhofsleiter seinen Code aufgeschrieben hatte. Und selbst wenn nicht, das System ist uralt und *1234* ist nicht wirklich ein sicheres Passwort.« Max seufzte, als wäre solche Dummheit nur schwer zu ertragen. »In der Nacht hat er das Begräbnis von Robin Cordes ins System getippt, sodass die Friedhofsmitarbeiter am nächsten Morgen auf ihre Liste gesehen und ihre Arbeit getan haben.«

»Ist keinem aufgefallen, dass der Name Robin Cordes lautet und als Ort das streng bewachte Grab eingetragen ist?«, fragte Zoe.

»Leider nicht.« Jan kratzte sich verlegen am Kopf. »Wir haben das Grab sofort abgeschirmt und selbst die Friedhofsmitarbeiter nicht hingelassen. Außerdem haben wir den Namen unter Verschluss gehalten, aus Angst, dass einer von ihnen plaudern könnte. Es waren wenige eingeweiht. Die für das Begräbnis zuständigen Männer gehörten nicht dazu.«

»Das hätte ich auch geschafft«, sagte Chandu, »aber wie hat er die Leiche auf den Friedhof bekommen, wenn alle Eingänge bewacht waren?«

»Er hat einen Schwachpunkt ausgenutzt.«

»Welchen?«, fragte Jan.

»Die Leichenwagen.«

»Natürlich.« Jan schlug sich an die Stirn.

»Nehmt ihr uns mit?«, fragte Chandu. »Ich kann nicht folgen.«

»Es sollte kein Verdacht erregt werden, also durfte der Betrieb des Friedhofs nicht zum Erliegen kommen«, erklärte Max. »Die Streifen haben die Kennzeichen der Leichenwagen aufgeschrieben und sie passieren lassen.«

»Also hat er einen Leichenwagen geklaut«, stellte Jan fest.

Max drückte wieder eine Taste auf dem Computer. Die Luftaufnahme zoomte näher an den Eingang.

»Laut Protokoll öffnete sich um 01.14 Uhr das Vordertor, und ein registrierter Leichenwagen verließ das Gelände. Er fuhr nordöstliche Richtung die Trakehner Allee entlang und bog dann nach links in den Olympischen Platz ein. Einunddreißig Minuten später kam er denselben Weg wieder zurück, passierte die Zivilbeamten in der Nähe des Verwaltungsgebäudes und verschwand im Friedhof.«

»Mit der Leiche von Robin Cordes«, ergänzte Chandu.

»Das passt zum Todeszeitpunkt«, sagte Zoe. »Etwa um Mitternacht.«

»Hat er das Auto geknackt?«, fragte Chandu. »Oder wie ist er in den Besitz eines Leichenwagens gekommen?«

»Er hat den Schlüsselkasten im Verwaltungsgebäude aufgebrochen. Dann hatte er die freie Auswahl. Weiterhin haben die Leichenwagen automatische Toröffner neben dem Fahrersitz. So musste er nicht aussteigen, als er mit der Leiche von Robin wieder zurückgekommen ist. Er hat den Wagen an seinen Platz gestellt, den Toten in die Leichenhalle gebracht und ist dann verschwunden.«

»Gab es Spuren im Wagen?«, wandte sich Jan an Zoe.

»Die Kollegen sind noch dran. Wenn man die bisherige Sorgfalt des Grabmörders bedenkt, würde ich mir wenig Hoffnung machen.«

»Und an der Leiche?«

»Nichts. Robin Cordes wurde mit demselben Hammer wie seine Vorgänger erschlagen. Keine Drogen, Gifte oder Betäubungsmittel. Er war bei vollem Bewusstsein.«

»Seine Finger?«

»Wurden mit einer Garten- oder Geflügelschere abgetrennt.«

»Langsam wird mir das unheimlich«, sagte Chandu. »Erst die Augen, dann die Zunge, jetzt die Finger. Und du glaubst nicht, dass der Typ irre ist?«

»Irre ist er schon«, erklärte Jan. »Aber kein Sadist. Sonst hätte er Robin die Finger vorher abgeschnitten.«

»Und was bedeutet das?«, fragte Max.

»Wahrscheinlich hatte Cordes seine Finger irgendwo drin, wo sie nicht hätten sein dürfen«, sagte Zoe. »Daher schnippschnapp.«

»Fesselspuren?«, fragte Jan.

»Nope.«

»Abwehrverletzungen?«

»Ebenfalls Fehlanzeige.«

»Das kann doch nicht wahr sein.« Jan unterdrückte das Bedürfnis, seine Flasche an die Wand zu werfen. »Robin Cordes war untergetaucht und vorsichtig. Woher wusste der Mörder, wo er war?«

»Wo wurde er erschlagen?«, fragte Chandu.

»Nicht zu Hause. Da war ich heute Mittag und durfte Friederike Roth die traurige Nachricht überbringen«, sagte Jan deprimiert.

»Die Spurensicherung nimmt noch den Leichenwagen auseinander«, sagte Max. »Vielleicht finden sie einen Hinweis, wo das Auto hingefahren ist. Das Navi hat der Mörder nicht benutzt.«

Jan lehnte sich im Sessel zurück. »Mir gehen die Ideen aus. Ich werde morgen früh noch mal mit Friederike Roth reden und sie zu den illegalen Geschäften ihres Freundes vor seinem Gefängnisaufenthalt befragen.«

»Ich kümmere mich um die Blitzer und Überwachungskameras in der Stadt«, sagte Max. »Vielleicht ist irgendwo unser Leichenwagen zu sehen.«

»Ich bin eigentlich durch«, sagte Zoe. »Mehr Untersuchungen gehen nicht, aber ich schicke meine Ergebnisse einem Kollegen, der fast so gut ist wie ich. Vielleicht hat der eine Idee.«

»Du hast doch von Pokerrunden erzählt, die Robin Cordes organisiert hat«, sagte Chandu.

Jan nickte.

»Ich habe einen alten Bekannten, der ein leidenschaftlicher Zocker ist.«

»Wer?«, fragte Jan.

»Becks.«

»Becks?« Zoe zog die Augenbraue hoch. »Wie das Bier?«

»Keine Ahnung, wie er zu dem Namen gekommen ist.«

»Wer ist der Typ?«

»Ein Zuhälter und Genießer. Fährt einen Maserati mit Champagnerkühler statt Handschuhfach.«

»Wie bescheiden«, sagte Zoe.

»Auch nicht mein Fall.«

»Der Maserati?«

»Der Champagnerkühler.«

»Haust du ihm zur Begrüßung auch eine auf die Birne?«

Chandu sah missbilligend zu Zoe. »Das wäre nicht gut für meine Gesundheit, aber wenn es in Berlin eine große Runde gibt, ist Becks dabei. Dann kennt er auch Robin Cordes.«

KAPITEL 9

Es war eine verrufene Gegend, zweifelsohne, aber wenn man nicht wusste, was sich hinter der dunkelroten Tür des unscheinbaren Mehrfamilienhauses befand, wäre man achtlos vorbeigegangen. Der muskulöse Mann neben der Tür machte vielleicht nur eine Zigarettenpause, die Kamera über dem Eingang war gut versteckt und die zugezogenen Vorhänge waren um diese Uhrzeit normal.

Doch hinter der Tür befand sich ein Bordell. Kein schäbiges, verruchtes, in dem man schnellen Sex fand, sondern ein exquisites Etablissement, mit erlesenen Räumen und ebenso erlesenen Preisen.

Chandu hatte nie für Becks gearbeitet. Geldgeschäfte waren nicht das Spielfeld des Zuhälters, und seine Kunden zahlten im Voraus. Trotzdem kannte man sich. Auch wenn jedes Jahr neue Spieler hinzukamen, die Stammmannschaft blieb die gleiche. Irgendwann lief man sich über den Weg.

Chandu kannte die Regel. Er stellte sich vor die Tür, hob die Arme und drehte sich um die eigene Achse. Seine Jeans und sein T-Shirt ließen keinen Platz für eine Knarre, also klickte die Tür, nachdem er seine Drehung vollendet hatte.

Chandu ging hinein und nickte den Türstehern freundlich zu. Einen von ihnen kannte er. Ein ehemaliges Mitglied einer englischen Spezialeinheit. Arbeitete nachts als Türsteher und unterrichtete tagsüber im Fitness-Studio Selbstverteidigung. Ein harter Hund mit einem Faible für Messer.

»Matt«, grüßte er den Mann.

»Chandu.« Er tippte sich an die Stirn.

»Ist Becks zu sprechen?«

»Drüben an der Bar.« Matt hatte einen starken britischen Akzent. Das Ü sprach er wie ein U und das R klang militärisch hart.

Chandu kam in den Hauptraum. Der größte Teil wurde von bequemen Sofas und Sesseln eingenommen. Davor standen kleine Tische, auf denen die Kunden ihre Gläser abstellen konnten. Getränke wurden von der langen Bar aus geliefert, an der eine Handvoll Hocker standen. Die Wände waren in dunkelbraun poliertem Holz gehalten, das gut zu den hellen Sitzmöbeln passte. Die Frauen trugen schwarze Kleider, die eher für einen eleganten Ball als für ein Bordell geschneidert waren. Jede von ihnen war der fleischgewordene Traum eines Mannes, mit perfekter Figur und dezent geschminkt. Sie bewegten sich auf ihren hohen Schuhen in sinnlicher Grazilität, sich ihrer Schönheit bewusst. Eine Nacht mit einer von ihnen übertraf das Monatsgehalt eines gut verdienenden Angestellten, aber nach allem, was Chandu gehört hatte, wäre es jeden Euro wert.

Das Etablissement war frei von jedwedem Puff-Kitsch. Selbst der Besitzer wirkte eher wie ein Geschäftsmann als ein Bordellbetreiber. Seine schwarzen Haare waren akkurat geschnitten. Er trug einen dunklen Anzug mit einer stilvollen Seidenkrawatte. Das Neonlicht aus unzähligen kleinen Lampen spiegelte sich auf seinen glänzenden Lederschuhen. Vor ihm stand ein Glas Rotwein. Becks hätte auch als Banker oder Rechtsanwalt durchgehen können.

Als er Chandu sah, winkte er ihn zu sich und deutete auf den Barhocker neben sich.

»Chandu.« Er schüttelte dem großen Mann die Hand. Sein Händedruck war fest und selbstbewusst. »Was führt dich her? Arbeit oder Vergnügen?«

»Ich würde mir wünschen, es wäre Vergnügen, aber es ist die Arbeit.«

Becks gab dem Barkeeper ein kurzes Zeichen, der sofort ein Glas mit Rotwein füllte und es vor Chandu abstellte.

»Ich kann mich nicht erinnern, bei einem deiner Freunde Schulden zu haben.«

Chandu hob die Hände. »Es geht nicht um dich, Becks«, wiegelte er ab, »sondern um jemanden, den du vielleicht kennst.«

Chandu griff nach dem Glas, prostete seinem Gegenüber zu und trank einen Schluck. Er hatte keine Ahnung von Wein, aber er schmeckte hervorragend. Was immer Becks ihm aufgetischt hatte, war nicht in einem Supermarkt zu finden. Vielleicht stimmte das Gerücht, dass er in Frankreich ein großes Weingut gekauft hatte, auf dem er sein Altenteil verbringen wollte, wann immer ein Bordellbesitzer in Rente gehen würde.

Chandu nickte anerkennend und stellte das Glas wieder ab. »Ich suche nach einer kleinen Schmeißfliege namens Robin Cordes. Hat gedealt, ein paar Sachen verschoben und ist deswegen im Knast gelandet. Jetzt ist er wieder raus und abgetaucht.«

»Mit kleinen Schmeißfliegen habe ich nichts zu tun.«

»Der kleine Dealer soll im Knast geläutert worden sein und macht jetzt in Pokerrunden.«

»Jetzt wird es interessanter.«

»Deshalb bin ich hier. Robin schuldet einem Freund von mir eine Stange Geld. Würde mir viel Laufarbeit ersparen, wenn du ihn gesehen hättest.«

»Hast du ein Foto von diesem Robin?«

Chandu zog sein Handy aus der Tasche, wählte ein Foto aus und drehte das Display um.

»Ach, dieser Robin«, sagte Becks. »Mit dem habe ich gestern noch gespielt.«

Chandu hätte beinahe das Handy fallen lassen. Es fiel ihm schwer, sich die Überraschung nicht anmerken zu lassen. »Scheint mein Glückstag zu sein.« Chandu hoffte, dass sich Robins Tod noch nicht herumgesprochen hatte. Die Presse hatte von einem neuen Opfer des Grabmörders berichtet, aber keinen Namen genannt.

»War eigentlich kein großes Spiel. Insgesamt sieben Leute. Robin hat den Termin arrangiert, den Raum besorgt, alles hergerichtet und die Spieler organisiert.«

»Woher kannte er dich?«

»Bin auf Empfehlung eines Freundes mitgekommen.«

»Wo habt ihr gespielt.«

»Im *Ochsen*, nicht weit vom Kiez.«

»In einem bürgerlichen Restaurant?«

»In einem Hinterzimmer. War nur ein Pokertisch drin. Getränke hat der Wirt gebracht. War rustikal, aber irgendwie nett.«

»Abgekartet?«

Becks schüttelte den Kopf. »Darauf fallen nur Anfänger rein. War ein sauberes Spiel.«

»Wer war alles anwesend?«

»Mein Kumpel Joe und ich. Robin. Dann ein Ehepaar mit zu viel Kohle, deren Namen ich vergessen habe. Ein junger Schnösel mit Sonnenbrille namens Bernd und ein Rechtsanwalt. Hieß Müller oder so.«

Becks trank einen Schluck Wein. »Wieso interessiert dich das Spiel? Ich dachte, du bist hinter Robin her.«

Chandu unterdrückte einen Fluch. An dem Tisch hatte vielleicht der gesuchte Serienmörder gesessen, aber er konnte seine Tarnung nicht fallen lassen und zugeben, dass er in dem Fall ermittelte. Das hätte üble Konsequenzen gehabt. Die Türsteher wären dann sein geringstes Problem.

»Wie sah es mit der Kohle aus? War wenigstens was auf dem Tisch?«

»Bin mit 5000 nach Hause. Am Ende sind nur Bernd und ich übrig geblieben. Die Frau hat nach zwei Stunden einen All-In verloren. Der Mann drei Runden später. Der Rechtsanwalt hatte zu dem Zeitpunkt schon seine ganze Kohle verspielt, weil er vermutlich der schlechteste Pokerspieler der Welt war. Keine Ahnung, was der dort wollte.

Joe hat die Schlachtplatte nicht vertragen und sich die Seele aus dem Leib gekotzt. Blieben also nur der junge Kerl und ich.

Ein One-on-One ist mir zu langweilig, also habe ich den Abflug gemacht.«

»Wann?«

»So gegen elf.«

»Was hat Robin kassiert?«

»Hundert pro Mann fürs Arrangieren und Karten verteilen. Vielleicht einen Bonus vom Wirt. Wie viel schuldet er deinem Freund?«

»Über vier«, log Chandu.

»Geht ja noch.«

»Weißt du, wann die nächste Partie stattfindet«, hielt Chandu die Tarnung aufrecht. »Dann komme ich mit und rede mit ihm.«

»Ich habe ihm meine Nummer gegeben. Wenn er anruft, melde ich mich.«

»Danke.« Chandu reichte Becks die Hand. »Für die Hilfe und den guten Wein.« Er stand auf. »Wenn ich mich revanchieren kann, ruf an.«

Becks nickte. »Werde ich.«

Beim Herausgehen winkte er Matt zu. Draußen angekommen, ging er um den Häuserblock, zog das Handy aus seiner Tasche und wählte Jans Nummer. Sein Freund hob nach dem zweiten Klingeln ab.

»Ich kenne vielleicht den Tatort«, sagte Chandu. »Sag der Raucherlady, sie soll Tüten einpacken. Zeit für ein spätes Abendessen.«

Jan hatte keine Lust, Zeit zu verlieren. Also hatte er ein paar Leute aus Patricks Team zum *Ochsen* geführt, vier Tatortermittler, zwei Streifen und Zoe mit ihrem unwiderstehlichen Charme. Allein der Anblick dieser Truppe hatte den Wirt bleich werden lassen. Die Drohung, den Laden zu schließen, sollte er nicht kooperieren, hatte den Rest erledigt. Die Ermittler hatten Zugang zu allen Räumen, die Küche wurde geschlossen und der Wirt war geständig. Der Mann ging auf die sechzig zu. Sein Bauch wies ihn als Genussmensch aus. Sein graues Haar war kurz geschoren und seine rote Nase zeugte von seiner Leidenschaft für Schnäpse, die die Rückwand seiner Bar zierten. Das Wirtshaus war rustikal, mit dunklem Holz und gelblich leuchtenden Lampen über den Tischen.

»Woher kennen Sie Robin Cordes?«, fragte Jan.

»Wir haben einen gemeinsamen Freund, der mir geholfen hat, billig an Küchengeräte zu kommen.« Der Mann rieb die Hände an seiner Schürze ab, als hätte er in eine widerlich riechende Mülltonne gegriffen.

»Sie meinen Hehlerware?«

»Das habe ich nicht gesagt«, verteidigte sich der Wirt. »War alles legal. Mit Rechnung und so. Nur sehr preiswert.«

Jan machte sich eine Notiz. Geklaute Backöfen interessierten ihn nicht. »Wessen Idee waren die Pokerrunden?«

»Robin kam vor fünf Wochen zu mir. Sagte, er hätte einen Vorschlag, wie ich den alten Nebenraum nutzen könnte. Er würde einmal die Woche eine Pokerrunde organisieren, mit Leuten, die Kohle haben.«

»Und was hatten Sie davon?«

»Robin sagte, dass die Spieler nicht nur Apfelsaftschorle trinken würden. Ich habe Whiskey, Wodka und Champagner besorgt und das Dreifache vom Einkaufspreis verlangt. Hat keinen gestört. Die haben getrunken wie die Löcher. An einem Pokerabend habe ich mehr Getränkeumsatz gemacht als im Wirtshaus den ganzen Monat.«

»Sie wissen, dass solche Pokerrunden illegal sind?«

»Ging alles mit rechten Dingen zu. Robin hat mir geschworen, dass er keine gezinkten Karten benutzt und selbst austeilt.«

»Ich meinte nicht das Pokern, sondern das Spielen um echtes Geld. Nennt sich Glücksspiel.«

»Was sollte ich machen?« Der Wirt sah beschämt zu Boden. »Die Geschäfte gehen schlecht. Die Leute wollen immer mehr diesen verrückten Kram. Sushi, Pizza oder die ganzen vegetarischen Sachen. Eine Schlachtplatte lockt keinen mehr in ein Wirtshaus.«

»Kennen Sie die Teilnehmer dieser Pokerrunden?«

»Niemanden, außer Robin. Die wollen in Ruhe gelassen werden. Ich nehme die Bestellungen auf, bringe die Getränke und verziehe mich wieder.«

»Gibt es hier Überwachungskameras?«

»Machen Sie Witze? Ich schenke Bier aus und serviere Leberknödel. Meine Kasse leere ich jeden Abend. Hier gibt es nichts zu holen. Wozu eine Kamera?«

»Wäre auch zu schön gewesen«, murmelte Jan. »Könnten Sie die Spieler beschreiben, wenn ich Ihnen eine professionelle Zeichnerin vorbeischicke?«

»Versuchen kann ich es.« Der Wirt zuckte die Schultern. »Eigentlich kann ich mir Gesichter gut merken.«

Jan schloss seinen Notizblock. »Das war's fürs Erste. Bitte halten Sie sich für weitere Fragen bereit.«

Der Wirt nickte und schlich in die Küche.

Jan machte sich auf den Weg zum Hinterzimmer, als Zoes Stimme laut durch das Wirtshaus hallte.

»Jan! Beweg deinen Arsch hierher.« Er seufzte. Eigentlich war er der leitende Ermittler, aber Zoe gab ihm immer das Gefühl, der Laufbursche zu sein.

Jan ging durch die Küche in den Hof hinaus. Die Rechtsmedizinerin stand neben einem Ermittler, der Fotos von einer Stelle auf dem Boden machte. Beim Näherkommen erkannte Jan, dass es sich um einen Blutfleck handelte.

»Der Tatort?«

»Wahrscheinlich.« Zoe hob ein kleines Reagenzglas hoch. »Im Blut fanden wir kleine Knochensplitter, die von Robins Schädeldecke stammen könnten. Ralf nimmt eine Blutprobe, die wir mit der DNA des Opfers vergleichen. Dann wissen wir mehr.«

»Mein Name ist Romir«, sagte der Mann auf dem Boden.

»Sage ich doch.«

»Das wäre ein Fortschritt. Wir kennen das Ende der Pokerrunde und die Einbruchszeit im Friedhof. Mit dem Tatort machen wir uns an ein Bewegungsprofil.«

»Was Neues zum Täter?«

»Der Wirt hilft beim Erstellen von Phantomzeichnungen. Ich denke, dass unser Mörder bei den Spielern dabei war. Aber ein paar mehr Hinweise wären nett.«

»Vielleicht kann ich helfen«, sagte ein Ermittler und stieg aus einem großen Müllcontainer. Sein Schutzanzug war mit Essensresten beklebt, was ihm nichts auszumachen schien. Jan erkannte Bratkartoffeln, grünen Salat und Leberwurst. In seinen Handschuhen hielt er einen billigen Taschenkalender. »Ich denke, der gehört Robin Cordes«, sagte der Mann stolz. »Und er ist voller Telefonnummern.«

Jan genehmigte sich ein Lächeln. Der Mörder hatte seinen ersten Fehler gemacht.

Er war wieder in der Kirche, sah den mit Kerzen beleuchteten Altar, roch den Weihrauch. Pfarrer Anberger war auf dem Kreuz festgebunden und eine Blutlache hatte sich neben ihm gebildet. Jan rief nach Chandu, aber sein Freund war nirgendwo zu sehen.

Betty kam hinter einer Säule hervor, mit einem Lächeln im Gesicht, die Schrotflinte in der Hand. Jan hob die Hände und wollte sich ergeben, doch seine Pistole erschien in seinen Fingern. Dann schoss er. Einmal, zweimal, dreimal. Und Betty brach zusammen. Das Blut floss aus ihrem Körper, und ihre Augen schlossen sich.

Mit einem Schrei fuhr Jan aus dem Albtraum. Sein T-Shirt war schweißdurchtränkt, sein Kopf schmerzte, und er zitterte wie nach einem Eisbad. Er hatte die Decke aus dem Bett getreten und seine rechte Hand in das Kopfkissen gekrallt.

Jan atmete tief durch. Er brauchte einen Moment, bis ihm bewusst wurde, dass er nicht mehr in der Kirche war. Betty war tot. Er hatte überlebt.

Müde stand er auf. Er schlurfte zum Schrank und zog sich ein trockenes T-Shirt an. Im Bad ließ er sich warmes Wasser durch seine Haare laufen, bis die Erinnerung verblasst war. Mit einem Handtuch auf dem Kopf setzte er sich auf die Couch und schaltete den Fernseher an. Das dritte Mal in dieser Woche. Er fand kaum noch Schlaf. Lange würde er das nicht mehr durchhalten.

Auf dem Couchtisch lag die Visitenkarte von Kerima Elmas. Bisher hatte er alles mit sich selbst ausmachen können. Liebeskummer, Streit mit seinem Chef oder einen abstoßenden Mordfall. Wenn es besonders schlimm war, hatte er sich mit einem Freund betrunken oder eine kleine Schlägerei angezettelt. Irgendwann war die schlechte Stimmung vertrieben, aber der letzte Fall hatte tiefe Narben hinterlassen. Fünf Bier oder eine Rangelei würden die Albträume nicht verschwinden lassen.

Es war 5.14 Uhr. Viel zu früh für einen Anruf, doch Kerima hatte ihn ermuntert, sich jederzeit zu melden. Vielleicht war es Zeit für eine neue Art der Problembewältigung.

Jan nahm das Telefon und wählte ihre Nummer.

»Hallo?« Die Stimme der Psychologin klang müde.

»Frau Elmas, hier spricht Jan Tommen.« Er war froh, dass sie das Telefon abgenommen hatte. »Entschuldigen Sie die frühe Zeit, aber Sie haben mich ermutigt anzurufen, wenn ich Probleme habe.«

»Ist in Ordnung, Herr Tommen.« Sie schien ein Gähnen zu unterdrücken. »Ich bin unruhige Nächte gewohnt. Wie kann ich Ihnen helfen?«

»Ich habe geglaubt, dass ich Fortschritte gemacht und die Erlebnisse mit Bettys Tod verarbeitet habe, aber in der letzten Zeit ist es wieder schlimmer geworden.«

»Ich denke, das wird mit dem Fall des Grabmörders zusammenhängen. Der Stress des Falls überträgt sich auch auf andere Dinge.« Die Müdigkeit in ihrer Stimme verflog langsam. »Vielleicht sollten wir über die Zeit unmittelbar nach Bettys Tod sprechen. Was haben Sie getan, nachdem Ihnen bewusst geworden war, dass Ihre Freundin tot ist?«

»In den ersten Tagen nach ihrem Tod habe ich alles von ihr aus meiner Wohnung verbannt. Gemeinsame Fotos, Kleidung, die sie bei mir gelassen hat, und all die kleinen Dinge, die man sich schenkt, wenn man in einer Beziehung ist. Ich habe alles in einen großen Sack geworfen, bin früh aufgestanden und habe es kurz bevor die Müllabfuhr gekommen ist in den Container geworfen. So war ich sicher, dass ich nicht doch schwach werden und alles wieder aus dem Müll fischen würde.«

»Hat es geholfen?«

»Nein. Man kann einen Menschen nicht vergessen, indem man seine Kleidung und ein paar Erinnerungsstücke wegwirft. Wenn er sich in dein Herz gegraben hat, dann ist er ein Teil von dir. Unwiederbringlich.« Jans Stimme wurde leiser. »Meistens hab ich Albträume und durchlebe die Szene in der Kirche immer wieder, aber manchmal sucht mich die Erinnerung an die schönen Stunden heim, dann sehe ich nicht nur ihr Gesicht vor mir, ich kann sie spüren. Ich liege im Bett, streichle über ihren Rücken und spüre ihre sanfte Haut unter meinen Fingern. Die Berührung ihres warmen Körpers lässt mich erschauern. Ich gleite weiter in ihre Haare, die weich über meinen Handrücken fallen, wie ein liebkosender Windhauch. Ich schließe die Augen und nehme sie mit all meinen Sinnen wahr. Sie umgibt ein Duft, wie Sommerblumen, ein wenig schwer, gepaart mit einem Hauch Jasmin.

Diese Träume sind so intensiv, als wäre sie noch bei mir«, sagte Jan verzweifelt. »Wenn ich aufwache, drehe ich mich auf ihre Seite, suche ihre Nähe, ihren Duft, doch dann realisiere ich, dass sie tot ist, und all der Schmerz kommt wieder zurück.«

»Was machen Sie dann?«

»Weinen, schreien, die Bettlaken zerreißen. Meist laufe ich zu meinem Sandsack im Wohnzimmer und schlage so lange auf ihn ein, bis meine Arme schmerzen. Doch meistens stehe ich dann einfach auf, betäubt und leer, schleppe mich zur Arbeit und versuche, den Tag irgendwie herumzubekommen.« Jan senkte den Kopf. »Die Zeit heilt alle Wunden, heißt es. Jeden Tag hoffe ich, dass es ein wenig besser wird, dass die Erinnerung verblasst, die Schmerzen erträglicher werden, doch mit jedem Morgen, den ich alleine in meinem Bett aufwache, wird es schlimmer.«

»Inwiefern schlimmer?«

»Als Betty noch am Leben war, hat mich dieser Duft immer begleitet. Es war ein lang anhaltendes Parfüm. Sie musste noch nicht einmal bei mir schlafen, dass es an mir haften blieb. Ein Kuss oder eine kurze Umarmung genügte.

Doch nach einem Traum verflüchtigte sich der Geruch sofort und wurde zu einer fernen Erinnerung, also bin ich eines Tages aufgestanden und in eine große Parfümerie gegangen. Dort habe ich den ganzen Vormittag verbracht und alle Frauenparfüms ausprobiert. Am Ende hatte ich dreißig von diesen weißen Testern in der Hand, aber schließlich habe ich ihn gefunden.« Jan schloss die Augen und sog die Luft ein, als könnte er das Parfüm allein durch die Kraft der Erinnerung riechen. »Es ist von Lancôme. La vie est belle.«

»Das Leben ist schön«, übersetzte Dr. Elmas.

»Kein Name passt weniger zu meiner Situation.«

»Haben Sie es gekauft?«

»Nein«, sagte Jan. »Es ist mir schwergefallen. Fast ein körperlicher Schmerz.«

»Warum nicht, wenn Sie so viel angenehme Erinnerungen damit verbinden?«

»Vielleicht hatte ich einen Moment der Klarheit, das Bewusstsein, dass das Parfüm es verschlimmern würde. Etwas, das mir sagte, dass Betty tot ist, dass die Zeit mit ihr nie wiederkommen wird und dass sie nicht mehr Teil meines Lebens ist.«

»Oh, sie ist sehr wohl Teil Ihres Lebens«, bemerkte Dr. Elmas.

»Sie liegt auf dem Friedhof. Wie kann das sein?«

»Es spielt keine Rolle, ob Betty tot ist. Sie denken an sie, wenn Sie ins Bett gehen und wenn Sie aufstehen. Sie träumen von ihr. Es gibt einen Duft, der Sie an Betty erinnert. Das alles sind Dinge, die auf eine enge Verbundenheit zu einem Menschen schließen lassen. Das ist nicht schlimm, denn aus solchen Erinnerungen kann man auch Stärke ziehen. Sie bestimmen, wie Sie einen Menschen in Erinnerung behalten, ob diese gut oder schlecht ist, was Sie mit sich tragen und was Sie lieber vergessen. Sie beschränken das Andenken an Betty auf die schönen Momente mit ihr. Das ist nicht schlimm, aber gleichzeitig hassen Sie sich dafür, dass Sie Betty erschossen und damit diese Zeit beendet haben.«

»Es gibt keinen Zweifel daran, dass ich sie getötet habe.«

»Das ist nicht das Problem. Sie wollen nicht einsehen, dass Sie Betty erschießen mussten.« Die Psychologin betonte das letzte

Wort eindringlich. »Betrachten Sie die Tat neutral, als hätten Sie Betty nie gekannt. Dann fällen Sie Ihr Urteil erneut.«

»Und wenn ich auf das gleiche Ergebnis komme?«

»Dann werden Sie nie davon loskommen.«

Bergman hatte einen Stapel Sonntagszeitungen unter dem Arm und betrat die Kripo. Während die Verkehrssituation in Berlin einem typischen Sonntagmorgen entsprach, war in der Kripo so viel los wie an einem normalen Arbeitstag. Niemand würde sich freinehmen, bis der Grabmörder gefasst worden wäre. Vielleicht gab das Notizbuch von Robin Cordes den entscheidenden Hinweis, dann konnte er alle Urlaubsanträge wieder blind durchwinken.

Auf dem Weg zu seinem Büro begegnete ihm Kerima Elmas. Er setzte ein für seine Verhältnisse freundliches Lächeln auf. »Guten Morgen, Dr. Elmas.« Er hatte keine Lust auf ein Gespräch über Mitarbeiterführung, deshalb hoffte er, dass sie etwas anderes zu tun hatte.

»Morgen«, antwortete sie gähnend und hielt eine Hand vor den Mund.

»Wenigstens eine, die Samstagabends noch Spaß hat«, murmelte Bergman und ging in sein Büro. Er legte seine Zeitungen ab, schaltete den Computer ein und machte sich auf den Weg zur Kaffeemaschine.

Bergman winkte im Gang ein paar Kollegen zu, als Jan mit einer halb vollen Tasse gähnend aus dem Raum kam. Sein Blick war eine Mischung aus Tiefschlaf und Debilität. Er schien im Laufen einzuschlafen.

»Morgen, Chef«, grüßte er und schlurfte an Bergman vorbei. Als Jan auf dem Gang Kerima sah, hob er kurz den Kopf und winkte ihr zu. Für einen Moment war seine Müdigkeit verflogen. Er zeigte ein strahlendes Lächeln.

Das Gesicht der Psychologin hellte sich bei Jans Anblick auf. Sie winkte zurück und verschwand dann in einem Büro. Kaum war Kerima wieder außer Sicht, sank Jans Kopf wieder nach unten, seine Augen schlossen sich fast, und er gähnte erneut.

»Oh Mann«, murmelte Bergman. Das konnte er wirklich nicht gebrauchen.

Patrick stellte sich auf den Tisch und klatschte in die Hände. Die Gespräche verstummten, und alle Köpfe wandten sich ihm zu.

»Guten Morgen«, begrüßte er die Anwesenden laut. »Wir haben am heutigen Sonntag zwei wichtige Dinge zu tun. Zuerst müssen wir jeder Telefonnummer aus Robins Notizbuch einen Namen zuordnen. Die Staatsanwaltschaft hat uns volle Unterstützung zugesagt, daher können wir auf die Datenbanken der Telefonanbieter zugreifen. Da in dem Buch nur Abkürzungen oder Vornamen stehen, will ich eine Liste mit vollständigen Namen zu den Nummern haben. Diese sind auch mit unserer Datenbank abzugleichen, damit wir sofort sehen können, wer straffällig geworden ist. Holt Max Kornecker bei der Computer-Recherche mit ins Boot.

Das zweite Team kümmert sich um die sechs Mitglieder von Robins Pokerrunde. Möglicherweise ist einer von ihnen sein Mörder. Dank eines Informanten haben wir einen Spieler aus dem Rotlichtmilieu identifizieren können. Bei allen anderen haben wir vorerst nur die Beschreibungen des Wirts und erste Phantomzeichnungen. Die müssen mit den einschlägigen Verbrecherkarteien abgeglichen werden. Wahrscheinlich stehen alle Pokerspieler auch in Robins Notizbuch, aber darauf können wir uns nicht verlassen.« Patrick sah auf seine Uhr. »Es ist kurz nach acht. Wir treffen uns alle zwei Stunden zu einem Jour fixe und vergleichen die neusten Ergebnisse, beginnend um zehn. Dazu lade ich auch Kommissar Tommen ein, damit er auf dem Laufenden bleibt.«

Er klatschte wieder in die Hände. »Haltet euch ran.«

Es war ein anstrengender Sonntag gewesen. Patrick hatte ihn mit Infos regelrecht überflutet, aber das war ihm lieber, als wie bisher im Dunkeln zu tappen. Das Team seines einst verhassten Kollegen war schnell und genau. Sie kamen dem Mörder stündlich näher. Zum Abschluss eines perfekten Tages fehlte nur noch ein gutes

Abendessen. Dafür würde Chandu sorgen, der seine Aufgabe als Gastgeber sehr ernst nahm.

Der Duft in der Wohnung seines Freundes war eine Verführung für die Nase. Selbst Zoes Zigarettenqualm konnte diese Wonne nicht verderben. Jan winkte im Vorbeigehen und ging zu Chandu in die Küche. Er klopfte dem großen Mann freundlich auf die Schulter und riskierte einen Blick in den Backofen.

»Wieder Flammkuchen?« Jan nahm sich ein Bier vom Tisch. »Verstehe mich nicht falsch. Mir schmeckt es, aber normalerweise lässt es deine Kochehre nicht zu, dass du zweimal das Gleiche servierst.«

Chandu rückte so nahe an Jan, dass sich ihre Köpfe beinahe berührten. »Heute Mittag hat Zoe bei mir angerufen«, flüsterte er. »Sie bat mich, wieder Flammkuchen zu machen, weil es ihr so geschmeckt hat.«

»Du meinst, Zoe hat dir ein Kompliment gemacht?«

»Unheimlich, oder?«

»Besorgniserregend. Bist du sicher, dass du das nicht geträumt hast?«

»Ausschließen will ich es nicht.«

»Wir sollten vorsichtig sein.«

»Ich wollte schon meine Knarre holen. Nur zur Sicherheit.«

Das klingelnde Geräusch eines kleinen Weckers unterbrach das Gespräch.

»Essen ist fertig«, rief Chandu in den Raum. »Setzt euch hin. Ich schneide alles in mundgerechte Häppchen und bringe es sofort.«

Die nächsten zehn Minuten war wieder das Klackern der Teller das einzige Geräusch in der geräumigen Wohnung. Niemand sagte ein Wort, und Jan gedachte das Mahl nicht mit den neuesten Ermittlungsergebnissen zu stören. Sie hatten noch den ganzen Abend Zeit. Erst als Chandu den ersten Espresso aus der Maschine ließ, schaltete Max den Beamer ein. Eine Liste mit Namen erschien.

»Das sind unsere Verdächtigen«, begann Jan. »Dank des Notizbuches von Robin Cordes haben wir nicht nur die Namen der

Pokerspieler, sondern auch Telefonnummern und E-Mail-Adressen gefunden.«

Jan wischte sich die Finger an einer Serviette ab. »Gehen wir sie mal durch. Nummer eins ist Hermann Wierend.«

Max projizierte ein Bild des Wirts an die Wand.

»Besitzer des *Ochsen*, in dem die illegale Pokerrunde stattfand. Wir haben sein Alibi für die Morde überprüft und keinen Zusammenhang zu den vorhergehenden Opfern Bernhard Valburg und Moritz Quast gefunden. Er hatte keinen Grund, Robin zu ermorden, denn die Pokerrunden waren eine lukrative Einnahmequelle. In aller Kürze: Wir haben ihn von der Liste der Verdächtigen gestrichen.«

»Hartmut Beck, genannt Becks«, sagte Chandu, während er zwei Espresso aus der Küche brachte.

Max wechselte das Bild auf die Unterweltgröße.

»Edelzuhälter, Weintrinker und begeisterter Pokerspieler. Auf diese Art zu morden ist nicht sein Stil«, fuhr Chandu fort. »Dazu ist er zu schlau und legt zu viel Wert auf Diskretion.«

»Außerdem haben wir ihn überprüft und kommen zum gleichen Ergebnis wie bei dem Wirt«, ergänzte Jan. »Das Alibi für die ersten beiden Morde ist schlüssig, es gibt keine Verbindung zu den ersten beiden Opfern, und wir haben kein Motiv, warum er Robin Cordes ermorden sollte.«

Max drückte eine Taste auf seinem Laptop, und ein neues Bild erschien. Der Mann darauf hatte kurze, schwarze Haare, einen dunklen Teint und Zahnlücken, die entweder auf mangelnde Mundhygiene oder Schlägereien hinwiesen.

»Joe Greber, genannt Alki-Joe«, sagte Chandu und setzte sich auf die Couch. »Dealt mit geschmuggeltem Alkohol. In seinem Angebot ist nur Originalware, nichts Gepanschtes. Je nach Menge bekommt man eine Flasche Champagner ab zehn Euro. Leute wie Becks verkaufen die in ihrem Bordell für das zwanzigfache. Alki-Joe ist unter den Unterweltgrößen beliebt und macht seit Jahren gute Geschäfte. Es gibt keinen Grund, warum er plötzlich zum Serienmörder mutieren sollte.«

»Die Kollegen vom LKA 4 für Organisierte Kriminalität und Bandendelikte sind schon seit Jahren an ihm dran«, ergänzte Jan, »kommen ihm aber nicht auf die Spur, weil er seine Lager nach Brandenburg verschoben hat. Trotzdem überwachen sie sein Auto und sein Handy, daher konnten wir ihn für die Morde an Bernhard Valburg und Moritz Quast ausschließen. Von den fehlenden Kontakten zu beiden ganz abgesehen.«

Jan nickte Max zu. Ein neues Bild erschien. Der Mann war kaum älter als der Hacker. Er hatte die dünnen Haare zu einem Zopf gebunden und trug eine Sonnenbrille, die viel zu groß für sein schmales Gesicht war.

»Bernd Serad«, begann Jan. »Zarte einundzwanzig Jahre alt. In Online-Pokerkreisen bekannt als ›The Bernie‹. Lebt zu Hause bei Mutti, verdient aber bei Pokerrunden im Internet genug Geld, um sich einen Porsche Boxster leisten zu können.«

»Nicht schlecht«, bemerkte Chandu.

»Hat sich vor Angst beinahe in die Hosen gemacht, als die Kollegen vor seiner Tür standen. Nach einer schallenden Ohrfeige seiner Mutter und der Androhung weiterer Prügel hat er alles erzählt, angefangen von seiner Geburt. Die Kollegen haben ihn regelrecht bremsen müssen. Wie bei den anderen zuvor konnten wir ihn als Mörder ausschließen.«

Das Bild an der Wand wechselte zu einem Paar. Der Mann war sonnengebräunt und zwinkerte anzüglich in die Kamera. Seine Frau hatte blondierte Haare und auffällig katzenartige Augen, deren Farbe nicht natürlichen Ursprungs sein konnte.

»Das Ehepaar Nina und Paul Hauren bei ihrem letzten Urlaub. Kinderlos und gelangweilt. Er ein erfolgreicher Mittelständler, der mit seinem Geld in große Pokerrunden einsteigt. Weil seine Frau nichts Besseres zu tun hat, geht sie mit. Haben uns mit Anwälten und einer Klagewelle unvorstellbaren Ausmaßes gedroht, als wir ihre Wohnung durchsucht haben, was sich schließlich als Sackgasse herausgestellt hat. Kein Motiv, zwei einigermaßen sichere Alibis für Mord eins, zwei bombenfeste für Mord zwei.«

»Dann bleibt nicht mehr viel«, sagte Zoe.

»Den Gewinner haben wir uns für den Schluss aufgehoben.«

Das Phantombild eines Mannes erschien. Er hatte schütteres, graues Haar, einen Oberlippenbart wie eine Hommage an die Achtziger und eine Brille mit breitem Gestell.

»Maik Müller. Angeblich Rechtsanwalt und letzter Spieler in der Pokerrunde.«

»Habt ihr kein richtiges Foto?«, fragte Zoe.

»Hätten wir, wenn es den Rechtsanwalt Maik Müller geben würde. Der Name ist ebenso falsch wie seine Berufsbezeichnung.«

»Und wie kam er in die Pokerrunde?«, fragte Chandu. »Ich dachte, das geht nur mit Einladung von Robin Cordes?«

»Jetzt wird es spannend. Maik hat Robins Nummer von Nina und Paul Hauren, die er bei einer Art Benefizturnier vor zwei Wochen getroffen hat. Dabei mussten die Teilnehmer ein Startgeld von 500 Euro zahlen, was einem Kinderhaus zugutekam. Der Gewinner erhielt einen schicken Pokal.

Laut den Haurens war Maik auf der Suche nach einem Spiel mit hohen Einsätzen. Schließlich haben sie ihm die Nummer von Robin Cordes gegeben, wo der angebliche Rechtsanwalt angerufen hat.«

»Konntet ihr den Anruf zurückverfolgen?«, fragte Zoe.

»Besser«, antwortete Max. »Das Handy von Robin ist zwar verschwunden, aber über die Nummer der Haurens und ein paar Tricks habe ich über den Provider vollen Zugriff auf dieses Handy erhalten.«

»Sind die Tricks legal?«, fragte Jan.

»Darauf antworte ich sicherheitshalber nicht.« Max wandte sich wieder dem Foto zu. »Maik hat einen Tag vor der Runde im *Ochsen* bei Robin angerufen, und zwar mit dem Zweithandy von Moritz Quast.

Dieser hatte es länger nicht mehr benutzt, daher haben wir es übersehen.«

»Fuck«, kommentierte Zoe.

»Hätte ich nicht schöner sagen können.«

»Es wird noch besser.« Max startete ein Programm. »Robin hatte zu der Zeit das Handy aus, daher hat die Mailbox das Gespräch aufgezeichnet.«

»*Herr Cordes, hier spricht Maik Müller.*« Die Stimme des Mannes war dunkel und kratzig, fast ein Flüstern. »*Sie kennen mich nicht, aber ich habe von einem gemeinsamen Freund gehört, dass Sie No-Limit-Pokerrunden veranstalten. Wenn Sie mich dazu einladen, bezahle ich Ihnen 2.000 Euro. Cash. Meine Nummer haben Sie.*«

Dann brach die Verbindung ab.

Jan lehnte sich auf der Couch zurück und erneuerte sein Grinsen. »Wer immer der Mörder ist: Das war seine Stimme.«

»Wir haben das Handy zurückverfolgt«, fuhr Max fort. »Aber der Mörder hat es nur einmal verwendet, und das war für den Anruf an Robin Cordes.«

»Wo?«, fragte Chandu.

»Irgendwo im Volkspark Friedrichshain. Zu viele Touristen und zu wenige Kameras.«

»Patricks Gruppe durchforstet mit dem Phantombild alle Datenbanken. Wenn unser Mörder vorbestraft war, finden wir ihn.«

»Aber du glaubst nicht an einen Erfolg?«, fragte Chandu.

»Der Mörder musste damit rechnen, dass wir die Pokerrunde finden und dass die Mitspieler ihn beschreiben können. So leicht macht er es uns nicht.«

»Wie willst du weitermachen?«

»Wir müssen den Zusammenhang zwischen den drei Opfern finden.«

»Das haben wir schon bei Dr. Valburg und Moritz Quast versucht«, warf Zoe ein. »Ohne Ergebnis.«

»Fangen wir dieses Mal andersherum an. In welchen Bereichen und Lebensphasen hatten sie keine Gemeinsamkeiten?«

»Die Kindheit, Schule und Ausbildung können wir ausschließen«, begann Max. »Moritz Quast ist nicht in Berlin geboren, und Robin Cordes ist aus dem Osten. Dr. Valburg hat studiert. Moritz und Robin haben nicht einmal Abitur.«

»Hobbies, Vereine und der ganze Kram auch«, ergänzte Chandu. »Da gab es keine Übereinstimmung.«

»Nachbarschaft und Freunde fallen auch weg. Ist alles ohne Ergebnis durch den Computer gejagt worden. Ebenso wie die Geschäftsbeziehungen«, sagte Jan. »Zumindest auf legaler Ebene.«

»Bleibt der illegale Kram«, sagte Zoe. »Ist nicht unwahrscheinlich, wenn man bedenkt, dass Moritz Quast vorbestraft und Robin Cordes im Knast war.«

»Dazu noch der angebliche Saubermann Dr. Valburg mit seinem Hang zu Kokain.« Chandu zuckte die Schultern. »Könnte passen.«

»Vergessen wir alles, was wir bisher wissen, und spekulieren ins Blaue«, sagte Jan. »Wie könnte eine Verbindung zwischen den dreien aussehen?«

»Das ist leicht«, begann Zoe und entließ Rauchkringel zur Decke. »Valburg beschafft ein Medikament, gibt es Quast und Cordes verkauft es.«

»Und warum bringt der Mörder die Männer um die Ecke?«, fragte Chandu.

»Das Medikament war Mist. Es gab Nebenwirkungen und jemand ist gestorben.«

»Aber woher kennt der Mörder die Beschaffungskette?«, fragte Jan. »Wenn er das Medikament von Cordes bekommen hat, woher wusste er, dass Valburg und Quast darin verwickelt waren?«

»Er hat sie ausgequetscht«, sagte Max.

»Unwahrscheinlich«, bemerkte Chandu. »Quast und Cordes hätten uns gesagt, wenn sie erpresst worden wären.«

»Also war der Mörder tiefer drin. Er kannte die ganze Beschaffungskette.«

»Wir sollten die Verstümmelungen nicht außer Acht lassen«, sagte Zoe. »Das ist zu speziell, als dass es nichts bedeutet.«

»Wir haben die ausgestochenen Augen bei Bernhard Valburg«, begann Jan. »Dann die herausgeschnittene Zunge bei Moritz Quast und die abgeschnittenen Finger bei Robin Cordes.«

»Die Todesursache war identisch. Der einzige Unterschied war der Angriff von vorne oder hinten. Ansonsten ein Schlag mit dem Hammer, und das Licht war aus.«

»Lass uns mit Dr. Valburgs Augen anfangen«, sagte Chandu.

»Gut. Was könnte den Mörder ...?«, begann Jan, als sein klingelndes Handy die Ausführungen unterbrach.

»Bergman«, sagte er mit dem Blick aufs Display. »Das ist entweder sehr gut oder sehr schlecht.«

Jan nahm den Anruf entgegen und schaltete den Lautsprecher an.

»Beweg deinen Arsch nach Zehlendorf.« Wie immer verzichtete sein Chef auf die üblichen Begrüßungsformeln.

»Was ist dort?«

»Ein schicker Waldfriedhof. Und ein weiteres Grab.«

KAPITEL 10

Jan spürte, wie seine Hand zu zittern begann. Bisher gab es drei Tote, und er hatte kaum Erfolge vorzuweisen. Jetzt hatte der Grabmörder ein neues Ziel.

Jan war am Ende seiner Kräfte. Die Akten stapelten sich auf seinem Schreibtisch. Der Fall ließ ihm keine Zeit zum Atmen. Ohne Patrick und seine Leute wäre längst alles zusammengebrochen, aber selbst er wurde der Flut an Arbeit bald nicht mehr Herr. Das alles hätte Jan früher noch bewältigen können, doch die Albträume raubten ihm den Schlaf und zogen so das letzte Quäntchen Kraft aus ihm heraus.

»Ich kann nicht mehr«, sagte er. »Das ist zu viel für mich. Stellen Sie mich frei, geben Sie Patrick den Fall oder finden Sie einen anderen Beamten. In unser aller Interesse.«

»Ich habe die Faxen dicke«, schrie Bergman. Jan hätte vor Schreck beinahe das Telefon fallen lassen.

»Äh, wie …«

»Ich habe alles getan. Dir Zeit zur Erholung gelassen, dir anfänglich kaum Aufgaben aufgebürdet und dir sogar eine Psycho-Tante an die Hand gegeben. Und beim ersten richtigen Fall willst du alles hinschmeißen?«

»Ich glaube nicht, dass ich den Grabmörder überführen kann, und ich möchte nicht, dass er entkommt, daher wäre es besser, wenn andere …«

»Blödsinn«, unterbrach ihn Bergman barsch. »Ich formuliere es anders. Hast du bei deinen anderen Fällen den Mörder schon nach wenigen Tagen gefasst?«

Jan zögerte. Er wusste nicht, worauf Bergman hinauswollte. »Eher selten.«

»Warst du während deiner Ermittlung einmal in einer Sackgasse?«

»Oft.«

»Hast du den Täter dann noch erwischt?«

»Fast immer.«

»Was ist dann dein Problem? Der Fall ist nicht anders als die Fälle zuvor, und die Sackgasse unterscheidet sich nicht von den anderen Sackgassen.«

»Im letzten Fall habe ich nicht gemerkt, dass meine Freundin eine Mörderin war und Spielchen mit mir gespielt hat. Ich habe halb Berlin verdächtigt, nur sie nicht. Ich bin erst auf ihre Spur gekommen, als sie mir mit einer Schrotflinte den Kopf wegpusten wollte.«

»Das passiert.« Bergman hatte seine Lautstärke nicht gesenkt. »Manchmal läuft es nicht so gut. Stein hätte ohne dich den Fall nicht gelöst. Dann hätte Betty sich ins Ausland abgesetzt und wäre davongekommen.«

»Vielleicht wäre das besser gewesen«, murmelte Jan.

Bergman seufzte hörbar. »Sieh endlich ein, dass deine Freundin ein gemeiner, sadistischer Killer war, der Spaß daran hatte, seine Opfer leiden zu lassen. Skrupellos genug, dass er dir Liebe vorgegaukelt hat, nur um dich als Sündenbock zu präsentieren.«

Die Worte trafen Jan hart. »Ich finde, dass Sie ein wenig übertreiben …«

»Keine Ausflüchte mehr! Betty war eine Mörderin! Soll ich es dir buchstabieren? M Ö R D E R I N.« Bergman spie jeden Buchstaben regelrecht aus. »Dich trifft keine Schuld. Du hast sie nicht zu dem gemacht. Finde dich damit ab, dass du richtig gehandelt hast und dass Bettys Tod eine Notwendigkeit war, oder belüge dich weiter, behalte sie in bester Erinnerung und ignoriere, dass du nur ihr Spielzeug warst. Dann verlass die Kripo und komm nie wieder zurück.«

Bergman atmete hörbar aus. »Entscheide dich. Ich sehe dich in dreißig Minuten auf dem Friedhof oder du kannst deine Marke abgeben.«

Dann legte er auf.

Bergman ging mit einem mulmigen Gefühl auf den Friedhof. Hoffentlich hatte er den Bogen nicht überspannt.

Er hatte viel Rücksicht auf Jan genommen und versucht, ihm Zeit zu geben, um sein Trauma zu verarbeiten, aber der Grabmörder ließ das nicht zu. Der Fall hatte beängstigende Ausmaße angenommen. Drei Opfer waren schon zu beklagen, und die Berliner Polizei hatte bei keinem von ihnen gut ausgesehen. Die Presse erging sich in spöttischen Kommentaren, und die Politik verlangte Ergebnisse, die er nicht liefern konnte.

Er brauchte einen erfahrenen Ermittler. Vor dem Tod seiner Freundin war Jan sein bester Mann gewesen, aber mit seiner Ernennung war Bergman ein hohes Risiko eingegangen. Sollte herauskommen, dass er einen psychisch labilen Kommissar auf den Grabmörder angesetzt hatte, war es um ihn geschehen. Eine frühe Pensionierung wäre noch das Beste, was man ihm anbieten würde.

Als er Jan vor dem Grab stehen sah, schwand etwas von Bergmans Anspannung. Jan hatte den Kopf ein wenig gesenkt, seine Augen zeugten von schlaflosen Nächten, aber seinem Gesichtsausdruck nach zu schließen, musste sich Jan beherrschen, dass er ihm nicht eine reinhauen würde. Ein gutes Zeichen. Die harten Worte hatten ihre Wirkung nicht verfehlt.

Aber noch wusste Jan nicht, wer das neue Opfer war. Es würde ihm nicht gefallen.

Das Grab lag an einer abgelegenen Stelle des Waldfriedhofs. Die Ruhestätten daneben waren überwuchert, die Steine schmutzig und ungepflegt. Das grelle Licht der Scheinwerfer hatte Mühe, sich gegen den prasselnden Regen durchzusetzen.

Das Grab war von einem weißen Zelt abgedeckt, damit der Regen keine Spuren verwischen konnte. Zwei in Schutzanzüge gekleidete Männer zogen das Kreuz aus der Erde. Auf dem Holz stand: »Hier ruht Juri Petrow. Geboren am 14. März 1971. Gestorben am 2. Juli 2013.«

Der Todestag war übermorgen.

»Wissen wir, wer Juri Petrow ist?«, wandte sich Jan an Bergman. Der Kripochef stand mit einem Schirm vor dem Grab und beobachtete die Arbeiten.

»Juri Petrow ist ein Mitarbeiter der ukrainischen Botschaft mit Diplomatenstatus. Er ist zurzeit in seinem Heimatland und weiß noch nichts von seinem Glück, wird aber in ein paar Stunden in Berlin landen.«

Jan stöhnte. Ausgerechnet ein ausländischer Diplomat. Das würde alles noch mehr verkomplizieren. Als ob es so nicht schwierig genug war. Jetzt würden sich auch Behörden einmischen, die sie bisher hatten draußen halten können. Über die politischen Folgen eines Versagens wollte er gar nicht nachdenken. »Sobald er seinen Fuß auf deutschen Boden setzt, lassen wir ihn nicht mehr aus den Augen. Ein Korso mit vier Fahrzeugen, wenn es sein muss schicken wir noch einen Panzer mit.«

»Du hast alle Freiheiten«, bemerkte Bergman, »aber ich muss ihm die frohe Kunde überbringen, dass er das vierte Opfer des Grabmörders werden soll. Das sollte den offiziellen Weg gehen.«

»In der Botschaft müsste er sicher sein, aber nach den letzten beiden Vorfällen verlasse ich mich nicht mehr auf Fremde. Auf ukrainischem Gelände werden wir nichts machen können, aber ich lasse den Laden überwachen. Nicht mal der Zeitungsjunge kommt in die Nähe, bevor er durchsucht und überprüft worden ist.« Jan deutete auf das Grab. »Dass er sich den Waldfriedhof Zehlendorf herausgesucht hat, macht unseren Einsatz nicht leichter. Das Gelände umfasst über 375.000 Quadratmeter. Dagegen war der Friedhof in Charlottenburg ein Vorstadtpark.«

»Sei vorsichtig«, mahnte Bergman. »Ein viertes Opfer, und dann noch ein Diplomat, können wir uns nicht erlauben. Der

Polizeichef grillt unsere Hintern, wenn Petrow nur einen Kratzer abkriegt.«

»Ich rufe verdeckte Ermittler her, damit die Presse nichts merkt, setze zwei Mann vor das Grab und vier in die Verwaltung. Außerdem lasse ich jedes Auto überprüfen, das dem Friedhof zu nahe kommt. Morgen Nacht schicke ich zusätzlich dreißig Mann hinterher, die nicht nach Hause gehen, bis wir den Mörder haben – oder der Todestag vorbei ist.«

»Ich versuche noch mehr über Juri Petrow herauszufinden. Bei Diplomaten ist vieles unter Verschluss, und polizeilich ist jede Akte blütenweiß, aber wozu hat man Kontakte in der Politik?« Bergman seufzte, als wäre ihm die Aussicht auf diese Arbeit zuwider. »Um acht Uhr früh gehen wir in die Botschaft, und ich stelle dich Juri vor. Schlaf dich aus. Das werden zwei wilde Tage, und dieses Mal darf nichts schiefgehen.«

Jan hatte sich stundenlang Gedanken gemacht, wie ein Angestellter der ukrainischen Botschaft in das Schema passte. Gegen zwei Uhr hatte sein Kopf schließlich aufgegeben, und er war eingeschlafen. Kurz nach fünf hatte sein Unterbewusstsein entschieden, dass es Zeit zum Aufstehen sei. Er hatte die Decke über den Kopf gezogen und sich unruhig im Bett umhergewälzt, hatte aber einsehen müssen, dass er keine Ruhe mehr finden würde, also hatte er sich geduscht, rasiert, ein weißes Hemd aus dem Schrank geholt und sich nach dem Zähneputzen in einen Anzug geworfen. Die Krawatte hatte er im Schrank hängen lassen. Er wollte es nicht zu formell angehen.

Da er Bergmans Pünktlichkeitswahn kannte, fuhr Jan rechtzeitig los, um nicht zu spät zu kommen. Er erreichte die Botschaft eine Minute vor seinem Chef. Das dreistöckige Botschaftsgebäude hatte einen ausgebauten Dachstuhl und unzählige Fenster. Die Fahne der Ukraine passte sich in den gelblichen Ton des Außenanstrichs ein. Im Vergleich zu vielen protzigen Botschaften wirkte diese regelrecht bescheiden. Es hätte auch eine Privatschule oder ein Verwaltungsgebäude sein können.

Noch bevor sie die Klingel erreicht hatten, wurde die Tür geöffnet und ein kräftig gebauter Mann ließ sie eintreten. Er trug einen dunklen Anzug, eine elegante Krawatte und schwarze Lederschuhe. Seine Manieren waren gut, aber sein Auftreten ließ keinen Zweifel, dass er vor seiner Zeit in der Botschaft die Uniform der Armee getragen hatte.

Jan hatte seine Waffe zu Hause gelassen. Nachdem Bergmans und seine Identität festgestellt worden waren, führte man sie in einen bequemen Besprechungsraum. Auf dem Tisch stand eine Kanne mit Kaffee, mehrere Flaschen Wasser und ein kleines Porzellanschälchen mit Keksen.

An der Wand hing ein Bild, auf dem Maler mehrere Eimer Farbe ausgekippt zu haben schienen. Auch wenn dieses Werk von einem Dreijährigen stammen könnte, hatte es sicherlich den Wert eines Kleinwagens. Jan wägte die Verdienstmöglichkeiten als Teilzeitkünstler ab, als die Tür aufging. Er kannte Juri Petrow von einem offiziellen Foto der Botschaft. Sein Bild war offensichtlich nachbearbeitet, denn sein strahlend weißes Lächeln war nicht ganz so weiß, er hatte ein paar Falten mehr und sein blondes Haar war angegraut.

»Dr. Bergman«, sagte er und schüttelte Jans Chef die Hand. Er verneigte sich leicht.

»Das ist mein leitender Ermittler, Kommissar Tommen«, stellte ihn Bergman vor. Wieder eine Verneigung. Nicht ganz so tief.

»Bitte setzen Sie sich.« Petrows Akzent war schwach ausgeprägt. Er schien sich schon lange in Deutschland aufzuhalten oder hatte einen sehr guten Lehrer gehabt. Der Ukrainer legte die Arme auf den Tisch und faltete die Hände. Seine Bewegungen wirkten ruhig und überlegt. Ein vollkommener Diplomat.

»Der Botschafter hat Sie über die Vorfälle informiert?«, fragte Bergman.

»Ich bin das nächste Ziel eines Verrückten, den die Presse Grabmörder getauft hat. Mein Todestag soll morgen sein.«

»Haben Sie in der letzten Zeit Morddrohungen erhalten?«, riss Jan das Gespräch an sich.

»Außer dieser makabren Drohung nicht.«

»Haben Sie Feinde, die Ihren Tod wünschen?«

»Ich bin Botschaftsrat. Ein interessanter Beruf, aber ein Posten mit wenig Macht. Um ehrlich zu sein, bin ich fast nur auf langweiligen, offiziellen Empfängen unterwegs und wüsste kaum, wie ich mir dabei derartige Feinde gemacht haben sollte.«

»Es müsste nicht in Deutschland gewesen sein. Es kommt vor, dass Mörder ihren Opfern in andere Länder folgen.«

»Ich komme aus einer Diplomatenfamilie. Die meiste Zeit meines Lebens war ich im Ausland, auch während Glasnost und Perestroika.«

»Hat der angekündigte Todestag eine besondere Bedeutung für Sie?«

»Der 2. Juli?« Petrow dachte einen Augenblick nach. Dabei tippte er mit dem Finger auf seine Unterlippe. »Nicht dass ich wüsste. Kein Geburtstag in meiner Familie oder ein Feiertag, der mir einfallen würde.«

»Kennen Sie ein Opfer des Grabmörders?« Jan legte drei Fotos auf den Tisch.

Petrow betrachtete sie intensiv und schüttelte dann den Kopf.

»Leider nein. Wer sind die Männer?«

»Der ältere Herr ist Dr. Bernhard Valburg. Neben ihm Moritz Quast und dann Robin Cordes.«

»Auch die Namen sagen mir nichts. Gibt es einen Zusammenhang zwischen ihnen?«

»Diesbezüglich ermitteln wir noch«, sagte Bergman unverbindlich.

Heißt übersetzt, wir haben nichts, dachte Jan.

»Wie kann ich Ihnen helfen?«

»Indem Sie sich von uns beschützen lassen.«

»Kein Problem. Ich habe alle Termine außerhalb der Botschaft abgesagt. Die nächsten zwei Tage gehe ich nicht vor die Tür.«

»Wir postieren Polizisten vor dem Gebäude.«

»Der Botschafter hat uns außerdem erlaubt, jeden Besucher zu kontrollieren, bevor er durch Ihre Tür geht«, ergänzte Bergman.

»Zusammen mit einer Liste aller Botschaftsangehörigen und den Nummernschildern ihrer Fahrzeuge haben wir alle wichtigen Informationen.«

»Kann ich sonst noch etwas für Sie tun?«

»Außer vorsichtig zu sein und uns alles Ungewöhnliche zu melden, nicht.« Bergman stand auf und schüttelte Petrow die Hand. »Wenn Ihnen noch etwas einfällt, wenden Sie sich bitte an mich oder Kommissar Tommen.«

Jan zog eine Visitenkarte aus der Tasche und gab sie Juri.

»Vielen Dank für Ihre Mühe.« Der Ukrainer betrachtete das kleine Stück Pappe. »Wenn Sie noch Fragen haben, können Sie mich jederzeit anrufen. Ich helfe, wo ich kann.«

»Werde ich machen«, sagte Jan. »Und bitte denken Sie daran, wenn Ihnen noch irgendjemand einfällt, der ein Motiv haben könnte, einen Groll gegen Sie zu hegen, lassen Sie es uns wissen. Es handelt sich bei der Sache um einen Serienmörder – und er ist extrem gefährlich.« Petrow nickte ernst, und sie verabschiedeten sich. Der Ukrainer führte sie zur Tür und nickte ihnen nochmals zu.

»Was glaubst du«, fragte Bergman, als sich die Tür hinter ihnen geschlossen hatte.

»Irgendwas ist faul.«

»Er lügt?«

»Er sagt uns nicht alles. Unsere drei Opfer hatten alle Dreck am Stecken. Moritz und Robin mehr, Valburg weniger. Und zwischen allen gibt es eine Verbindung. Der Mörder ist nicht durchs Internet gesurft, hat bei der ukrainischen Botschaft angehalten und sein nächstes Opfer ausgesucht. Es gibt einen Grund, warum Juri Petrow ausgewählt wurde.«

»Du glaubst nicht an Zufall?«, fragte ihn Bergman.

»Niemals. Wir kommen dem Mörder immer näher. Wir kennen sein Gesicht, haben seine Stimme und werden noch hinter sein Motiv kommen. Er legt niemanden zum Spaß um.«

»Manche Psychopathen wollen geschnappt werden.«

»Das passt nicht zum Grabmörder. Er ist gerissen und gut vorbereitet. Er ist auf einem Rachefeldzug. Keine Ahnung, für wen oder was, aber wenn er damit fertig ist, wird er entweder verschwinden oder jagt sich eine Kugel in den Kopf. Fangen lässt er sich nicht.«

»Was jetzt?«, fragte Bergman.

»Ich kann mich bei den ersten drei Opfern an keinen Hinweis erinnern, der in Richtung Ukraine oder Botschaft ging. Trotzdem arbeite ich alles noch einmal durch. Wenn es dunkel wird, lege ich mich mit auf die Lauer. Ich will vor Ort sein, wenn Petrows Todestag beginnt.«

»Wenigstens wissen wir, wo er ist. Hätte sich Robin von uns bewachen lassen, wäre er noch am Leben.«

»Vielleicht«, sagte Jan unsicher. »Der Mörder weiß, dass Petrow in der gut gesicherten Botschaft wohnt und dass wir das Grab finden würden. Das wird er berücksichtigt haben.«

»Die Sicherheitsleute sind ehemalige Speznas, eine der besten Spezialeinheiten der Welt. Die fegt man nicht mal so zur Seite.«

»Unter normalen Umständen würde das eine lockere Sache werden, aber der Mörder hätte uns keinen Hinweis hinterlassen, wenn er nicht irgendetwas in der Hinterhand hätte. Keine Ahnung, was das für ein Zaubertrick ist, aber wir sollten höllisch aufpassen. Dreimal war er schon besser als wir.«

Noch drei Stunden bis zu Petrows Todestag. Jan saß in seinem Auto und hielt den Haupteingang der ukrainischen Botschaft im Auge. Er klopfte nervös auf sein Lenkrad. Er hatte alles getan, um die Umgebung und Petrows Überleben zu sichern. Er war alle erdenklichen Szenarien durchgegangen und hatte Spezialisten um ihre Meinung gebeten, aber sein Bauchgefühl sagte ihm, dass es nicht genug sein würde.

Vor dem Eingang der Botschaft stand gut sichtbar ein Polizeifahrzeug, ebenso am Hintereingang. Zusammen mit der Zivilstreife in der Nebenstraße, den installierten Kameras und den Sicherheitsvorkehrungen in der Botschaft müsste der Grabmörder ein Meisterdieb mit Superhelden-Fertigkeiten sein, um unbemerkt in das Gebäude zu kommen.

Jan konnte die Nächte nicht mehr zählen, in denen er in einem Auto wartend ein Haus beobachtet hatte, in der Hoffnung, dass ein Straftäter rein- oder rausgehen würde. Diese Zeit war geprägt von Langeweile und Müdigkeit, bis hin zum Zweifel, ob er den richtigen Beruf gewählt hatte. Schließlich führten die wenigsten Überwachungen zum Ziel, was nach einer langen Nacht mit lauwarmem Kaffee, Fastfood und Kaugummi noch frustrierender war.

Eigentlich hatte er sich heute Abend wieder mit Zoe, Max und Chandu treffen wollen, aber Jan musste in der Nähe der Botschaft sein, daher würde das allabendliche Zusammensitzen heute ausfallen. Max hatte irgendetwas von einer Telefonkonferenz über das Handy erzählt. Jan genehmigte sich einen Schluck Kaffee aus der Thermosflasche, als sein Handy klingelte.

»Guten Abend«, sagte Max, nachdem Jan den Anruf angenommen hatte. »In der Leitung sind, neben meiner Wenigkeit, Zoe, Chandu und Jan.«

»Hallo«, begann Jan und stellte den Becher in die Ablage. »Ich bleibe heute Nacht vor der Botschaft, daher diese ungewöhnliche Art der Besprechung.«

Jan räusperte sich. »Wie sieht es mit dem Lebenslauf von Juri Petrow aus?«

»Gibt nicht viel her«, sagte Max. »Da Petrow nicht in Deutschland geboren ist, einen ukrainischen Pass hat und Botschaftsangehöriger ist, muss ich mich auf das verlassen, was ich von diplomatischer Seite vorgelegt bekomme. Wie ihr euch denken könnt, ist das glattgebügelt, und das meiste habe ich nur Dank Bergmans Kontakten erhalten. Juri wurde als Diplomatenkind in Portugal geboren, ging auf internationale Schulen und wurde vor vier Jahren nach Deutschland versetzt. Wegen der Immunität bin ich noch nicht einmal auf einen Strafzettel gestoßen. Um es kurz zu machen: Zeitverschwendung.«

»Und der Rest der Botschaftstruppe?«

»Ist ähnlich. Alles Musterschüler.«

»Könnte einer der Lebensläufe gefälscht sein?«

»Wahrscheinlich. Ich kann dich insoweit beruhigen, als dass alle Mitarbeiter der Botschaft schon mindestens ein Jahr dort arbeiten.«

»Warum ist das wichtig?«, fragte Chandu.

»Meine Sorge war, dass der Mörder sich vielleicht in die Botschaft eingeschlichen hat. Einen Koch, der erst seit drei Wochen dort arbeitet, hätte ich näher überprüft.«

»Die Leute sind alle Ukrainer oder zumindest ukrainischer Abstammung.«

»Dann nehme ich an, dass der Mörder nicht zur Belegschaft gehört.«

»Vielleicht bringt er heute die Pizzas oder repariert einen kaputten Kühlschrank.«

»Diesbezüglich hat die Botschaft eine zweitägige Sperre verhängt«, sagte Jan. »Kein Externer kommt hinein.«

»Außerdem hat die Botschaft eigene Leute dafür«, sagte Max. »Köche, Putzfrauen, Hausmeister. Alles dabei.«

»Ich hab ein paar Bekannte aus dem Ostblock angezapft«, sagte Chandu. »In den Bereichen Mädchenhandel, Prostitution, Drogenschmuggel und Glücksspiel hat keiner von einem Juri Petrow gehört. Entweder ist er sehr diskret oder er hat nichts mit der Berliner Unterwelt zu tun.«

»Ich bin alle Akten der ersten drei Morde durchgegangen«, sagte Jan. »Ich habe keine Hinweise auf einen Juri Petrow oder auf die ukrainische Botschaft gefunden. Auch nichts in den persönlichen Aufzeichnungen der Opfer, E-Mails oder Adressbücher.«

»Also hat Juri nichts mit den anderen Opfern gemeinsam«, bemerkte Zoe.

»Das glaube ich nicht«, erwiderte Jan. »Meine ganze Erfahrung als Ermittler sagt mir, dass Petrow mit drinsteckt. Wenn wir auf die Schnelle nichts finden, heißt das nicht, dass da nichts ist.«

»Aber wir haben nicht den kleinsten Hinweis«, sagte Chandu, »außer dass er Ziel des Grabmörders ist.«

»Ist das bestätigt?«, fragte Max. »Ist das Grab von demselben Täter? Oder ist es vielleicht ein Nachahmungstäter?«

»Yup«, sagte Zoe. »Holz und Farbe des Kreuzes stimmen mit den anderen drei überein. Es muss derselbe Mann sein. Und bevor ihr fragt: Nein, es gab weder Fingerabdrücke noch DNA auf dem Kreuz.«

»Wäre auch zu schön gewesen«, murmelte Chandu.

»Lasst uns rumspinnen«, sagte Jan. »Wie passt ein ukrainischer Botschaftsangestellter in unseren Fall hinein?«

»Das ist leicht«, sagte Chandu. »Zuerst ist das Botschaftsgelände ukrainisches Territorium. Polizei, Kripo, Grenzschutz, niemand darf hinein. Ein sichereres Lager für Hehlerware oder illegale Medikamente aus dem Ausland gibt es nicht. Vielleicht ist es sogar eine Produktionsstätte.«

»Und außerdem hatte er außerhalb der Botschaft Narrenfreiheit«, ergänzte Zoe. »Für Ordnungswidrigkeiten kann er nicht belangt werden, und ein Diplomatenfahrzeug darf weder angehalten noch durchsucht werden. Juri wäre der perfekte Bote.«

»Das bezieht sich übrigens auch auf Flüge zwischen der Ukraine und Deutschland«, sagte Max. »Diplomatengepäck ist heilig. Damit lässt sich alles von A nach B schmuggeln.«

»Ein Mann wie Juri ist für jeden Kriminellen Gold wert«, sagte Chandu. »Ich könnte mir vorstellen, dass er der Kopf hinter dem Drogen- oder Medikamentenschmuggel ist oder zumindest ein wichtiger Spieler.«

»Alles, was ihr sagt, ist schlüssig«, sagte Jan. »Aber ich habe keine Idee, wie wir irgendetwas davon beweisen können.«

»Mit Diplomatenstatus kannst du das vergessen«, sagte Zoe.

»Da hat sie leider recht«, sagte Max. »Diplomaten werden zwar für jede Tat belangt, aber die Bestrafung erfolgt ausschließlich in ihrem Land. Selbst wenn Juri einen umlegt, dürfen die deutschen Behörden ihn nur aufgreifen und ausliefern. Alles andere bestimmt ein ukrainisches Gericht.«

»Um es zusammenzufassen«, sagte Chandu. »Wir haben keine Ahnung, wie Juri in den Fall passt und warum ihn der Grabmörder tot sehen will.«

Jan schüttelte den Kopf. »Ich verstehe das nicht. Wir arbeiten unter Hochdruck an dem Fall, aber kommen dem Mörder kaum näher. Nach drei Toten haben wir eine Phantomzeichnung und die Stimme des Mörders. Keinen Namen, keinen Verdächtigen und noch nicht einmal das Motiv.«

»Pass auf, dass Juri nichts abbekommt«, sagte Chandu. »Vielleicht rückt er bei einer weiteren Befragung mit mehr raus. Um es mit Boba Fett zu sagen: ›Tot nützt er mir nichts.‹«

»Wer ist fett?«, fragte Zoe.

»Erkläre ich ein andermal.«

Chandu hatte recht. Erst musste Juri seinen Todestag überleben. Alles andere musste warten. »Danke, so weit«, schloss Jan das Gespräch. »Ich melde mich morgen wieder.«

Nachdenklich legte er das Handy auf das Armaturenbrett. Es würde schwer werden, Juri zur Zusammenarbeit zu bewegen, wenn er in etwas Illegales verwickelt war. Er würde keinen jahrelangen Drogenschmuggel zugeben, um der Kripo bei den Ermittlungen zu helfen. Das knackende Funkgerät beendete seine Spekulationen.

»Fahrzeug auf dem Weg zur Botschaft«, sagte der Polizist.

»Was für ein Fahrzeug?«, fragte Jan.

»Einer der Botschaftsangestellten kommt vom Flughafen.«

»Wer ist im Auto?«

»Nach Information der Botschaft der Fahrer Petr Kusmin und eine Angestellte namens Galina Jefimova.«

Jan zog seine Unterlagen hervor und suchte nach dem Namen der Frau. Auf Seite zwei fand er den Eintrag samt Foto. Galina war Assistentin des Botschafters. Sie wirkte jung für ihre einunddreißig Jahre. Ihr Lächeln war aufgesetzt, und lange Haare würden ihr besser stehen, aber sie war durchaus attraktiv, wenn man auf den burschikosen Typ stand.

Das Auto der Botschaft fuhr um die Ecke. Ein grauer Mercedes mit getönten Scheiben, der keinen Blick ins Innere zuließ.

»Unbedingt kontrollieren. Auch den Kofferraum.« Jan musste sich beherrschen, nicht aus dem Auto zu springen, aber er hatte gute Leute an seiner Seite. Als Einsatzleiter musste er sich im Hintergrund halten.

»Hatten wir vor.« Die Missbilligung über Jans Belehrung war dem Polizisten anzuhören.

»Sorry«, murmelte Jan. Als er noch Streife fuhr, hätte er auch keine Lust auf Ratschläge eines Klugscheißers von der Kripo gehabt. Jan legte das Funkgerät zur Seite und beobachtete die Kollegen bei ihrer Arbeit. Die Männer gingen vorschriftsmäßig vor. Ohne Eile öffneten sie die Türen zum Inneren und überprüften sowohl Fahrer wie auch den Gast.

Als sie den Kofferraum öffneten, ballte Jan vor Anspannung die Fäuste, als erwarte er, dass der Mörder mit gezogener Pistole hinausspringen würde. Doch außer ein paar kleineren Koffern war nichts geladen.

Die Polizisten schlossen den Deckel und gaben dem Fahrer ein Zeichen. Das große Stahltor öffnete sich, und er fuhr auf das Gelände der Botschaft.

»Alles in Ordnung«, klang es aus dem Funkgerät. »Fahrer ist überprüft, und der Gast ist Galina Jefimova.«

Jan rasten tausend Fragen durch den Kopf. Warum flog die Assistentin alleine? War die Frau angespannt oder nervös gewesen? War eines der Gepäckstücke ungewöhnlich groß? Aber Bergman hatte ihn davor gewarnt, Aufsehen zu erregen. Die Botschaftsangehörigen waren nicht zur Mitarbeit verpflichtet und durften ohne die Zustimmung des Botschafters nicht befragt werden. Jan hasste die Politik. Eingreifen durften sie nicht, wenn es aber schiefgehen würde, waren sie dafür verantwortlich.

Mürrisch wandte er sich wieder seinem Kaffee zu. Es würde eine lange Nacht werden.

Das knackende Funkgerät holte Jan aus dem Schlaf. Er benötigte einen Moment, um zu realisieren, dass er in seinem Auto eingeschlafen war. 5.31 Uhr. Das letzte Mal hatte er kurz vor fünf auf das Display gesehen.

»Der kleine Transporter verlässt gleich das Gelände.« Die Stimme des Polizisten hatte keinen Beiklang von Müdigkeit. Entweder war der Kollege abgelöst worden oder er hatte sich ein paar von Max' Energydrinks eingeworfen.

»Ist die Fahrt bestätigt?«, fragte Jan.

»Es ist ein Mitarbeiter der Küche. Er fährt jede Woche auf den Großmarkt. Die Abfahrt wurde gestern bestätigt.«

Das Tor zur Botschaft ging auf, und ein kleiner Transporter fuhr langsam heraus. Der Fahrer trug einen Blaumann und eine graue Mütze. Er hatte das Fenster heruntergekurbelt und winkte der Streife vor der Botschaft. Die Polizisten erwiderten die Geste, indem sie kurz die Scheinwerfer des Autos aufblinken ließen.

Es war zu dunkel, als dass Jan den Fahrer erkennen konnte.

»Fahrzeug und Nummernschild entsprechen den Aufzeichnungen vom Fuhrpark«, klang es durch das Funkgerät. »Alles in Ordnung.«

Jan tippelte unruhig mit den Füßen. Die Abfahrt war seit gestern angekündigt. Weder Uhrzeit noch Auto waren verdächtig, aber irgendetwas machte Jan nervös. Vielleicht sah er schon Gespenster, doch er wollte keinen Fehler machen. Juris Überleben war entscheidend. Noch einen Toten konnten sie sich nicht leisten. Sie brauchten den Ukrainer für das Motiv des Täters. Und noch einen Toten würde Jan sich nicht verzeihen können.

Das Handy lag auf der Ablage und lockte Jan. Ein kurzer Anruf bei Juri, und er wusste, dass er in Sicherheit war. Doch den Mann um diese Zeit aus dem Bett zu werfen, würde ihm als Panik ausgelegt werden. Bergman würde sich in seinem Namen entschuldigen müssen. Er hatte versprochen, den Alltag der Botschaft so wenig wie möglich zu stören.

Jan schlug wütend auf das Lenkrad. Würde er das Auto verfolgen, konnte er etwas vor der Botschaft verpassen. Aber irgendwas drängte ihn, dem Wagen hinterherzufahren und zu kontrollieren, ob er wirklich auf dem Weg zum Großmarkt war.

Schließlich siegte sein Bauchgefühl. »Kommissar Tommen an Einsatzwagen«, sprach er in das Funkgerät.

»Claus Plath hier.«

»Ich verfolge eine Spur und klinke mich aus der Überwachung an der Botschaft aus. Vielleicht ist es nur falscher Alarm, und ich bin in einer Stunde wieder zurück. Sollte sich irgendetwas tun, ruft mich sofort auf dem Handy an.«

»Wird gemacht«, antwortete der Polizist.

Jan legte das Funkgerät zur Seite und startete das Auto. Dann machte er sich an die Verfolgung des Transporters.

Die geringe Verkehrsdichte erleichterte die Verfolgung. Die Fahrt auf der Stadtautobahn erlaubte ihm einen weiten Abstand, ohne das Fahrzeug aus den Augen zu verlieren.

Jan hatte das Fenster heruntergekurbelt und trank den Rest Kaffee während der Fahrt. Am Horizont kündigte sich der neue Tag an, und mit jedem Kilometer verschwand Jans Müdigkeit. Sie waren seit zwanzig Minuten unterwegs. Rechts von ihnen verlief der Schleusenkanal. Die ersten Flugzeuge nahmen Kurs auf Tegel. Der Transporter hatte den direkten Weg genommen. Er fuhr nicht sonderlich schnell oder langsam, gab keine ungewöhnlichen Lichtzeichen oder hielt auf einem Parkplatz. Alles war normal.

Ein großes Schild wies auf die Abfahrt zum Berliner Großmarkt hin. Jan drückte aufs Gas und verkürzte den Abstand zu dem Transporter. Erst wenn das Auto auf den Großmarkt fahren würde, würde er wieder umkehren.

Kurz vor der Ausfahrt wechselte der Transporter auf die linke Spur, fuhr am Großmarktgelände vorbei in Richtung Reinickendorf.

Jan ballte die Faust. Sein Bauchgefühl hatte ihn nicht im Stich gelassen. »Keine Ahnung, wo du hinwillst, mein Freund«, murmelte er. »Aber ich bin hinter dir.«

Die Irrfahrt durch Reinickendorf war nach zehn Minuten vorbei. Jan hatte keine Ahnung, wo er sich befand. Es roch nach Chemikalien und Haushaltsmitteln, und eine S-Bahn ratterte an ihm vorbei. Er war über Gleise gefahren, an alten Markthallen vorbei zu einer Lagerhalle, wie es in Berlin Tausende gab.

Der Mann hatte das Auto vor einer Ladefläche abgestellt und ging über eine Treppe hinein. Jan verfluchte den frühen Morgen. Es war noch zu dunkel. Die Gegend um die Lagerhalle war verlassen. Kein Auto, keine Lkws oder Fußgänger waren zu sehen. Hinzufahren hätte seine Tarnung auffliegen lassen, also musste er warten, bis der Mann in der Lagerhalle verschwunden war.

Was immer der Botschaftsangestellte hier machen würde, Obst und Gemüse gab es nicht zu kaufen.

Die Stahltür des Lagerhauses schlug zu. Jan machte das Licht seines Autos an und fuhr an die Halle heran. Der Weg war mit Schotter ausgelegt.

Er wollte das Auto in der Nähe haben, falls er den Lieferwagen wieder verfolgen müsste. Vor der Halle stand ein alter Müllcontainer. Verrostet und leer, aber groß genug, dass Jan sein Auto parken konnte, ohne dass es sofort auffallen würde.

Jan rollte in Schrittgeschwindigkeit weiter. Es knirschte, als seine Reifen über die kleinen Steine rollten. Jan hatte seinen Blick starr zum Eingang der Lagerhalle gerichtet und betete, dass sein Kommen nicht gehört werden würde. Nach einer gefühlten Ewigkeit kam er beim Container an und stellte sein Auto ab. Er steckte sein Handy in die Tasche und schlich zum Eingang.

Die Tür schien nicht angerostet. Mit etwas Glück würde sie nicht quietschen. Kameras oder andere Sicherheitsmechanismen sah er nicht, also öffnete er die Tür einen Spalt weit. Der Gott der Einbrecher hatte ein Einsehen mit ihm – sie schwang geräuschlos auf. Er schlüpfte hinein und stand in einer Lagerhalle voller Paletten. Viele von ihnen waren verschimmelt. Das Holz war mürbe und eignete sich nicht mehr für den Transport. Wahrscheinlich standen sie schon Jahre hier drin. Es roch muffig, als wären die großen Tore lange nicht mehr geöffnet worden. Durch die Oberlichter drangen die Strahlen der aufgehenden Sonne. Einzig eine Stelle in der Mitte der Lagerhalle war durch eine Neonröhre erleuchtet.

Ein lautes Kreischen durchdrang die Stille, als würde eine Metallkufe über den Betonboden geschoben werden. Jan zuckte zusammen und unterdrückte den Drang, zu seiner Waffe zu greifen.

Noch war nichts passiert. Vielleicht versteckte der Koch der Botschaft Schmuggelwaren. Vielleicht gab es eine logische Erklärung. Doch die Morddrohung an Juri Petrow und die Tatsache, dass der Grabmörder noch immer frei herumlief, ließ Jan das Schlimmste befürchten.

Die Paletten bildeten einen regelrechten Irrgarten. Sie reichten über zwei Meter in die Höhe. Jan konnte weder durch eine Lücke noch über die Paletten sehen. Wären sie nicht so morsch gewesen, wäre er auf die Holzbretter gestiegen, um sich einen Überblick zu verschaffen. So blieb ihm nichts anderes übrig, als sich Meter um Meter vorzuschleichen.

Er ging vorsichtig weiter. Er achtete auf den Boden vor ihm, sodass er nicht auf eine Scherbe oder ein morsches Stück Holz treten würde. Dann war er im Licht.

Die Neonröhre beleuchtete eine freie Fläche, kaum zehn Meter im Durchmesser. In der Mitte stand ein Stuhl, auf dem der Fahrer des Kleinwagens saß. Er hatte Jan den Rücken zugewandt. Jan folgte dem Blick des Mannes, konnte aber nicht erkennen, warum er auf eine weitere Reihe Paletten starrte.

Jan war unsicher. Vielleicht wartete er auf jemanden. Vielleicht hatte er sich einen Schuss gesetzt und genoss die Wirkung der Droge. Das würde seine entspannte Haltung und seine nach unten baumelnden Arme erklären.

Jan sah an den Händen vorbei zu den Füßen des Mannes. Seine Schuhe passten nicht zur Arbeitskleidung. Es waren Lederslippers. Gepflegt und nicht zum Spaziergang über den Großmarkt geeignet.

Dann sah er den dünnen Plastikstreifen, der den Fuß des Mannes umgab. Er war an den Stuhl gefesselt.

Jan nahm eine Bewegung im Augenwinkel wahr. Er wollte sich umdrehen, aber sein Angreifer war schneller. Jan spürte einen scharfen Schmerz an seinem Hals. Dann wurde es schwarz.

Jan erwachte von den Schreien eines Mannes. Es dauerte ein paar Sekunden, bis sich der Schleier der Dunkelheit vor seinen Augen aufklarte. Er hatte höllische Kopfschmerzen. Sein Hals schmerzte. Er wollte nach einer Wunde tasten, konnte aber seine Arme nicht anheben.

Sein Blick wurde klarer. Er saß auf einem Stuhl, an Händen und Beinen gefesselt. Die Schreie kamen von dem Mann aus der Botschaft neben ihm. Ohne die Mütze erkannte er Juri Petrow, der einen Unbekannten mit einer Skimaske auf Russisch anschrie. Was immer Juri sagte, es war kein Kompliment. Sein Gesicht war gerötet, und der Hass auf seinen Angreifer war in sein zorniges Gesicht eingegraben.

Der Mann vor Petrow schien von den Ausfällen des Ukrainers unbeeindruckt zu sein. Er war von durchschnittlicher Größe, nicht sonderlich kräftig. Er trug eine dunkle Jeans, eine blaue Regenjacke und eine schwarze Skimaske. Der Hammer in seiner rechten Faust zeigte Jan, dass der Grabmörder vor ihm stand. Das Werkzeug war sauber, also hatte er das Blut nach der letzten Tat wieder abgewaschen, aber die Form des Hammerkopfes war so, wie Zoe es beschrieben hatte.

Jan stemmte sich mit aller Kraft gegen seine Fesseln, aber die dünnen Plastikbänder gruben sich nur tiefer in sein Fleisch. Der Mörder hatte ganze Arbeit geleistet. Jans Handgelenke und seine Unterarme waren an den Metallstuhl gefesselt, ebenso seine Waden und der Oberschenkel knapp oberhalb der Knie. Er konnte nicht genug Schwung holen, um diese Fesseln zu zerreißen.

Schließlich gab er es auf und wandte sich Juri zu, der seinen letzten Schwall an Worten mit einem Spucken untermalte.

»Was zum Teufel tun Sie hier?«

»Das verstehen Sie nicht«, sagte Petrow.

»Ich verstehe, dass Sie ein Vollidiot sind, weil Sie die Botschaft verlassen haben, und ich verstehe, dass der Mann vor Ihnen der Grabmörder ist und schon drei Opfer mit dem Hammer in seiner Hand erschlagen hat.«

Der Mann rührte sich nicht. Er hielt den Blick weiter auf Juri gerichtet. Nur ab und zu bewegte sich ein Finger auf dem Griff. Ansonsten war er unbeweglich wie eine Statue.

»Verdammter Bulle! Ich weiß selbst, dass ich in eine Falle gelaufen bin.« Petrows Zorn hatte in Jan ein neues Ziel gefunden.

»Was wollen Sie?«, wandte sich Jan an den Mörder. »Warum bringen Sie diese Menschen um?«

Keine Reaktion.

»Das habe ich ihn auch schon gefragt«, sagte Petrow. »Seit Sie auf dem Stuhl sitzen, starrt er mich wortlos an.«

»Wenn du glaubst, dass ich um mein Leben bettle, dann irrst du dich«, schrie Petrow den Unbekannten an. »Nimm mir die Fesseln ab, dann bringen wir es wie Männer zu Ende.«

Der Ukrainer spannte seine Muskeln an und stemmte sich mit aller Kraft gegen seine Fesseln. Blut lief über Petrows Handgelenk, was ihn aber noch wütender zu machen schien. Es knirschte, als das Plastik gedehnt wurde.

Als wäre ihm die Situation zu gefährlich, ging der Unbekannte einen Schritt vor und schlug Petrow mit seiner freien Hand ins Gesicht. Es klatschte laut. Der Widerstand des Ukrainers war kurz gebrochen. Er schüttelte sich, starrte seinen Angreifer hasserfüllt an und schrie wieder auf Russisch. Blut tropfte von seinen Gelenken auf den Boden.

Der Unbekannte fasste den Hammer fester. »Für meine Tochter«, klang seine Stimme über Petrows Flüche hinweg. Er holte weit aus und ließ den Hammer auf seinen Kopf niederfahren.

Als hätte er den Angriff vorhergesehen, riss der Ukrainer den Kopf zur Seite und stemmte sich mit den Füßen auf den Boden. Der Stuhl rückte ein paar Zentimeter zur Seite. Nur ein kleines Stück, aber weit genug, dass der Schlag statt des Kopfes die Schulter traf.

Es knackte laut, als der Hammer das Schlüsselbein brechen ließ. Petrow schrie vor Schmerzen und versuchte weiter wegzurücken. Der Stuhl fiel um, aber die Fesseln hielten ihn unbarmherzig an der Lehne.

Der Unbekannte war von dem Fehlschlag sichtlich verwirrt. Er wich ein Stück zurück, als wüsste er nicht, wie er mit dem schreienden Mann am Boden umgehen sollte. Der Ukrainer musste unerträgliche Schmerzen leiden, aber sein Überlebensinstinkt ließ ihn in der gefesselten Position wegkriechen. An den Stuhl gebunden, gelang ihm das nur langsam, doch mit jedem schmerzvollen Aufbäumen kam er den Paletten näher.

Jan stemmte sich gegen die Fesseln. Er spürte, wie sie ins Fleisch drangen. Tief. Aber die Verzweiflung ließ ihn den Schmerz vergessen. Er musste sich befreien. Er ballte die Fäuste, schloss die Augen und sammelte seine Kraft, aber die Riemen hielten.

Der Mörder hatte sich von dem ersten Schrecken erholt. Er trat neben sein Opfer, holte mit dem Hammer aus und schlug zu. Am Boden liegend, konnte Petrow nur schwer ausweichen. Der Schlag traf seinen Wangenknochen und verstärkte seine Schreie noch. Blut spritzte aus der Wunde und lief ihm über das Gesicht. Er rutschte weiter, aber der Mörder setzte ihm nach.

Der dritte Schlag traf Petrows Stirn. Die Schreie verstummten. Sein Kopf ruckte herum, und die leeren Augen wandten sich Jan zu. Juri Petrow öffnete den Mund. Ein leises Keuchen entrang sich seiner Kehle. Wie ein letztes Bitten.

Der vierte Schlag beendete sein Leiden.

Der Mörder wandte sich von Petrow ab. Er ließ den Hammer fallen, griff in die Tasche und zog ein Tuch hervor. Er wischte seine Hand ab, aber das Blut blieb an seinen Fingern haften. Er nahm den Stoff in die rechte Hand und rieb besessen über seine Linke, als wollte er eine beschlagene Silbervase polieren. Als er damit keinen Erfolg hatte, spuckte er auf seine Finger und rieb noch fester.

Schließlich gab er es auf. Mit einem weinerlichen Schrei warf er das Tuch zu Boden und betrachtete seine Hände. Seine Augen zeigten den Ekel vor Juri Petrows Blut.

Er beugte sich vornüber und atmete schwer, als müsse er sich übergeben. Es dauerte drei Atemzüge, dann hatte er sich wieder gefangen.

»Warum?«, fragte Jan.

»Weil er es verdient hat.«

»Und Valburg, Quast und Cordes? Hatten sie es auch verdient?«

»Ja.« Seine Stimme war kalt, fast sachlich, als rede er über Buchhaltung.

»Warum töten und verstümmeln Sie diese Männer?«

Ohne zu antworten, verschwand der Unbekannte aus Jans Sicht. Es raschelte, dann wurde eine Palette verschoben. Eine Minute später kam der Mörder wieder hervor. Er war in einen großen Plastikanzug gekleidet, ähnlich denen aus der Forensik. Er schob einen Stapler, auf dem ein großes blaues Plastikfass festgebunden war. Die Streben des Staplers waren mit Metallrohren verstärkt.

Chandu hatte recht gehabt. Der Mörder transportierte seine Opfer in einem Fass.

»Wir kriegen Sie«, versuchte Jan das Gespräch wieder anzufangen. »Dass Sie mich erwischt haben, verschafft Ihnen nur ein paar Stunden mehr in Freiheit.«

Der Mann reagierte nicht auf Jans Ansprache. Das konnte nur zwei Dinge bedeuten. Entweder war es ihm egal, dass man ihn fasste. Dann war Petrow sein letztes Opfer. Er würde auf den Friedhof fahren und in Handschellen abgeführt werden. Oder es war ihm egal, dass Jan ihm bei der Arbeit zusehen durfte. Dann würde er ihn töten, bevor er mit Petrow verschwand.

Jan überprüfte den Halt seiner Fesseln. Seine Handgelenke schmerzten. Die Plastikriemen hatten in seine Haut geschnitten. Blut durchnässte seine Ärmel. Vielleicht half das Blut, aus den Fesseln zu rutschen. Mit Gewalt kam er nicht weiter.

Der Mörder arbeitete ohne Eile. Jeder Handgriff saß. Er löste das Fass von dem Stapler, kreuzte Petrows Arme vor der Brust und zog ihn mit einem fachmännischen Griff in den Behälter.

Jan beschlichen Zweifel. Der Waldfriedhof Zehlendorf war hermetisch abgeriegelt. Der Trick mit dem Leichenwagen würde kein zweites Mal funktionieren. Wenn er dort auftauchen würde, würde man ihn fassen, aber nichts deutete darauf hin, dass der Grabmörder von Jans Ankunft irritiert war, dass seine Pläne womöglich aus der Bahn gebracht worden waren, als hätte er noch ein Ass im Ärmel.

Er hatte es geschafft, Petrow zu seiner Hinrichtung einzuladen, und dieser war gekommen. Seinem Zorn nach zu urteilen, war der Ukrainer unter einem Vorwand hergelockt worden, aber was hatte ihn verleitet, sich an der Streife vorbeizuschleichen, obwohl er das nächste Opfer eines Serienmörders werden sollte? Völliger Wahnsinn. Was immer der Grund war, er musste erheblich sein, wenn Juri Petrow sein Leben dafür riskiert hatte.

Zwei Minuten später war der Tote verstaut, das Fass auf den Stapler gebunden und der Plastikanzug in einer Tüte verschwunden. Petrows Blut hatte eine große Lache auf dem Boden gebildet, doch der Mörder ließ den rotbraunen Fleck unbeachtet.

Einzig den Hammer hob er vom Boden auf. Er drehte sich zu Jan und betrachtete ihn unschlüssig, fast wie ein Bild, dessen wild auf die Leinwand gespritzte Farben nur schwer ein Muster erkennen ließ. Er ging um Jan herum und blieb hinter ihm stehen.

Jan zog mit aller Kraft an den Riemen und versuchte herauszukommen. Eine Hand würde reichen, um sich zu wehren.

»Tut mir leid«, sagte der Mann.

Die Plastikriemen gaben nicht nach.

Dann kam der Schmerz.

KAPITEL 11

Jan erwachte im Schein der aufgehenden Sonne. Das Rot hatte sich zu einem sanften Gelb gewandelt und floss blendend durch die Oberlichter der Lagerhalle. Die Schmerzen in seinem Kopf hatten sich zu einem rasenden Stakkato verwandelt. Er biss sich auf die Lippen, um sich zu vergewissern, dass er noch am Leben war. Der Grabmörder hatte ihn nicht mit dem Hammer erschlagen, sondern ihm einen Elektroschock verpasst.

Jan hatte keine Ahnung, wie viel Zeit vergangen war, aber er musste die Kollegen warnen. Er war noch am Stuhl festgebunden. Seine Arme würde er nicht freibekommen, also legte er den Kopf auf die Brust, stieß sich mit den Füßen ab und ließ sich nach hinten fallen.

Der Aufprall auf dem Boden war weniger schmerzhaft als gedacht. Er bewegte seine Beine hin und her, bis die Plastikfesseln über die Metallbeine des Stuhls rutschten.

Mit einem Seufzer streckte er seine Beine aus. Mit dem Stuhl am Rücken mühte er sich hoch und ging in gebückter Haltung zum nächsten Metallträger. Er stellte sich seitlich an die Säule und rieb die Plastikfessel seines Handgelenks daran. Jede Berührung schmerzte. Die Wunde ging wieder auf, aber Jan behielt die Bewegung unvermindert bei.

Als er fast nicht mehr an den Erfolg glauben wollte, riss die Plastikfessel. Jan ging ein Stück weiter, hob ein altes Stück Rohr auf und bearbeitete damit seine restlichen Fesseln. Eine Minute später schleuderte er den Stuhl durch die Halle. Seine Jacke war leer. Geldbeutel, Kripomarke und Handy waren weg. Der Mörder musste alles eingesteckt haben.

Jan rannte zu seinem Auto. Über das Funkgerät konnte er die Kollegen warnen. Draußen angekommen, sah er, dass die Motorhaube seines BMWs offen war. Die herausgerissenen Kabel zeigten Jan, dass er mit diesem Wagen nicht weit kommen würde. Er trat wütend gegen die Stoßstange. Da die Verbindung zur Batterie unterbrochen war, konnte er das Funkgerät nicht benutzen.

Jan rannte zur Straße. Er war von rechts gekommen und konnte sich an kein Gebäude in der Nähe erinnern, bei dem er Licht gesehen hatte, also lief er nach links. Die Straße war leer. Kein Auto, das er anhalten konnte, kein Lkw mit einem Funkgerät, das er nutzen konnte.

Wertvolle Zeit verstrich. Jede Minute spielte dem Mörder in die Hände.

Jan kam an die erste Querstraße. Er blickte sich um, ohne irgendwelche Aktivitäten zu sehen. Fluchend rannte er weiter. Der Schweiß schmerzte in den Wunden. Sein Atem ging keuchend, aber er dachte nicht daran, langsamer zu werden. Eher kollabierte seine Lunge.

Er kam zur nächsten Kreuzung. Auf der anderen Seite sah er einen kleinen Lieferwagen stehen. Ein Mann räumte Getränke in einen kleinen Imbiss. Als er Jan sah, stellte er den Kasten ab.

»Alles in Ordnung, Mann?«

»Ich bin von der Kripo.« Jan keuchte schwer. »Ich muss dringend einen Anruf machen.«

Der Mann sah ihn verwundert an, zog aber sein Handy aus der Tasche und reichte es ihm.

Jan wählte die Vermittlung der Kripo. Er verfluchte den Erfinder des elektronischen Telefonverzeichnisses. Früher hatte er alle Nummern auswendig gewusst. Nach dem dritten Klingeln nahm jemand ab.

»Kripo Berlin. Guten Tag.«

»Hier ist Kommissar Tommen.« Jan schrie fast in den Hörer. »Verbinden Sie mich mit dem Einsatzleiter am Waldfriedhof Zehlendorf.«

»Einen Moment, bitte.«

Jan beherrschte sich zu sagen, dass er keinen Moment hatte. Klassische Musik ertönte. Er war in der Warteschleife. Noch nie waren ihm zehn Sekunden so lange vorgekommen, als sich am anderen Ende der Leitung endlich der Einsatzleiter meldete.

»Kommissar Tommen, was zum Teufel ist jetzt wieder los?« Die Leitung rauschte stark.

»Der Grabmörder hat Juri Petrow erwischt. Er ist auf dem Weg zum Friedhof. Und wieso wieder?«

»Sie haben vor einer halben Stunde bei einem Kollegen angerufen und gesagt, dass der Aushub im Waldfriedhof am Wasgensteig nur eine Ablenkung war. Das wirkliche Grab sei nördlich vom Königsweg. Daraufhin haben wir alle Leute auf die Rückseite des Friedhofs verlegt und den Bereich abgeriegelt.«

»Das war ich nicht«, schrie Jan in das Handy.

»Doch«, brüllte der Mann zurück. »Das war Ihr Handy und Sie haben sogar Ihre Dienstausweisnummer durchgegeben.«

»Das war der Grabmörder, ihr Idioten. Er hat mein Handy und meinen Ausweis geklaut. Habt ihr nicht den Unterschied in der Stimme gehört?«

»Wir haben nichts mit der Kripo zu tun. Wir kennen Sie nur wegen Ihres letzten Falls. Außerdem war das Gespräch schwer zu verstehen, weil im Hintergrund ein Zug gefahren ist.«

»Dann dreht um und fahrt zum Waldfriedhof zurück. Vielleicht ist der Mörder noch dort.«

»Sind unterwegs.« Das Gespräch brach ab.

Jan schrie seine Wut heraus.

Der Grabmörder war wieder einmal besser gewesen. Zum vierten Mal.

Es war wie immer. Jan stand vor Juri Petrows Grab. Wie die Opfer zuvor, lag er mit dem Gesicht in der Erde. Seine Haare waren von

Blut verklebt. Horden von Ermittlern sicherten Spuren, machten Fotos und besprachen die Ergebnisse. Der Friedhof erinnerte mehr an einen Bienenstock als an den Ort der letzten Ruhe.

Jan beobachtete die Spurensicherung, wie sie das Kreuz auf dem Grab in einer großen Plastiktüte verschweißten. Auf dem Holz stand das Todesdatum von Juri Petrow. Wieder einmal hatte der Grabmörder recht behalten. Wieder einmal hatte Jan versagt.

Bergman stellte sich neben ihn ans Grab.

»Du solltest das untersuchen lassen«, sagte Bergman ungewöhnlich ruhig. »Dein Hals sieht nicht gut aus, und das Blut auf deinem Hemd wäre auch einen Blick wert.«

Das war alles. Kein Geschrei. Keine Vorwürfe. Kein Verfluchen der Presse.

»Nicht so schlimm.«

»Klingt wie in einem schlechten Film, aber es war nicht deine Schuld.«

»Ich bin der leitende Ermittler. Wessen Schuld war es dann?«

»Wir können nur Menschen helfen, die sich helfen lassen wollen. Robin Cordes hat es auf eigene Faust versucht, und Juri Petrow ist dem Mörder freiwillig in die Falle gegangen.«

»Aber warum?« Jan ballte die Fäuste. »Wie kann man so dumm sein? Er wusste von dem Grabmörder. Er war in der Botschaft sicher. Anstatt dort zu bleiben, schleicht er sich in der Nacht heraus, um in eine Lagerhalle zu fahren. Ich zermartere mir schon stundenlang den Kopf, warum Petrow das gemacht hat.«

»Es gibt eine Erklärung dafür«, sagte Patrick, der aus dem namenlosen Wust von arbeitenden Ermittlern neben ihnen aufgetaucht war. Jans Kollege drehte sein Handy um und zeigte das Bild eines weißen Koffers.

»Was ist das?«

»Das ist ein eisgekühlter thermischer Koffer. Die werden zum Transport von Organen verwendet.«

»Wo habt ihr den gefunden?«, fragte Bergman.

»In Juri Petrows Auto.«

»Petrow war Organhändler?«

»Wir wissen noch nicht viel, aber alles deutet darauf hin. Im Koffer haben wir zwei Augen-Hornhäute gefunden.«

»Dann bin ich in einen Organdeal geplatzt?«

Patrick nickte.

»Das erklärt es.« Jan deutete auf die Leiche. »Petrow hatte einen Termin mit dem Grabmörder, ohne zu wissen, wer er ist. Daher die Heimlichtuerei. Er wollte nicht, dass wir von seinem illegalen Nebengeschäft erfahren.«

»Ich tippe mal, dass ein Deal mit einer Lunge schlecht gelaufen ist«, sagte Zoe und kletterte aus dem Grab mit dem Toten.

»Wie kommst du darauf?«

Sie hob einen Beutel mit einem dunkel gefärbten Organ hoch.

»Wo hast du das her?«

»Hat der Mörder aus Juri Petrow rausgeschnitten, bevor er ihn im Grab versenkt hat. Nicht gerade sehr professionell, wenn ich das bemerken darf. Er hat mit einem scharfen Messer einen langen Schnitt direkt unter dem Brustbein gesetzt und darin so lange herumgewühlt, bis er die Lunge gefunden hat. Einen Arzt kannst du ausschließen.«

»Das ist die Lunge?«

Zoe nickte.

»Und warum ist die so dunkel?«

»Belomorkanal.«

»Nie von der Krankheit gehört.«

Zoes Hochziehen der Augenbrauen genügte, um ihrer Missgunst Ausdruck zu verleihen. Offensichtlich lag Jan mit seiner Vermutung falsch. »Das ist eine Zigarettenmarke, Supergenie. Juri Petrow war Kettenraucher.«

»Auf jeden Fall hatte er Dreck am Stecken«, sagte Bergman. »Ich mache bei der Botschaft Druck. Wenn die Angestellten ihren Sonderstatus nutzen, um Organe illegal nach Deutschland zu bringen, ist die Zeit der Diplomatie vorbei. Bis heute Abend ist jeder von denen auf der Wache gewesen.«

Bergman zog sein Handy aus der Tasche und verließ den Friedhof. Sein energischer Schritt ließ erahnen, dass der ukrainische Botschafter heute keinen schönen Tag haben würde.

»Ich mache mit meinem neuen Freund weiter.« Zoe deutete auf den Toten. »Bis heute Mittag habe ich was.«

»Danke«, sagte Jan.

»Und zieh ein neues Hemd an. Blutrot steht dir nicht.«

Max saß vor dem Computer der Kripo. Seine rechte Hand flog über die Tastatur, während er mit seiner Linken das Glas mit Ovomaltine-Cola leerte. Die Kiste war lahmer als eine Schildkröte im Winterschlaf, aber über diesen Server hatte er ungehinderten Zugang zur Kripodatenbank, und den würde er heute brauchen. Sein Handy spielte die Titelmelodie von *Zelda*. Max stellte das Glas ab und nahm den Anruf an.

»Hi, Jan. Wo bist du?«

»Noch auf dem Friedhof, aber ich fühle mich inmitten der Tatortermittler wie das fünfte Rad am Wagen.«

»Was kann ich tun?«

»Von wo kam der letzte Anruf meines Handys?«

»Der vom Grabmörder? Nicht weit von der Lagerhalle entfernt. Meine Ortung ist nicht besonders genau. Aber wenn die Kollegen eine Bahn im Hintergrund gehört haben, muss es etwa zweihundert Meter westlich davon gewesen sein. Dort verlaufen Schienen, die vom Güterverkehr genutzt werden. Das war das letzte Signal. Seitdem ist dein Handy tot. Ich habe es aber auf dem Radar. Sobald es angeschaltet wird, weiß ich wo.«

»Sonst noch etwas?«

»Die Spurensicherung hat mir Juri Petrows Handy gegeben. Die Pin zu knacken war leicht. Im Browser bin ich auf eine kryptische Mailadresse gestoßen. Wird eine Stunde dauern, bis ich das Passwort habe. Soll ich auf was Bestimmtes achten?«

»Alles in Zusammenhang mit Organhandel?«

»Organhandel?« Max stieß einen Pfiff aus. »Also richtig schweres Kaliber.«

»Juri war wohl nicht nur ein Angestellter der Botschaft.«

»Offensichtlich. Wenn ich was habe, melde ich mich.«

Max legte auf, startete seinen Passwort-Knacker und schob die Cola zur Seite. Um hinter Petrows Geheimnisse zu kommen, würde er wieder etwas Stärkeres brauchen. Zeit für ein paar Energydrinks.

Jan versuchte sich bei Befragungen immer seinem Gesprächspartner anzupassen. War sein Gegenüber ein harter Kerl, hielt er hart dagegen. Kam er zum ersten Mal mit der Kripo in Kontakt, versuchte er einen diplomatischen Ansatz. Aussagen von Leuten, die vor Angst zitterten, waren nichts wert. Hatte sein Gegenüber noch politischen Einfluss oder sogar einen diplomatischen Status, musste er doppelt vorsichtig vorgehen, denn diese Leute konnten einfach aufstehen und gehen.

Galina Jefimova gehörte eigentlich zur Kategorie vorsichtiger und diplomatischer Umgang, aber heute hatte er keine Lust darauf. Jan hatte keine Ahnung, wie Bergman die Frau aus der Botschaft und ohne rechtlichen Beistand hierhergebracht hatte, aber er wusste, dass sein Chef Klöten aus Stahlbeton hatte. Wenn er sich verarscht vorkam, würde er sogar der Bundeskanzlerin den Mittelfinger zeigen.

Jan gab der Tür zum Besprechungsraum einen Tritt, die mit lautem Knall an die Wand schlug. Wie erhofft, zuckte Galina vor Schreck zusammen.

Jan verzichtete auf alles, was er über gute Verhöre gelernt hatte. Er stellte sich nicht vor, bot dem Gegenüber nichts zu trinken an und tat alles, um möglichst feindselig zu wirken. Er zog das Kabel der Kamera aus der Wand, knallte seine Unterlagen auf den Tisch und setzte sich auf den Stuhl.

Galina Jefimova sah übernächtigt aus. Ihre Augen waren vom Weinen gerötet. Ihr Kostüm war zerknittert, als hätte sie nicht viel Zeit zum Anziehen gehabt. Die leichte Arroganz, die Jan noch von dem Foto auf der Botschafts-Homepage kannte, war verflogen.

»Wissen Sie, warum Sie hier sind?« Jan sah der Frau direkt in die Augen.

»Weil Juri ermordet wurde.« Ihre Stimme war ängstlich.

»Guter Versuch. Wollen Sie es noch mal versuchen?«

»Geht es hier nicht um Juris Tod?«

»In erster Linie geht es um Organhandel.«

Galina sah beschämt zu Boden.

»Heute Morgen haben wir Juri Petrows Handy gehackt.«

»Das ist illegal«, begehrte Galina vorsichtig auf. »Darauf befinden sich vertrauliche …«

»Mir egal.« Jan schlug auf den Tisch. Wieder tat Galina ihm den Gefallen, zusammenzuzucken. »Über sein Handy sind wir auf ein Mailpostfach gekommen, mit dem Juri die Transporte nach Deutschland organisiert hat. Und stellen Sie sich vor, wer ihm dabei geholfen hat.«

Er deutete mit dem Finger auf Galina. »Sie!«

Jan beugte sich nach vorne. »Um das zusammenzufassen. Sie und Juri haben nicht nur ihre diplomatische Immunität genutzt, um Organe nach Deutschland zu schmuggeln, Sie haben sogar den Privatjet der Botschaft benutzt. Sind Sie sich der Folgen für die Beziehung unserer beiden Länder bewusst?«

Galina hielt den Kopf noch gesenkt. Das war der entscheidende Moment. Entweder knickte sie ein und wurde gesprächig, oder sie versteckte sich in ihrem Schneckenhaus und sagte nichts mehr.

Jan lehnte sich zurück, ohne seine Gesprächspartnerin aus den Augen zu lassen. Er stand unter höllischem Zeitdruck, aber der nächste Zug musste von der Ukrainerin kommen.

»Was wollen Sie von mir?«

Jan unterdrückte ein triumphales Lächeln. »Wenn ich ein Organ brauche, wie komme ich auf Juri Petrow?«

»Wir haben verschiedene Kontaktleute in Berlin und Umgebung. Diese reichen von Heimpflegekräften über Krankenhauspersonal bis hin zu angesehenen Ärzten. Wenn sie einen ausreichend verzweifelten und zahlungskräftigen Kunden gefunden haben, sind sie an mich oder Juri herangetreten. Dafür haben sie eine Vermittlungsprovision erhalten.«

»Von wie viel Geld reden wir?«

»Je nach Organ bis zu 7.000 Euro.«

»Nicht schlecht nur für einen Tipp. Und dann?«

»Juri hat sich die Daten des Patienten geben lassen, um die Verträglichkeit des Spenderorgans mit dem Empfänger abzugleichen. Das hat er an seine Kontakte in der Ukraine weitergegeben. Sobald das Organ vorrätig war, ist die Maschine angelaufen.«

»Wer waren diese Leute in der Ukraine?«

»Keine Ahnung.«

»Falsche Antwort.«

»Ich war nur der Bote, wenn Juri keine Zeit hatte. Er war der Kopf dahinter. Ich habe die Boxen am Zoll vorbeigeschmuggelt und eine Provision kassiert.«

»Und Sie haben nichts zu den Hintermännern? Gesichter? Namen? Adressen?«

Galina hob den Kopf. »Selbst wenn ich die Leute kennen würde, würde ich nichts sagen, sonst wäre ich tot, bevor ich wieder in der Botschaft wäre. Diesen Leuten liegt nichts an Menschenleben.«

»Und deswegen haben Sie sie tatkräftig unterstützt?«

Galina sah wieder zu Boden. »Manchmal hat man keine Wahl.«

»Mir schmilzt das Herz vor Mitgefühl.« Jan blätterte in den Notizen. »Wie ging es weiter, wenn das Paket in Deutschland war?«

»Ich übergab das Organ an Juri. Er brachte es direkt zum Empfänger. Bei manchen Organen ist das Zeitfenster sehr knapp. Oft unter 24 Stunden.«

»Waren deutsche Behörden am Schmuggel beteiligt?«

»Das war nicht notwendig. Sie hatten keine Handhabe gegen uns.«

»Und wie wird das Organ transplantiert? Dazu braucht man mehr als einen versteckten Hinterraum und eine Krankenschwester. In städtischen Krankenhäusern werden keine illegalen Organe eingesetzt.«

»Juri hat Beziehungen zu Ärzten in Berlin. Nicht viele. Vielleicht vier oder fünf. Aber jeder ist in der Lage, ein Organ zu verpflanzen. Mit ein paar gefälschten Dokumenten merken die Angestellten nicht, dass das Organ nicht von der Vergabestelle kommt.«

»Von welchen Organen reden wir?«

»Leber, Lunge, Niere und Hornhäute von Augen.«

»Ein breites Angebot. Wer sind die Ärzte?«

»Auch hier, Kommissar Tommen, ich war nur der Bote. Juri hat mich aus allem anderen rausgehalten. Ich habe für jeden Schmuggel 3.000 Euro bekommen. Da stelle ich keine Fragen.«

»An wie vielen Deals waren Sie beteiligt?«

»Knapp vierzig.«

»Und Juri?«

»Noch mal so viel.«

Jan schüttelte den Kopf. Mindestens achtzig Fälle. Er konnte sich nicht vorstellen, dass die Organe auf legalem Weg beschafft worden waren. Wahrscheinlich lagen die vormaligen Besitzer irgendwo verscharrt unter der Erde.

»Wie lange geht das schon?«

»Drei Jahre.«

»Sind noch andere in der Botschaft beteiligt?«

»Ich glaube nicht, aber das ist kein Thema für die Kaffeepause. Ausschließen will ich es nicht.«

»Ist in den drei Jahren bei einem Geschäft etwas schiefgelaufen?«

»Was meinen Sie?«

»Ein unzufriedener Kunde, der das falsche Organ bekommen hat? Ein unerwarteter Tod? Eine zu späte Lieferung?«

»Juri hat mir wenig gesagt. Die Operationen sind wohl immer gut gelaufen. Manchmal wurde das Organ trotz aller Vorprüfungen und Medikamente abgestoßen. Das überleben die wenigsten, außer bei den Augen.«

»Gab es einen Deal, der völlig misslungen ist?«

»Nein.«

»Hat Juri deswegen Morddrohungen bekommen?«

»Niemand wusste, wer er ist und wo er wohnt. Vieles ging telefonisch. Die meisten Übergaben gingen nicht an den Kunden, sondern an die Ärzte. Die haben, soweit ich weiß, dichtgehalten.«

»Aber warum hat Juri die Hornhäute heute persönlich ausgeliefert, wenn sonst die Operateure die Ware bekommen?«

»Manche Kunden haben ihre eigenen Ärzte. Die wollen das Organ und kümmern sich um den Rest.«

»Und wie hätte der Grabmörder auf Juri aufmerksam werden können?«

»Keine Ahnung.« Sie schüttelte den Kopf. »Ich habe vor zwei Tagen den Auftrag bekommen, unter einem Vorwand in die Ukraine zu reisen und die Hornhäute abzuholen. Es gab keine Schwierigkeiten. Noch in der Nacht habe ich Juri die Box übergeben. Bei Augen ist es nicht so eilig, daher hat er bis zum Morgen gewartet, sich den Wagen vom Koch genommen und ist zum Treffpunkt gefahren. Mehr weiß ich nicht.«

»Hat Juri über seine Geschäfte Buch geführt?«

»Dazu war er zu clever. Wenn er mal auffliegen sollte, hätte man ihm ein oder zwei Fälle nachweisen können. Juri hat die wichtigsten Infos auf einem Blatt Papier notiert, in seinem Safe aufbewahrt und nach Übergabe des Organs verbrannt.«

Jan ballte die Faust. Er hatte auf Listen gehofft, die er mit den anderen Opfern hätte abgleichen können.

»Und seine Kontakte?«

»Die hat er irgendwo aufgeschrieben. In seinem Adressbuch, seinem Handy oder sie liegen in seinem Safe. Die sind ja per se nicht verdächtig.«

»Kennen Sie jemanden davon?«

»Keinen Einzigen. Aber viele Ärzte werden in seinen Unterlagen wohl nicht stehen.«

Jan betrachtete die Frau. Sie war von den Ereignissen sichtlich getroffen. Er konnte nicht sagen, ob Galina wegen dem aufgeflogenen Geschäft oder dem Tod von Juri Petrow geknickt war. Dieser Zeitpunkt war seine einzige Chance, die Ukrainerin wirklich auszuquetschen. In ein paar Stunden würde sie sich wieder gefangen haben. Dann würde sie der Botschafter entweder nach Hause schicken oder unter seine schützenden Flügel nehmen.

Jan nahm seine Unterlagen und stand auf. Galina hatte seine Vermutungen bestätigt. Auf der Suche nach dem Mörder würde sie ihm nicht weiterhelfen können, also verließ er wortlos den Besprechungsraum. Sollte sie noch eine Weile sitzen bleiben und grübeln. Mehr war nicht zu holen. Wenn Petrows Notizen Namen der anderen Opfer enthielten, würde sich der Kreis schließen. Er war gespannt, was die anderen herausgefunden hatten.

Zeit für eine Telefonkonferenz.

»Herzlich willkommen zu unserer heutigen Besprechung«, sagte Max überschwänglich. Er saß im Besprechungsraum der Kripo vor einem Telefon mit Lautsprecher. Jan pinnte die letzten Fotos des toten Juri Petrow an die Wand. Die Aufnahmen zeigten die Kopfwunden in erschreckender Detailgenauigkeit.

»Zoe ist uns von der Rechtsmedizin zugeschaltet und Chandu von zu Hause. Alles im grünen Bereich.«

»Hast du dir wieder Energydrinks reingezogen?«, drang Zoes Stimme aus dem Lautsprecher.

Max stockte kurz. »Nein. Wie kommst du darauf?«

»Na super«, brummte sie.

»Auch wenn mir der Mörder entwischt ist«, begann Jan ohne Begrüßung, »bin ich hinter das Schema gekommen.«

Er pinnte ein letztes Foto an die Wand. »Juri Petrow passte zunächst nicht zu den anderen drei Opfern, weil wir ihn als Mitarbeiter der Botschaft gesehen haben, nicht aber als Organhändler. So ist das Bild wieder stimmig, und wir kommen dem Motiv näher.«

»Und welches?«, fragte Chandu.

»Rache.«

»Das ist ja was ganz Neues«, bemerkte Zoe.

»Als der Mörder Juri Petrow erschlagen hat, sprach er von Rache für seine Tochter. Das ist das Puzzleteil, das gefehlt hat.«

Jan ging an die Tafel und deutete auf Bernhard Valburgs Foto. »Dr. Valburg war Pneumologe, also spezialisiert auf Lungenkrankheiten. Das wird später noch wichtig sein. Ihm wurden die Augen herausgestochen. Das lässt Platz für Interpretation, aber ich gehe vom naheliegenden aus. Dr. Valburg hat etwas nicht gesehen, was er sehen sollte.«

»Eine Fehldiagnose«, bemerkte Zoe.

»Exakt. Der Mörder war mit seiner Tochter bei dem Arzt zur Behandlung.«

»Manchmal kann man nicht mehr helfen, und Menschen sterben trotz des richtigen Umgangs mit der Krankheit«, sagte Zoe.

»Ob Dr. Valburg schuld ist oder nicht, muss für den Mörder keine Rolle spielen. Vielleicht hat er sein Möglichstes getan, vielleicht hat er versagt. Noch wissen wir es nicht. Es ist für die Ermittlungen nicht relevant.«

Jan deutete auf das Foto des Autohändlers. »Gehen wir zu Moritz Quast in seiner Funktion als Mitarbeiter der Krankenkasse. Ihm wurde die Zunge herausgeschnitten. Wir sind davon ausgegangen, dass er etwas gesagt hat, was er nicht hätte sagen dürfen, aber was, wenn wir vom Gegenteil ausgehen?«

»Er hat in seiner Funktion als Sachbearbeiter eine Behandlung oder ein Medikament abgelehnt«, sagte Chandu.

»Bei der Pneumologie gäbe es so einiges«, erklärte Zoe. »Das reicht von Kneipp-Anwendungen oder Atemtraining über Antibiotika, Sauerstofftherapie und Thoraxdrainage bis hin zur Lungenteilresektion.«

»Auch hier haben wir keine Details«, sagte Jan, »und wir benötigen sie auch nicht für unsere Ermittlungen. Der Mörder glaubt, dass Moritz Quast, in seiner Funktion als Sachbearbeiter der Krankenkasse, Schuld am Tod seiner Tochter war.«

»Der Weg zu Robin Cordes ist dann nicht schwer«, bemerkte Zoe. »Robin hat den Auftrag bekommen, das Medikament, das die Krankenkasse abgelehnt hat, auf dem Schwarzmarkt zu besorgen.«

»Aber entweder hat es nicht gewirkt«, fuhr Jan fort, »oder er hat es nicht besorgen können.«

»Daher die abgeschnittenen Finger«, sagte Chandu.

»Und jetzt kommen wir zu Juri Petrow, dem Organhändler.«

»Er sollte der Tochter des Mörders eine neue Lunge besorgen«, stellt Zoe fest.

»Das misslang«, ergänzte Chandu. »Aus diesem Grund wurde Juri getötet, und ihm wurde symbolisch die Lunge herausgeschnitten.«

Jan setzte sich wieder an den Tisch. »Jetzt haben wir nicht nur das Motiv des Täters, wir wissen auch, warum er seine Opfer verstümmelt.«

»Aber warum die Mühe mit dem Grab?«, fragte Max.

»Seine Tochter ist gestorben«, sagte Jan. »Ihr Begräbnis hat wahrscheinlich den Drang zu töten ausgelöst und den Wunsch, die Schuldigen ebenfalls unter die Erde zu bringen.«

»Wie bringt uns das dem Mörder näher?«, fragte Zoe.

»Wir können die Namenslisten besser anpassen«, sagt Max. »Bei Dr. Valburg suchen wir nach jungen, weiblichen Patienten, die bei der Versicherung waren, für die auch Moritz Quast gearbeitet hat. Über die Tochter kommen wir an den Namen des Vaters, und dann haben wir unseren Mörder.«

»Die Tochter ist außerdem verstorben, was die Liste auf wenige Namen reduzieren müsste«, sagte Chandu. »Du kennst seine Statur, und wir haben seine Stimme. Damit den Mörder zu ermitteln, ist leicht.«

»Wie lange brauchst du für die Auswertung?«, wandte sich Jan an Max.

»Zwei Stunden«, sagte der junge Hacker. »Höchstens.«

Jan verschränkte die Arme hinter dem Kopf und legte die Füße auf den Tisch. »Ladies und Gentleman. In zwei Stunden kennen wir den Grabmörder. Kühlt schon mal den Champagner.«

Der Raum der Einsatzzentrale war voll. Die Stühle waren herausgetragen worden, um mehr Leuten Platz zu bieten. Es war eng und stickig. Jan und seine Kollegen starrten gebannt auf die Lautsprecher, die den Funkverkehr des SEK in den Raum übertrugen. Der Zugriff stand unmittelbar bevor.

»Wir sind vor dem Objekt.« Man konnte der Stimme des Einsatzleiters anhören, dass er Befehlen gewohnt war. »Schwanenallee 114. Sicherung der möglichen Ausgänge beginnt.«

Getrappel von schweren Stiefeln ertönte.

Sie hatten ihn endlich identifiziert. Nach über einer Woche Ermittlungen. Die schlaflosen Nächte waren bald vorbei. Endlich wieder Wochenende und normale Arbeitszeiten, dachte Jan. Kein Stress mit der Presse. Nachdem er den Täter befragt und den Bericht verfasst hatte, würde er feiern. Und es würde nicht bei einem Bier bleiben.

»Am Klingelschild steht Elias Dietrich. Vierter Stock bestätigt.«

Max hatte keine Stunde gebraucht, um auf den Namen zu kommen. Elias Dietrich. Ein unauffälliger Name. Seine Akte war makellos. Nichts, was man mit Serienmord in Verbindung bringen würde. Keine Auffälligkeiten. Kein großes Vergehen.

Bis zum 23. Juni 2013. Unter diesem Datum würde bald der Mord Bernhard Valburg stehen. Tage später Moritz Quast, Robin Cordes und Juri Petrow. Vier Morde. Aus niederen Beweggründen. Kaltblütig geplant. Elias Dietrich würde im Gefängnis sterben.

Das Geräusch eines Bohrers ertönte. Etwas Metallenes fiel zu Boden.

»Sind im Treppenhaus.«

Wieder das Getrappel von Stiefeln. Das SEK schien die Treppen hochzustürmen. Kein Keuchen drang über die Mikrofone. Anscheinend war der Sprint über vier Stockwerke nicht anstrengend für die Männer. Selbst in Schutzmontur.

»Sind vor der Wohnung der Zielperson.«

Ein Knall ertönte. Wahrscheinlich war die Wohnungstür mit einem Rammbock aufgeschlagen worden.

»Zugriff.«

Jan presste die Finger in die Handfläche. Im Raum war es totenstill. Alle sahen auf die Lautsprecher. Patrick presste die Lippen aufeinander.

»Sauber«, rief einer der Männer.

»Sauber«, ein zweiter.

Raum für Raum schien durchsucht zu werden. Kein Schuss ertönte.

Dann war es still. Die Leitung rauschte leise. Jan hielt die Luft an. »Was ist los?«, wollte er brüllen. Aber er schwieg und starrte weiter auf die Lautsprecher.

»Status?« Bergmans Stimme in der Leitung war eine Erlösung.

»Die Wohnung ist leer.«

»Die Zielperson?«

»Nicht vor Ort.«

»Geflüchtet?«

»Negativ«, sagte der SEK-Einsatzleiter. »Die Wohnung ist leer geräumt. Keine Möbel. Keine Kleidung. Nichts. Boden und Fensterrahmen sind verstaubt. Die Zielperson ist schon lange weg.«

Jan betrachtete das Bild von Elias Dietrich. Vollbart, schütteres Haar, die Andeutung eines Lächelns. Das Jackett verblichen, der Krawattenknoten zu klein. Kein verächtliches Grinsen, kein tückisches Funkeln in den Augen. Ein ganz normaler Mann. Aber war es nicht immer so, dachte Jan?

Der Lebenslauf gab genauso wenig her. Abschluss der Realschule. Anstellung in der Stadtverwaltung Berlin. Zwanzigjähriges Dienstjubiläum. Daher stammte das Foto mit Anzug und Krawatte.

»Die Fahndung läuft«, sagte Patrick. »Außerdem befragen wir seine Verwandtschaft. Bis zum Onkel oder Neffen. Vielleicht hat ihm jemand Unterschlupf gegeben, ohne zu wissen, dass er den Grabmörder beherbergt.«

»Das wird nicht reichen«, sagte Jan.

»Wir haben es nicht mit einem Gewohnheitsverbrecher zu tun«, sagte Patrick. »Bis zu seinem ersten Mord war er ein langweiliger Beamter.«

»Die Verbrechen waren zu gut geplant. Er hat uns bei Robin Cordes aufs Kreuz gelegt und Juri Petrow trotz Morddrohung aus der Botschaft gelockt.«

»Er ist der meistgesuchte Verbrecher Berlins. Irgendwann läuft er einer Streife in die Arme.«

Jan kratzte sich am Kopf. »Ich brauche mehr Infos. Was macht der Lebenslauf?«

»Die Polizeidatenbank gibt wenig her. Er hat nicht einmal ein Auto. Zwei Kollegen befragen seinen ehemaligen Chef.«

Jan wandte sich an Max, der auf die Tastatur tippte, als würde sein Leben davon abhängen. »Was ist mit Internetspuren?«

»Elias Dietrich existiert online nicht. Keine Kreditkarte, keine ihm zuordenbare E-Mail, nicht einmal ein Handy.« Der junge Hacker war sichtlich verwirrt. Wahrscheinlich konnte er sich nicht vorstellen, wie man ein Leben ohne solche Dinge führen konnte.

»An den Bankdaten bin ich dran«, fügte er hinzu.

Das Klingeln seines Handys unterbrach wieder einmal seine Gedankengänge. Jan sehnte sich in die Zeit der Kabeltelefone zurück, vor der Erfindung des Anrufbeantworters. Die Nummer auf dem Display war ihm unbekannt.

»Kommissar Tommen.«

»Hallo, hier ist Matthias Lerger.« Jan hatte den Namen noch nie gehört. »Ich gehöre zum Abschnitt 64, Lichtenberg, und habe während der Suche nach dem Grabmörder den Zentralfriedhof Friedrichsfelde überprüft.«

»Was kann ich für Sie tun?«

»Eigentlich wurden wir von dem Fall zurückgezogen, aber vor einer Stunde hat ein Mitarbeiter des Friedhofs bei mir angerufen und von einem neuen Grab berichtet.«

»Ein neues Grab?«, fragte Jan verwundert. »Das kann doch nur ein Scherz sein.«

»Habe ich auch gedacht, deshalb bin ich zum Zentralfriedhof gefahren und habe mir die Sache selbst angesehen. Nahe der Friedhofsmauer wurde ein neues Grab ausgehoben, das den Spezifikationen des Grabmörders entspricht. Unangemeldet, einen halben Meter tief. Ein einfaches Holzkreuz mit Namen, Geburts- und Todestag, wie bei den bisherigen Opfern.«

Jans Nackenhaare stellten sich auf. »Welcher Name steht auf dem Kreuz?«

»Chandu Bitangaro.«

KAPITEL 12

Jans zitternde Hände hätten beinahe das Telefon fallen lassen, als er die Nummer seines Freundes eintippte. Er hatte keine Ahnung, wie er in diese Sache verwickelt war, aber das war nebensächlich. Wenn Elias Dietrich für das neue Grab verantwortlich war, war Chandu in Gefahr.

Nach dem dritten Klingeln nahm er ab.

»Gott sei Dank.« Jan seufzte.

»Was ist los?«, fragte Chandu.

»Wir haben ein neues Grab.« Jan spürte das Klopfen seines Herzens.

»Wie das? Ich dachte, ihr habt die SEK zu Elias geschickt.«

»Er war nicht dort. Ist nicht wichtig. Ist deine Tür verschlossen?«

»Ist sie immer. Das weißt du doch. Und warum bist du so aufgeregt?«

»Auf dem Grab steht dein Name mit Todesdatum 4. Juli.«

»Was?«

»Ich weiß noch nicht viel. Ich lasse das Grab überprüfen, aber vorher bringe ich dich in Sicherheit.«

»Ich bin hier sicher. Die Wohnung ist nicht einmal auf mich gemeldet, und außer dir, Zoe und Max weiß niemand, dass ich hier wohne.«

»Kein Risiko, alter Freund. Pack deine Unterhosen ein. Du verbringst die nächsten zwei Tage hier.«

»In der Kripo?« Chandus Unzufriedenheit über diese Idee war ihm anzuhören. »Weißt du, wie viele Knarren ich unter dem Bett habe? Wahrscheinlich mehr, als euer Waffenlager hergibt.«

»Keine Ausflüchte. In der Sache bin ich eisern. Nimm die Knarren, setz dich vor die Tür und warte auf die Verstärkung.«

»Oh, bitte keine Polizei. Dann muss ich mir einen neuen Unterschlupf suchen. Lass deine Kollegen in der Nähe warten und komm alleine.«

»Ok. Aber du verlässt nicht das Haus.«

»Hatte ich nicht vor. Ich schaue gerade Football. Wann bist du da?«

»In zwanzig Minuten.«

Jan ging mit dem Telefon am Ohr zum Parkplatz. »Hast du eine Ahnung, was der Typ von dir will?«

»Dieser Elias Dietrich? Den Namen habe ich heute Morgen zum ersten Mal gehört.«

»Ist dein Computer an?«

»Immer.«

»Surf mal auf *Berlin.de*.«

Jan hörte Chandu durch die Wohnung laufen. Dann klackerte eine Tastatur.

»Und jetzt.«

»*Politik, Verwaltung, Bürger*. Dann auf *Polizeiticker* und schließlich auf *gesuchte Personen*.«

»Bin ich.«

»Der erste Eintrag ist ›Mutmaßlicher Mörder gesucht‹. Dort ist ein Bild von Elias Dietrich hinterlegt.«

»Hm«, sagte Chandu nach kurzem Zögern.

»Sag mir nicht, dass du ihn kennst.«

»Kann sein.«

Jan war am Parkplatz angekommen. »Wie bist du in die ganze Sache mit Medikamenten und Organen verwickelt?«

»Gar nicht. Die vier Opfer des Grabmörders kenne ich nicht. Und mit Organhandel hatte ich nie etwas zu tun. Ich war Geldeintreiber und Türsteher. Ich verschiebe keine Lungen.«

»Erst mal egal.« Jan stieg in sein Auto. »Ich bin auf dem Weg. Wenn du hier bist, nehmen wir uns Elias Dietrichs Lebenslauf vor. Vielleicht finden wir eine Gemeinsamkeit.«

Ein lautes Krachen ertönte.

»Was zum Teufel …«, begann Chandu. Dann folgte eine Explosion.

»Chandu.« Jan brüllte in sein Telefon.

Die Verbindung brach ab.

Jan wählte seine Nummer erneut, aber das Handy konnte keine Verbindung aufbauen.

»Scheiße«, schrie Jan frustriert.

Er warf sein Telefon auf den Beifahrersitz, startete den Motor und trat das Gas durch.

Patrick blätterte durch die Berichte der Dienststellen. Elias Dietrich hatte kaum Verwandte in Berlin. Einen Cousin, einen Bruder seiner Frau. Seine Eltern waren schon lange verstorben. Die Überprüfung der Angehörigen würde kurz werden. Parallel zu den Befragungen würde er noch die Immobilien von Elias' Verwandten überprüfen. Vielleicht hatte einer von ihnen eine kleine Hütte am See oder eine Gartenlaube.

Patrick rief gerade ein Foto von Elias Cousin auf, als sein Telefon klingelte. Das Display zeigte Jans Nummer an.

»Hi. Gibt's was Neues?«, begrüßte er seinen Kollegen.

»Schick alle Einheiten zur Oranienburger, Ecke Tucholskystraße«, brüllte Jan.

»Was ist denn …«

»Keine Zeit«, unterbrach er. »Ich erkläre es später. Ich brauche jeden Mann. Schnell.« Dann brach die Verbindung ab.

Für einen Augenblick war Patrick wie erstarrt. Jan verfiel oft in Hektik, brüllte ins Telefon und gab Anweisungen, aber seine Stimme war von Angst durchzogen gewesen. Etwas wirklich Schlimmes musste passiert sein.

Patrick stand auf und stellte sich auf den Tisch. »Lasst alles fallen«, rief er. Alle Köpfe im Raum wandten sich ihm zu. »Schickt jede verfügbare Einheit nach Mitte. Riegelt die Oranienburger Straße ab und achtet auf Jans Auto. Wo immer er ist, schickt ihm eine Streife hinterher.«

Dann sprang er vom Tisch, griff nach seiner Jacke und rannte zu seinem Auto.

Jan ignorierte die wütenden Rufe der Fußgänger, schnitt einen Radfahrer, der sowieso in falscher Richtung unterwegs war und fuhr mit seinem BMW in den Hof vor Chandus Wohnhaus. Er hielt direkt vor der Haustür an, sprang aus dem Auto und zog seine Waffe aus dem Holster.

Zwölf Minuten hatte die Fahrt gedauert. Zwölf Minuten, in denen er keine Verbindung zu Chandus Telefon bekommen hatte. Zwölf Minuten, die sich wie eine verdammte Ewigkeit angefühlt hatten.

Dieses Mal würde er sich nicht ohne Verstärkung in den Kampf stürzen. Unterwegs hatte er Hilfe angefordert. Die sich nähernden Sirenen zeigten ihm, dass die Kollegen einen ähnlich schnellen Fahrstil hatten wie er. In einer Minute wäre die Oranienburger Straße abgesperrt. Zwei Minuten später wäre der Häuserblock umstellt. Dann würde noch nicht einmal eine Fliege entkommen können.

Die Tür zum Haus war auf. Leicht angelehnt. Jan rannte hoch. Keine Zeit für überlegtes Vorgehen oder Sondierung der Gegend. Vielleicht kämpfte sein Freund um sein Leben. Jede Sekunde konnte wertvoll sein. Zwölf Minuten hatte er bereits verloren. Zu viele Sekunden.

Das Treppenhaus war leer gefegt. In einem solchen Haus riefen die Bewohner nicht die Polizei, wenn etwas beim Nachbarn explodierte. Sie verriegelten die Tür und hofften, dass es bald vorbei war. Niemand wollte in eine Fehde zwischen Gangstern oder einen Kampf zweier Banden geraten.

Jans Augen waren starr nach oben gerichtet. Sobald er Elias Dietrich sehen würde, würde er ihn sich vornehmen. Egal, ob er bewaffnet war oder nicht, er würde übel Prügel beziehen. Scheiß auf die Vorschriften. Der Bastard hatte es verdient. Einen Augenblick bedauerte er, dass die Waffe in seinem Holster ungeladen war. Dann erinnerte er sich wieder an den Moment, als er das letzte Mal damit geschossen hatte, und das Bedauern war verflogen.

Die Tür zu Chandus Wohnung war aufgebrochen. Die Tür war an den Zargen herausgebrochen, als wären sie mit einem Vorschlaghammer malträtiert worden. Selbst der große Querbalken, der die Tür sicherte, war herausgerissen. Jan rannte geduckt hinein, bereit jeden zu attackieren, der nicht sein Freund war. »Chandu«, rief Jan.

Keine Antwort.

Jan drehte sich einmal um die eigene Achse.

Chandus Wohnung war nahezu unversehrt, im Widerspruch zur demolierten Tür. Einzig der Stuhl am Computer war umgeworfen. Doch statt dem sanften Geruch nach Räucherstäbchen durchzog der Gestank nach Sprengpulver den Raum. Das würde die Explosion erklären, die Jan am Telefon gehört hatte.

»Chandu.« Jan stürmte ins Schlafzimmer. Das Bett war gemacht. Jan rannte zum Bad, gab der Tür einen Tritt und ließ sich auf ein Knie nieder.

Leer.

Rufe drangen vom Treppenhaus nach oben. Stiefel hallten auf den Stufen. Einen Augenblick später stürmten zwei Streifenpolizisten in die Wohnung.

Jan ging ihnen entgegen. »Wir sind zu spät«, sagte er. Mehr zu sagen, war er nicht in der Lage.

Patrick zeigte Jan eine Tüte mit Plastiksplittern. »Eine Blendgranate.«

»Wo hat Elias Dietrich eine Blendgranate her?«

»Schwarzhandel. Nicht schwer zu kriegen.«

»Sie verursachte die Explosion.«

»Die haut selbst einen Ochsen wie Chandu um«, erklärte Patrick. »Das Ding ist 180 Dezibel laut. Die Schmerzschwelle eines

Menschen liegt bei 130. Zusammen mit dem Lichtblitz war Chandu für mindestens dreißig Sekunden orientierungslos, vielleicht sogar ohnmächtig.«

»Wie ist es abgelaufen?«, fragte Jan.

»Der Grabmörder ist wieder präzise und sehr gerissen gewesen.« Patrick deutete auf die Tür. »Selbst mit einem Vorschlaghammer hätte es seine Zeit gebraucht, da durchzukommen, also hat er einen schweren Setzhammer benutzt.«

»Was für einen Hammer?«

»Das ist ein Vorschlaghammer mit Spitze. Manche von denen sind 5 Kilo schwer und werden zum Steinespalten verwendet. Damit hat er problemlos ein Loch in die Holztür geschlagen und die Blendgranate hindurchgeworfen. Elias war durch die Tür vom Lichtblitz geschützt und trug wahrscheinlich einen Schallschutz-Kopfhörer.«

»Chandu war bei unserem Telefonat am Computer. Der steht nicht weit vom Eingang. Die Wohnung hat keinen Flur. Man gelangt direkt in das große Wohnzimmer mit der angeschlossenen Küche. So war ein Entkommen unmöglich.«

»Ich vermute, dass der Täter vorher an der Tür gelauscht und den richtigen Moment abgewartet hat. Nach der Explosion hatte er genug Zeit, die Tür aus der Fassung zu schlagen, ohne dass sich Chandu wehren konnte. Wahrscheinlich hat er ihm dann eine Injektion verpasst. Das hat keine zwei Minuten gedauert.«

»Wie hat er ihn aus dem Haus geschafft?«, fragte Jan. »Die Art von Fass, in dem er Juri Petrow auf den Friedhof geschafft hat, wäre zu klein gewesen.«

»In einem Rollstuhl.«

»Was, ein Rollstuhl? Wie kommst du auf diese Idee?«

»Wir haben einen Zeugen. Ein Bauarbeiter, der in der Nähe die Straße geflickt hat. Nach der Explosion ist er zum Haus gegangen und hat einen Mann gesehen, der einen Rollstuhl mit einem großen Schwarzen in ein Auto geschoben hat. Die Beschreibung stimmte sowohl mit Elias Dietrich wie auch mit Chandu überein.«

»Rollstühle sind zu klein für Chandu.«

»Die Zeiten sind vorbei. Die Menschen werden immer fetter, also mussten sich auch die Rollstühle anpassen.«

»In was für ein Auto kann man einen Rollstuhl hineinschieben?«

»In eine Großraumlimousine. Die umzubauen, ist kein Problem. Eine Rampe kriegst du für ein paar hundert Euro.«

»Haben wir die Nummer des Autos?«

»Leider nein. Der Mann hat sich auf die Explosion konzentriert, nicht auf den angeblichen Krankentransport.«

»Und der Wagen?«

»Ein dunkler VW Sharan. Fahndung läuft. Straßen sind gesperrt.«

»Für die Straßensperre könnte es bereits zu spät sein.«

»Vielleicht haben wir Glück, und er ist irgendwo stecken geblieben«, sagte Patrick.

»Lass es uns durchgehen.« Jan ging zur Tür. »Vom Moment der Explosion bis die Tür aus den Angeln geschlagen war, geben wir Elias zwei Minuten.«

»Höchstens.«

»Chandu eine Injektion verpassen und verschnüren noch mal zwei Minuten.«

»Auf den Rollstuhl hieven eine Minute.«

»Stelle ich mir schwer vor, bei einem so kräftigen Mann.«

»Ich habe gesehen, wie schnell unser Mörder das bei Juri Petrow gemacht hat. Sagen wir zwei Minuten.«

»Dann sind wir bei sechs.«

»Ich habe zwölf Minuten gebraucht, bis ich von der Wache hier war. Also hatte er noch sechs Minuten, um Chandu nach unten und ins Auto zu schaffen. Bei den schiefen Treppen eine beachtliche Leistung.«

»Er musste keine Rücksicht nehmen«, bemerkte Patrick. »Die Treppenabsätze sind lang genug, um einen Rollstuhl wieder zu verlangsamen, sollte er auf den Stufen zu viel Tempo bekommen haben. Noch mal zwei Minuten. Maximal drei.«

»Dann hoch die Rampe und los. Eine Minute.«

»Dann sind wir bei zehn Minuten.«

»Die restlichen zwei Minuten waren genug, um abzuhauen.« Jan schlug an den defekten Türrahmen. Der Bastard hatte seinen Freund entführt.

»Wir sind mit allen verfügbaren Einheiten dran«, versuchte Patrick ihn zu beruhigen. »Wir kriegen ihn, bevor er Chandu etwas antun kann.«

Jan nickte. »Danke.« Er atmete tief aus. Er brauchte einen klaren Kopf. Wut wäre hinderlich. Die Zeit wurde knapp.

Der Rauch von Zoes Zigarette schwebte zur Decke. Im ganzen Kripogebäude war Rauchverbot, auch in dem kleinen Teamraum, aber Jan scherte sich nicht darum. Der Geruch nach Zoes Gauloises hatte etwas Vertrautes.

»Was für ein Todestag steht auf dem Kreuz?« Die Rechtsmedizinerin war ungewöhnlich angespannt. Sie hielt seit einer Minute eine Zigarette zwischen den Fingern, ohne einen Zug genommen zu haben. Ihre freie Hand war zur Faust geballt.

»4. Juli.«

»Übermorgen?«, fragte Max.

Jan nickte.

»Warum Chandu?« Zoes Stimme war fast ein Flüstern. »Wie passt er in dieses Schema?«

»Er muss etwas mit dem Tod von Elias Dietrichs Tochter zu tun haben«, sagte Max.

»Fällt mir schwer zu glauben«, sagte Jan. »Chandu ist kein Kind von Traurigkeit. Er hat Leute bedroht, erpresst und übel zugerichtet. Aber das alles spielte sich in der Unterwelt ab. Keiner von ihnen war ein unbescholtener Bürger.«

»Übermorgen«, murmelte Zoe. »Warum wartet er? Normalerweise hat der Grabmörder seine Opfer schon am nächsten Tag getötet. Was ist bei Chandu anders?«

»Keine Ahnung, aber diese vierundzwanzig Stunden sind wertvolle Zeit. Seien wir dankbar.«

»Ich weiß, warum.« Max klappte den Laptop auf. »Ich habe die letzten Stunden alle Daten von Elias Dietrich zusammengeführt, und der 4. Juli ist der Todestag von Charlotte Dietrich, der Tochter von Elias.«

»Das erklärt es.«

»Die Dietrichs waren eine normale Familie. Vor acht Jahren starb seine Frau Dolores an Krebs.« Max schaltete den Beamer ein und projizierte ein Foto von einer Frau mit kurzen blonden Haaren an die Wand. Sie hatte ein auffallend vorstehendes Kinn, aber ein warmes, herzliches Lächeln. Das einer fürsorglichen Mutter.

»Nach ihrem Tod musste Elias sich alleine um seine Tochter kümmern. Er reduzierte seine Arbeitszeit in der Verwaltung und zog in eine kleinere Wohnung.«

Die Wand zeigte das Bild eines Mehrfamilienhauses. »Das war seine letzte bekannte Adresse.«

»Die Wohnung haben wir gestürmt. Sie war leer geräumt.«

»Der Tod seiner Frau war schwer zu verkraften, aber richtig bergab ging es erst vor vier Jahren, als Charlotte über Atembeschwerden klagte.«

Max wechselte das Bild. Ein junges Mädchen erschien. Sie war das perfekte Ebenbild ihrer Mutter. Das gleiche warme Lächeln und das zu groß geratene Kinn. Sie strahlte in die Kamera mit der ganzen Fröhlichkeit ihrer Jugend.

»Schau dir ihren Gesichtsausdruck an«, sagte Zoe. »Da ist so viel Leben.« Sie senkte traurig den Blick. »Niemand sollte sein Kind überleben.«

»Lass mich raten. Mit den Atembeschwerden ist Elias zu Dr. Valburg gegangen.«

Max nickte. »Nach den Unterlagen des Doktors wurde Charlotte lange wegen Asthma behandelt.«

»Aber die Diagnose war falsch«, ergänzte Jan.

»Charlotte hatte Sarkoidose.«

»Mein Gott«, sagte Zoe.

»Was ist das für eine Krankheit?«, fragte Jan.

»Eine Erkrankung des Immunsystems. Im ganzen Körper treten Entzündungen auf, die zu Atemnot führen. Man bekommt ein Druckgefühl im Oberkörper, das mit zunehmendem Husten einhergeht.«

»Warum hat Dr. Valburg das nicht gesehen?«

»Sarkoidose ist selten bei Kindern. Es tritt eher bei Erwachsenen zwischen zwanzig und vierzig auf.«

Sie wandte sich an Max. »Stehen noch mehr Details zur Krankheit in Dr. Valburgs Notizen?«

»Sagt dir Stadium vier etwas?«

»Das arme Kind.« Zoe schüttelte den Kopf. »Im vierten Stadium kommt es zum fibrotischen Umbau des Lungengewebes. Das ist eine Vermehrung des Bindegewebes in der Lunge. Die Kollagenfasern verhärten das Gewebe der Lunge, was schließlich zu einem Funktionsverlust führt.« Sie drückte ihre Zigarette aus. »Ein schlimmer Tod.«

»Wie behandelt man so etwas?«

»In einem früheren Stadium mit Immunsuppressiva wie Chloroquin. Das hat aber üble Nebenwirkungen, wie ein vermehrtes Infektionsrisiko und die Steigerung maligner Zellen, die die Krebsbildung fördern. Heilung ist nicht garantiert.«

»Da wären wir bei Moritz Quast«, sagte Jan. »Als die Krankheit erkannt wurde, hat Elias vielleicht ein Medikament gebraucht, das die Krankenkasse abgelehnt hat.«

»Lunge ist nicht mein Fachgebiet«, meinte Zoe, »aber die Krankheit ist vielfältig, ebenso wie ihre Therapieansätze. Manchmal werden Corticosteroide eingesetzt oder ein TNF-Blocker wie Infliximab.« Sie zuckte die Schultern. »Alles teures Zeugs, dessen Wirkung umstritten ist. Gerade das Infliximab ist als Generikum in Europa noch nicht zugelassen. Da könnte Robin Cordes ins Spiel gekommen sein.«

Sie steckte sich eine neue Zigarette an. »Selbst wenn er das Medikament besorgt hat, ist eine Heilung nicht sicher. In dem Fall könnte Robin unschuldig am Tod der Kleinen sein. Einzig Dr. Valburg hatte es verdient, wenn er Sarkoidose als Asthma diagnostiziert hat.«

»Dann blieb nur noch der letzte Weg. Die Transplantation einer Lunge«, sagte Jan. »Wie lange sind die Wartezeiten für ein solches Organ?«

»Kann ich nicht genau sagen«, antwortete Zoe. »Ein Jahr ist schon drin. Im Stadium vier sind zwölf Monate zu lange.«

»Also ist Charlotte gestorben, bevor Juri Petrow das Organ besorgt hat oder etwas ist bei der Transplantation schiefgelaufen«, sagte Jan.

»Weder die Unterlagen von Dr. Valburg noch die Notizen von Petrow helfen uns, das zu beweisen«, sagte Max.

»Fakt ist, dass Charlotte Dietrich am 4. Juli 2009 in der Charité verstorben ist.«

»Vor vier Jahren?«, fragte Zoe. »Warum hat er so lange mit seiner Rache gewartet?«

»Elias erlitt im Krankenhaus einen Nervenzusammenbruch, was ihm einen mehrjährigen Aufenthalt in einer geschlossenen Heilanstalt in Pankow eingebracht hat.«

»Wie lange war er dort?«

»Knapp vier Jahre. Er wurde 1. März 2013 entlassen.«

»Haben wir Unterlagen zu dem Aufenthalt?«, fragte Jan.

»Ist schwierig, an solch vertrauliche Unterlagen zu kommen, weil Elias noch lebt, aber ich vertraue auf Bergman. Ansonsten hacke ich deren System.«

»Wir haben immer noch keinen Zusammenhang zu Chandu«, sagte Zoe. »Wie passt er zu Elias und den Opfern?«

»In unserem letzten Gespräch habe ich Elias Dietrich erwähnt. Er hatte den Namen noch nie gehört, aber sein Gesicht auf einem Foto schien er erkannt zu haben.«

»Schien?«

»Er war sich nicht sicher. Bevor er näher darauf eingehen konnte, ist die Verbindung abgebrochen.«

»Hat Chandu Notizen über seine Aufträge gemacht?«, fragte Max.

»Niemals.« Jan schüttelte den Kopf. »Die kriegt er nur persönlich. Für Notizen, die gegen ihn verwendet werden könnten, ist Chandu viel zu schlau.«

»Ich habe alle Unterlagen zu dem Fall nach Chandus Namen durchsucht«, sagte Max. »Notizbücher, Adressverzeichnisse, Mails. Nichts.«

»Er kannte keines der Opfer », bemerkte Jan. »Das hätte er mir gesagt.«

Die Tür zum Besprechungsraum ging auf. Bergman kam herein, schloss die Tür hinter sich und lehnte sich dagegen. »Die Fahndung nach Elias läuft mit allen verfügbaren Leuten. Ich habe sogar Männer aus dem Urlaub geholt.«

»Danke. Ich weiß das …«

»Kein Grund, sich zu bedanken«, unterbrach Bergman. »Deswegen bin ich nicht hier. Im Verhörraum sitzt Dr. Wieland Maria Beringer. Seines Zeichens Psychiater und zufällig der behandelnde Arzt von Elias Dietrich. Vielleicht wollt ihr ein paar Worte mit ihm wechseln.«

Wieland Maria Beringer sah aus, wie es sein Name vermuten ließ. Er hatte schulterlange, graue Haare, einen Vollbart und eine schmale Nickelbrille, die an John Lennon erinnerte. Er trug ein weißes Hemd, dessen Ränder gelb verblichen waren, darüber einen dunkelbraunen Pullunder, der nicht zu den blauen Hosen passte.

Als sich Jan an den Besprechungstisch setzte, nahm der Psychiater die Brille ab und betrachtete Jan mit zusammengekniffenen Augen, als wäre er einer seiner Patienten.

»Dr. Beringer, danke für Ihre Zeit«, begann Jan förmlich. »Mein Name ist Kommissar Tommen. Ich bearbeite die Mordserie des sogenannten Grabmörders. Wie Sie schon von Dr. Bergman gehört haben, ist unser Hauptverdächtiger Elias Dietrich, den Sie mehrere Jahre in Behandlung hatten. Können Sie mir mehr zu ihm sagen?«

Dr. Beringer räusperte sich. »Elias Dietrich wurde nach einer akuten Belastungsreaktion in die geschlossene Psychiatrie eingeliefert.« Die nasale Stimme des Psychiaters wirkte künstlich, als lese er etwas von einem Zettel ab. Weiterhin blinzelte er auffällig häufig. »Nach ICD-10 F43.0, wenn Ihnen das etwas sagt.« Er faltete die Hände und starrte zur Decke, als dachte er über die Genialität seiner Worte nach.

»Ich interessiere mich weniger für Fachbegriffe als für den Grund, warum ein unbescholtener Familienvater plötzlich zu einem Serienmörder mutiert.«

»Das fällt mir schwer zu glauben«, sagte Dr. Beringer. »Elias Dietrich hat keine Anzeichen von Gewalt gezeigt. Sind Sie sicher, dass Ihre Vermutung richtig ist?«

Jan krallte seine Hände in die Tischplatte. Sein Freund war in den Fängen eines Irren, und er verschwendete seine Zeit mit Psychogelaber. »Tut mir leid, Sie zu enttäuschen, aber alle Beweise sprechen gegen Elias Dietrich.«

»Ich habe in meinem Leben viele Gewaltverbrecher behandelt, aber bei Elias gab es keine Anzeichen.«

Jan beugte sich über den Tisch, bis sein Kopf beinahe Dr. Beringers Stirn berührte. »Ihr ach so friedlicher Elias hat vier Menschen erschlagen und einen weiteren, den er übermorgen umbringen will, in seiner Gewalt. Es interessiert mich einen Scheiß, ob Sie Elias Dietrich einen Mord zutrauen oder nicht, und es interessiert mich noch einen größeren Scheiß, wie viele Gewaltverbrecher Sie behandelt haben. Ich will alles über Elias Dietrich wissen. Wie war sein Alltag, mit wem hat er geredet und warum haben Sie ihn wieder entlassen.«

Jan ballte die Fäuste. »Und sollten Sie das Wort Verschwiegenheitsverpflichtung oder etwas Ähnliches auch nur denken, dann gehe ich zu meinem BMW, baue die Batterie aus und verpasse Ihnen eine Elektroschockbehandlung, bis ich weiß, was ich wissen will.«

Wieland Maria Beringers Augen stellten das Blinzeln ein. Er setzte seine Brille auf.

»Kommissar Tommen«, sagte er sichtlich unbeeindruckt. »Ich arbeite mit Gewaltverbrechern, Vergewaltigern und sexuellen Sadisten. Wenn mich solche Drohungen beeindrucken würden, hätte ich den falschen Beruf gewählt.« Er genehmigte sich ein Lächeln. »Wollen Sie Ihre Befragungstechnik vielleicht ändern?«

Jan setzte sich wieder auf seinen Stuhl. »Hören Sie, Dr. Beringer. Wir sind überzeugt davon, dass Elias Dietrich ein Serienmörder ist. Die Beweise von vier Mordfällen stützen diese Thesen. Es ist nur die Frage, wie viele Menschen er noch töten wird, bis wir ihn fassen.«

Seine Stimme war nun ruhiger. »Wir haben vierundzwanzig Stunden, um ihn zu fassen, bevor er sein nächstes Opfer tötet. Niemand kennt Elias Dietrich besser als Sie. Was immer Sie uns sagen können, wird uns dabei helfen, ihn zu fassen.«

Der Psychiater bewegte leicht seine Daumen, ohne sein Gegenüber aus den Augen zu lassen. Jan erwiderte den Blick und schwieg. Der nächste Zug musste von Dr. Beringer kommen. Alles drängte Jan dazu, auf die Straße zu gehen und nach Chandu zu suchen, aber der Psychiater konnte vielleicht den entscheidenden Hinweis geben.

»Was wollen Sie wissen?«

Jan atmete aus. Er hatte unbewusst die Luft angehalten. »In welchem Zustand wurde Elias Dietrich bei Ihnen eingeliefert?«

»Eine starke akute Belastungsreaktion oder ein Nervenzusammenbruch, wenn Sie so wollen. Seine Tochter war mit elf Jahren verstorben. Anfänglich war er sehr aggressiv. Er hat Teile der Einrichtung im Krankenhaus demoliert. Mithilfe von Pflegern und einer starken Beruhigungsspritze konnte er so weit sediert werden, dass er keine Gefahr für sich und andere war.«

»Wenn er die Einrichtung auseinandergenommen hat, warum wundern Sie sich, dass er ein Serienmörder ist?«

»Aggressionen dieser Art sind eine normale Reaktion auf starke Trauer. Viele Menschen verspüren Wut in einem solchen Moment. Gewaltausbrüche und Teilnahmslosigkeit wechselten sich drei Tage lang ab. Mit den Stressreaktionen wie Schwitzen und Übelkeit war alles im akzeptablen Bereich.«

»Wenn er sich nach drei Tagen wieder beruhigt hatte, warum haben Sie ihn dann erst nach Jahren entlassen?«

»Akutreaktionen sind eine Sache, viel schwieriger ist die Verarbeitungsphase.« Er nahm seine Brille ab. »Es kommt zu Intrusionen, die nicht vorhersehbar sind.«

»Intrusionen?«

»Intrusionen oder Flashbacks sind ein Wiedererleben. Man erinnert sich mit erschreckender Detailgenauigkeit an den Vorfall, was den Betroffenen in den Moment des Leids zurückstößt.«

»Wie war das bei Elias Dietrich ausgeprägt?«

»In den ersten Monaten sehr stark. Die meiste Zeit hat er sich auf dem Boden herumgewälzt, als erleide er körperlichen Schmerz. Danach folgte eine Phase emotionaler Dumpfheit und schließlich die Rückkehr zur Normalität.«

»Was bedeutete Normalität bei Elias?«

»Er verhielt sich wie jeder andere Mensch mit einem Verlust. Er war traurig, hatte sein Leben aber im Griff. Er las Bücher, unterhielt sich mit anderen Patienten oder Angestellten der Psychiatrie, er half in der Küche und genoss die Spaziergänge an der frischen Luft.«

»Welche Bücher las er?«

»Harmlosen Kram«, antwortete der Psychiater. »Klassiker wie Anna Karenina oder Moby Dick. Wir haben keine Horrorbücher oder Krimis. Nichts, was die Patienten aufregen oder anstacheln könnte.«

»Mit welchen anderen Patienten unterhielt sich Elias Dietrich? Unter welcher Art Krankheit litten diese?«

»Die Spanne ist in unserer psychiatrischen Abteilung sehr breit. Sie reicht von schweren Depressionen, Schizophrenie, Borderline bis hin zu Zwangsstörungen.«

»Waren Gewalttäter darunter?«

»Natürlich haben wir Patienten mit Gewaltproblemen, aber Mörder oder andere Schwerverbrecher isolieren wir. Mit ihnen hatte Elias keinen Umgang.«

»Kommen wir zu seinem Alltag zurück. Hat Elias ungewöhnliche Dinge gemacht, die nicht in das Bild eines normalen Menschen passen?«

»Ich will uns jetzt eine Diskussion ersparen, was normal ist.« Dr. Beringer räusperte sich wieder. »Sie meinen wahrscheinlich Dinge wie Fliegen die Flügel ausreißen, Gewaltfantasien zu Papier bringen oder verstörende Bilder zeichnen.«

»Etwas in der Art.«

»Nein. Das einzig Ungewöhnliche an Elias waren vielleicht die langen meditativen Phasen nach den Intrusionen.«

»Meditative Phasen?«

»Nach einem Flashback mit all seinen Auswirkungen folgt eine Phase emotionaler Dumpfheit. Diese kann unterschiedlich lang sein, aber der Betroffene kehrt schließlich in die Normalität zurück. Das habe ich schon erklärt. Bei Elias gab es noch eine zusätzliche Zwischenphase, eine Art meditativer Zustand. Er saß in der Mitte des Raums und hatte die Augen geschlossen, als denke er angestrengt über etwas nach.«

»Haben Sie mit ihm darüber geredet?«

»Natürlich.«

»Und wie hat er das erklärt?«

»Elias sagte, dass ihm diese Meditation bei der Schmerzbewältigung helfen würde. Er stellte sich einen schönen Ort vor und versetze sich geistig dorthin.«

»Welchen Ort?«

»Wald, Wiese, Meer, ein See. Je nach Stimmung.«

»Und das haben Sie ihm geglaubt?«

»Natürlich. Kennen Sie Samatha?«

»Wir sind uns nicht vorgestellt worden.«

Dr. Beringer runzelte die Stirn. »Samatha ist eine buddhistische Meditationstechnik. Hierbei konzentriert sich der Meditierende beispielsweise auf ein Bild wie eine Wiese oder das Meer. Diese extreme Fokussierung führt zu einer tiefen Beruhigung des Geistes.«

»Könnte Elias auch an etwas anderes gedacht haben?«

»Wie die Durchführung eines Mordes?«

»Zum Beispiel.«

»Ich bin Psychiater, kann aber keine Gedanken lesen, Kommissar Tommen. Statt an eine Wiese kann Elias auch an einen Mord gedacht haben, aber ein solches meditatives Verhalten ist für Gewaltverbrecher ungewöhnlich. Mir ist kein Fall bekannt.«

»Hat Elias Dietrich je von dem Schicksal seiner Tochter geredet?«

»Natürlich. Das ist ein wesentlicher Teil des Heilungsprozesses.«

»Gab es auch Schuldvorwürfe?«

»Auch das ist normal. Viele Menschen entwickeln einen regelrechten Wahn, dass alles, was ihnen geschieht, die Schuld von anderen ist und nicht auf ihrem Handeln beruht. Und die wenigsten von ihnen sind in Behandlung.«

»Welcher Art waren diese Vorwürfe?«

»Zuerst hat sich Elias über sein Schicksal im Allgemeinen beklagt. Den Tod seiner Frau und die Krankheit seiner Tochter.«

»Hat er Namen genannt?«

»Er gab dem behandelnden Arzt von Charlotte die Schuld an ihrem Tod.«

»Dr. Valburg.«

»So hieß er.«

»Hat Sie das nicht misstrauisch gemacht?«

»Nein. Das ist eine verständliche Reaktion.«

»Den Arzt umbringen zu wollen?«

»Von umbringen hat Elias nie geredet. Vielleicht von Rache.« Dr. Beringer lehnte sich vor. »Ich bin kein Pneumologe, aber Sarkoidose als Asthma zu diagnostizieren, ist ein schwerwiegender Fehler. Wie hätten Sie reagiert, wenn ein Arzt quasi den Tod Ihrer Tochter verschuldet?«

»Ganz offensichtlich hat Elias Dietrich seine Rache bekommen.«

»So leicht machen Sie mir kein schlechtes Gewissen«, rechtfertigte sich der Psychiater. »Elias Dietrichs Rachegedanken bestimmten die ersten Monate seines Aufenthaltes. Dann hat er nie wieder von Dr. Valburg gesprochen. Aus meiner Sicht war mit der Ausführung einer solchen Tat nicht zu rechnen.«

»Hat Elias die Namen seiner anderen Opfer erwähnt?«

»Die wären?«

»Moritz Quast, Robin Cordes und Juri Petrow.« Jan ließ den Namen seines Freundes bewusst weg. Er weigerte sich, Chandu zu den Opfern zu zählen.

»Die Namen sagen mir nichts.«

»Gibt es Aufzeichnungen von den Gesprächen?«

»Meine Notizen. Audio- und Videoaufnahmen mache ich nicht.«

»Können Sie mir diese geben?«

»Wenn Sie es nicht weitererzählen und versprechen, mich dann in Ruhe zu lassen. Wird Ihnen aber nicht viel helfen, weil das meiste sehr fachlich ist.«

»Trotzdem.«

Dr. Beringer zuckte die Schultern. »Wenn ich wieder in der Klinik bin, schicke ich sie Ihnen zu.«

»Hat Elias Aufzeichnungen gemacht? Tagebücher, Memoiren, solche Dinge.«

»Gar nichts. Elias war belesen und klug, daher hat es mich gewundert, dass er nicht geschrieben hat. Darauf angesprochen antwortete er mir: ›Die Gedanken sind frei.‹ Dabei habe ich es belassen.«

»Hatte Dietrich Internetzugang?«

»Nein. Da sind wir ähnlich vorsichtig wie mit den Büchern.«

Jan schloss die Augen und unterdrückte seinen aufkommenden Frust. Wie immer Elias Dietrich seine Tat geplant hatte, er hatte alles dafür getan, dass man ihm nicht auf die Spur kommen würde.

»Wieso wurde er entlassen?«

»Er war weitestgehend geheilt.«

»Weitestgehend?«

»Er hatte kaum noch Flashbacks, und die Folgen der Intrusionen waren gering. Er hatte seinen Verlust besser im Griff. Man entlässt einen Patienten in die Freiheit, wenn man sicher ist, dass er weder für sich noch für die Gesellschaft eine Gefahr ist. Die Rückkehr in die richtige Welt birgt ein Risiko. Weil sich ein Mensch in einer kontrollierten Umgebung wie der Psychiatrie zurechtfindet, muss ihm das nicht außerhalb gelingen.«

»Hatten Sie das Gefühl, dass Elias zurechtkam?«

»Wir trafen uns die erste Woche täglich, dann nur noch unregelmäßig. Ich konnte keine Verschlechterung seines Zustandes erkennen. Es galt, den 29. März, den 23. Juni und den 4. Juli zu überstehen.«

»Was ist mit diesen Daten?«

»Es ist der Todestag seiner Frau sowie der Geburtstag und der Todestag seiner Tochter. Zu den Zeiten waren seine Intrusionen besonders schlimm. Gerade bei den letzten beiden.«

»Der 23. Juni war der Todestag des ersten Opfers, Dr. Valburg.«

Dr. Beringer faltete die Hände auf dem Tisch und starrte nachdenklich auf seine Finger. Er wirkte beschämt. »Ich habe Elias an diesen Tagen betreut. Natürlich war er wütend und hat vielleicht einmal einen Stuhl umgeschmissen, aber zu einem Serienmörder war der Abstand zu groß. Wenn ich einen klaren Hinweis auf ein solches Verhalten gehabt hätte, hätte ich ihn niemals entlassen. Ich brauche keine Quote geheilter Patienten.«

»Wie kam die Wandlung zustande?«

Dr. Beringer schien seine Worte abzuwägen. Es dauerte lange, bis er antwortete. »Die erste Möglichkeit ist, dass Elias mich getäuscht hat. Er hatte schon immer Mordfantasien und spielte mir etwas vor, um die Psychiatrie verlassen zu können.«

Er atmete tief durch. »Sehr unwahrscheinlich, aber nicht unmöglich.«

»Und zweitens?«

»Er wurde zu früh entlassen. In der Psychiatrie gab es kaum Reize, die ihn an seine Verluste erinnerten. Er hatte Fotos von seiner Frau und seiner Tochter, aber in Freiheit steigen die Auslöser für Flashbacks exponentiell an. Ein Kinderlachen, das Charlottes Lachen ähnelt, Orte, die man gemeinsam besucht hat, oder das Grab seiner Frau und seiner Tochter. Das war vielleicht doch zu viel.«

»Wann haben Sie ihn entlassen?«

»Am 1. März 2013.«

»Also vier Wochen vor dem Todestag seiner Frau?«

»Das war eine bewusste Entscheidung. So hatte er Zeit, um sich zurechtzufinden. Von den drei Terminen war der 29. März der harmloseste. Ich wollte seine Reaktion auf den Todestag seiner Frau testen.«

»Und wie?«

»Ich hatte am 29. März einen längeren Termin mit ihm, aber er ist nicht erschienen.«

»Kam Ihnen das nicht komisch vor?«

»Doch. Deshalb bin ich zu ihm gefahren, aber er war nicht zu Hause. Ich habe eine Nachbarin gefragt, die ihn aber nicht gesehen hatte. Dann bin ich zum Friedhof gefahren und habe das Grab seiner Frau besucht. Dort lag ein frischer Strauß Blumen, doch von Elias keine Spur. Ich habe die nächsten Wochen regelmäßig Mitarbeiter zu seiner Wohnung und auf den Friedhof geschickt, aber Elias blieb verschwunden.«

Dr. Beringer schüttelte den Kopf. »Es tut mir leid, wenn ich mich in Elias geirrt habe. Aber seit dem 1. März habe ich jeden Kontakt zu ihm verloren.«

Jan verabschiedete sich von Dr. Beringer, als Max zu ihm gelaufen kam.

»Ich habe etwas.« Er war außer Atem.

Max hielt seinen Laptop wie einen Pokal in die Höhe, packte Jan am Ärmel seines Hemdes und zog ihn in den Besprechungsraum zurück.

»Die Kriminaltechnik hat die Blendgranate untersucht und ist auf ein faszinierendes Detail gestoßen.« Er drückte ein paar Tasten und drehte den Bildschirm des Laptops zu ihm. Es zeigte ein Formular, das Jan wegen der kleinen Schrift kaum lesen konnte.

»Vor ein paar Jahren wurde eine Kiste Blendgranaten beim SEK entwendet.«

»Jemand hat das SEK bestohlen?«

»So genau weiß man das nicht. Eine der Kisten aus einer Lieferung enthielt statt der Granaten nur Attrappen. Da die Kiste bereits ein Jahr im Lager war, fand man nie heraus, ob der Austausch bei Anlieferung oder in den Räumen des SEK vollzogen worden ist.«

Max drückte eine Taste, und ein Bild von Granatensplittern erschien. »Die Granate, die Chandu ausgeschaltet hat, gehörte zur verlorenen Lieferung.«

»Gab es Verdächtige?«

Ein weiterer Tastendruck und der Laptop zeigte das Foto eines Mannes in Jans Alter. Er blickte mit einem verächtlichen Grinsen in die Kamera, als wollte er sagen: *Ihr könnt mir nichts anhaben.*

»Verdächtig war Linus Keller, der wegen illegalen Waffenbesitzes und Verkaufs von Schusswaffen eingesessen hat. Es gab keine stichhaltigen Beweise, auch wenn deine Kollegen ihr Leben darauf verwettet hätten, dass Linus darin verwickelt war.«

»Wissen wir, wo er wohnt?«

»Besser«, sagte Max. »Ich habe sein Handy angezapft und verfolge jeden seiner Schritte.«

Jan schlug Max auf die Schulter. »Zeit für die Kavallerie.«

»Das ist Polizeigewalt«, schrie Linus, als ihn der SEK-Beamte in den Verhörraum führte. Linus Kopf war nach vorne gebeugt, der Arm zur Seite gedreht, und das Handgelenk zeigte nach oben. Ein schmerzhafter Griff, der Linus keine Chance zum Handeln ließ.

»Ich werde euch alle verklagen.«

Der SEK-Beamte drückte Linus auf den Stuhl und verpasste ihm Handschellen. Jan setzte sich dem Mann gegenüber.

Linus zog an den Handschellen. »Was soll der Scheiß?«

»Ich mache es kurz«, sagte Jan, ohne auf die Frage einzugehen. »Ich brauche Informationen zu einer verlorenen Ladung Blendgranaten. Packst du aus, kannst du hier rausspazieren, und wir lassen die Anklage wegen illegalen Waffenbesitzes fallen.«

»Was für eine Waffe soll das sein?«

»Die Heckler & Koch P8, die wir bei dir gefunden haben und bei der zufällig die Seriennummer rausgeätzt wurde.«

»Die habe ich gefunden.«

»Ach wirklich? War die in der Zigarettenschachtel als Gratisbeigabe dabei?«

»Lag im Hinterhof.«

»So ein Zufall.«

»Ich wollte die Knarre auf die Wache bringen. Hatte nur noch keine Zeit dafür.«

»Und die hundert Schuss Munition haben direkt danebengelegen?«

»Sie sagen es.«

»Ich versuche es noch einmal im Guten. Wir haben bei einer Entführung eine Blendgranate gefunden. Ich brauche einen Namen. Dann vergessen wir alles.«

»Und was, wenn nicht?« Linus grinste breit. Seine Zähne waren gelblich und voller Lücken.

»Dann wanderst du in Untersuchungshaft. Ich stecke einen üblen Schläger zu dir in die Zelle und zahle ihm zehn Euro für jeden Schlag in deine Visage.« Jan holte seinen Geldbeutel aus der Tasche. »Ich habe zwei Hunderter dabei. Das wird ein richtiges Fest.«

Linus schüttelte den Kopf. »Mein Gott. Wer wurde denn entführt? Der Papst?«

Jan lehnte sich über den Tisch. »Mein Freund Chandu. Und der ist mir wichtiger als der Papst.«

»Was, Chandu? Doch nicht Chandu Bitangaro?«

»Genau der.«

Linus lachte laut. »Es gibt noch Gerechtigkeit.«

Jan schlug auf den Tisch. »Findest du das witzig?«

»Ja.« Linus zeigte wieder sein abstoßendes Grinsen. »Dein Freund Chandu hat mich vor ein paar Jahren aus einem Club geworfen, weil ich angeblich zu betrunken war und sich die Nutten in dem Laden von mir belästigt gefühlt haben. Ich war anderer Meinung und wollte wieder rein.«

Linus deutete auf eine Narbe auf der Stirn. »Das war das Ergebnis unserer kleinen Meinungsverschiedenheit. Musste mit sechs Stichen genäht werden und erinnert mich jeden Morgen daran, wie sehr ich deinen Freund hasse.«

Linus spuckte auf den Boden. »Ich sage dir was, Bulle. Von mir kriegst du nichts. Ich wandere in den Knast, selbst wenn hundert Schläger auf mich warten. Dort lege ich mich grinsend auf meine Pritsche, während Chandu kriegt, was er verdient.«

Jan hob den Tisch an und rammte ihn in Linus' Bauch. Der Waffenschmuggler fiel mitsamt Stuhl zu Boden. Jan packte Linus bei den Haaren.

»Hör mir zu, du miese Ratte. Wenn meinem Freund etwas passiert, wirst du den Knast in einem schwarzen Plastiksack verlassen.«

Jan ließ die Haare des Waffenhändlers los und wollte das Verhörzimmer verlassen. Als er an der Tür angekommen war, rief Linus: »Hey, Bulle.«

Jan drehte sich zu dem Mann um. Er lag noch immer am Boden, aber er hob seine gefesselten Hände und zeigte Jan beide Mittelfinger. Dann lachte er laut.

Jan gab der Tür zum Teamraum einen Tritt. »Wichser.«

Max schaute kurz von seinem Computer auf. »Kein Erfolg?«

»Wie man es nimmt«, sagte Jan. »Linus Keller hat was mit der Sache zu tun, aber kaum habe ich den Namen Chandu gesagt, war es vorbei.«

»Sie kannten sich?«

»Anscheinend hat Chandu ihm vor einem Club eine Abreibung verpasst. Jetzt geht Linus lieber in den Knast, als ihm zu helfen.«

»Haben wir was gegen ihn in der Hand?«

»Kaum. Eine nicht registrierte Waffe. Damit kann ich ihn nicht unter Druck setzen.«

Die Tür ging auf, und Zoe kam hinein. Sie wirkte müde und angespannt.

»Hi, Zoe. Ich dachte, du bist in der Rechtsmedizin?«

Sie schüttelte den Kopf. »Ich komme bei Leichen ins Spiel. Ich habe die letzten Stunden den Kollegen von der Spurensicherung über die Schulter gesehen, aber außer der Granate ist nichts rausgekommen. Ich kann während der Arbeitszeit nicht einfach nach Hause gehen, also wollte ich fragen, ob ihr schon weitergekommen seid.«

»Nicht wirklich, aber noch haben wir genug Zeit, dass ich Chandus Arbeitgeber befragen kann.«

»Arbeitgeber?«

»Ich kenne ein paar Clubs, in denen er früher Türsteher war. Vielleicht ist er dort mit Elias Dietrich in Kontakt gekommen.«

»Als Türsteher?«, fragte Zoe.

»Ich habe keine bessere Idee«, sagte Jan frustriert. »Chandus Nachbarn wurden befragt, die Fahndung nach Elias Dietrich und seinem Auto läuft auf Hochtouren, und die Spuren werden untersucht. Chandu ist während seiner Arbeit mit Dietrich in Kontakt gekommen. Vielleicht kann mir einer seiner Chefs dazu was sagen.«

»Ich gehe die Aufnahmen der Verkehrs- und Überwachungskameras in der Nähe durch«, sagte Max. »Vielleicht finde ich den Lieferwagen. Dann können wir das Suchgebiet eingrenzen.«

»Kann ich helfen?«, fragte Zoe.

»Ich habe die Unterlagen von Dietrichs Psychiater Dr. Beringer bekommen und kein Wort kapiert. Die Fachbegriffe dürften für dich aber kein Problem sein.«

Jan deutete auf einen großen Stapel Papier. »Ich habe alles ausgedruckt. Vielleicht findest du einen Hinweis.«

»Und wenn es mal wieder später wird, dann habe ich das da.« Max stellte Zoe einen Energydrink hin.

Sie nahm die eigenartig aussehende Dose und betrachtete sie, als wäre sie ein Stück außerirdische Technologie. Auf dem Blech war eine Comicfigur mit blauem Hut und breitem Oberlippenbart abgedruckt. Jan erwartete eine spitze Bemerkung, aber Zoe schien sprachlos zu sein. Sie blinzelte kurz, setzte sich an den Tisch, nahm Dr. Beringers Notizen und begann zu lesen.

»Ich gehe los«, sagte Jan. »Wenn jemand aus Chandus Umfeld Elias Dietrich kennt, werde ich ihn finden.«

Chandu öffnete die Augen. Er konnte sich an kaum etwas erinnern. Das Gespräch mit Jan. Der Lärm an der Tür. Die ohrenbetäubende Explosion. Dann die Fahrt in einem Lieferwagen. Es waren Erinnerungsblitze, die sich schwer zusammenfügen ließen.

Die Welt um ihn herum drehte sich. Er war in einem halbdunklen Raum, der von einer kleinen Lampe auf einem Tisch erhellt wurde. Chandu schüttelte den Kopf, doch der Schwindel verschwand nur langsam. Selbst das übelste Trinkgelage hatte ihm nicht solche Kopfschmerzen bereitet.

Chandu wollte sich erheben, aber er war an den Stuhl gefesselt. Breite Gurte waren um Arme, Beine und seinen Oberkörper geschlungen. Er versuchte seine Muskeln anzuspannen, doch ihm fehlte die Kraft.

Seine Sicht wurde klarer. Vor ihm stand ein Tisch. Die Lampe beleuchtete das Foto eines Kindes, daneben lag ein Hammer.

Erst jetzt fiel Chandu der Digitalwecker auf, der an einem Tischbein ruhte. Er lief rückwärts, wie bei einem Countdown. In vierundzwanzig Stunden würde er bei null ankommen.

KAPITEL 13

Für Jan war es eine Rückkehr an seine alte Wirkungsstätte. Vor seiner Zeit bei der Kripo war er Streifenpolizist in Kreuzberg gewesen. Er war jedes Wochenende zu dieser Disko gerufen worden, weil Betrunkene randaliert oder unzufriedene Besucher mit dem Türsteher eine Schlägerei angefangen hatten.

Der Laden hatte sich nicht verändert. Über eine kleine Treppe gelangte man hinein. Die Wände davor waren mit Plakaten und Graffiti übersäht. Auf dem Gehweg lagen Zigarettenkippen, Bierdosen und leere Flaschen. Kein Ort, an dem man tagsüber gerne verweilen mochte, und doch war kaum ein Club in Berlin beliebter.

Hier hatte er Chandu kennengelernt. Sein afrikanischer Freund war damals noch Türsteher gewesen. Ein vollgekokster Irrer hatte eine Pistole gezogen und Chandu in die Schulter geschossen. Der Schütze hatte noch nicht genug Blut gesehen und die Waffe auf seinen Kopf gerichtet. Doch Jan war schneller gewesen und hatte den Verrückten erschossen. Diese Tat hatte ihm Chandu nie vergessen, und so waren sie Freunde geworden. Ein Polizist und eine stadtbekannte Unterweltgröße. Nichts, was eine Karriere bei der Kripo befördert hätte, aber Jan bereute es keinen Tag. Vor Kurzem hatte sich der große Mann revanchiert und Jans Hintern gerettet. Jetzt war er wieder an der Reihe.

Jan kannte den neuen Türsteher nicht. Er war schon seit Jahren nicht mehr hier gewesen, also zeigte er seine Kripomarke und ließ sich zum Besitzer bringen. Im Club war es lauter als bei einer Sprengung. Jan konnte den Bass in seinem Bauch spüren. Er unterdrückte den Drang, sich die Ohren zuzuhalten, als er durch einen schmalen Gang in ein Büro geführt wurde. Als sich die Tür schloss, war der schlimmste Lärm ausgesperrt. Einzig der Bass war noch gut zu hören, aber er schmerzte nicht mehr so sehr in den Gehörgängen.

Der Türsteher redete kurz mit einem Mann, der das Geschehen auf der Tanzfläche durch ein schmales Fenster betrachtete. Jan schätzte den Mann auf Ende vierzig. Er hatte kurz geschorene Haare und trug ein schwarzes Jackett über einem weißen Hemd. Seine dunklen Jeans waren verwaschen. Als er auf Jan zukam, knirschte das Leder seiner Bikerstiefel.

»Herr Tommen. Schön, Sie wiederzusehen.« Der Mann schüttelte Jan die Hand.

»Entschuldigen Sie«, sagte Jan, »aber kennen wir uns?«

Der Mann lachte. »Ich war bei der Schießerei vor dem Club noch stellvertretender Geschäftsführer. Damals hatte ich lange Haare und einen Bart.«

»Jo Mafeld«, sagte Jan überrascht. »Ich habe Sie wirklich nicht erkannt. Damals waren Sie … schriller.«

»Könnte man so sagen.« Der Mann deutete auf eine Couch. »Die Zeiten der Glitzerjacketts sind vorbei. Das hat mir meine Frau abgewöhnt.«

Er schenkte ihnen ein Glas Wasser ein. »Wie ich höre, sind Sie zum Kommissar aufgestiegen.« Er hob sein Glas an. »Herzlichen Glückwunsch dazu.«

»Vielen Dank.«

»Was kann ich für Sie tun?«

»Leider ist mein Besuch dienstlicher Natur.« Jan trank einen Schluck Wasser. »Sie haben sicher von der Mordserie in Berlin gehört?«

»Dieser Grabmörder?«

»Genau.«

»Haben Sie ihn gefasst?«

»Leider nein. Er hat sich ein weiteres Opfer geholt.«

»Wen?«

»Chandu.«

»Chandu? Sie meinen unseren Chandu? Der hier jahrelang die Tür gehütet hat und dem Sie den Arsch gerettet haben?«

»Genau der.«

»Verdammt«, fluchte Jo. »Wie ist Chandu in die Sache verwickelt?«

»Das versuche ich herauszufinden.« Jan zog das Foto von Elias aus seiner Tasche und legte es auf den Tisch. »Kennen Sie diesen Mann?«

Jo stellte das Glas ab und betrachtete das Foto genau. »Nein. Tut mir leid. Wer ist das?«

»Elias Dietrich.«

»Der Grabmörder?«

»Vermutlich.«

»Wie ist seine Verbindung zu Chandu?«

»Ich hatte gehofft, Sie könnten mir helfen.«

»Das Gesicht kenne ich nicht, aber ich werde das Foto allen Bediensteten zeigen. Vielleicht ist er einem Türsteher oder einem Barkeeper bekannt.«

»Der Name sagt Ihnen nichts?«

»Elias Dietrich.« Jo schüttelte den Kopf. »Ein Stammkunde ist er nicht. Ich werde gleich meine Kartei durchsehen. Vielleicht finde ich was.«

Jos Blick löste sich von dem Foto. »Wie kommen Sie auf mich?«

»Es geht mehr um den Club als um Sie. Chandu ist dem Mann irgendwann über den Weg gelaufen, und die Begegnung ist nicht gut ausgegangen. Ich denke, Elias will sich an ihm rächen.«

»Das ist hier passiert?«

»Vielleicht.«

»Wie gesagt, ich kenne den Mann nicht, aber wir sind ein angesagter Club. Da gibt es fast jeden Abend Stress mit Leuten, die abgewiesen wurden. Es gab die eine oder andere Schlägerei, aber einen Vorfall, der einen Mord rechtfertigt? Niemals. Das einzige Mal, dass ein Streit wirklich eskaliert ist, war bei der Schießerei vor ein paar Jahren, und da haben Sie den Angreifer erschossen.«

Jan schloss die Augen und seufzte. Er hatte sich mehr von diesem Gespräch erhofft.

»Wie schlimm ist es?«

»Sehr schlimm«, antwortete Jan. »Noch vierundzwanzig Stunden. Dann ist Chandu tot.«

»Und der Typ auf dem Foto hat ihn entführt? Wie hat er das gemacht? Mit einer Panzerfaust?«

»Mit einer Blendgranate und einem Elektroschocker. Vielleicht auch mit einer Injektion.«

»Oh«, sagte Jo.

»Elias hat mit einem Hammer ein Loch in Chandus Tür geschlagen und eine Blendgranate hineingeworfen. Das haut selbst ihn um.«

»Wie hat der Mörder Chandus Adresse herausbekommen?«

»Was meinen Sie?«

»Er war diesbezüglich eigen. Ich hatte nur seine Telefonnummer. Bei seiner offiziellen Adresse ließ er eine Freundin wohnen. Selbst sie wusste nicht, wo er lebt.«

»Das hatte mit seiner Tätigkeit als Geldeintreiber zu tun. Er hatte Angst vor nächtlichen Besuchern, die mit seinen Methoden nicht zufrieden waren. Aber Sie haben recht. Wie hat der Mörder Chandus Adresse herausbekommen?«

»Sicher nicht über das Einwohnermeldeamt.«

»Ich weiß von drei Personen, die Chandus Adresse kennen. Für die lege ich meine Hand ins Feuer. Sonst habe ich niemanden bei ihm gesehen.«

»Es muss jemand aus der Rotlichtszene sein.«

»Vor denen wollte er seine Wohnung auch verbergen.«

»Ich habe mit solchen Typen zu tun«, sagte Jo. »Die gehen immer auf Nummer sicher und wissen, wo sie ihn greifen könnten, sollte es nötig sein.«

»Und einer von denen hat Elias einen Tipp gegeben.«

Jo nickte. »Finden Sie den Verräter, dann führt er Sie zum Grabmörder.«

Jan wählte Zoes Nummer auf seinem Handy.

»Hast du was?«, fragte sie ohne Begrüßung.

»Noch nicht. Aber erinnerst du dich an den Typ, den du mit Chandu besucht hast?«

»Diese Ratte?«

»Genau der. Kennst du seinen richtigen Namen?

»Tim Ratinger.«

»Danke.«

»Was hast du vor?«

»Ich werde unserer Ratte einen Besuch abstatten. Irgendjemand hat Elias die Adresse von Chandus Geheimwohnung verraten, und ich will wissen, wer. Weißt du, wo wir diesen Tim finden können?«

»Keine Ahnung. Wir haben uns in der Öffentlichkeit getroffen.«

»Gut. Ich werde bei meinen Informanten auf den Busch klopfen. Wenn ich was weiß, melde ich mich.«

Jan beendete das Gespräch und lief zu seinem Auto. Es war Zeit für einen Abstecher zum *Kotti*. Keine drei Minuten Fahrt.

Jans Blick ging immer wieder zu seiner Uhr. Mitternacht. Noch vierundzwanzig Stunden und Dietrich würde Chandus Schädel einschlagen. Jan ballte die Fäuste um das Lenkrad. Er durfte sich nicht von solchen Gedanken ablenken lassen. Er würde den Grabmörder finden. Vielleicht konnte sich Chandu selbst befreien. Sein Freund hatte die Kraft eines Gorillas. Von Plastikfesseln würde er sich nicht aufhalten lassen, und wenn er frei war, würde er Elias Dietrich in Stücke reißen.

Jan bog in die Adalbertstraße ab und trat das Gas durch. Als er den Zugang zur U-Bahn-Station sah, verlangsamte er das Tempo und rollte um den Platz. Es war viel los für einen Dienstagabend. Gruppen von Biertrinkern standen vor einem geschlossenen Kiosk. Jugendliche rasten mit ihren Mopeds über den Fußgängerweg, und ein Mann im Pelz führte seinen Bullterrier spazieren. All diese Menschen interessierten Jan nicht. Er war an den Gestalten interessiert, die unauffällig an einer Laterne lehnten, mit ihrem Handy spielten und den Verkehr im Auge behielten. Jan hoffte, dass sein Auto noch nicht in der Szene bekannt war, sonst wären die Drogendealer binnen eines Augenblicks verschwunden.

Jan kam zu einem U-Bahn-Zugang nicht weit von einer Apotheke. Ein junger Mann mit Rastalocken lehnte an einem Parkverbotsschild und zog genüsslich an einer selbst gedrehten Zigarette. Er trug eine eigenartige Mütze und Jeans, die ihm drei Nummern zu groß waren

Jan ließ das Fenster zum Beifahrersitz herunter und hielt das Auto an. Der junge Mann kontrollierte mit einem Blick seine Umgebung und ging zum Fenster.

»Was darf's sein, Meister?« Der Blick des Dealers ließ auf den regen Gebrauch von Marihuana schließen.

Jan zog seine Pistole und hielt ihm die Mündung vor das Gesicht. »Einsteigen oder ich schieß dir ein drittes Nasenloch.«

Der junge Mann wurde schlagartig klar im Kopf. Er hob die linke Hand und öffnete vorsichtig mit der rechten die Tür.

»Ey, Alter. Was ist mit dir los?«

»Für dich Kommissar Tommen, Adrian.«

»Geht man so mit seinen Informanten um?«

»Seit du mich verarscht hast, bist du nur noch mein Exinformant.«

»Kein Grund, gleich rumzuballern.«

»Ich habe keine Zeit und brauche eine Info. Gib sie mir, und du siehst mich nie wieder. Lügst du mich an, war das dein letztes Geschäft heute.«

»Sind das die neuen Methoden der Bullen?«

»Beschwer dich morgen auf der Wache. Wo ist Tim Ratinger?«

»Wer?«

Jan spannte den Hahn der Waffe und drückte sie auf Adrians Stirn. »Ich wiederhole den Namen noch mal. Tim Ratinger. Auch ›Ratte‹ genannt.«

»Ok, ok«, beschwichtigte Adrian. »Versuchs im Café Meier in der Kurfürstenstraße, nicht weit von der U-Bahn-Station. Da hängt Tim öfters ab.«

Jan senkte die Pistole und winkte ihn aus dem Auto. »Gute Geschäfte noch.«

Adrian hatte die Beifahrertür noch nicht richtig geschlossen, als Jan losfuhr. Bis zur Kurfürstenstraße waren es fast sechs Kilometer. Zehn Minuten Fahrt, wenn er sich an die Regeln hielt. Heute würde er nur fünf brauchen.

Zoe kam mit ihrem Z4 angerast, als wollte sie den großen Preis von Deutschland gewinnen. Zwei Jugendliche mit Bierdosen in der Hand konnten sich nur durch einen Sprung zur Seite in Sicherheit bringen, als die Rechtsmedizinerin auf den Gehsteig fuhr.

Sie stieg aus, knallte die Tür zu und eilte zu Jan. »Ist die Ratte da drin?«

»Wahrscheinlich«, sagte Jan. »Zumindest ist es seine Lieblingskneipe. Da ich ihn noch nie gesehen habe, brauche ich dich zur Identifizierung.«

Die Kneipe war heruntergekommen. Der Putz an der Wand blätterte ab, die Fenster waren verschmutzt, und die auf dem Gehsteig herumlungernden Personen kannten sich wahrscheinlich von einem gemeinsamen Knast-Aufenthalt.

»Schick«, kommentierte Zoe. »Hast du einen Plan?«

»Irrer Bulle.«

»Was für ein Ding?«

»Rein, Tim schnappen und rauszerren. Wenn einer aufmuckt, rumbrüllen, Kripomarke zeigen und notfalls mit der Waffe rumwedeln.«

»Hört sich vernünftig an. Und wenn er nicht drin ist?«

»Dann bestechen wir den Barkeeper.«

»Und wenn der unbestechlich ist?«

»Glaube ich nicht. Wenn doch, Barkeeper schnappen und rauszerren. Den Rest kennst du.«

»Kennst du die Bedeutung des Wortes *subtil*?«

»Nein. Sollte ich?«

»Ich erkläre es dir ein anderes Mal.« Zoe zeigte ein tückisches Grinsen. »Lass uns reingehen.« Sie stieß einen jungen Mann aus dem Weg, öffnete die Tür und trat ein.

Jan bewunderte Zoe. In der Kneipe saßen mindestens hundert Jahre Knast. Die meisten wahrscheinlich wegen Körperverletzung oder Totschlag, aber die Rechtsmedizinerin betrat die Kneipe, als könnte sie jeden von ihnen aufmischen. Sie stellte sich an den Eingang, verschränkte die Arme und ließ ihren Blick über die Tische schweifen.

»Siehst du ihn?«

Sie schüttelte den Kopf.

»Dann zur Bar.«

Der Barkeeper war einen Kopf größer als Jan. Seine Glatze war von Tattoos verziert. Der große Ring in der Nase machte ihn nicht sympathischer. Er polierte seelenruhig einen Bierkrug.

Jan legte einen Zwanzig-Euro-Schein auf die Theke. »Ich suche Tim Ratinger, genannt die Ratte.«

Der Barkeeper sah auf den Geldschein und hob missbilligend die Augenbraue.

Zoe griff in die Tasche und legte einen Hundert-Euro-Schein dazu. »Jetzt sofort!«

Der Barkeeper stellte das Glas auf den Tisch und nahm das Geld. Mit einer leichten Bewegung des Kopfes deutete er auf das WC.

»Wir brauchen eine Minute«, sagte Zoe. Der Barkeeper nickte und fuhr mit der Politur des Kruges fort.

Als sie bei der Toilette ankamen, ging die Tür auf. Tim kam heraus. Er blieb vor Jan und Zoe stehen. Alle drei starrten sich einen Augenblick unschlüssig an. Die Rechtsmedizinerin reagierte als Erste.

Ihre rechte Gerade ließ Mann und Brille in das WC zurückfliegen.

»Eine ungewöhnliche Methode der Begrüßung«, wandte sich Jan zu Zoe.

»Wir sind alte Freunde.«

Jan stellte sich vor die Tür und wartete, bis sich der Mann wieder aufgerappelt hatte.

»Was zum Teufel sollte das?«, jammerte Tim. Er hielt sich die Nase und hob die Brille auf. »Ich habe keine neuen Informationen zu Robin Cordes.«

»Robin ist Geschichte. Ich interessiere mich mehr für Chandu«, sagte Jan.

»Dann frag die irre Schlägerbraut. Die hängt mit ihm ab.«

»Sagen wir, ich will wissen, wo Chandu wohnt.« Jan ignorierte die Bemerkung. »Wen frage ich dann?«

»Keine Ahnung.«

Jan drehte sich zu Zoe um. »Möchtest du noch mal?«

Zoe ließ die Fingerknochen knacken.

»Ok.« Tim hob die Hände und wich zurück. »Ich sage alles.«

Zoe seufzte enttäuscht. Tims Blick ging zwischen ihr und Jan hin und her, als wüsste er nicht, wer der Verrücktere war. »Was ist passiert?«

»Sagen wir, Chandu hatte Besuch von jemandem, der nicht nett zu ihm war.«

»Wie geht es ihm?«

»Nicht gut.«

»Chandu hat für harte Jungs gearbeitet und Typen aufgemischt, die nachtragend sein können. Manche werden sich dafür revanchieren wollen. Die Liste ist lang.«

»Woher wussten sie, wohin sie mussten?«

»Wegen der langen Liste lässt sich mit Infos über Chandus Versteck Geld machen.«

»Und deshalb hast du Chandus Adresse verkauft?«, fragte Zoe.

»Mich hat niemand danach gefragt. Ich bin ihm vor Jahren gefolgt, bis ich wusste, wo er wohnt, aber verraten habe ich ihn nicht. War verschwendete Zeit.«

»Wusste noch jemand davon?«

»Mit Sicherheit. Alleine die Typen, für die er die Kohle eingetrieben hat, sind Kontrollfreaks. Die haben ihre eigenen Leute darauf angesetzt.«

»Was ist das wert?«

»Hundert Euro. Vielleicht zweihundert.«

»Kannst du uns ein paar Namen sagen?«

»Nicht wirklich.« Tim zuckte die Schultern. »Mir fallen auf Anhieb zwanzig Leute ein, die solche Infos verkaufen.«

»Und seine ehemaligen Arbeitgeber?«

»An die kommt ihr nicht mal auf zehn Meter ran, ohne dass sie euch abknallen.«

Zoe griff wieder in die Tasche. »Du arbeitest jetzt für mich.« Sie drückte Tim drei Hundert-Euro-Scheine in die Hand. »Ich will wissen, wer diesem Typ die Adresse von Chandu verkauft hat und wo ich ihn finden kann.« Sie zeigte ihm ein Bild von Elias Dietrich. »Und das so schnell wie möglich.«

»Wie schnell?«

»In vierundzwanzig Stunden ist Chandu tot.«

Tim rieb sich über die schmerzende Nase. »Ich will euch nicht anlügen, Leute. Ich werde heute Nacht auf meinen Schönheitsschlaf verzichten und mich reinhängen, aber ein Tag ist wenig Zeit. Ich müsste schon einen Glückstreffer landen.«

Er sah Zoe in die Augen. »Ich versuche es, aber ihr solltet noch einen Plan B haben.«

»Was machen wir jetzt?«, fragte Zoe, als sie die Kneipe verließen. »Ich habe keine Lust, Chandus Leben in die Hände der Ratte zu legen.«

»Werden wir nicht«, sagte Jan. »Morgen früh wird Linus aus der Untersuchungshaft entlassen. Ich werde den Bastard besuchen und ihn intensiver befragen.«

»Du meinst wir?«

»Ich meine ich«, sagte Jan bestimmt. »Nach der Befragung werde ich suspendiert, vielleicht sogar verhaftet. Meine Karriere ist vorbei, und ich werde als Paradebeispiel eines gewalttätigen Polizisten in die Geschichte eingehen. Gerichtsprozess. Medienrummel. All die schönen Dinge.« Jan zog den Autoschlüssel aus der Tasche. »Aber das ist es wert.«

»Ich gehe trotzdem mit.«

»Es gibt keinen Grund, dass du dich auch opferst.«

»Diskutieren ist sinnlos. Dazu fehlt uns die Zeit. Ich gehe mit, und du kannst nichts dagegen machen.«

Jan drehte sich zu Zoe und sah ihr in die Augen. Der übliche Trotz war durch Entschlossenheit ersetzt worden. Sie hatte keine Ahnung, welche Lawine sie heute Nacht lostreten würden, aber es fühlte sich gut an, einen Partner zu haben.

»Na, dann los.«

Während Zoe ohne Rücksicht auf Verluste durch den Berliner Verkehr raste, zog Jan seine Marke aus der Tasche. Er hatte lange davon geträumt, zur Kripo zu kommen, unzählige Nachtschichten abgesessen, in seiner Freizeit für Prüfungen gelernt und seine Schießkünste verbessert. Seine Berufung zur Mordkommission war der stolzeste Moment seines Lebens gewesen.

Die Kripo hatte viel von ihm gefordert. Schlaflose Nächte, Albträume, lange Wochenenden und abgesagte Urlaube, aber all das hatte er hingenommen, denn er liebte seinen Beruf.

Heute Nacht würde er einen hohen Preis zahlen, aber das Leben seines Freundes stand auf dem Spiel. Der Freund, der ihn gerettet hatte, als er blutend und sterbend auf der Straße gelegen hatte, der Freund, der immer alles für ihn riskiert hatte.

Es war eine schöne Zeit, dachte Jan wehmütig, als er mit den Fingern über das Metall fuhr. Morgen früh würde sie unwiederbringlich vorbei sein.

»Ich wusste gar nicht, dass es hier Zellen gibt«, flüsterte Zoe, als sie die Treppe zum Keller hinuntergingen.

»Die sind nicht für den Vollzug gedacht, aber manchmal müssen wir einen Verdächtigen wegsperren, bevor er nach Moabit überführt wird.«

»Und wo sitzt Linus Keller?«

»In der dritten Zelle.«

»Schlüssel?«

»Hat der Kollege, der die Zellen bewacht. Ich werde sagen, dass Bergman ihn sprechen will und ich solange aufpasse. Die zwei Minuten genügen uns.«

Jan setzte ein Lächeln auf und ging den Gang zu den Zellen entlang. Er hatte keine Ahnung, wer hier unten Dienst hatte, aber er würde ihn von seinem Platz weglocken. Der Kollege beobachtete den Monitor zu den Zellen und drehte sich um, als er Jans und Zoes Schritte vernahm. Es war Fabian.

»Was machst du hier unten?«, fragte Jan überrascht. »Ich dachte, du bist noch freigestellt?«

»Ich habe mich heute Nacht hier herunterversetzen lassen. Ohne Bezahlung.«

»Wieso das?«

»Um deinen Arsch zu retten, Kleiner.«

Jan ballte die Fäuste. »Du hältst mich nicht davon ab.«

»Doch.«

Jan schlug auf den Tisch mit dem Monitor. »Linus Keller ist ein Waffenschieber. Er wurde viermal wegen Körperverletzung verhaftet. Dieser Bastard hat einem kranken Serienmörder eine Blendgranate verkauft. Nenn mir einen Grund, warum er keine Tracht Prügel verdient hat?«

»Weil wir auf der anderen Seite stehen«, sagte Bergman.

Jan drehte sich zu seinem Chef um. Er hatte ihn nicht kommen gehört. »Heute Nacht nicht.«

»Wir werden ihn finden«, versuchte ihn Fabian zu beruhigen. »Noch ist Zeit.«

»Wir suchen den ganzen Tag und haben nichts«, sagte Zoe. »Wir wissen nicht, was er mit Chandu macht oder ob er ihn schon ermordet hat. Und das Einzige, was zwischen uns und seiner Rettung steht, ist ein verdammter Waffenschieber, der euch bei der Befragung ins Gesicht gelacht hat.«

»Ihm ein Geständnis rauszuprügeln, wird nichts bringen«, sagte Fabian.

»Doch«, fuhr Zoe auf. »Es bringt uns unseren Freund wieder.«

»Haben Sie eine Ahnung, was für Folgen das haben wird?«

»Ja. Es rettet ein Leben.«

»Nein. Es wirft uns in die Steinzeit zurück.«

»Was ist dabei, einen verurteilten Verbrecher, der einem Serienmörder geholfen hat, zu einem Geständnis zu zwingen?«, fragte Zoe.

»Es geht nicht um Chandu, Elias oder Linus«, sagte Bergman, »sondern um die Grenze, die überschritten wird. Wann ist es legitim, einen Gefangenen zu verprügeln? Bei Linus vielleicht. Wann noch? Bei einem Drogendealer? Bei zu schnellem Fahren?«

»Ein Raser hält keine Informationen zurück, die ein Leben retten können.«

»Was ist, wenn wir uns irren? Wenn wir eine harmlose Rechtsmedizinerin einer falschen Tat beschuldigen und ein Geständnis aus ihr herausprügeln?«

Bergman ging einen Schritt auf Zoe zu. »Fänden Sie es toll, wenn ein Polizist in die Zelle kommt und Ihnen die Finger bricht für eine Tat, die Sie nicht begangen haben?«

»Der Wichser ist schuldig.« Zoe erwiderte Bergmans Blick gelassen. »Ganz sicher.«

»Wir werden es nicht tun.«

»Aber wir sind am Ende«, sagte Jan verzweifelt. »Wir arbeiten Tag und Nacht und haben nicht einmal eine Idee, wo Elias Dietrich sich versteckt hat. Wir wissen nicht, warum er Chandu entführt hat, und in ein paar Stunden ist er tot. Wir brauchen einen Hinweis.«

»Nicht um diesen Preis.«

»Für welchen Preis dann?«, schrie Zoe. »Was ist mehr wert als das Leben eines Freundes?«

»Sie haben keine Ahnung, wie es bei der Kripo zugeht. Sie sezieren Ihre Leichen, werten Spuren aus und verfassen einen Bericht, der vielleicht zur Aufklärung einer Tat beiträgt. Vielleicht auch nicht. Ich muss Gott spielen. Ich muss Abwägen zwischen Moral und legitimen Handeln. Ich muss Dinge entscheiden, die sich keiner zu entscheiden traut.«

Er sah Zoe in die Augen. »Ich habe Kinderschänder gehen lassen, wurde von Mördern bespuckt und als dreckiger Rassist beschimpft. Ich habe Freunde sterben sehen und musste Kollegen entlassen, die nichts anderes als ihre Pflicht getan haben. Und während Sie nach Hause gehen und von scharfen Skalpellen träumen, suchen mich die Erinnerungen an diese Fälle heim.

Wenn Chandu stirbt, dann wird mich auch sein Gesicht mein Leben lang begleiten und an das Scheitern erinnern. Sie halten mich für einen herzlosen Bastard. Damit muss ich leben. Meine Seele ist längst zum Teufel, aber ich werde das System nicht opfern.«

»Wenn die Gesundheit eines Wichsers wie Linus Keller wichtiger ist als das Leben von Chandu, ist das System längst kaputt«, zischte Zoe.

»Vielleicht. Aber noch glaube ich daran.«

Zoe wandte sich von Bergman ab und spuckte auf den Boden.

»Nehmen Sie das als meine Kündigung.« Sie drehte sich um und lief die Treppe nach oben.

Jan holte seine Marke aus seiner Tasche und knallte sie auf den Tisch. »Ich bin noch vierundzwanzig Stunden im Spiel. Nach Ihren Regeln«, fügte er hinzu. »Wenn meinem Freund irgendetwas passiert, betrete ich diesen Scheißladen nie mehr und sage jedem Klatschreporter, warum Chandu sterben musste.«

Dann folgte er Zoe.

»Sie haben recht«, sagte Fabian, als Jan gegangen war.

»Ich weiß.« Bergman steckte Jans Marke in seine Tasche.

Es war drei Uhr in der Nacht, aber das Restaurant hatte noch offen. Das Trattoria-Schild beleuchtete die beiden freien Parkplätze in einem dunklen Gelb. Die grünen Vorhänge vor den Fenstern waren zugezogen. Zwei Buchsbäume in ockerfarbenen Kübeln wiesen den Weg zum Eingang.

Zoe zögerte. Wenn sie das Restaurant betreten würde, wäre ihr jetziges Leben vorbei. Sie hatte sich gut in Berlin eingerichtet, einen interessanten Job, sogar ein wenig von dem, was man Privatleben nannte. Das alles wäre vorbei, sobald sich die Tür hinter ihr schließen würde. Sie sah zu dem Schild, als erwarte sie etwas anderes zu lesen als *Trattoria*. Vielleicht *Lasst, die ihr eintretet, alle Hoffnung fahren*. Dante Alighieri hätte an diesem Ort seine Freude gehabt.

Sie war nicht religiös, aber an die Hölle glaubte sie. Für sie war es kein Verlies unter der Erde, inmitten von Feuern und gepeinigt von Dämonen. Hölle war ein Leben, das man verabscheute und aus dem es kein Entkommen gab. Ein Leben, in dem man es hasste, morgens aufzustehen, sich trist durch den Tag quälte und in dem nur der Schlaf ein Entkommen war. Dieses Leben würde sie führen müssen. Noch konnte sie fliehen, sich in ihr Auto setzen und zurück in ihre Wohnung fahren, aber der Preis dafür war Chandus Leben.

Sie erinnerte sich an die langen Abende mit Jan und Max in seiner Wohnung, seine Kochkünste und sein lautes Lachen, das die Wände zum Beben bringen konnte.

Dann traf sie eine Entscheidung und ging hinein.

Drinnen wurde sie von leiser italienischer Musik begrüßt. Die Tische waren mit rot-weißen Decken geschmückt. Kerzen und zu Sternen gefaltete Servietten luden zum Essen ein.

Im Hauptraum saßen zwei Ehepaare und ein Mann, der tief in seine Zeitung versunken schien. Zoe ging an der Bar vorbei durch einen Gang zu einem Nebenraum. Vor einer Holztür mit fein geschwungenen Mustern stand ein Mann von Chandus Statur. Er war nicht ganz so muskulös, aber dennoch spannte sich seine Brust unter dem dunklen Jackett. Während Chandu mit seinem breiten Grinsen jeden für sich einnehmen konnte, war die Visage des Mannes die eines Schlägers, der seinen Beruf mit Freude ausübte. Als er Zoe sah, nahm er seine Sonnenbrille ab.

»Dich hätte ich nicht hier erwartet«, sagte er mit rauchiger Stimme.

»Morgen, Maurice. Ist er hier?«

»Wo soll er sonst sein?«

»Keine Ahnung. Im Puff, im Knast, in der Hölle.«

Maurice lachte. »Ganz die Mama.«

Zoe verpasste dem Mann eine Ohrfeige. Sie musste sich nach oben strecken, aber es klatschte laut, als sie seine Wange traf. »Rede nie wieder von meiner Mutter, du dreckiger Bastard.«

Einen kurzen Augenblick glomm Zorn in den Augen des Mannes auf und zeigte Zoe, zu welcher Gewalt Maurice in der Lage war. Aber die Wut verflog, und das Lächeln kehrte in sein Gesicht zurück.

»Er freut sich sicher, dich zu sehen.« Maurice öffnete die Tür und ließ Zoe hinein.

Der Nebenraum war ein Abbild des Restaurants. Die gleiche Deko, die gleichen Decken und Kerzen. An dem einzigen Tisch im Raum saß ein Mann und machte sich über eine Portion Spaghetti her. Er drehte die Nudeln mit der Rechten, während er in der Linken einen Notizzettel hielt. Seine schwarzen Haare waren mit einem Hauch Gel durchzogen. Genau die richtige Menge, dass es nicht schmierig aussah. Sein Maßanzug saß perfekt, und seine gebräunte Haut verlieh ihm ein südländisches Flair. Zusammen mit seinem Reichtum und seinen vordergründig guten Manieren würde er überall als erfolgreicher Geschäftsmann durchgehen. Doch Zoe wusste es besser.

Sie setzte sich ihm gegenüber, nahm die Weinflasche vom Tisch und schenkte sich ein Glas ein. Der Mann legte die Arbeit zur Seite und hob den Kopf.

»Was für eine Überraschung«, sagte er lächelnd.

»Hi, Tony.« Zoe trank einen Schluck Wein. Er roch fein nach Johannisbeeren, und man schmeckte die Reifung im Eichenfass. Sie nickte anerkennend.

»Mir wäre es lieber, wenn du mich Papa nennst.«

Zoe stellte das Glas ab. »Du magst vielleicht dein Sperma zur Verfügung gestellt haben, aber zum Vatersein gehört mehr als das. Tony genügt.«

»Es war nicht meine Idee, in deiner Geburtsurkunde bei Vater ›unbekannt‹ einzutragen.«

»Welche Wahl hat Mutter gehabt? Es gab Leute, die ein Druckmittel gegen den aufstrebenden Tony gesucht haben. Hätte die Polizei davon erfahren, wären wir dauerüberwacht worden.«

»Deine Mutter wusste, wer ich war.«

»Das war ihr größter Fehler. Zu glauben, du würdest etwas für sie aufgeben.«

»Es gibt nur einen Weg, hier auszusteigen: als Leiche«, fuhr er auf. »Ihr mögt meinen Beruf verachtet haben, aber den Wohlstand, den mein Geld euch beschert hat, habt ihr genossen.«

»Ich wollte keinen Wohlstand, ich wollte einen Vater. Jemand, der mich in die Schule bringt und mir Geschenke unter den Weihnachtsbaum legt.«

»Glaubst du, das hätte ich nicht gewollt?«

»Nein. Dir war deine Karriere wichtiger.«

»In dieser Branche geht es nur nach oben. Unten wartet der schwarze Plastiksack.«

»Mehr bist du auch nicht wert.«

Tony verzog kurz den Mund im Zorn. Er ballte die Faust um die Serviette. Dann lachte er leise. »Ich habe dich vermisst.«

»Kann ich von mir nicht behaupten.«

Er ließ die Serviette los und faltete die Hände vor der Brust. »Du bist sicher nicht hergekommen, um mir dein Leid über deine verpfuschte Kindheit zu klagen. Also was willst du? Brauchst du Geld?«

»Selbst wenn ich Geld brauchen würde, würde ich dich nicht fragen. Was ich brauche, sind Informationen.«

»Informationen?«

»Kennst du einen Waffenschieber namens Linus Keller?«

Tony zögerte. »Möglich.«

»Der Drecksack hat einem Verrückten Waffen verkauft, der sich wiederum einen Freund von mir geschnappt hat. Linus weigert sich zu plaudern, daher wollte ich dich bitten, mit ihm zu reden.«

Tony nahm sich sein Rotweinglas und trank einen Schluck, ohne Zoe aus den Augen zu lassen. »Ich bin überrascht. Ich dachte, du verachtest meine Geschäfte.«

»Tue ich.«

»Aber du kommst zu mir und willst, dass ich jemanden für dich aufmische?«

»Der Wichser hat es verdient. Kein Grund für Skrupel.«

»Du scheinst an diesem Freund zu hängen.«

»Geht dich nichts an.«

»Doch, tut es«, sagte Tony. »Der gute Linus ist ein kleiner Fisch, aber er hat einflussreiche Abnehmer. Wenn ich ihn mir vornehme, könnte ich mir Ärger einhandeln.«

»Du wirst es überleben.«

»Werde ich, aber das eine oder andere Geschäft würde leiden. Und das für deinen mir unbekannten Freund?« Er zuckte die Schultern.

Zoe lehnte sich nach vorne. »Ich mach dir folgenden Vorschlag, Paps.« Sie stieß das letzte Wort verächtlich aus. »Wenn du mir Informationen von Linus beschaffst, um meinen Freund zu retten, komme ich mit dir. Das war doch immer dein Wunsch, mehr Zeit mit deiner Tochter zu verbringen. Jahrelang hast du mir die Ohren damit vollgeheult, jetzt hast du die Gelegenheit dazu.«

»Du kennst meinen Job. Ich bin die meiste Zeit nicht in Berlin. Du müsstest alles, was du hast, zurücklassen. Deine Arbeit, deine Wohnung, selbst deinen Freund, wer immer er auch ist. Dein Leben, wie du es kennst, wäre vorbei.«

»Rette seinen Hintern, und wir haben einen Deal.«

Zoes Vater betrachtete den Wein. Er leuchtete blutrot im Kerzenschein. Tony leerte das Glas in einem Zug.

»Wo finde ich Linus?«

KAPITEL 14

Jan saß alleine in seinem Büro. Das gedämpfte rote Licht des Morgengrauens passte zu den Fotos von Mordopfern, Verdächtigen und den bizarr wirkenden Großaufnahmen der Autopsien. Der Grabmörder hatte ihn an den Rand seiner Kräfte gebracht, doch die Entführung von Chandu hatte ihn noch weitergestoßen.

Er hatte die ganze Nacht Akten gelesen, mit Patrick über mögliche Verstecke spekuliert und Zeugenanrufe ausgewertet, und doch beschlich Jan das Gefühl, dass Dietrich ihnen auch ein fünftes Mal überlegen sein würde. Irgendwann würde er ihnen ins Netz gehen, aber die Zeit war gegen sie. Heute Nacht würde sein Freund sterben, wenn sie nicht doch irgendwoher den entscheidenden Hinweis bekommen würden.

Jan unterdrückte das Bedürfnis, den Schreibtisch umzuwerfen. Jede Sekunde, die er mit Wut oder Trauer verschwenden würde, könnte ihnen am Ende fehlen. Er fühlte sich wieder nutzlos, als Versager, weil er den Grabmörder hatte entkommen lassen. Er war ihm so nahe gewesen, doch anstatt ihn aufzuhalten, hatte Dietrich ihn noch benutzt, hatte ihn verhöhnt, als er mit seinem Handy die Polizisten von Juri Petrows Grab abgezogen hatte.

Jan atmete hörbar ein. Es war kein Platz für seine Befindlichkeiten, seine Albträume und seine Zweifel. Sein Freund verließ sich auf ihn, und er durfte ihn nicht enttäuschen, egal, was es aus ihm machen würde.

Jan zog seine Waffe aus dem Halfter. Er betrachtete den kalten Stahl, den er so lange verachtet hatte. Dann traf er eine Entscheidung.

Max hatte vier Monitore vor sich aufgebaut und ließ die Bilder der Überwachungskameras parallel ablaufen. Er rieb sich die schmerzenden Augen, aber er würde keine Sekunde seinen Blick abwenden. Es war acht Uhr morgens. Die Sonne schien durch die Fenster der Kripozentrale. Sechzehn Stunden noch.

Er hatte die ganze Nacht diese verdammten Filme angesehen, aber keine Spur von dem Lieferwagen gefunden. Sie hatten keine Ahnung, wohin Elias Dietrich mit Chandu gefahren war. Die Fahndung nach dem Auto lief auf Hochtouren, doch wenn der Grabmörder das Fahrzeug in eine Garage oder in eine Lagerhalle gestellt hatte, würden sie ihn nie finden.

Max rückte näher an die Monitore heran. Die Zeit wurde knapp, also beschleunigte er die Aufnahmen auf die doppelte Abspielgeschwindigkeit. Die Menschen liefen schneller, die Autos huschten durch das Bild wie in einem alten Schwarz-Weiß-Film, als die Kameras noch Handkurbeln hatten. Max' Kopf schmerzte, und sein Nacken wurde steif, aber mit einem Mal sah er einen dunklen Sharan. Er schlug auf die Tastatur, und die Bilder hielten an. Er spulte die Aufnahme langsam zurück. Es war eine Kamera am Tiergarten, nicht hochauflösend, aber gut genug, dass man die Nummernschilder erkennen konnte. Der Kamerawinkel war zu ungünstig, und ein neben dem VW fahrendes Auto verdeckte die Sicht auf den Fahrer, aber für einen Moment war das Nummernschild zu sehen.

Max hätte vor Freude beinahe den Stuhl umgeschmissen. Seine Finger flogen über die Tastatur, als er alle Aufnahmen rund um den Tiergarten in den Speicher lud.

Sie hatten eine erste Spur.

Klaus Bergman saß in seinem Büro und hatte die Tür geschlossen. Er trank seine achte Tasse Schwarztee, die seine Müdigkeit nur wenig vertrieb. Der Fernseher war angeschaltet. Es war 8.00 Uhr und die Lokalnachrichten begannen. Bergman schaltete den Ton lauter.

»Die Polizei Berlin bittet die Bevölkerung um Mithilfe im Fall des Grabmörders«, begann die Nachrichtensprecherin. Ein Bild von Dietrich erschien.

»Dringend tatverdächtig ist Elias Dietrich. Der Mann ist 1,75 m groß, schmal gebaut und hat dunkle Haare. Er fährt einen dunklen Sharan. Elias Dietrich ist bewaffnet und gefährlich. Sollten Sie etwas über seinen momentanen Aufenthaltsort wissen, melden Sie sich bitte bei der nächsten Polizeidienststelle. Für Hinweise, die zur Festnahme des Täters führen, ist eine Belohnung in Höhe von 10.000 Euro ausgesetzt.«

Bergman schaltete den Fernseher aus. Er hatte alles in seiner Macht Stehende getan. Er hatte alle Kollegen aus dem Urlaub geholt, die Schichten der Streifenpolizisten verlängert und jedem seiner Mitarbeiter eingetrichtert, alle Informanten auszuquetschen, die je für die Kripo gearbeitet hatten. Mit der Öffentlichkeitsfahndung hatte er seinen letzten Trumpf ausgespielt. Mehr konnte er nicht tun, aber er fühlte sich trotzdem schlecht.

In wenigen Stunden musste er Linus Keller aus der Untersuchungshaft entlassen, vielleicht der einzige Mann, der etwas über Chandus Aufenthaltsort wusste. Der Waffenschieber würde mit einem Grinsen herausspazieren, in der Gewissheit, dass sie nichts gegen ihn in der Hand hatten. Wegen der Heckler & Koch in seinem Besitz konnte er ihn zwar anklagen, aber nicht festhalten.

Bergman setzte sich auf seinen Stuhl und stellte die Tasse auf seinen Schreibtisch. Auch wenn Chandus Zeit knapp wurde, Bergman hatte die letzten Jahre eine schlagkräftige Truppe aufgebaut. Das war vielleicht ihre härteste Bewährungsprobe. Er musste darauf vertrauen, dass sie Erfolg hatten.

Alles andere wollte er sich nicht vorstellen.

Im Einsatzraum war es lauter als auf dem Schießstand. Die Ermittler saßen an den Computern, telefonierten oder standen in kleinen Gruppen zusammen, um sich zu besprechen. Die Luft war abgestanden. Es roch nach Schweiß, altem Kaffee und halb gegessenen Dönern.

Patrick kam mit einem Stapel Unterlagen unter dem Arm zu Jan gelaufen. Sein Kollege sah übernächtigt aus. Seine Frisur war etwas in Unordnung geraten. Er hatte Jackett und Krawatte ausgezogen und die Ärmel seines Hemdes hochgekrempelt.

»Wir wissen, wo er das Auto besorgt hat.« Patrick gab Jan eine Kopie eines Automietvertrages. »Er hat es sich geliehen.«

»Unter seinem Namen?«

Patrick nickte. »Er hat es für drei Wochen im Voraus bar bezahlt.«

»Dann haben wir die Autonummer?«

»Ist an alle Kollegen raus. Wir halten trotzdem jeden VW Sharan an, für den Fall, dass er die Nummernschilder ausgetauscht hat.«

»Hat das Auto GPS?«

»Leider Fehlanzeige. Der Sharan hat eine Minimalausstattung. So kriegen wir ihn nicht.«

»Gibt es Fortschritte in der Fahndung?«

»Noch keine. Der Wagen ist wie vom Erdboden verschluckt.«

»Was können wir noch tun?«

»Wenig. Alle Beamten suchen nach dem Fahrzeug und nach Elias Dietrich. Ich habe ein paar Leute auf Chandus Lebenslauf angesetzt. Wenn wir einen Zusammenhang zwischen ihm und dem Grabmörder finden, kriegen wir ihn vielleicht so.«

Patrick legte Jan die Hand auf die Schulter. »Ich weiß, wie viel dir dein Freund bedeutet«, sagte er freundschaftlich. »Wir fahnden nach ihm, als wäre er einer von uns. Noch ist Zeit. Gib die Hoffnung nicht auf.«

»Danke.« Jan erwiderte die Geste. »Du und deine Truppe waren mir eine wichtige Hilfe. Und wir werden ihn finden.« Er versuchte zuversichtlich zu klingen.

Die Tür zum Besprechungsraum flog auf. Max stürmte herein, in der Hand ein paar Farbausdrucke, die ihm während des Rennens beinahe herunterfielen. »Ich kann es eingrenzen.« Seine Stimme überschlug sich fast. Er stellte sich an die Stadtkarte von Berlin. Alle Augen wandten sich ihm zu.

»Ich habe den Sharan zweimal lokalisiert. Einmal hier«, er machte mit einem Stift einen Kreis um den Tiergarten, »und ein zweites Mal in Friedrichshain.« Ein zweiter Kreis. »Der erste Treffer war auf der Straße des 17. Juni. Der zweite an der Karl-Marx-Allee. Wenn ich diese Punkte, von der Oranienburger Straße aus gesehen, verbinde, dann schränkt sich unser Suchgebiet wesentlich ein.«

»Gut gemacht.« Jan schlug seinem Freund auf die Schulter. »Zwei Drittel von Berlin fallen damit weg.«

»Es ist aber immer noch ein großes Gebiet.« Max zuckte entschuldigend mit der Schulter.

»Wenn wir davon ausgehen, dass Dietrich in Berlin bleibt«, sagte Patrick, »dann sind seine wahrscheinlichsten Ziele Lichtenberg oder Marzahn-Hellersdorf.«

»Er kann natürlich auch nach links auf die Petersburger Straße oder nach rechts auf die Warschauer Straße gefahren sein«, ergänzte Jan. »Dann müssen wir den Prenzlauer Berg und Treptow mit einbeziehen.«

»Ich ordere alle Einheiten aus den westlichen Vororten dorthin.« Patrick rannte zu einem Telefon und tippte hektisch eine Nummer ein.

»Ich habe noch nicht alles durch«, sagte Max. »Aber ich suche weiter. Sollte ich den Sharan wieder sehen, melde ich mich wieder.« Der junge Hacker salutierte lässig und lief aus dem Einsatzraum hinaus.

Jan griff nach seinen Autoschlüsseln. »Ihr erreicht mich über das Handy«, rief er beim Hinausgehen und rannte zum Parkplatz. Er würde nicht auf seinem Hintern sitzen, während sein Freund auf den Tod wartete.

Jan sah auf seine Uhr. Noch fünfzehn Stunden.

Bergman beobachtete von seinem Büro aus, wie Linus Keller aus der Haft entlassen wurde. Sie konnten ihn nicht länger hierbehalten. Der Waffenhändler mit der Schlägervisage war der Schlüssel zum Grabmörder, und doch verließ er die Wache mit einem breiten Grinsen. Linus schien jeden Schritt auszukosten. Er drehte sich um die eigene Achse und klatschte in die Hände, wie die schlechte Kopie eines Showtänzers.

»Es war schön bei euch«, rief er in die Vorhalle der Kripo. Alle Köpfe wandten sich ihm zu. »Aber ich muss eine kleine Feier vorbereiten.«

Eine weitere Drehung um die eigene Achse. »Bald wird mein alter Freund Chandu vom Grabmörder gekillt, da möchte ich ausreichend Champagner im Haus haben.«

Linus hob die Hand und winkte den anwesenden Polizisten zu. »Viel Spaß noch.«

Dann verließ er die Wache.

Bergman knallte die Tür zu seinem Büro zu. An solchen Tagen hasste er seinen Beruf.

Jan sah mit zusammengekniffenen Augen auf die parkenden Autos am Straßenrand. In seinem Auto roch es nach Pommes frites und dem langsam gärenden Milch-Shake, der sich bei einer Vollbremsung über den Fußraum ergossen hatte. Mehr als den kurzen Abstecher am Drive-in-Schalter würde er sich heute nicht gönnen. Selbst in diesem Moment hatte sich sein schlechtes Gewissen gemeldet, als würde er seinen Freund vernachlässigen.

Als das Handy klingelte, fuhr er erschreckt auf.

»Was gibt's?« Er hoffte, dass Max den Suchradius weiter einschränken konnte.

»Hier spricht Tim Ratinger.«

»Haben Sie den Informanten gefunden?«, fragte Jan hoffnungsvoll.

»Gefunden habe ich ihn, aber er ist untergetaucht.«

»Wer ist es?«

»Ein gewisser Jordan, Nachname unbekannt. Ein kleiner Hehler aus Wedding, der die letzten Wochen ein Riesengeschäft abgeschlossen haben muss. Sein Laden ist zu und niemand weiß, wo er geblieben ist.«

»Wie kommen Sie auf ihn?«

»Jordan hat eine Menge Aufträge an Leute vergeben. Nichts Großes. Ein paar Infos besorgen, Leute ausspionieren, nur Kleinkram, aber der Typ, in dessen Namen er gehandelt haben soll, entspricht der Beschreibung von Elias Dietrich.«

»Und der wollte auch die Adresse von Chandu?«

»Ja.«

»Gibt es eine Chance, an Jordan ranzukommen?«

»Seine Kumpels sagen, dass er sich ins Ausland abgesetzt hat. Mit etwas Zeit finde ich eine Spur, aber nicht bis Mitternacht.«

Jan fluchte und schlug aufs Lenkrad.

»Es tut mir leid, Kommissar Tommen. Ich höre mich weiter um, aber mehr kann ich nicht bieten.«

»Danke für Ihre Hilfe.«

»Viel Glück«, sagte Tim. Dann legte er auf.

Jan atmete tief durch. Wieder eine Sackgasse, aber noch war es nicht zu spät. Er fädelte sich in den Kreisverkehr an der Siegessäule ein. Sein nächstes Ziel war Rummelsburg. Dort würde er die Straßen abfahren. Jede einzelne.

Auf der Suche nach einem dunklen Sharan.

Die Warterei hatte Zoe fast verrückt gemacht. Sie saß zu Hause und hatte ihre Designerwanduhr angestarrt. So teuer wie ein Kleinwagen und doch nur eine Uhr, deren Minutenzeiger sich erbarmungslos weiterbewegte, hin zu Mitternacht. Linus Keller war entlassen worden. Heute Morgen. Jetzt waren mehr als zehn Stunden vergangen.

22.03 Uhr.

Chandu hatte noch knapp zwei Stunden zu leben. Sie dachte an den großen Mann. Elias Dietrich war im Vergleich zu Chandu ein Witz auf zwei Beinen. Wie hatte er ihn nur überwältigen können?

Ein Summen unterbrach ihre Gedanken. Sie hatte eine SMS bekommen. Zoe nahm ihr Handy vom Tisch und las die Nachricht. Zwei Worte.

Trattoria. Jetzt.

Sie griff nach ihren Autoschlüsseln und stürmte zur Tür hinaus. Zeit für ein paar Geschwindigkeitsübertretungen.

Als sie im Hinterzimmer der Trattoria ankam, wischte sich Maurice gerade das Blut von den Händen. Das Ergebnis seiner Arbeit saß gefesselt auf einem Stuhl, demselben Stuhl, auf dem Tony vor ein paar Stunden noch sein Nachtmahl eingenommen hatte.

Linus war kaum wiederzuerkennen. Seine Augen waren zugeschwollen. Aus seiner gebrochenen Nase tropfte Blut, und die Lippe würde mit mehreren Stichen genäht werden müssen. Sein Jochbein war gebrochen, und sein Kopf hing leblos zur Seite.

Zoe ekelte sich vor diesem Anblick. Sie hatte schon Schlimmeres gesehen. Unfallopfer, deren Knochen zermalmt waren, Schläger, die mit Knüppeln zu Brei geschlagen worden waren, aber Linus war etwas anderes. Sie war an seinem Zustand Schuld. Sie hatte Maurice auf ihn gehetzt. Dessen Hand hatte die Wunden geschlagen, aber jeder vergossene Tropfen Blut ging auf ihr Konto. Linus war Abschaum, aber trotzdem schämte sie sich.

Maurice legte das blutige Handtuch auf den Tisch und zog sich das Jackett wieder an.

»Hast du was für mich?« Zoe versuchte sich ihren Ekel nicht anmerken zu lassen.

»Linus war ein zäher Hund.« Maurice richtete seine Krawatte. Er wirkte wie ein Geschäftsmann, der ein Projekt erfolgreich abgeschlossen hatte. »Aber ich konnte ihn doch davon überzeugen, mit uns zu kooperieren.«

Er reichte Zoe einen Zettel. Blut war in das weiße Papier eingedrungen und hatte es dort in ein eigenartiges Braun verfärbt. Aber es stand eine Adresse darauf.

Das Versteck von Elias Dietrich.

Die Zeit lief ab. Die Sonne verschwand hinter den dunklen Wolken. Jan hatte die Scheinwerfer seines Autos angeschaltet und leuchtete eine triste Nebenstraße in Lichtenberg aus. Doch auch hier stand kein dunkler Sharan. Sein Handy klingelte. Jan lenkte das Fahrzeug zur Seite, trat auf die Bremse und griff nach seinem Telefon.

Er erkannte Zoes Nummer. »Ich wusste, dass du uns nicht im Stich lässt.«

»Du glaubst immer an das Gute im Menschen.«

»In deinem Fall schon.«

Sie schwieg einen Moment. »Danke.«

»Für was?«

»Dass ihr mich so genommen habt, wie ich bin. Du, Chandu und Max. Auch wenn ich eine seltsame Art hatte, das zu zeigen, hat es mir viel bedeutet.«

Jan wusste nicht, was er von dem Anruf zu halten hatte. Er hatte Zoe noch nie so erlebt. Als wollte sie sich etwas von der Seele reden.

»Keine Sorgen wegen der Kündigung. Wir kriegen Bergman dazu ...«

»Deswegen rufe ich nicht an«, unterbrach Zoe. Sie schien es plötzlich eilig zu haben. »Ich kenne Dietrichs Versteck.«

»Woher hast ...«

»Keine Zeit. Kennst du das Industriegebiet in Lichtenberg?«

»Ich bin in der Nähe.«

»Dann tritt aufs Gas. Ich schicke dir eine Adresse und eine Beschreibung zu einer Hütte per SMS. Dort findest du Elias Dietrich.«

Jan fädelte sich in den Verkehr ein und wendete sein Auto ohne Rücksicht auf die anderen Verkehrsteilnehmer. Ein Hupkonzert ertönte, dann war er auf dem Weg zum Industriegebiet.

»Wenn ich die Nachricht geschrieben habe, rufe ich in der Kripo an und schicke alle verfügbaren Einheiten hinterher.«

»Wie hast du das geschafft?«

»Frag nicht. Verpass dem Wichser eine Kugel.«

»Mache ich.«

»Und gib Chandu einen Kuss von mir auf seine breite Nase«, ergänzte Zoe.

Dann brach die Verbindung ab.

Ohne Zoes Beschreibung hätte er das Versteck von Elias Dietrich niemals gefunden. An einer großen Industriehalle führte ein kleiner Weg vorbei zu einem kleinen Wellblechverschlag, der früher einmal ein Lager oder eine Garage gewesen sein musste. Schäbig, windschief, rostig. Jan hatte sein Auto auf der Straße geparkt und war im Dunkeln den Weg entlanggelaufen.

Als er den dunklen Sharan neben dem kleinen Verschlag gesehen hatte, wäre er am liebsten losgerannt, hätte die Tür eingetreten und auf alles geschossen, was nicht schwarzer Hautfarbe war. Er mahnte sich zur Geduld. Dietrich war clever. Vielleicht hatte er eine Kamera angebracht oder einen Bewegungsmelder. Zu viel Zeit durfte er sich nicht lassen. Wenn Zoe in der Kripo angerufen hatte, würde in spätestens fünf Minuten eine Armee von Polizisten anrücken.

Jan fürchtete sich vor Elias Dietrichs Reaktion, wenn er keinen Ausweg mehr hatte. Vielleicht würde er Chandu töten, vielleicht würde er alles in die Luft sprengen. Diese Wahl wollte er ihm nicht lassen.

Er hatte seine Taschenlampe im Auto gelassen. Der kleinste Lichtstrahl könnte ihn verraten. Das schwache Licht des Mondes musste reichen. Der Boden zu dem Versteck war trocken. Äste und Laub lagen verstreut und zwangen Jan, jeden Schritt überlegt zu setzen.

Er war zehn Meter entfernt, als er den Lichtschein aus dem Verschlag wahrnahm. Jemand war zu Hause. Jan ging geduckt weiter. Schritt um Schritt näherte er sich, die Pistole im Anschlag, sollte sich Dietrich vor der Tür zeigen.

Zwei Meter vor der Halle begann plötzlich eine LED neben der Tür zu blinken. Sekunden später gesellte sich ein Klingeln wie bei einem Digitalwecker dazu.

Jan verfluchte die Dunkelheit. Dietrich hatte irgendwo einen Bewegungsmelder versteckt gehabt. Jan rannte los.

Ende der Heimlichkeit.

Das Geheul der Hyänen begleitete ihre Ankunft. Es war nicht so tief wie das der Löwen, nicht so fauchend wie ein Jaguar, eher wie das bösartige Lachen eines Kindes.

Sie hatten Fackeln dabei. Noch bevor sie jemand gesehen hatte, stand die erste Hütte in Flammen. Sein Freund Amaru wohnte dort. Mit seiner Mutter und seinen drei Geschwistern. Es hatte schon Tage nicht mehr geregnet, also hüllte das Feuer ihre Unterkunft ein. Er hörte ihre Schreie, dann schossen die Maschinenpistolen.

Chandus Mutter kam zu ihm gelaufen. Sie hatte seine kleine Schwester auf dem Arm und zerrte ihn aus dem Bett. Er trug nur eine kurze Hose und ein altes T-Shirt. Sie nahm seine Hand und rannte mit ihm hinaus.

»Lauf«, rief sie. Die Menschen rannten panisch umher. Seine Freunde, Nachbarn, Verwandte. Ihr Geschrei war ohrenbetäubend.

Seine Tante lief ihm entgegen. Ihr Kleid war verrutscht. Sie hielt den Saum in der Hand und versuchte, etwas zu seiner Mutter zu sagen. Dann explodierte ihr Kopf in einer Blutfontäne. Scheinwerfer eines Jeeps rasten ihm entgegen. Er war wie hypnotisiert. Er wollte weiterlaufen, aber seine Beine gehorchten ihm nicht. Die Lichter hielten ihn gefangen.

Seine Mutter packte ihn am Arm und riss ihn fort. Der Jeep raste an ihnen vorbei, untermalt mit dem lauten Geknatter einer Maschinenpistole. Sie rannten zwischen den Hütten hindurch, vorbei an der Schule und dem Ziegengehege. In den Dschungel. Seine Mutter, seine Schwester und er. Steine bohrten sich in seine Füße. Zweige schlugen ihm ins Gesicht. Chandu weinte, aber seine Mutter zog ihn weiter. Seiner Schwester liefen die Tränen über die Wange. Nur zwei von ihnen würden die Nacht überleben.

Und die Hyänen lachten.

Er erwachte von einem Knall.

Die Welt drehte sich um das kleine Zimmer. Sein Kopf pochte, und er hatte das Gefühl, sich übergeben zu müssen. Er spürte die Fesseln um seine Arme und Beine.

Alles war verschwommen. Er saß noch immer in dem eigenartigen Raum, auf dem Tisch der Hammer und das Foto, davor die Digitaluhr. Dann ging die Tür auf. Elias Dietrich kam hereingerannt und hob eine Pistole.

Jan stellte sich auf einen harten Aufprall ein, als er mit der Schulter gegen die Wellblechwand sprang, aber sie fiel erstaunlich leicht um. Jan rollte sich ab und erhob sich mit der Pistole im Anschlag.

Um ihn herum standen unzählige blaue Fässer. Sie ragten bis zu seinem Bauch. Hoch genug, dass man sich dahinter verstecken konnte, aber tief genug, um den Überblick zu behalten.

Jan drehte sich um die eigene Achse. Die linke Ecke des Raums war freigeräumt. Ein Bett und eine kahle Glühbirne ließen auf die Anwesenheit einer Person schließen. Daneben ein alter Kühlschrank und ein Gaskocher. Der Boden war schmierig und glatt. Es roch nach Altöl und beißenden Chemikalien, die an Bleichmittel erinnerten. Auf der rechten Seite war ein kleiner Raum, abgetrennt durch weitere Wellbleche mit einer schmalen Tür aus Holz. Von Chandu keine Spur.

Dietrich konnte sich überall verstecken. Hinter einem Fass, in dem kleinen Raum mit der Holztür, oder hinter einer Ecke, ja selbst in den Fässern. Jan hielt die Pistole weiter vor sich ausgestreckt und marschierte durch das Meer der blauen Plastikbehälter. Chandu musste im Nebenraum sein. Jan wollte sich nicht ausmalen, was wäre, wenn Zoes Informant falschgelegen hatte. Die Zeit war fast um.

Es polterte, als Jan die Fässer aus dem Weg räumte, um aus dem Labyrinth zu entkommen. Er musste nicht mehr leise sein, aber trotzdem setzte er jeden Schritt mit Bedacht.

An dem kleinen Verschlag angekommen, riss Jan die Tür auf und sah hinein. Eine kleine Lampe erhellte den Raum. Auf einem Stuhl saß Chandu. Gefesselt mit Gurten. Sein Blick war trübe, als wäre er unter Drogen gesetzt worden. Hinter ihm kniete Dietrich, verborgen hinter dem Körper des großen Mannes, und hielt eine Waffe an Chandus Schläfe.

»Kommissar Tommen. Ich hätte es mir denken können.«

Jan hielt die Pistole vor sich gestreckt. »Das war's. Waffe runter.«

Dietrich lachte. Es war ein trockenes Lachen, verächtlich und ohne Humor. »Haben Sie sich nicht gefragt, warum ich Ihnen in der Lagerhalle bei Juri das Handy gestohlen und das Auto demoliert, aber Ihnen Ihre Waffe gelassen habe?«

Jan antwortete nicht.

»Ich habe bemerkt, dass sie nicht geladen war. Ich muss zugeben, dass ich ein wenig überrascht war, aber dann habe ich ein bisschen über Ihren letzten Fall recherchiert.«

Elias deutete mit der freien Hand auf Jans Waffe. »Ist sie das? Die Pistole, mit der Sie Ihre Freundin erschossen haben? Haben Sie Albträume? Durchleben Sie den Moment immer und immer wieder?«

Jan verstärkte den Griff um die Waffe.

»Erklären Sie mir doch, Kommissar Tommen, wie Sie mich mit einer ungeladenen Waffe aufhalten wollen?« Dietrich schien die Situation sichtlich zu genießen. »Ich mache Ihnen einen Vorschlag.« Er lächelte süffisant. »Ich gebe Ihnen zehn Sekunden Zeit, hier rauszugehen. Dann mache ich es kurz. Ansonsten werde ich Chandu leiden lassen. Sterben wird er sowieso. Sie bestimmen, ob schnell oder qualvoll.«

Dietrich senkte die Pistole auf Chandus rechte Seite. Ein Schuss in den Unterleib wäre tödlich, aber erst nach langem, schmerzhaftem Todeskampf.

»Wenn Sie Chandu etwas antun, wird Ihr Tod qualvoll sein.«

»Damit wollen Sie mir drohen?«, fragte er verächtlich. »Mein Leben ist eine ewigwährende Hölle. Ein solcher Tod wäre passend. Außerdem ist meine Mission erfüllt.« Er zog den Hahn an der Pistole. »Acht Sekunden.«

»Glauben Sie, Ihre Tochter hätte gewollt, dass Sie auf diese Art ihren Tod rächen?«

»Der Psycho-Mist funktioniert bei mir nicht. Sechs Sekunden.«

Jan sah in Chandus Augen. Sie waren trüb und abwesend. Sein Freund hatte keine Ahnung, was um ihn herum passierte. Er war kaum bei Bewusstsein. Auf seine Hilfe konnte er nicht zählen.

»Wissen Sie, was der Nachteil an den Krimiserien ist?«, wechselte Jan das Thema.

»Interessiert mich nicht. Vier Sekunden.«

»Wir Kripoleute werden zu weinerlich dargestellt.«

»Zwei Sekunden.«

»In Wirklichkeit überwinden wir selbst die schlimmsten Erlebnisse. Ist nur eine Frage der Zeit.«

Jan zog den Abzug.

Als Chandu in den Krankenwagen gehoben wurde, fiel die Anspannung von Jan ab. Seine Knie zitterten, und er musste sich auf den Boden setzen, um nicht umzufallen.

Er hatte es geschafft. Sein Freund war am Leben und der Grabmörder gefasst. Der Arzt hatte ihm versichert, dass Chandu bald wieder auf den Beinen sein wird. Die Drogen in seinem Körper wären bald abgebaut. Eins seiner Trommelfelle war geplatzt, ansonsten war er unversehrt.

Die ganze Polizei von Berlin schien an diesem Abend zu der Wellblechhütte gekommen zu sein. Seine Kollegen von der Kripo, die Ermittler, die Streifenpolizisten. Es war enger als auf dem Weihnachtsmarkt bei Freibier. Selbst Max hatte seinen Platz vor dem Computer verlassen.

Anscheinend war seine Schwester wieder auf Reisen. Seine Jeans hatte Ketchup-Flecken und das Star-Wars-T-Shirt war zerknittert. Einzig seine akkurat geschnittenen Haare zeugten noch von seiner Verwandlung. Immerhin ein Anfang. Der junge Hacker kam zu Jan und setzte sich neben ihn. Er drückte ihm einen Energydrink in die Hand und öffnete sich selbst eine Dose.

»Guter Schuss.« Er prostete Jan zu. »Ich hoffe für Elias, dass er Linkshänder ist, sonst wird er im Alltag Probleme kriegen.«

»Zumindest wird er keine Pistole mehr halten können.«

»Mit seiner Rechten wird er gar nichts mehr halten können.«

Jan öffnete die Dose und trank einen Schluck. Er hatte selten etwas Ekligeres getrunken. Es schmeckte wie eine Mischung aus

Zitronenbonbon, Knetmasse und Toilettenreiniger. »Wie kann man das nur trinken?«

»Man gewöhnt sich daran. Nach dem zweiten Schluck wird es besser.«

Max leerte die Dose in einem Zug.

Jan betrachtete die eigenartige Figur auf der Dose. Wahrscheinlich war er schon zu alt für so etwas, aber der Energydrink machte seinem Namen alle Ehre. Er spürte, wie seine Müdigkeit verflog.

»Ein Hoch auf die Berliner Polizei.« Max hob seine leere Dose. »Möge unser Freund schnell genesen und der Grabmörder im Gefängnis verrotten.«

»Darauf trinke ich.«

Jan schüttelte sich. »Ich dachte, beim zweiten Schluck wird alles besser?«

Max zuckte die Schultern. »Das war gelogen.«

Bergman drängte sich durch das Gewühl. Er blieb mit verschränkten Armen vor Jan stehen und betrachtete ihn. An Jans Schuhen klebten Sägespäne, seine Hose war mit Altöl bespritzt, und sein Hemd hatte er seit zwei Tagen nicht mehr gewechselt. Auch die Dusche hatte er länger nicht mehr gesehen. Er musste einen erbärmlichen Anblick bieten.

Bergman griff in seine Manteltasche und warf Jan seine Marke zu. Dann nickte er leicht und verschwand wieder.

»Was war das?«, fragte Max.

»Ein Kompliment.«

»Er hat nur mit dem Kopf genickt.«

»Bei Bergman heißt das, gut gemacht und wir sehen uns morgen.«

»Ah«, sagte Max. »Was für ein emotionaler Mensch.«

Jan betrachtete die Kripomarke und fuhr mit dem Daumen über das matte Metall. Er genehmigte sich ein Lächeln und schloss die Augen. Ein paar Stunden Schlaf wären nicht schlecht.

Dann würde er den Grabmörder befragen.

KAPITEL 15

Elias Dietrich saß regungslos im Verhörraum. Er starrte den alten Holztisch vor sich an, als wäre er tief in ein Buch versunken. Einzig das Blinzeln seiner Augen verriet, dass er noch am Leben war.

Seine Hände lagen auf dem Schoß. Die Rechte war dick verbunden. Der Schuss hatte die Hand durchschlagen, Knochen gebrochen, Sehnen zerfetzt, aber Dietrich hatte sich geweigert, Schmerzmittel zu nehmen.

»Das ist er also.« Patrick stand neben Jan und betrachtete den Grabmörder durch das Spiegelglas. »Die Nachbarn werden ihn als netten und zuvorkommenden Mann beschreiben. Er zahlte immer seine Steuern und bekam nicht einmal einen Strafzettel.« Patrick schüttelte den Kopf. »Was hat ihn dazu gemacht?«

»Das werde ich herausfinden«, sagte Jan und ging in den Verhörraum.

Als er die Tür hinter sich schloss, war Elias' Blick noch starr auf den Tisch gerichtet. Jan setzte sich ihm gegenüber. So verschieden die Straftäter waren, die er verhört hatte, so konnte man sie doch in zwei Kategorien einteilen. Die erste Gruppe war hasserfüllt und uneinsichtig, die geborenen Verbrecher. Diesen Typ Mensch sollte man einsperren und nie wieder rauslassen. Die zweite Gruppe war reuig oder zumindest kooperativ, als würden sie erst in diesem

Besprechungszimmer die Ausmaße ihrer Tat erkennen. Bei ihnen bestand noch Hoffnung.

Elias Dietrich stand außerhalb dieser Gruppen. Er war teilnahmslos und desinteressiert, er schien sich weder vor Strafe zu fürchten, noch zeigte er seine Verachtung für den Mann, der ihm sein letztes Opfer entrissen und seine Hand zerschossen hatte.

»Schweigen wird Ihnen nichts nützen«, begann Jan. »Wir werden so lange hier sitzen, bis ich verstanden habe, warum Sie vier Morde begangen haben. Einen Tag, eine Woche, ein Jahr. Dieses Zimmer wird solange Ihr Zuhause sein.«

»Sie haben keine Kinder.« Dietrichs Stimme war ruhig, ohne Emotionen. Er hob nicht einmal den Blick.

»Was hat das damit zu tun?«

»Dann würden Sie es verstehen.«

»Würde ich nicht. Sie sind nicht der einzige Mensch, der Kinder verloren hat. Doch nicht alle trauernden Eltern mutieren zu Serienmördern.«

»Ich habe meine Tochter nicht vernachlässigt oder sie durch einen Unfall verloren. Sie starb wegen unfähigen und gierigen Menschen, ohne Respekt vor dem Leben.«

Elias Dietrich hob den Kopf und sah Jan in die Augen. Er konnte im Blick des Grabmörders keine Anklage lesen, keinen Zorn oder Hass. Sie waren von erschreckender Gleichgültigkeit. »Als ich Charlotte das erste Mal in den Händen hielt, drohte mein Herz zu zerspringen. Es war ein überwältigender Moment, den keine Worte beschreiben können. Was immer man bisher als Glück bezeichnet hat, ist unbedeutend im Vergleich dazu. Sie griff mit ihrer kleinen Hand nach meinem Finger, und in diesem Moment schwor ich ihr, sie zu beschützen und alles für ein gutes Leben für sie zu tun, selbst auf Kosten meines eigenen.«

Er schloss die Augen. »Charlotte hatte so viel Energie. Sie war voller Lebensfreude, manchmal konnte man sie kaum bändigen.« Elias Dietrich schien sich in der Erinnerung zu verlieren. »Eines Tages nahm ich sie mit in eine Aufführung des Nussknackers. Beim Marsch der Zinnsoldaten war es um sie geschehen. Noch am Abend musste ich sie beim Ballett anmelden, damit sie auch einmal so tanzen konnte wie Svetlana Zakharova.«

Er öffnete die Augen. »Vor vier Jahren habe ich Charlotte begraben und mit ihr ihre Träume.«

»Und deshalb mussten die Männer sterben?«

»Ich glaube an Sühne, Kommissar Tommen. Wer ein Leben nimmt, sollte mit seinem Leben bezahlen.«

»Aber Sie haben vier Leben genommen.«

»Jeder von ihnen hätte Charlotte retten können. Keiner von ihnen hat es getan.«

»Also gaben Sie allen die Schuld an ihrem Tod?«

»Schuldig waren sie alle. Ich akzeptiere, wenn Ihnen meine Vorstellung von Strafe nicht gefällt, aber jeder von ihnen war ein Nagel zu Charlottes Sarg.«

»Fangen wir mit Dr. Bernhard Valburg an, Ihrem ersten Opfer.«

»Was gibt es da zu diskutieren? Er hat eine falsche Diagnose gestellt, der Beginn von Charlottes Elend. Hätte er das Asthma gleich als Sarkoidose erkannt, würde Dr. Valburg noch leben und ich würde nicht hier sitzen.«

»So tragisch diese Fehldiagnose war, ist es nicht ein wenig radikal, einen Arzt deswegen zu erschlagen?«

Elias lachte auf. Es war ein kurzes und verächtliches Lachen, ohne jeden Humor. »Haben Sie sich bei Ihren Ermittlungen mit den Opfern beschäftigt?«

»Ausgiebig.«

»Dann müsste Ihnen etwas an Dr. Valburg aufgefallen sein, was ein anständiger Arzt nicht macht.«

»Sie meinen den Drogenkonsum?«

»Ich bin kein Junkie, aber ich denke, dass Kokain klares Denken erschwert.«

»Laut seiner Assistentin hat er nur gelegentlich Kokain genommen.«

»Und das haben Sie natürlich geglaubt.«

»Ich bin von der Mordkommission, nicht vom Drogendezernat. Es war nicht meine Aufgabe, den Kokainkonsum von Dr. Valburg aufzudecken, sondern den Mord an ihm.«

»Es gab Schübe bei Charlottes Krankheit, die uns zwangen, täglich zu Dr. Valburg zu gehen. Ich hatte mit Drogen keine Erfahrung, also habe ich sein eigentümliches Verhalten nicht ernst genommen. Ich kannte ihn nicht anders.«

»Und wann haben Sie es bemerkt?«

»Viel zu spät. Eine Patientin machte eine entsprechende Bemerkung zu mir. Ihr war es egal, sie brauchte nur regelmäßig ihr Rezept. Dazu war er noch in der Lage.«

»Haben Sie ihn damit konfrontiert?«

»Nein. Ich habe Charlotte genommen und bin ins Krankenhaus. Nach einer mehrtägigen Odyssee wurde schließlich die Sarkoidose festgestellt.«

»Also deshalb musste Dr. Valburg sterben?«

»Natürlich«, empörte sich Dietrich. Es war das erste Mal, dass er Emotionen zeigte. »Hätte er keine Drogen genommen, hätte er die richtige Diagnose gestellt.«

»Dr. Valburg hatte persönliche Probleme.«

»Wir reden nicht von einem kokainabhängigen Verkäufer, der mir einen schlecht sitzenden Anzug angedreht hat. In dem Fall verliere ich Geld. Bei einem Pneumologen ist das etwas anderes.«

»Seine Frau war gestorben.«

»Und das führen Sie mir gegenüber als Ausrede ins Feld? Ich habe meine Frau auch begraben. Im Gegensatz zu Dr. Valburg hatte ich nicht das Gehalt eines Pneumologen und außerdem noch eine Tochter. Ich habe weder zu Drogen gegriffen, noch kam jemand zu Schaden.«

Elias Dietrichs Stimme wurde wieder ruhiger. »Mit dem Mord an ihm habe ich der Menschheit einen Gefallen getan. Wer weiß, welche Fehldiagnosen ihm noch unterlaufen wären.«

»Wie sind Sie zu Moritz Quast gekommen?«

»Moritz war mein Betreuer bei der Krankenkasse. Anfänglich hat er mir geholfen, alles mit dem Krankenhaus zu regeln, aber als die Behandlung nicht anschlug, musste ich mir etwas anderes überlegen. In der Schweiz gab es ein Spital, das mit einer neuen Therapieform Erfolg hatte. Nichts, was eine völlige Heilung ermöglicht hätte, aber etwas, das den Krankheitsverlauf verlangsamt und die Symptome gemindert hätte.«

»Und Moritz hat das abgelehnt?«

»Krankenkassen sind zu Wirtschaftsbetrieben verkommen. Ihnen ist das Schicksal ihrer Kunden egal. Es geht um die Steigerung ihres Gewinns, nicht um die Gesundheit der Versicherten.

Wenn er wenigstens den Mut gehabt hätte, mir das zu sagen, aber er hat sich immer hinter Vorschriften und Gutachten versteckt. Er könne keine Behandlung im Ausland genehmigen, die nicht zur vollständigen Heilung führen würde. Dabei ging es nie um Heilung. Damals war mir klar geworden, dass Charlotte nicht ohne Transplantation überleben würde, doch sie war nicht einmal auf der Empfängerliste. Von den Wartezeiten für eine Lunge will ich gar nicht reden.«

Dietrich schüttelte den Kopf. »Die Krankenkasse machte in dem Jahr einen Gewinn im dreistelligen Millionenbereich. Die Dividende wurde erhöht.«

»Der legale Weg war Ihnen verwehrt, also versuchten Sie es über andere Kanäle.«

»Sie meinen Robin Cordes?«

»Eben diesen.«

»Als ich nicht mehr mit Moritz gerechnet habe, hat er mich eines Tages vor meiner Haustür abgepasst. Hat mir etwas von schlechtem Gewissen erzählt und mir die Nummer eines Freundes gegeben, der nicht in Deutschland zugelassene Medikamente importierte. Zwei Tage später traf ich mich mit Robin Cordes, einem angeblichen Pharmareferenten. Er schimpfte über die restriktiven Vorschriften in Deutschland und versprach mir ein Mittel, das den Verlauf von Sarkoidose wesentlich verlangsamen würde.«

»Das haben Sie ihm geglaubt?«

»In einer solch hoffnungslosen Situation glauben Sie alles, Kommissar Tommen. Die Ärzte hatten Charlotte abgeschrieben. Sie sagten es mir nicht, aber ich konnte es in ihren Augen sehen. Sie halfen ihr, die Schmerzen zu ertragen, aber an eine Heilung glaubte niemand mehr. Und dann kam Robin Cordes, heuchelte Verständnis und legte mir die schicke Hochglanzbroschüre eines Wirkstoffes auf den Tisch, dessen erste Testreihen erfolgversprechend waren.«

»Ich nehme an, dass die Ergebnisse gefälscht waren?«

»Natürlich. Den Wirkstoff gab es, und er wurde bei Sarkoidose eingesetzt, aber die Erfolgschancen waren minimal. Robin wollte eine Modifikation besorgen, besser, wirkungsvoller, aber noch nicht in Deutschland zugelassen.«

»Sie haben zugestimmt?«

»Für den Verzweifelten ist derjenige ein Gott, der ihm Hoffnung zu schenken vermag.«

»Warum haben Sie nicht die Ärzte dazu befragt?«

»Robin hatte mich ausdrücklich davor gewarnt. Ohne Zulassung dürften sie es Charlotte nicht geben. Ich musste es ihr heimlich ins Essen tun.«

»Wie viel haben Sie Robin dafür bezahlt?«

»Zweitausend als Anzahlung. Dann noch mal viertausend bei Lieferung.«

»Wann haben Sie gemerkt, dass es sinnlos ist?«

»Als sich Charlottes Zustand nicht gebessert hat und sie nur noch wenige Wochen zu leben hatte.«

»Haben Sie Robin erneut kontaktiert?«

»Sein Handy war nicht mehr erreichbar, und Moritz ließ sich verleugnen. Ich hatte kein Geld mehr, und man hatte mir empfohlen, mich auf den Tod meines Kindes vorzubereiten.«

»Wie sind Sie dann zu Juri Petrow gekommen?«

»Gar nicht. Er kam zu mir.«

»Einfach so?«

»Es war spät abends. Charlotte war eingeschlafen, und ich war auf dem Weg zur Toilette, als mich Petrow anrief. Er habe vom Schicksal meiner Tochter gehört, und er bot mir an, eine Lunge für meine Tochter zu besorgen, samt Arzt, der den Eingriff machen würde.«

»Und das haben Sie ihm geglaubt?«

»Ich hatte einen Moment der Klarheit und bat Petrow um einen Beweis. Wir trafen uns zwei Tage später auf der Friedrichstraße. Er nahm mich im Auto mit und erzählte mir, dass er Diplomat sei und illegal Organe nach Deutschland schmuggelte, die er von befreundeten Ärzten einpflanzen ließ. Zum Beweis zeigte er mir seinen Diplomatenausweis und eine Kühlbox mit einer Leber, die er gerade auslieferte. Dann ließ er mich an der nächsten Ecke raus und drückte mir eine Karte mit seiner Handynummer in die Hand.«

»Die Leber hätte von einem Schwein sein können.«

»Hätte sie, aber wie bei Robin hatte ich nichts mehr zu verlieren. Meine Tochter lag im Sterben, und ein Leben ohne sie konnte ich mir nicht vorstellen. Juri Petrow war meine letzte Option, also rief ich an.«

»Ich dachte, Sie waren pleite? Woher hatten Sie das Geld?«

»Petrow bot ein Komplett-Wohlfühlpaket. Er brachte mich noch am Abend zu einem Geldverleiher, bei dem ich mir 50.000 Euro leihen konnte.«

»Und die gingen direkt an ihn?«

»Das war der Deal.«

»Und Sie hatten keine Angst, über den Tisch gezogen zu werden?«

»Ihre Argumentation langweilt mich, Kommissar Tommen. Ich habe keinen Autokredit aufgenommen. Meine Tochter lag im Sterben. Selbst eine Chance von eins zu einer Milliarde war unendlich besser als alles, was mir das Krankenhaus bieten konnte.«

»Wie wollten Sie das Geld zurückzahlen?«

»Das war mir in dem Moment egal. Wäre meine Tochter gerettet worden, so hätte ich mit Freuden mein Leben lang dafür gearbeitet, die Schulden zurückzuzahlen. Wenn nicht, hätten die 50.000 Euro keine Rolle mehr gespielt.«

»Aber Petrow hat nicht geliefert, und dann wurde die erste Rückzahlung fällig.«

»Nach zwei Monaten besuchte mich ein Geldeintreiber.«

»Chandu Bitangaro.« Es fiel Jan schwer zu glauben, dass sein Freund einer der Bösen gewesen sein sollte. Das Bild des großen Mannes auf der Trage ging ihm nicht aus dem Kopf.

»Er wartete vor meiner Wohnung. Ich war auf dem Weg ins Krankenhaus und wollte Charlotte einen frisch gewaschenen Schlafanzug bringen. Er packte mich am Kragen, hob mich hoch und verlangte die erste Rate des Kredits.«

»Und Sie konnten nicht zahlen?«

»Natürlich nicht.«

»Was passierte dann?«

»Ich erklärte ihm, dass mein Kontakt noch kein Organ geliefert hatte und ich vorher nichts zurückzahlen würde. Dass ich kein Geld hatte, sagte ich natürlich nicht, aber ich hoffte, mir etwas Zeit verschaffen zu können. Ich wollte so schnell wie möglich ins Krankenhaus. Jeder Tag hätte Charlottes letzter sein können.«

»Aber Chandu ließ Sie nicht gehen.«

»Er verstand seinen Job.«

»Und weil Sie immer noch nicht zahlen wollten, hat er Ihnen eine Abreibung verpasst?«

»Vielleicht hätte ich ihn nicht als Hurensohn bezeichnen sollen.« Elias Dietrich zuckte die Schultern. »Am Ende unseres Gesprächs hatte ich ein gebrochenes Handgelenk, drei angeknackste Rippen und einen Sehnenriss in der Schulter, der mir noch heute zu schaffen macht. Von den Blessuren im Gesicht will ich nicht reden.«

»Also musste Chandu sterben?«

»Ich habe ihm erklärt, wofür ich das Geld benutzt habe, dass meine Tochter mich brauchte, aber er war gnadenlos.«

Dietrich ballte die Fäuste. »Die letzten Tage meiner Tochter saß ich wie ein Krüppel neben ihrem Bett. Als sie mein blau geschlagenes Gesicht gesehen hat, hat sie geweint.«

Er schloss die Augen und schwieg lange.

»Vollgepumpt mit Schmerzmitteln hat sie die letzten Stunden ihres Lebens wie im Delirium verbracht. Am Ende habe ich gebetet, dass sie schnell erlöst werden möge.«

Er schluckte hörbar. »Gott hat mich nicht erhört.«

»Wann kamen die ersten Mordgedanken auf?«

»Von Anfang an. Nach meinem Nervenzusammenbruch habe ich lange über Selbstmord nachgedacht. Meine Familie war alles für mich. Ich hatte kein Interesse an einer Karriere als Manager. Materielle Dinge waren mir nicht wichtig. Nach dem Tod meiner Frau und meiner Tochter hatte ich nichts mehr, wofür es sich zu leben lohnte.«

»Warum haben Sie keinen Selbstmord begangen?«

»Dr. Beringer. Er hat meine Verzweiflung erkannt und versucht, meinem Leben wieder einen Sinn zu geben. Eines Tages redeten wir über meinen Wunsch, Dr. Valburg zu töten, und ich erkannte, dass mich der Gedanke seltsam erregte. Nicht auf eine sexuelle Art und Weise, aber es war ein Weg, ihn angemessen zu bestrafen.«

Dietrich lachte kurz. »Bei meiner Entlassung war Dr. Beringer glücklich, mir einen Weg zurück ins Leben gezeigt zu haben. Dass sich dieser auf Mordfantasien gründete, hätte ihm nicht gefallen.«

»Warum haben Sie es nicht der Polizei gemeldet?«

»Was?«, fragte Elias. »Die Fehldiagnose von Dr. Valburg oder die Ablehnung der Behandlung durch Moritz Quast? Vielleicht die krummen Geschäfte von Robin Cordes oder den Organschmuggel von Juri Petrow?«

Dietrich schnaubte abfällig. »Selbst wenn die Polizei Robin gefasst hätte, wäre er mit einer Bewährungsstrafe davongekommen. Juri Petrow war Diplomat. Ihm wäre nichts geschehen. Ein unbefriedigendes Strafmaß für den Tod meiner Tochter.«

»Also planten Sie die Morde?«

»Ich hatte genug Zeit. Vier Jahre in der Anstalt reichen für hundert Morde. Ich habe mir heimlich einen Zugang zum Internet verschafft und recherchiert, wenn ich konnte. Vor allem nachts, wenn Dr. Beringer nicht im Haus war.«

»Als Sie aus der Psychiatrie entlassen wurden, sind Sie untergetaucht?«

»Ich war Dr. Beringer dankbar, dass er sich so viel Mühe mit mir gegeben hatte, aber mit der Zeit nervten die Gespräche mit ihm. Ich wusste nicht, wie schnell Sie mir auf die Spur kommen würden, daher konnte ich nicht in meine Wohnung zurück.«

»Sie wurden am 1. März entlassen. Warum haben Sie sich so lange Zeit gelassen, bis Sie Dr. Valburg ermordet haben?«

»Dr. Valburg war nicht das Problem. Es war schwieriger, an Robin Cordes und Juri Petrow zu kommen. Das erforderte Planung.«

»Fangen wir mit Bernhard Valburg an. Wie sind Sie in sein Haus gekommen?«

»Das war leicht. Ich musste nur warten, bis er im Drogenrausch die Tür nicht abgeschlossen oder das Fenster nicht zugemacht hatte. Ich bin eingestiegen und habe mir einen Hausschlüssel genommen. Dr. Valburg ist das Fehlen nicht aufgefallen. In der Mordnacht stand er im Wohnzimmer und hat abwesend in seinen komischen Garten gestarrt. Er hätte mich nicht einmal bemerkt, wenn ich die Tür aufgesprengt hätte.«

»Und warum haben Sie ihm die Augen ausgestochen? Ist das irgendein religiöser Mist? Auge um Auge und Zahn um Zahn?«

»Wer seine Frau früh begräbt und zusehen muss, wie seine Tochter qualvoll stirbt, der glaubt an keinen Gott mehr. Zumindest nicht an einen Gott, wie ihn die Kirche darstellt.«

»Also nichts Religiöses?«

»Sie lesen zu viele Krimis.«

»Was war es dann? Langeweile?«

»Während ich neben dem Bett meiner Tochter gewacht habe, habe ich ein Buch über Indianer gelesen. Dort gab es einen Stamm, der an die Unversehrtheit des Körpers geglaubt hat. Was dem Körper im Leben passiert, nimmt er mit in die ewigen Jagdgründe. Ein Stammesmitglied, das sich eines schweren Verbrechens schuldig gemacht hatte, wurde nicht nur im Leben bestraft, auch dessen toter Körper wurde entstellt. Die Verstümmelung würde ihn auf ewig im Jenseits martern. Ich fand den Gedanken tröstlich, dass Dr. Valburg auf ewig blind sein würde.«

»Sein Tod war Ihnen nicht genug?«

»Das Leben eines drogenabhängigen Alten gegen das Leben eines unschuldigen Kindes mit großen Träumen? Ich bitte Sie.«

»Und dann haben Sie ihn in eines der Fässer gepackt, in den VW verfrachtet und auf den Friedhof gefahren.«

»Es war so leicht, wie es sich anhört. Woher ich die Fässer habe, wissen Sie. Eines davon habe ich vollständig gereinigt und mit Bleiche alle Schmutzreste entfernt, um keinen Hinweis auf das Transportgefäß zu hinterlassen. Dann habe ich das Wort Grünabfälle draufgedruckt, falls mir jemand auf dem Friedhof begegnet.«

»Und wie haben Sie sich danach gefühlt?«

»Gut«, sagte Elias Dietrich eindringlich. »Hervorragend würde es besser treffen. Ein Gefühlszustand, den ich nicht mehr kannte.«

»Also machten Sie sich zu Moritz Quast auf?«

»Ich war so enthusiastisch, dass ich in der gleichen Nacht das Grab für ihn ausgehoben habe.«

»Woher wussten Sie, wo Sie das Grab seiner Eltern finden?«

»Das verdanke ich Bernd Pietsch.«

»Wer zur Hölle ist Bernd Pietsch?«

»Da müsste ich ausholen.«

»Ich habe den ganzen Tag Zeit.«

»Bernd Pietsch war ein Mitinsasse der Psychiatrie. Er hatte beängstigende sexuelle Neigungen, aber ich konnte mit meinen Gesprächspartnern nicht wählerisch sein. Bernd hat einen Halbbruder namens Jordan, der in Berlin eine kleine Pfandleihe betreibt. Jordan nimmt auch geklaute Ware.«

»Und eine dieser Gestalten kannte Moritz Quast?«

»Geduld, Kommissar Tommen«, mahnte Elias. »Der erste Einbruch in Dr. Valburgs Haus diente nicht nur der Schlüsselbeschaffung, er sollte mir auch Geld für meine Pläne besorgen. Wie Sie sich denken können, war ich pleite. Ich habe die Einrichtungsgegenstände aus meiner Wohnung verkauft. Das hat mich ein paar Wochen über Wasser gehalten, aber ich brauchte mehr.«

»Also haben Sie Dr. Valburgs Haus geplündert?«

»Nicht das ganze Haus, sondern Dinge, deren Fehlen dem Doktor nicht sofort auffallen würden. Doch ihm entging nicht nur der Verlust eines Schlüssels, sondern auch das Fehlen von Uhren und Schmuck.«

»Von wie viel Geld reden wir?«

»Eine Menge. Ich habe zwei Glashütte-Uhren und ein komplettes Schmuckkästchen seiner Frau mitgehen lassen, mit einer Menge wertvoller Sachen drin. Das habe ich zu Jordans Pfandleihe gebracht. Und da ich ein Freund seines Bruders war, hat er mir vierzigtausend Euro gegeben.«

»Eine stolze Summe.«

»Es entbehrt nicht einer gewissen Ironie, dass Dr. Valburgs Spende meine Mordpläne erst möglich machte.«

»Warum brauchten Sie so viel Geld? Sie wohnten doch in einem Verschlag im Industriegebiet Lichtenberg.«

»Jetzt kommen wir wieder zurück zu Moritz Quast und dem Grab seiner Eltern. Jordan war nicht nur ein dankbarer Abnehmer für Hehlerware, sondern auch ein Vermittler für Dienste jeder Art.«

»Dienste?«

»Hauptsächlich Informationen. Diesbezüglich hat Berlin eine wahrhaft üppige Speisekarte. Für tausend Euro erhielt ich den Namen des neuen Arbeitgebers und die Privatadresse von Moritz Quast sowie eine Beschreibung zum Grab seiner Eltern.«

»Wie kam Ihr Kontakt an diese Informationen?«

»Keine Ahnung. Sie werden irgendjemanden in der Behörde bestochen haben. Ich kannte noch nicht einmal seinen Namen. Lief alles über Jordan.«

»Vielleicht sollte ich dem Mann einen Besuch abstatten?«

»Zeitverschwendung. Jordan hat genug Geld bekommen, um abzuhauen. Er sitzt wahrscheinlich irgendwo in Thailand und genießt seinen Ruhestand.«

»Jetzt weiß ich, wie Sie das Grab von Moritz Quasts Eltern gefunden haben, aber warum haben Sie ihn nicht zu Hause erschlagen, wie Dr. Valburg?«

»Ich habe mich nie in meinem Leben so erniedrigt wie vor Moritz Quast. In seinem Büro bin ich auf die Knie gefallen und habe weinend um die Behandlung in der Schweiz gefleht. Er hat mir versichert, alles in seiner Macht Stehende zu tun, aber am Ende hat er sich am Telefon verleugnen lassen, und ich durfte das Gebäude der Krankenkasse nicht mehr betreten. Ich wollte ihm zeigen, was er angerichtet hat, deshalb habe ich den Friedhof ausgewählt, um ihn zu Charlottes Grab führen zu können.«

»Aber vorher musste er die Streife vor der Tür beseitigen?«

»Moritz war ein Feigling ohne Rückgrat. Ich musste ihm nur mit der Pistole drohen, und er war gehorsam wie ein Schoßhündchen. Die Polizisten haben es mir leicht gemacht und sich getrennt. Der erste war ausgeschaltet, bevor er wusste, wie ihm geschah. Der zweite war vorsichtiger, aber mit einem Angriff von Moritz hat er nicht gerechnet. Nachdem die Polizisten ohnmächtig und gefesselt im Wohnzimmer lagen, hatte ich genug Zeit.«

»Wie sind Sie in das Haus gekommen?«

»Während Dr. Valburg sein Umfeld wegen Depressionen und Drogen nicht richtig wahrgenommen hat, war Moritz ein Chaot. Ich bin jeden Tag bei ihm vorbeigefahren und habe mir das Haus angesehen. In der Arbeitskleidung der Stadt, zusammen mit einigen Messgeräten, ist man völlig unsichtbar. Ins offene Fenster auf der Rückseite hinein, einen Abdruck von seinen billigen Schlüsseln gemacht und ohne Hektik wieder raus. Dann habe ich den Stromverteiler in der Nähe geprüft, damit meine Tarnung glaubwürdig ist, und bin wieder verschwunden.«

Dietrich lächelte. »Bei Ihrer Befragung hat sich wahrscheinlich keiner der Nachbarn an einen Mitarbeiter der Stadt erinnert, der Wochen zuvor den Stromzähler kontrolliert hat.«

Jan schwieg. Er war immer wieder überrascht, wie leicht es war, in ein Haus einzudringen. Selbst ein Amateur wie Dietrich hatte dabei keine Probleme.

»Die Polizisten hatten den Vordereingang im Blick. Ich bin über die Gärten der Nachbarn auf das Grundstück und über die Hintertür hineingekommen. Moritz bot einen erbärmlichen Anblick, schlotternd vor Angst, das Kissen in seine Hände gekrallt, als wäre es sein Kuscheltier. Jetzt war es an Moritz zu bitten, zu betteln und zu weinen. Eigentlich wollte ich nur seinen Tod, aber es war sehr befriedigend, ihn auf den Knien herumrutschen und um sein Leben flehen zu sehen.«

»Also haben Sie sein Leiden verlängert, sind mit ihm auf den Friedhof gefahren, um ihn mit seiner Tat zu konfrontieren und dann vor seinem Grab zu erschlagen?«

»Ist das wieder der klägliche Versuch, an mein Gewissen zu appellieren?«, fragte Dietrich. »Haben Sie den Hintergrund von Moritz Quast überprüft? Dann wissen Sie, dass er eine geldgierige skrupellose Wanze war, die sogar ihren eigenen Partner verraten hat.«

»Robin Cordes.«

»Nicht dass es mir leid tut, dass Robin im Gefängnis war.«

»Wie haben Sie ihn zu fassen bekommen? Nach den ersten beiden Morden ist er abgetaucht.«

»Das war aufwendig. Ich hatte mir fast gedacht, dass Robin verschwinden würde, wenn er vom Tod von Dr. Valburg und Moritz Quast erfahren würde, also habe ich gleich einen Spitzel auf ihn angesetzt. Sein Gefängnisaufenthalt hätte beinahe meine Pläne durcheinandergebracht, aber seit dem Tag seiner Entlassung wusste ich, was er macht, wo er ist und wann er sich am Kopf kratzt.«

»So sind Sie auf die Pokerrunden gekommen?«

Dietrich nickte. »Robin war fleißig. Zwei Wochen nach seiner Entlassung war er in eine Runde eingestiegen und hatte selbst ein Treffen von Spielern organisiert. Über ein Benefiz-Pokerspiel bin ich an verschiedene Leute gekommen, die mich gerne eingeladen haben, weil ich ein lausiger Spieler mit Geld war. So kam ich an Nina und Paul Hauren, die mich auf Robins Runde aufmerksam gemacht haben.«

»Er hat Sie nicht erkannt?«

»Unsere letzte Begegnung war Jahre her. Ich habe seitdem abgenommen, meine Haare sind grauer geworden, und ich habe mir einen Bart wachsen lassen.«

»Wie haben Sie ihn ermordet?«

»Das war leicht. Nach der Runde hat Robin aufgeräumt. Als er das Wirtshaus verlassen hat, habe ich auf ihn gewartet. Als er den Schlag hat kommen sehen, war es schon zu spät.«

»Woher haben Sie gewusst, dass wir die Leichenwagen im Friedhof durchlassen würden?«

»Sie unterschätzen die Macht von Geld, Kommissar Tommen. Ein verzweifelter Kleinkrimineller macht alles, wenn Sie ihm ein paar Euro für den nächsten Schuss versprechen. Jordan hatte einen unerschöpflichen Fundus an Männern und Frauen, die für einen Hunderter den ganzen Tag auf dem Friedhof rumhängen. Wir haben darauf geachtet, nur Leute einzusetzen, die eine weiße Weste haben, damit sie bei einer Kontrolle nicht auffallen. Mir war klar, dass Sie das Grab überwachen würden, also musste ich mir einen anderen Weg ausdenken.«

»Dann sind Sie in das Verwaltungsgebäude des Friedhofs eingebrochen?«

»Bis zum Tod meiner Tochter hatte ich noch nie mit Straftätern zu tun gehabt. Ich war ein einfacher Beamter. Hier hatte ich die Hilfe eines erfahrenen Einbrechers, der mir den Weg bereitet hat. Ich bin nur hinterhergelaufen.«

»Hatten Sie keine Angst, dass Sie ein Helfer erpressen könnte?«

»Glauben Sie wirklich, dass ein gesuchter Straftäter zur Polizei läuft und den Mann verrät, der ihm Geld gibt?«

»Wer waren die Männer?«

»Geben Sie sich keine Mühe. Ich verrate niemanden.«

»Sie glauben nicht wirklich, dass wir Ihre Helfer so leicht davonkommen lassen?«

»Meine Verhaftung hat sich schon herumgesprochen. Selbst wenn ich sie verraten wollte, kenne ich nur ihre Vornamen. Die sind abgetaucht, bevor Sie den ersten identifiziert haben.«

Jan machte sich eine Notiz. Um die Helfer von Dietrich würde er sich noch kümmern. »Wie haben Sie Juri Petrow dazu gebracht, die Botschaft zu verlassen?«

»Ich brauchte nicht viel Fantasie. Ich habe mich als reicher Geschäftsmann ausgegeben, der dringend zwei Hornhäute für seinen Sohn benötigt. Ich habe mir eine Limousine gemietet und bin in einem schicken Anzug zum Treffen erschienen. Der Bart hat genügt, dass er mich nicht erkannt hat. Ich habe Juri Petrow zwanzigtausend Euro auf den Tisch gelegt und ihm hundertfünfzigtausend zusätzlich versprochen, wenn er schnell liefern kann. Das gierige Funkeln in den Augen war mir Antwort genug. Sie haben selbst gesehen, was die Aussicht auf so viel Geld aus einem Menschen macht. Obwohl sein Leben bedroht gewesen ist, hat er sich ins Auto gesetzt und seine Bewacher abgehängt.«

»Alle, bis auf mich.«

»Ich gebe zu, mit Ihnen habe ich nicht gerechnet, aber der Kies auf der Einfahrt hat Sie verraten.«

»Warum haben Sie mich nicht getötet?«

Dietrich seufzte. »Ich habe keinen Spaß am Töten. Mein Ziel war die Bestrafung der Männer, die für den Tod meiner Tochter verantwortlich waren. Ihre Ankunft hat meinen Plänen sogar in die Karten gespielt.«

»Wie wollten Sie Juri Petrow ins Grab legen? Sie konnten nicht wissen, dass ich komme und Sie mit meinem Handy die Ermittler abziehen können.«

»Ich hatte ein paar Jungs für ein kleines Ablenkungsmanöver engagiert, damit ich die Leiche wieder in einen Sarg legen und von den Totengräbern begraben lassen kann. Dank Ihrer Hilfe war das aber nicht nötig. Als ich die Einheiten auf die Rückseite beordert hatte, konnte ich in dem Chaos unbehelligt die Leiche ablegen.«

»Dann blieb nur noch Chandu Bitangaro.«

»Der Gefährlichste von allen. Mit einem Elektroschocker war ihm nicht beizukommen, also wählte ich eine radikalere Methode.«

»Eine Blendgranate.«

»Jordan stellte den Kontakt zu Linus her, der mich gut beraten hatte. Nachdem ich Chandus Wohnungstür überprüft hatte, war der Rest leicht. Ich wartete, bis er zu Hause war, schlug ein Loch in seine Tür und warf die Granate hinein. Der Druck war unglaublich. Ich stand neben der Tür und hatte einen Kopfhörer auf, aber wäre beinahe selbst umgefallen.«

»Trotzdem betäubten Sie ihn?«

»Ich musste sichergehen, dass er auf dem Weg nach unten nicht aufwacht, also verpasste ich ihm eine Injektion. Die Betäubungsmittel wirkten, bis ich ihn in meinem Versteck hatte.«

»Wäre ich nicht rechtzeitig gekommen, hätten Sie ihn auch getötet?«

»Auch wenn Chandu nicht direkt für den Tod meiner Tochter verantwortlich war, konnte ich ihm die Demütigung nicht verzeihen. Mein Fehler war, dass ich mich mit Linus in meinem Versteck getroffen habe. Ich hätte nicht geglaubt, dass er einknickt. Wie haben Sie das geschafft?«

»Wir haben unsere Methoden«, log Jan. Er hatte immer noch keine Ahnung, wie Zoe an diese Information gekommen war.

»Warum die Gräber?«, fragte Jan. »Warum haben Sie für jedes Ihrer Opfer ein Loch ausgehoben und ein Kreuz platziert?«

»Ich habe bis zum Ende gehofft, dass ich Charlotte würde retten können, und keinen Gedanken an ihr Begräbnis verschwendet. Doch meine Tochter war weiter als ich. Sie hatte sich mit dem Tod abgefunden. In den wenigen lichten Momenten, die ihr die Schmerzmittel gewährten, sprachen wir über ihren Grabstein. Wenn sie schlief, verließ ich das Krankenhaus, machte Fotos von Grabsteinen und zeigte ihr den Ort, an dem sie begraben werden würde, direkt neben ihrer Mutter.«

Dietrich rieb sich die Augen, als wollte er das Weinen unterdrücken. »Gegen den Rat der Ärzte sind wir auf den Friedhof gefahren, weil Charlotte ihr Grab ansehen wollte. Ich schob ihren ausgemergelten Körper in einem Rollstuhl dorthin. Ein Schlauch lief von der Sauerstoffflasche in ihre Nase. Ihr Atem kam rasselnd, und sie konnte kaum die Hand heben, so schwach war sie. Charlotte sah auf ihr Grab und sagte: ›Ein schöner Platz.‹ Zwei Tage später war sie tot.«

Dietrich sah Jan in die Augen. »Die Mörder meiner Tochter sollten spüren, wie es ist, vor dem eigenen Grab zu stehen. Die Angst sollte ihnen den Schlaf rauben und sie um den Verstand bringen. Wenigstens einen Tag sollten sie das Leid meiner Tochter teilen.«

»Ich wünschte, jeder Mörder würde so bereitwillig gestehen«, sagte Bergman, nachdem Jan seine Befragung beendet hatte.

»Er hatte nichts mehr zu verlieren. Mit dem Tod seiner Tochter endete das Leben für ihn. Nur die Rache hielt ihn aufrecht.«

»Was machen wir jetzt?«, fragte Patrick.

»Uns auf den riesigen Medienrummel vorbereiten«, sagte Bergman. »Nach dem Geständnis wird es nicht lange bis zum Prozess dauern. Mit der Geschichte wird es die Staatsanwaltschaft schwer haben, ihn als brutalen Serienmörder darzustellen. Wahrscheinlich hat Elias einen lukrativen Buchvertrag, bevor der Prozess beendet ist.«

»Ich habe noch genug von dem letzten Fall.« Jan seufzte. »Etwas weniger Presse wäre schön.«

»Wenn nichts von seinen Motiven an die Öffentlichkeit gelangt, haben wir in ein paar Tagen wieder Ruhe, aber mit Prozessbeginn geht der Reporteransturm in eine neue Runde. Du solltest dir freinehmen«, sagte Bergman mit Blick auf Jans müde Augen.

»Werde ich, aber zuerst werde ich Chandu besuchen.«

»Wie geht es ihm?«, fragte Patrick.

»Nachdem die Drogen aus dem Körper heraus sind, ist er fast wieder der Alte. Bis auf ein kaputtes Trommelfell ist kein bleibender Schaden geblieben.«

»Zumindest körperlich«, sagte Patrick. »Wer weiß, wie die Gefangenschaft seinem Geist zugesetzt hat.«

»Dafür hat er mich«, sagte Jan.

Nachdem sich die Zellentür hinter ihm geschlossen hatte, setzte sich Elias Dietrich auf die schmale Pritsche. Er betrachtete das Tablett mit Brot und Wurst, das ihm der Wärter auf den Hocker gestellt hatte. Ein mageres Mahl, aber passend für einen Tag wie diesen.

Vor vier Jahren hatte er seine Kleine ein letztes Mal im Arm gehalten, ihren letzten Atemzug gespürt, als ihr zarter Körper den Kampf aufgegeben hatte.

Das war so lange her, dachte er traurig und zog Charlottes Foto aus seiner Tasche. Wenigstens das hatte sie ihm gelassen. Eine letzte Erinnerung an eine schöne Zeit – ihren zehnten Geburtstag. Trotz des Todes ihrer Mutter wirkte sie glücklich, voller Vorfreude an die Stunden, die noch kommen würden.

Er küsste das Bild und betrachtete es, als wollte er sich jede Winzigkeit einprägen. Dann steckte er es weg und erhob sich.

Er sah aus dem vergitterten Fenster, betrachtete das Grün eines Baumes, wie die Blätter leuchteten im hellen Gelb der Sonne. Ein seltenes Lächeln erschien auf seinem Gesicht. Schon lange hatte er keinen Grund mehr dazu gehabt.

Elias nahm das Tablett und verbog es, bis ein Stück abbrach. Dann zog er sich die scharfe Blechkante über den Hals.

»Papa ist gleich bei dir«, flüsterte er, als die Blutlache größer wurde.

Er fand Chandu vor Charlottes Grab. Der große Mann hatte den Kopf gesenkt und hielt einen Strauß Rosen in der Hand. Jan stellte sich neben ihn und faltete die Hände. Auf dem Stein war ein Bild von Charlotte.

»Sie hatte ein wunderschönes Lächeln«, sagte Chandu, ohne den Kopf zu heben. »Sie hätte viele Menschen glücklich gemacht, wenn sie hätte leben dürfen.«

»Ihr Tod war nicht deine Schuld«, versuchte Jan seinen Freund zu trösten.

»Ich weiß«, sagte Chandu, »aber ich habe ihren Vater verprügelt, ihn gedemütigt und erniedrigt, kurz bevor sie starb.«

»Das konntest du nicht wissen.«

»Ich arbeitete als Geldeintreiber für einen widerlichen Bastard, einen Mann ohne Skrupel und Gewissen. Ich habe mir immer eingeredet, dass seine Kunden nicht besser waren. Glücksspieler, Junkies, Zuhälter. Keiner, der die Prügel nicht verdient hatte. Und so bin ich immer mit einem guten Gewissen nach Hause gegangen und konnte ruhig schlafen.«

Chandu rang die Hände um den Blumenstrauß. »Als ich in seinem Versteck erwacht bin, hat er seine Skimaske abgenommen und mir in die Augen gesehen. Sein Blick war voller Hass, tiefgehend und unbarmherzig. Es brauchte einen Moment, aber dann habe ich mich an meine Begegnung mit Elias Dietrich erinnert.

Ich hatte ihn zu Hause abgepasst. Er roch nach Schweiß, seine Haare standen ungekämmt in alle Richtungen, und sein Hemd war zerknittert. Er kam die Treppen heruntergestürmt, als wäre er auf der Flucht. Nichts unterschied ihn von den anderen Kriminellen, die sich bei meinem Auftraggeber Geld geliehen haben. Und wie jeder dieser Typen erzählte er mir eine rührselige Geschichte vom Tod seiner Frau und seiner Tochter, die im Sterben liegt.«

»Doch dieses Mal war es die Wahrheit.«

»Ich hätte es sehen müssen.« Chandu schüttelte den Kopf. »Ich habe mich für einen Menschenkenner gehalten, aber an dem Abend habe ich versagt.«

Chandu legte die Rosen auf das Grab. Das Bücken fiel ihm sichtlich schwer.

»Du hättest noch im Krankenhaus bleiben sollen.«

»Ich bin wackelig auf den Beinen, aber es geht wieder. Um das Trommelfell kümmere ich mich ein anderes Mal.«

Chandu trat einen Schritt vom Grab zurück. »Hätten wir nicht auch so gehandelt?«, fragte er. »Wenn wir eine Tochter wie Charlotte gehabt hätten?«

»Ich glaube nicht«, antwortete Jan zögerlich. »Die Rache hat Elias Dietrich nicht glücklicher gemacht. Er wird sich wegen vierfachen Mordes verantworten müssen. Er wird nie wieder freikommen. Charlotte wird sich das nicht für ihren Vater gewünscht haben, wo immer sie jetzt ist. Hoffen wir, dass wir nie vor eine solche Wahl gestellt werden.«

Chandu faltete die Hände wie zu einem Gebet. »Ich werde aufhören. Kein Geldeintreiben mehr. Ich möchte nie mehr einen solchen Fehler machen.«

»Wie willst du deinen Lebensunterhalt verdienen? Für dich und deine Mutter? Ihr Pflegeheim ist nicht billig.«

»Ich werde etwas finden. Etwas weniger Anrüchiges. Bei dem ich niemandem wehtun muss, der seinem todkranken Kind helfen will.«

»Hört sich gut an. Wenn du Hilfe brauchst, dann ruf mich an.«

Chandu legte seinem Freund die Hand auf die Schulter und nickte ihm dankbar zu. »Wie hast du mich gefunden?«

»Die Krankenschwester hat mir von deinem Aufbruch erzählt. Du warst nicht zu Hause, also …«

»Nein«, unterbrach Chandu. »Wie hast du das Versteck von Dietrich gefunden?«

»Zoe.«

»Zoe? Wie ist ihr das gelungen?«

»Ich weiß es nicht. Sie hat in der Nacht angerufen und mir den Weg dorthin erklärt.«

»Woher wusste sie von dem Verschlag?«

»Frag mich was Leichteres. Ich versuche sie schon den ganzen Tag zu erreichen. Handy und Mailbox sind abgeschaltet. Max hat den Anschluss überprüft. Ihr letztes Gespräch war gestern Nacht mit mir. In der Rechtsmedizin ist sie nicht. Ich habe sogar eine Streife zu ihr nach Hause geschickt und die Tür vom Hausmeister öffnen lassen, aber sie ist nicht zu Hause.«

»Sie hat angerufen, dir das Versteck genannt und wieder aufgelegt? Und jetzt ist sie verschwunden?«

»Rückblickend war es ein eigenartiges Gespräch. Zuerst hat sie sich bedankt, dass wir nett zu ihr waren und sie in unser Team integriert haben. Dabei war sie seltsam melancholisch, als wollte sie sich etwas von der Seele reden. Dann hat sie mir das Versteck beschrieben und mir gesagt, ich solle dir einen Kuss auf deine dicke Nase geben, wenn ich dich befreit habe.«

»Das war's?«

Jan zuckte die Schultern. »Sie hat ohne ein weiteres Wort aufgelegt.«

»Steckt sie in Schwierigkeiten?«

»Ich hoffe es nicht. Vielleicht war ihr der Stress zu viel, und sie ist in Urlaub gefahren. Wenn sich der Wahnsinn um den Grabmörder gelegt hat, taucht sie vielleicht von selbst wieder auf.«

Chandu bekreuzigte sich. »So lange warte ich nicht. Lass sie uns suchen gehen.« Er wandte sich vom Grab ab.

»Und Jan«, fügte der große Mann hinzu. »Das mit dem Kuss kannst du vergessen.«

EPILOG

Zoe sah auf ihr neues Handy und las die Schlagzeile in der Presse. »Serienmörder gefasst. Letztes Opfer gerettet.«

Sie genehmigte sich ein Lächeln. Jan war kein geistiger Überflieger, aber ein guter Ermittler. Sie hatte keine Sekunde an ihm gezweifelt. Der Mörder war gefasst, Chandu war befreit. Ein guter Tausch für ihr Leben, das schon lange kein richtiges mehr war.

Sie würde Jan vermissen, ebenso wie die Kochkünste des großen Mannes. Selbst das nervige Tastengeklapper von Max' Laptop. Kein Tag, an dem sie sich nicht über einen der drei aufgeregt hatte, und doch waren sie so etwas wie Freunde geworden. Sie steckte das Handy in die Tasche und hob die Hand zum Abschied. Ein Moment der Wehmut.

Dann stieg sie in das Flugzeug, und die Tür schloss sich.

DANKSAGUNGEN

An Franz Edlmayr für die tolle Zusammenarbeit, Simon Jaspersen für die konstruktive Kritik, Andreas Hartel für das Feedback und Steve Anderson für die Übersetzung von »Bis alle Schuld beglichen«.

Danke euch allen für eure unschätzbare Hilfe.

MIX
Papier | Fördert gute Waldnutzung
FSC® C083411

Zeitfracht Medien GmbH
Ferdinand-Jühlke-Straße 7
99095 Erfurt, Deutschland
produktsicherheit@kolibri360.de

Druck:
CPI Druckdienstleistungen GmbH
im Auftrag der
Zeitfracht Medien GmbH
Ein Unternehmen der Zeitfracht - Gruppe
Ferdinand-Jühlke-Str. 7
99095 Erfurt